KIRSTEN RIEDT

Rolandsrache

HISTORISCHER KRIMINALROMAN

W0202020

emons:

Bibliografische Information der Deutschen Nationalbibliothek
Die Deutsche Nationalbibliothek verzeichnet diese Publikation in der Deutschen Nationalbibliografie; detaillierte bibliografische Daten sind im Internet über http://dnb.d-nb.de abrufbar.

MIX
Papier aus verantwortungsvollen Quellen
FSC® C083411
FSC
www.fsc.org

© Hermann-Josef Emons Verlag
Alle Rechte vorbehalten
Umschlagmotiv: akg-images/Erich Lessing
Umschlaggestaltung: Tobias Doetsch
Druck und Bindung: CPI – Clausen & Bosse, Leck
Printed in Germany 2012
ISBN 978-3-89705-995-5
Historischer Kriminalroman
Originalausgabe

Unser Newsletter informiert Sie
regelmäßig über Neues von emons:
Kostenlos bestellen unter
www.emons-verlag.de

Für Thomas, ohne den es dieses Buch nicht gäbe.

Prolog

Mit angehaltenem Atem wartete Heinrich auf das Sirren der Peitsche.

»Das ist das Erbe, welches dieser Hurenbock von einem Vater, der selbst der Sünde des Fleisches erlegen ist, dir vermacht hat! Wir werden es austreiben und deinen Körper und deine Seele reinigen! Bereue deine unzüchtigen Gedanken!«

Zum vierten Mal ließ sein Onkel, der Domdekan, die Peitsche bereits auf ihn niedersausen. Ein lähmender Schmerz, der ihm die Luft raubte, fuhr durch seinen Körper. Heinrich schrie so lange, bis sein Körper nach Luft verlangte, aber es gab kein Erbarmen. Warm, fast wie eine Erlösung, lief das Blut aus den Wunden und tropfte auf den Stein, auf dem er mit entblößtem Oberkörper lag. Sein Blut vermischte sich mit dem vieler anderer, die hier ihre Strafe erhalten hatten.

Die Mauern aus nacktem Stein warfen seinen Schrei um ein Vielfaches zurück. Eine einzige brennende Fackel ließ wilde Schatten an den Wänden entstehen.

Sein Atem kam in kleinen Nebelwolken aus seinem Mund, doch er spürte keine Kälte, nur das Brennen seiner zahlreichen Wunden.

Schon hörte er es wieder sirren, doch nun würde nicht er das Ziel sein, sondern sein Onkel selbst. Jeden Schlag, den er ihm zufügte, tat er auch sich selbst an. Doch schrie er nicht, er stöhnte nur kurz auf. Für einen Moment rang er leise nach Luft, dann fing er sich wieder.

»Der Herr sagte: ›Wenn du fromm bist, so bist du angenehm; bist du aber nicht fromm, so ruht die Sünde vor der Tür, und nach dir hat sie Verlangen; du aber herrsche über sie‹.« Er sprach unter Tränen, litt ebenso wie er.

»Ich bereue –« Das Zischen der Peitsche unterbrach Heinrich.

Eine weitere Stelle auf seinem Rücken brach auf. Er weinte und schrie aus tiefster Seele, doch es linderte nicht den Schmerz; ihm wurde schwarz vor Augen, und er hieß die Ohnmacht willkommen.

Als sein Onkel sich wieder selbst züchtigte, riss der Knall Heinrich aus der rettenden Umarmung des Schlafs.

»Wolllust, sündige Gedanken und Ungehorsam. Herr, vergib ihm!« Inbrünstig sprach der Domdekan die letzten Worte.

Heinrich jedoch hatte keine Kraft mehr zu schreien, als das Strafinstrument wiederholt sein Ziel fand. Willenlos zuckte sein Körper. Die Schatten an den Wänden schienen ihn aufsaugen zu wollen, und er war bereit, ihnen zu folgen. Alles, nur fort von hier, fort von dieser Qual.

Sofort folgte ein weiterer Knall, wieder peinigte der Onkel sich selbst, dann zitierte er mit fester Stimme eine weitere Stelle aus der Bibel:

»›So will ich ihre Sünde mit der Rute heimsuchen und ihre Missetat mit Plagen‹.« Er machte eine Pause, atmete tief ein, ehe er weitersprach. »Willst du der Sünde abschwören und dich wieder Gott, dem Allmächtigen, zuwenden? Willst du das?«

In Erwartung des folgenden Schmerzes kniff Heinrich die Augen zusammen und presste die Zähne fest aufeinander, doch es geschah nichts. Sein Onkel wartete offenbar seine Antwort ab.

Er hatte jedoch kaum genug Luft zum Reden, sein Körper brannte wie Feuer, sein Rücken konnte nur noch aus rohem Fleisch bestehen. »Ja, ja, das … will ich.« Mühsam und unter Tränen presste er die Worte hervor. Die Peitsche fiel zu Boden, und sein Onkel warf sich über ihn, streichelte seinen Kopf und weinte mit ihm.

Behutsam hob er Heinrich an, doch jede Bewegung drohte ihm den Rücken zu zerreißen. Als Heinrich endlich aufrecht saß, begann ihn sein Onkel, dessen Kehrseite selbst von zahlreichen Wunden gezeichnet war, vorsichtig mit einem nassen Tuch abzutupfen.

»Onkel …«

»Lass uns zusammen beten und um Vergebung für dich bitten.«

Heinrich nickte stumm. Sie sprachen das Gebet, und er spürte eine tiefe Erleichterung.

Anschließend rieben sie sich gegenseitig mit einer übel riechenden Paste aus einem Tontopf ein, die ihnen sofort Linderung verschaffte.

»Ich kann dich mit mir nehmen, weg aus diesem sündigen Haus, weg von der Versuchung. Willst du das, Heinrich?«

»Ja, Onkel.« Nie zuvor hatte er für jemanden mehr Zuneigung und gleichzeitig einen so tiefen Hass empfunden wie in diesem Moment.

»Wenn du folgsam bist, kannst du es weit bringen. Vielleicht wirst du eines Tages sogar meine Robe tragen.«

1

»Und ihr wollt mir noch immer nicht verraten, wer das werden soll?« Anna deutete auf den behauenen Stein, in welchem sie bereits ein Gesicht erkennen konnte.

Ihr Vater lächelte verschmitzt. »Das wirst du noch früh genug erfahren, mein Kind.«

»Aber jeder kann doch sehen, wer das wird!« So leicht wollte sie sich nicht geschlagen geben.

»So, wer wird es denn?« Claas, der Geselle ihres Vaters, grinste breit und biss herzhaft in die Pastete, die Anna ihnen gebracht hatte.

»Wer nicht den Ratsherren Johann Hemeling erkennt, der muss mit Blindheit gestraft sein. Allein die Locken und die Mundwinkel sind ihm wie aus dem Gesicht geschnitten.«

Ihr Vater warf Claas einen verschwörerischen Blick zu, der Anna jedoch nicht entging.

»Warum macht ihr so einen Hehl daraus und tut so geheimnisvoll?«

»Weil ihr Klappermäuler nicht den Mund halten könnt.«

Die Antwort ihres Vaters traf sie, doch sie wollte sich nichts anmerken lassen. So hatte er sie noch nie genannt. Er musste doch wissen, dass sie nicht tratschte.

Die beiden Männer genossen ungerührt die Pastete ihrer Mutter und machten nicht den Eindruck, als ob sie ihr antworten wollten. Verlegen schob sie die Ärmel ihres Kleides nach oben und ließ neugierig ihren Blick durch die Werkstatt wandern, hoffte, eine Zeichnung, die als Vorlage für diese Arbeit diente, zu entdecken, aber es war nichts zu sehen.

Überall lagen zusammengefegte Bruchsteinhaufen, Steinstücke und Werkzeuge herum. In dem gesamten ehemaligen Lager standen halbfertige Arbeiten und unbehauene Steinquader verteilt. Anna erhob sich und bahnte sich einen Weg durch die unterschiedlich großen Blöcke. Jeder ihrer Schritte knirschte unangenehm laut und hinterließ in der Staubschicht, die hier über allem und jedem lag, ihre Fußabdrücke.

Normalerweise arbeiteten Bildhauer und Steinmetze im Halbfreien, nur von einem Holzdach vor Regen geschützt, und so tat es auch ihr Vater, seit sie denken konnte, doch dieses Mal war es anders. Er und Claas ließen seit einem Jahr nur noch selten das Tor offen stehen, meistens verriegelten sie es sogar von innen, und sie musste klopfen, wenn sie die Mahlzeiten brachte. Selbst in der brütenden Sommerhitze hatten sie die Halle nicht verlassen. Auf die Frage, warum sie es taten, bekam sie keine oder nur ausweichende Antworten.

Aus dem Augenwinkel sah sie, dass Claas' Augen ihr folgten, und das Kribbeln, das sie in seiner Anwesenheit seit Monaten verspürte, wurde stärker. Es fiel ihr schwer, dem Verlangen nachzugeben, sich in den Bauch zu kneifen, damit es aufhörte. Energisch schob sie den Gedanken beiseite und konzentrierte sich auf den Weg, auf dem man leicht über verstreute, zum Teil abgewetzte Werkzeuge wie Knüpfel, Klöppel, Beizeisen, Krönel und über Steinbruchstücke stolpern konnte.

Anna besah sich neugierig die angefangenen Arbeiten und erkannte neben dem Kopf bereits Arme, Rumpf und Füße. Andere Blöcke waren nur angerissen, manche noch unberührt. Aber alle Körperteile waren mehrfach so groß wie die eines Menschen. Vor einem riesigen Paar Beinen blieb sie stehen und ließ ihren Blick über die angedeuteten Schenkel wandern, über die Knie, aus denen spitze Metallstifte vorwitzig hervortraten, und schließlich zu den Waden und Füßen, die bisher nur zu erahnen waren. Bei den Kniespitzen fiel ihr etwas auf. Ein Grinsen zuckte um ihren Mund, denn sie konnte kaum glauben, was ihr geübtes Auge sofort sah. Wie ihr früherer Hauslehrer setzte sie einen wissenden Gesichtsausdruck auf, hob das Kinn leicht an, stemmte die Hände in die Hüften und drehte sich zu den beiden um.

»Wer war das? Diese Kniespitzen sind ganz schief!« Mit dem Zeigefinger deutete sie darauf.

Ihr Vater sah rechts und links an ihr vorbei. »Wer hat dieses Marktweib hereingelassen, und wo ist meine Tochter hin?« Mit gespieltem Entsetzen sah er sich um.

»Ich bin kein Marktweib!«, sagte sie mit gedämpfter Stimme und vorgeschobener Unterlippe.

»Dem Herrn sei Dank, da bist du ja wieder.« Er lächelte zänkisch.

»Die Kniespitzen sind genau da, wo sie hingehören.« Claas grinste ebenfalls.

»Dann hat Ratsherr Hemeling aber sehr drollige Knie!« Sie reckte das Kinn nach vorn und zog eine Augenbraue nach oben.

»Vielleicht geht er deswegen so seltsam?« Lächelnd stieß ihr Vater Claas in die Rippen, worauf dieser betont mit den Schultern zuckte.

»Ach ihr.« Wütend stampfte sie zurück und rutschte beinahe auf den kleinen Steinen aus, die den beiden Männern in ihren dicken Holzschuhen nichts ausmachten. »Ich bekomme euer Geheimnis schon noch heraus!«

Demonstrativ sah ihr Vater an die Decke und faltete die Hände zum Gebet. »Herrgott, bewahre uns vor der Neugier der Weiber.«

Claas schüttelte lachend den Kopf. »Amen!«

»Ich wünschte, sie hätte den Scharfsinn von ihrer Mutter geerbt und nicht von ihrem Vater. Dann hätte sie mehr für die Hausarbeit übrig.« Ihr Vater presste die Lippen fest aufeinander.

»Wehe dem Mann, der sie einmal zum Weibe nimmt«, ergänzte Claas.

»Ich heirate nicht.«

»In Anbetracht deiner Neugierde wäre das für die Männer vielleicht ein Segen. Aber andererseits …« Er sah ihr fest in die Augen, und seine Miene verlor das Spöttische für einen Moment. »… auch eine Verschwendung.« Ungeniert zwinkerte er ihr zu, als wäre ihr Vater nicht da.

Einen Augenblick war sie versucht, ihm die Zunge herauszustrecken, verkniff es sich aber, es gehörte sich schließlich nicht. »Ich verstehe die Geheimnistuerei nicht, wo ihr das Haupt doch so gut wie fertig habt und jeder es sehen kann!«

»Anna, wenn wir es sagen könnten, dann wüsstest du es schon längst. Lass es gut sein.« Ihr Vater lächelte sie weiterhin amüsiert an, wandte sich dann Claas zu. »Lassen wir sie einstweilen in dem Glauben, dass es Hemeling ist, dann quält sie uns nicht täglich mit dieser Frage.«

Claas dachte einen Moment nach, dann hob er seine Augenbrauen. »Ein hervorragender Einfall!« Damit reckte er sich und wechselte das Thema. »Wenn du magst, können wir später mal wieder eine Partie Schach spielen.«

»Ach, du gewinnst ja sowieso immer.« Anna zog böse die Augenbrauen zusammen.

»Schau nicht so zornig. Vielleicht lasse ich dich heute einmal gewinnen.«

Wieder sah er sie so an, dass ihr die Wärme ins Gesicht stieg. Allein mit seinem Blick konnte er sie verlegen machen, das war früher, vor seinem Jahr auf Wanderschaft, nicht so gewesen.

»Das Essen war übrigens wieder wunderbar, hast du es gemacht?«

»Zusammen mit Mutter.«

Ihr Vater sah von einem zum anderen, dann erhob er sich, wobei kleine Staubwolken aus seiner Kleidung traten.

»Es wird Zeit, wieder an die Arbeit zu gehen, ehe das schwindende Tageslicht dunkle Schatten auf den Stein wirft.«

»Darf ich bleiben und zusehen?«

»Nein, Anna. Du gehst jetzt wieder nach Hause.«

Auch Claas erhob sich und sah sie ein wenig mitleidig an. »Sag deiner Mutter einen Gruß, die Pastete war die beste, die ich je gegessen habe.«

Enttäuscht nickte Anna. »Ich werde es ausrichten.« Dann nahm sie den leeren Korb und ging zur Tür, die mit einem schweren Balken verriegelt war. »Früher habt ihr nicht so ein Geheimnis um eure Arbeit gemacht.« Sie ärgerte sich darüber, dass die beiden sie nicht einweihten, zumal sie etwas von der Bildhauerei verstand.

»Anna!« Die Art, wie ihr Vater ihren Namen aussprach, machte ihr klar, dass es nun genug war.

»Ja, Vater.« Verlegen senkte sie den Kopf.

»Bis heute Abend.«

Claas nahm den schweren Balken hoch, als würde er nichts wiegen, und ließ sie hinaus.

»Bis morgen, Anna.« Wieder lag etwas in seinem Blick, das sie nicht kannte und verwirrte.

»Wiedersehen, Claas.« Sie schlüpfte hinaus und trat in den Herbstwind, der den Staub auf ihren Kleidern umherwirbelte. Claas schloss die Tür, und sie hörte, wie er den Balken wieder davorlegte. Fröstelnd zog sie ihren Umhang enger, dann machte sie sich auf den Weg nach Hause. Unentwegt musste sie dabei an ihn denken. Warum machte er sie nur so verlegen?

Ihre Mutter rückte ihre Haube zurecht und verzog missbilligend das Gesicht, als Anna in die Küche kam. Über dem Herdfeuer dampfte ein Topf, und es roch im ganzen Haus nach der Kohlsuppe, die sie für morgen kochte.

»Wie oft habe ich dir schon gesagt, du sollst das Essen an der Tür abgeben. Sieh dich nur an!« Sie deutete mit ihrem Finger auf Annas Kleid und dann auf ihre Haare. »Du weißt, wie lange deine Haare zum Trocknen brauchen, und das Kleid wirst du selbst waschen.«

»Aber Mutter, ich wollte sehen –«

»Du wirst es sehen, wenn es fertig ist«, unterbrach ihre Mutter sie und hob dramatisch die Hände zum Himmel, genau wie ihr Vater es immer machte. »Woher hast du nur diese Neugierde?«

Anna zog die Augenbrauen zusammen. »Früher durfte ich sogar mithelfen, und dieses Mal –« Wieder ließ ihre Mutter sie nicht aussprechen.

»Du klingst wie ein kleines Mädchen, das seinen Willen nicht bekommt, und nicht wie eine junge Frau von neunzehn Jahren. Vielleicht sieht dein Vater endlich, dass es für dich Zeit wird, zu heiraten und Kinder zu bekommen, anstatt Männerarbeit zu machen.«

»Ich werde nie heiraten und in einer Küche mein Leben verbringen.« In dem Moment, in dem sie es ausgesprochen hatte, wusste sie, dass sie ihre Mutter zutiefst verletzt hatte, die nur ihr Bestes im Sinn hatte.

»Oh, Mutter, so war das nicht gemeint.« Vielleicht war es wirklich an der Zeit für sie, Dinge des Haushalts zu erlernen statt Männerarbeit wie die Bildhauerei.

Ihre Mutter ließ sich nichts anmerken, ihr Blick war unergründlich. Sie schob sich die verschwitzten Haare unter die Haube. »Zieh dein Kleid aus, bevor du mir damit alles staubig machst.«

Anna zog sich gehorsam das Kleid über den Kopf, schließlich wollte sie keinen Streit anfangen.

Auf dem Holzklotz, der zum Hacken und Schneiden von Nahrungsmitteln diente, lagen noch die übrig gebliebenen Strünke des Weißkohls, Möhrenstücke, Lauch und Zwiebelschalen, deren Geruch ihr in der Nase kribbelte. Ihre Mutter schien gegen derartige Empfindungen gefeit zu sein, denn selbst beim Schneiden von

Zwiebeln vergoss sie keine Tränen. Normalerweise machte solche Dinge ihre Magd Thea, doch sie war schon seit Längerem bei ihrer Familie, und sie wussten nicht, wann sie zurückkehren würde.

»Sieh mal, Kind, wenn du nicht bald heiratest, hast du keinen Mann, der das Geld nach Hause bringt und für dich sorgt. Dann kannst du dich später einem Kloster anschließen oder deinen Lebensunterhalt in einem dieser Badehäuser verdienen.«

Entsetzt blickte sie ihre Mutter an, die offenbar genau diese Regung bei ihr hervorrufen wollte. Anna wusste, dass die Mutter recht hatte, aber sie konnte sich keinen Mann an ihrer Seite vorstellen. Ihre Gedanken wanderten zu Claas. Er war der erste Mann, den sie mochte, aber gleich heiraten und Kinder bekommen? Vor einigen Jahren hatte ihr ein junger Mann bereits seine glühende Liebe gestanden und sie gebeten, seine Frau zu werden und mit ihm wegzulaufen. Sie hatte abgelehnt. Er war ein netter Kerl gewesen, aber so sehr gemocht hatte sie ihn nicht.

»Verstehst du das, Anna?« Ihre Mutter nahm ihr das Kleid ab und streichelte ihr über das Haar. »Wieder ganz stumpf«, schnaufte sie.

»Verzeih, Mutter.«

Das Kleid legte sie zu der anderen Schmutzwäsche, die einmal in der Woche gewaschen wurde. »Bürste dein Haar aus.«

Annas Familie ging es besser als vielen anderen Handwerkerfamilien, sodass sie sogar unter dem Dach eine eigene Kammer bewohnte, in der ihr Bett aus dunklem Holz stand. Eine blank polierte Messingplatte, die ihr als Spiegel diente, lehnte am Fußende. Dahinter war der Rauchabzug, welcher aus der Küche durch ihr Zimmer lief und es so warm hielt. In ihrer dunklen Holztruhe lagen vier weitere Hauskleider und ein gutes marineblaues Kleid mit feinen Stickereien, die ihre Mutter mit viel Liebe gefertigt hatte. Dieses Kleid pflegte sie nur zur Kirche oder an besonderen Tagen anzuziehen. Anna nahm die Kopfbedeckung ab, griff sich das grüne Kleid, schlüpfte hinein und begann, ihr langes blondes Haar auszubürsten.

Erneut schlich Claas sich in ihre Gedanken. Sie kannte ihn schon viele Jahre, und er war ihr immer wie ein Bruder gewesen, ehe er vor drei Jahren auf Wanderschaft gegangen war. Als er vor zwei

Jahreswechseln zurückkehrte, hatte er sich nicht nur äußerlich verändert. Seine Schultern waren breiter geworden, und er rasierte sich nicht mehr so oft, was ihn sehr männlich aussehen ließ. Er war von der Sonne braun gebrannt gewesen, bald wie die Südländer, die sie auf den Schiffen im Hafen gesehen hatte, und seine dunkelblonden Haare waren gewachsen und sonnengebleicht. Haut und Haare hatten inzwischen wieder ihre alte Färbung angenommen, aber der Rest war geblieben.

Obwohl es nicht ihre Absicht war zu lauschen, war sie einmal Zeugin eines Gesprächs zwischen ihm und ihrem Vater gewesen. Der Vater wollte wissen, warum Claas sich nicht langsam eine Frau nahm. Er sagte, dass es für ihn nur eine gebe und die anderen ihn nicht interessieren würden, auch wenn sich ihm schon viele Gelegenheiten geboten hätten. Anna wollte zu gern wissen, wer diese eine war, aber die beiden hatten zu ihrem Bedauern das Thema gewechselt, und so konnte sie nur ahnen, dass er Clara, die Tochter von Nachbar Wegener, meinte. Auch jetzt noch zog sich ihr Magen bei dem Gedanken zusammen, Claas könnte Clara eines Tages heiraten. Er war verschwiegener als früher, weshalb sie ihm auch das Geheimnis um diese Statue nicht entlocken konnte.

Vor gut einem Jahr hatten die beiden Männer damit angefangen. Sie schlossen sich in der Werkstatt ein, und Anna durfte nicht, wie früher, helfen. Ihre Liebe zur Bildhauerei unterschied sie von den anderen Jungfrauen ihres Alters, die sich vorwiegend um ihre Kleidung und Kochkünste sorgten. Da diese Dinge sie langweilten, mied sie die Zusammenkünfte dieser Mädchen schon seit Langem.

»Anna?« Der Ruf riss sie aus ihren Gedanken.

»Ja, Mutter?«

»Komm herunter und mach ein paar Besorgungen auf dem Ziegenmarkt.«

Seufzend legte Anna die Bürste auf die Truhe und folgte der Aufforderung ihrer Mutter.

Zweimal die Woche wurde ganz in der Nähe, dort wo die Häuser enger beieinanderstanden, der Ziegenmarkt abgehalten. Er war längst nicht so groß wie der Markt in Bremen und auch nicht so voll, aber man bekam, was man brauchte. Sie lebten außerhalb der

Stadtmauern von Bremen, wo noch ein paar wenige Steinmetze und Bildhauer ihre Werkstätten hatten und das alte Zunfthaus stand. Für Ausgefallenes musste man jedoch den Fußmarsch durch das Ostertor in der Stadtmauer und zum großen Marktplatz in Kauf nehmen. Es war immer reges Treiben zu Füßen des St.-Petri-Doms, dessen Turmspitze man selbst von hier aus sehen konnte.

Vor einem Jahr, kurz bevor sie mit dieser Statue angefangen hatten, hatte ihr Vater der Familie erzählt, dass immer mehr Steinmetze in die Stadt zögen, um näher an den Baustellen zu sein. So ließen sich die Kosten für den Transport der Rohsteine aus dem Hafen sparen, die dann auch viel schneller bei ihnen wären. Er wollte gern in ein Haus ziehen, in dem unten die Werkstatt und genau darüber ihre Wohnung läge. Außerdem könnte er mit den anderen Zunftmitgliedern im Innenhof des Zunftgebäudes arbeiten. Ihre Mutter machte der Gedanke sehr unglücklich, und sie gab zu bedenken, welche Nachteile ein solcher Umzug mit sich brächte: Gestank, Staub, Lärm und viele Menschen. Jetzt lägen das Fachwerkhaus und Vaters Werkstatt so weit auseinander, dass sie vom Hämmern und Staub verschont blieben. Meistens arbeite er sowieso im Freien, und nur bei Regen oder Schnee benutze er das ehemalige Lagerhaus, um vor schlechtem Wetter geschützt zu sein. Ihr Heim sei seit Großvaters Zeiten im Besitz der Familie. Mitfühlend hatte ihr Vater eingelenkt und beschlossen zu bleiben, wo sie waren. Damit nahm er auch weiterhin den mühsamen Transport der Rohsteine und den langen Weg zu den verschiedenen Arbeitsstellen in Kauf, wobei sich Letzteres durch die ausschließliche Arbeit an dieser Figur inzwischen erledigt hatte.

Als Anna den kleinen Platz erreichte, auf dem der Ziegenmarkt abgehalten wurde, strömten verschiedene Gerüche auf sie ein: nach gerösteten Maronen, frischem Brot, aber auch nach Schweiß und Unrat. Menschen aus allen Schichten verhandelten, kauften oder unterhielten sich über die Waren oder sie standen einfach da und beobachteten andere. Es gab mehrere Stände, die Mehl, Weizen, Bucheckern oder Honig und vieles mehr anboten, einen Bauern, der Milch verkaufte, einen Fischhändler, einen Schlachter und einen Stand mit Eiern und Geflügel. Jetzt zum Winter hin war auch der Bauer mit seinen Rüben dabei. Sie kannte alle mit Namen, und die meisten kamen hierher, seit sie denken konnte. Schon als kleines Kind war sie mit Thea, ihrer im Moment abkömmlichen Magd, zum Markt gegangen.

»Guten Tag, junge Anna Olde.« Eine männliche Stimme ließ sie herumfahren. Vor ihr stand, gekleidet in einen teuren Pelz, der Ratsherr Johann Hemeling, mit seiner ebenfalls in teure Kleider gehüllten Frau am Arm, die Anna offen anlächelte. Sie war von zierlicher Gestalt, viel jünger als er und mit reichlich Gold und Geschmeide behangen. Einkäufe der normalen Art erledigten die beiden hier bestimmt nicht.

»Guten Tag, Herr und Frau Hemeling.« Anna machte einen Knicks und musste sich das Lachen verkneifen, als ihr Blick dabei auf Hemelings Knie fiel. Sie fand nicht, dass sie sonderlich schief wirkten, auch wenn sie das unter den Beinlingen kaum erkennen konnte.

»Guten Tag, Anna«, sagte seine Frau, die nicht viel älter war als sie selbst.

»Wie geht es deiner Familie?« Der Ratsherr lächelte ebenfalls freundlich. Anna mochte die beiden, stets hörte sie von ihrem Vater nur, dass Hemeling ein heller Kopf und einer von den Menschen war, die das Wohl der Stadt vertraten und nicht ihren Geldbeutel. Wenn man sich jedoch die goldenen Ringe und Ketten seiner Gemahlin ansah, konnte man auf andere Gedanken kommen. Anna wollte sich aber darüber kein Urteil erlauben, sie hatte gehört, dass die junge Frau Hemeling ein Kind reicher Eltern war und die Mitgift mehr als groß gewesen sein sollte.

»Sehr gut, vielen Dank.«

Seine Locken waren mit Sicherheit die, die auch die Figur ihres Vaters zieren würden, und für sein Alter hatte der Ratsherr einen hübschen Mund. Einen Moment überlegte sie, ob sie nach der Statue fragen sollte, doch sie würde damit bestimmt den Ärger ihres Vaters heraufbeschwören, und so hielt sie lieber ihre Zunge im Zaum.

»Dein Vater und Claas sind beschäftigt, nehme ich an?«

»Ja, Herr Hemeling. Sie arbeiten fleißig und unermüdlich.«

»Gut, das ist sehr gut.« Er nickte zufrieden.

Vor ungefähr einem Jahr war ihr Vater zum Ratsherrn bestellt worden. An jenem Abend kam er gut gelaunt nach Hause und ließ sie feierlich schwören, keiner Menschenseele von diesem Treffen zu erzählen. Dann berichtete er voller Stolz und mit leuchtenden Augen, dass er einen Auftrag zu erfüllen hatte, der sie alle reich machen würde. Sogar sein Name würde damit in die Geschichte eingehen. Der einzige Pferdefuß war, dass niemand davon erfahren dürfe. Bald darauf bestellte er riesige Blöcke Elmstein, und da diese sehr teuer waren, musste es in der Tat etwas Großes werden. Bei dem anschließenden Transport nach Bremen hatten ihr Vater und Claas alles selbst beaufsichtigt. Wie Diebe brachten sie die Steine nachts vom Hafen in die Werkstatt. Seitdem formten sie unermüdlich daran, und nur am Sonntag, dem Tag des Herrn, ruhten die Klöppel und Knüpfel.

»Richte bitte der Familie einen Gruß von uns aus.«

»Sehr gern.« Erneut machte Anna einen Knicks, und die beiden verschwanden zwischen den Ständen des Markts. Anna beeilte sich, die Waren für ihre Mutter zu besorgen.

***

Ihre Mutter hatte die eigene Arbeit kurz unterbrochen und beobachtete, wie Anna seit geraumer Zeit versuchte, aus der Masse einen Brotteig zu formen. »Wenn er wieder zu fest ist, gib noch etwas Wasser dazu.«

Ärgerlich wischte Anna sich die Haare aus den Augen. »Das habe ich doch schon dreimal.«

»Dann tust du es eben noch einmal.« Gutmütig lächelte sie ihr zu.

Anna verzog das Gesicht, gab etwas Wasser hinzu und begann, den Teig erneut durchzukneten.

»Du hättest besser ein Tuch aufgesetzt, dann würden deine Haare dich nicht immer stören und du sähest nicht aus, als wärst du einem Mehlfass entstiegen.« Magda Olde widmete sich lachend wieder der Wäsche, die kochend über der Feuerstelle hing.

»Ja.« Anna seufzte demonstrativ, dann drückte und mischte sie das Wasser unter die Masse, und tatsächlich, mit jedem Wenden ging es leichter. Zu ihrer Enttäuschung wurde der Teig jedoch immer dünner und begann schließlich von Neuem, an ihren Händen zu kleben. Nur mit Mühe konnte sie das Verlangen unterdrücken, ihn einfach in die Ecke zu werfen.

»Pest und Pickel!«

»Anna!« Ihre Mutter bekreuzigte sich und fuhr böse funkelnd herum. »Du sollst nicht fluchen!«

»Verzeih, aber sieh doch, nun ist er wieder zu weich.« Schmollend schob Anna die Unterlippe vor. Sie hasste es zu backen. All die Jahre hatte ihr Vater sie davor bewahrt und stattdessen mit in die Werkstatt genommen, wo sie das Bildhauen lernen konnte. Aber seit er mit dieser geheimen Arbeit angefangen hatte, gab er ihrer Mutter recht, die seit Langem predigte, dass Anna endlich kochen, backen und nähen lernen sollte. Anfangs hatte sich Anna gegen diese Wendung aufgelehnt, sich nach einem Machtwort ihres Vaters jedoch gefügt. Widerwillig lernte sie seither, mit Nadel und Faden umzugehen, die Wäsche richtig zu behandeln und das Kochen, mit dem sie am meisten haderte. Wenn ihr allerdings unter der Anleitung ihrer Mutter etwas gelang, so wie gestern die Pastete, war sie insgeheim sogar etwas stolz darauf.

»Jammer nicht und gib wieder etwas Mehl hinzu, aber verbrauch nicht alles.« Ihre Mutter lächelte milde und stampfte weiter in der Wäsche.

»Ach, ich tauge einfach nicht als Hausfrau.« Wütend warf Anna eine Handvoll Mehl hinzu, was mit einer weißen Staubwolke belohnt wurde, die ihr direkt in die Nase stieg. Sie unterdrückte das Verlangen zu niesen. Nach einigem Walken wurde der Teig abermals so fest, dass er bröckelte. Bei ihrer Mutter sah es doch immer so leicht aus, warum wollte es ihr nicht gelingen?

»Mutter.« Flehend sah sie zu ihr hinüber.

Ihre Mutter betrachtete mit krauser Stirn Annas Werk, dann seufzte sie. »Nun gut, dann mach eben mit der Wäsche weiter, bevor du am Ende Brot für die ganze Stadt machst.«

Dankbar reinigte sie ihre Finger und begann, den schweren Holzlöffel durch die dampfende Wäsche zu schieben. Es war mühsam, und schnell war sie durchgeschwitzt, aber durch das Steinhauen bei ihrem Vater war sie harte Arbeit gewohnt.

Schon nach kurzer Zeit hielt ihre Mutter ein äußerst wohlgeformtes Stück in der Hand, welches nicht zerfiel oder wie Wasser durch ihre Hände floss. »Schau her, so sollte ein guter Brotteig aussehen.«

»Ich habe versucht –« Anna brach mitten im Satz ab und prustete los, als ihr Blick auf das Gesicht und die Haare ihrer Mutter fiel.

Sie waren über und über mit Mehl verschmiert. Dieser Anblick war etwas Seltenes, denn die Mutter war immer darauf bedacht, ihr Aussehen in Ordnung zu halten.

»Was ist?« Verwundert runzelte Magda Olde die Stirn.

»*Du* hättest besser auch eine Haube aufgesetzt.«

Ihre Mutter schielte auf die mehlverschmierte Haarsträhne, die ihr auf der Stirn hing. Dann begann auch sie herzhaft zu lachen.

Es war so viel Teig da, dass sie drei Brotlaibe daraus formten. Die Mutter erlaubte ihr, einen davon später zu Claas zu bringen. Anna schob zwei Laibe in den Ziegelofen, aus dem ihr eine Welle heißer Luft entgegenkam. Dabei dachte sie an Claas, und schon begannen wieder die Schmetterlinge in ihrem Bauch zu kreisen.

Ein energisches Klopfen unterbrach ihre Gedanken. Es war noch sehr früh, die Sonne stand gerade über den Bäumen, also konnte es nicht ihr Vater sein; außerdem würde er nicht klopfen. Vielleicht war es Claas, der für ihn etwas holen sollte?

Sie sah ihre Mutter fragend an, worauf diese nur mit den Schultern zuckte, sich die Hände an der Schürze abwischte und in die Diele verschwand. Ehe sie aufmachen konnte, pochte es bereits erneut. So unhöflich kannte sie Claas nicht – es musste jemand anderes sein. Aus den Schmetterlingen in ihrem Bauch wurde ein beklemmendes Gefühl in der Brustgegend. Sie hörte, wie ihre Mutter öffnete, gleich darauf stieß diese einen Schrei aus, wodurch Anna beinahe der Brotteig aus der Hand gerutscht wäre. Jemand redete sehr hastig, und sie verstand nicht viel, nur das Wort »Überfall« hörte sie deutlich heraus. Schnell legte sie die Masse in die tönerne Form und war mit einem Satz in der Diele.

Ihre Mutter ließ gerade zwei Männer herein, die jemanden auf einer Trage ins Haus brachten, und Anna stockte der Atem. Zuerst konnte sie nicht genau erkennen, wer darauf lag, doch dann sah sie die blutdurchtränkten Beinkleider und das Hemd ihres Vaters und schließlich ihn selbst. Sein Gesicht war blutverschmiert, die Augen hielt er geschlossen.

»Vater«, keuchte sie. Nackte Angst kroch ihren Hals empor und legte sich wie ein Stein auf ihre Brust. Ihr Herz hämmerte laut dagegen. Was war denn nur geschehen? Waren die schweren Steinblöcke in der Werkstatt auf ihn gestürzt? Nein! Sie hatte es doch eben deutlich gehört.

Ihre Mutter eilte voraus in das obere Stockwerk, und die Männer, die sie jetzt als die Nachbarn Wegener und Meyer erkannte, folgten ihr ins elterliche Schlafzimmer. Gerade, als Anna ebenfalls hinaufstürmen wollte, kam eine weitere Person ins Haus und schnitt ihr den Weg ab. Es war Claas. Ein erschrockener Ausdruck trat auf sein Gesicht, als er Anna sah, und er senkte den Kopf. Flüchtig nahm sie wahr, dass auch er aus einer Wunde über dem Auge blutete und sein rechter Arm seltsam schlaff herunterhing.

»Ich habe bereits nach dem Bader und der Kräuterfrau geschickt«, sagte Wegener mit ernster Miene, nachdem sie ihren Vater auf das Bett gelegt hatten.

»Vater.« Anna schob sich an Claas vorbei und war mit schnellen Schritten oben. Es quoll Blut aus mehreren großen Wunden an seinem Kopf und auch aus der Nase, die merkwürdig verschoben war. Er atmete rasselnd und stoßweise, seine Augen waren geschlossen, die Lider flatterten. Übelkeit stieg in ihr hoch.

»Heißes Wasser und saubere Tücher, schnell!«

Anna rannte in die Küche und holte, was ihre Mutter ihr aufgetragen hatte. In der Kammer begannen sie sofort, seine Wunden zu versorgen, doch der Blutstrom wollte nicht abreißen. Qualvoll stöhnte ihr Vater, und als er hustete, ergoss sich ein Schwall Blut auf das Laken.

Verzweifelt ließ Anna sich auf die Knie fallen und kämpfte gegen den Würgereiz an. »Vater, bitte sag doch was!« Doch er reagierte nicht. Flehend wandte sie sich an Claas, der im Türrahmen stehen geblieben war. »Was ist geschehen?«

Er holte tief Luft. »Sie haben uns vor der Werkstatt aufgelauert und gingen mit Knüppeln und Eisenstangen auf uns los. Es waren zu viele, ich konnte nichts tun, konnte ihn nicht schützen. Dein Vater ging sofort zu Boden. Als auch ich niedergerungen war, machten sich zwei an der Statue zu schaffen. Sie nahmen unsere Spaltäxte, schlugen auf die Blöcke ein und schoben die fertigen vom Sockel.« Er brach ab und hielt sich den Kopf.

Anna erschauderte bei seinen Worten. »Wer sollte so etwas tun und warum?« Ihr Vater war beliebt und zu allen immer freundlich.

»Ich weiß es nicht, ich kannte keinen von ihnen, sie trugen tief im Gesicht sitzende Gugeln.«

Hilfe suchend wandte sich Anna an ihre Mutter, doch diese reagierte nicht. Sie stand da, das blutdurchtränkte Tuch in der Hand, und starrte mit leeren Augen auf ihren Mann hinunter.

Die Nachbarn hatten betroffen und mit guten Wünschen das Haus verlassen, als der Bader und Mechthild, die Kräuterfrau, eingetroffen waren. Es hatte gedauert, bis sie den Blutstrom endlich zum Stillstand bringen konnten.

»Sein Körper ist schwach, und er blutet von innen. Dagegen kann auch ich nichts ausrichten. Nun möge Gott ihm helfen. Es wäre gut, wenn der Priester bald kommt«, sagte Mechthild mit gedämpfter Stimme, ehe sie das Zimmer kurz verließ.

Anna blieb mit ihren Gedanken zurück, die sich so düster und schmerzhaft anfühlten wie nie zuvor. Noch gestern hatte ihr Vater seine Scherze gemacht, und nun lag er da, ganz blass und näher am Tod als am Leben. Annas Hand ruhte auf der Schulter ihrer Mutter, die keine Regung zeigte und sonderbar still war. Sie drehte unentwegt das blutige Tuch, das sie noch immer in ihrer Hand hielt.

Als Mechthild zurückkam, zog ein Duft aus Kräutern und Wein durch den Raum. Anna bemerkte, dass Mechthilds dunkles Gewand von den Bemühungen um ihren Vater blutgetränkt war. Mühsam versuchte sie nun, dem Verletzten einen Trank einzuflößen, was ihr jedoch nur schwerlich gelang.

»Ich hoffe, dies wird den Schmerz lindern und die Blutung zum Stillstand bringen.« Danach legte sie einige Kräuter, eingewickelt in feuchte Tücher, auf seine Stirn.

»Alles meine Schuld, es ist alles meine Schuld.« Claas fuhr sich mit der Hand durch das Gesicht. Anna hatte beinahe vergessen, dass er auch noch da war, und hob erstaunt den Blick.

»Was meinst du damit?«, fragte sie. Er war doch selbst übel zugerichtet und so schwach, dass er kaum stehen konnte.

Schweigend trat Claas näher an ihren Vater heran und schüttelte in stummer Verzweiflung den Kopf.

Es klopfte, und ihre Mutter erwachte endlich aus ihrer Starre. »Das Brot!« Sie stand auf, ließ das Tuch fallen und ging geradewegs in die Küche.

Mit offenem Mund starrte Anna ihr nach. Wie konnte sie jetzt an das Brot denken? Was war nur mit ihr los? Ihr Mann lag womöglich im Sterben! Als es erneut klopfte, ging Anna zur Tür, und als sie öffnete, blies der kalte Novemberwind augenblicklich zu ihr herein und ließ sie frösteln. Vor ihr stand Priester Arens aus ihrer Pfarrkirche, der ein Holzkreuz in der Hand und ein besticktes Tuch über dem Arm trug. Mit einem höflichen Knicks bat sie ihn herein.

»Ich hörte von dem Unglück und bin sofort hergeeilt.«

»Es ist so furchtbar, Hochwürden.«

»Wie geht es deinem Vater und wo ist er?«

»Sehr schlecht. Er ist immer noch nicht erwacht. Ich bringe Sie zu ihm.«

Anna schritt voraus, doch an der Küchentür blieb sie stehen und traute ihren Augen nicht. Ihre Mutter summte ein Lied und war im Begriff, den letzten Brotteig in den Ofen zu schieben. Die beiden fertig gebackenen Laibe lagen nun dampfend auf dem Küchentisch.

»Mutter, kommst du? Der Priester ist hier.«

Doch diese machte keine Anstalten, sondern lächelte zu ihnen herüber und widmete sich wieder dem Ofen.

»Aber …« Anna wollte gerade protestieren, als sie die kühle Hand des Priesters auf ihrem Arm spürte. Verwundert drehte sie sich um. Er schüttelte den Kopf und deutete mit einem kurzen Nicken auf ihre Mutter.

»Lass sie nur und bring mich zu deinem Vater, er braucht uns nun dringender.«

Natürlich hatte er recht. Anna verdrängte ihre Verwirrung und führte den Geistlichen zum Krankenlager. Mechthild und der Bader machten ihm Platz und erklärten, wie es um den Vater stand. Beinahe unauffällig senkte der Bader dabei die Lider, doch Anna war es nicht entgangen. Sie ahnte, was das hieß. In ihrem Hals bildete sich ein dicker Kloß, und ihre Sicht begann zu verschwimmen. Auch Claas musste es gesehen haben, denn er zog scharf die Luft ein und verließ mit finsterer Miene das Zimmer.

»Ich werde ihm jetzt das Sakrament der Letzten Ölung erteilen und bitte euch, mich mit ihm allein zu lassen.« Damit stellte Arens ein kleines Fläschchen auf den Nachttisch und breitete das Tuch aus.

Gemeinsam verließen sie das Zimmer. Anna sah noch einmal nach ihrer Mutter, die nun mit der Wäsche hantierte, als wäre nichts geschehen. Bei dem Anblick stiegen ihr sofort die Tränen in die Augen.

»Es tut mir sehr leid, Anna.« Mechthild war neben sie getreten und schlang mütterlich den Arm um sie.

»Wird er …?«

Sie nickte. »Ich befürchte das Schlimmste. Ihr müsst jetzt stark sein.«

Anna warf einen hilflosen Blick in die Küche. »Was ist mit meiner Mutter los?«

Die Kräuterfrau sah an Anna vorbei. »Magda Olde, kann ich etwas für dich tun?«

Doch auch das zeigte keinerlei Wirkung bei der Mutter. In der Zwischenzeit begann der Bader in der Diele, die Wunden von Claas zu versorgen. Als er dessen Arm bewegen wollte, verzog Claas schmerzhaft das Gesicht und stöhnte auf.

»Der Arm ist gebrochen, und ich fürchte, nicht nur einmal. Das wird eine Weile dauern, ehe du ihn wieder nutzen kannst«, sagte der Bader schließlich, und Claas' Blick verdüsterte sich noch weiter.

Mechthild schloss leise die Küchentür. »Das mit deiner Mutter habe ich schon einige Male erlebt. Sie nimmt nicht wahr, was mit deinem Vater passiert. Ich nenne das tüdelig.«

Anna wendete den Blick von Claas ab, verstand nicht, was sie damit sagen wollte. »Was bedeutet das, ›sie nimmt es nicht wahr‹?«

»Sie verschließt sich vor der Wahrheit und flüchtet in eine eigene Welt, in der das Unglück nicht geschehen ist.«

»Ich verstehe nicht. Wird sie lange so sein?«

»Ich hoffe, nicht sehr lange. Doch bedenke, wenn sie wieder zu uns zurückfindet, wird es schlimm für sie sein. Es wäre gut, wenn immer jemand bei ihr ist.«

Anna vergrub das Gesicht in ihren Händen und begann hemmungslos zu weinen. Das alles war viel zu viel für sie, und noch nie hatte sie sich so hilflos und allein gefühlt. Mechthild strich ihr beruhigend über das Haar.

»Ich kann meine Mutter kommen lassen, damit sie euch hilft, und auch nach deiner Tante schicken«, schlug Claas vor.

Anna war gerührt, dass er sich sorgte. »Danke, Claas.«

Er nickte ihr zu und verließ das Haus, jedoch nicht ohne zu versichern, dass er schnell zurückkommen würde. Während sie darauf wartete, zu ihrem Vater gehen zu können, hörte sie aus der elterlichen Kammer den Priester murmeln und aus der Küche das Hantieren der Mutter. Die Zeit verstrich. Anna verbrachte sie im Gebet für ihre Eltern.

Schließlich kam Claas zurück. »Der Bote ist unterwegs.« Dann deutete er auf die Schlafkammertür. »Gibt es schon Neuigkeiten?«

Stumm schüttelte sie den Kopf.

In diesem Moment öffnete sich die Tür, und sofort sprang Anna auf.

»Dein Vater ist jetzt wach und verlangt nach euch.«

Mit schnellen Schritten eilte Anna ans Bett ihres geliebten Vaters und ergriff die Hand, die er ihr zitternd entgegenhielt. Die Luft war jetzt geschwängert von Weihrauch, und ihr fiel das Atmen schwer. »Vater!« Ihre Augen füllten sich sofort wieder mit Tränen, als sie sah, wie viel Mühe es ihn kostete, sie anzulächeln. Sein Auge war zugeschwollen, das Kissen voller Blut und seine Haut beinahe so bleich wie das Laken.

»Anna, wein doch nicht.« Er war schwach, und sie musste genau hinhören, um ihn zu verstehen.

»Vater.« Sie konnte nichts weiter sagen. Ihre Kehle war wie zugeschnürt, und gleichzeitig wollte sie schreien, doch ihre Stimme gehorchte ihr nicht mehr.

Unbeholfen streichelte er ihre Hand. »Ich habe meinen Frieden mit dem Herrn gemacht und hatte ein gutes Leben, mein Kind. Kümmere dich um deine Mutter.« Er hustete, und Anna erschrak, als dabei ein weiterer Schwall Blut aus seinem Mund hervorquoll.

»Sag doch so etwas nicht. Du wirst doch wieder gesund, Vater.« Sie wusste selbst, dass das nicht stimmte, griff nach einem Tuch und tupfte ihm das Blut ab. Als der Anfall vorüberging, war er außer Atem.

»So?«, keuchte er. »Warum weinst du dann?« Sein Versuch zu zwinkern misslang wegen der Schwellung am Auge.

Anna spürte plötzlich die beruhigende Hand von Claas auf ihrer Schulter, der unbemerkt neben sie getreten war.

»Claas, mein guter Junge.«

»Nennt mich nicht mehr so, Meister. Ich allein bin schuld!« Nun weinte auch Claas, und er schämte sich nicht vor ihr. Die Tränen verfingen sich in seinen langen Wimpern und tropften hinunter. Nie zuvor hatte Anna ihn so erschüttert gesehen, nie hätte sie geahnt, dass ihr Vater ihm so viel bedeutete.

»Nein, mein Junge, gräm dich nicht. Das Wichtigste ist jetzt, dass du die Arbeit zu Ende bringst. Mein Mädchen wird dir helfen. Es war gut, dass ich ihr so viel beigebracht habe.« Damit sah er Anna an.

»Meister, hätte ich nicht getrunken, wäre das vielleicht alles nicht passiert.«

»So redet nur ein Narr. Es ist nicht deine Schuld, das habe ich dir gestern schon gesagt.«

»Wie kann ich sicher sein?«, fragte Claas.

Anna verstand nicht, worum es zwischen den Männern ging, und schaute verwirrt von einem zum anderen.

»Es ist nicht mehr wichtig. Nur die Statue ist wichtig, das weißt du.« Erneut hustete der Vater, und Anna stockte der Atem, als er seine Augen schloss. Nach einem Moment öffnete er sie jedoch wieder, und sie atmete erleichtert auf.

»Du warst mir all die Jahre mehr als ein Lehrling und Geselle …«

»Und Ihr mir mehr als ein Meister.«

»Ich wäre froh, wenn Anna einmal einen solchen Mann ehelichen würde.«

»Vater …« Wie konnte er in diesem Moment an so etwas denken. Er ignorierte ihre Empörung, und Claas schwieg.

»Sie widerspricht nur zu oft.« Erneut versuchte er ein Zwinkern. »Dann wäre auch der Betrieb in guten Händen. Ihr müsst mir ein Versprechen geben. Ihr müsst die Statue für mich fertigstellen. Erkläre Anna, was es damit auf sich hat, sie wird dir helfen können, Claas. Wenn du den Lohn erhältst, teile mit meiner Familie, dann ist für euch alle gesorgt. Willst du das tun?«

»Ich tue alles, was ich kann. Das schwöre ich bei Gott.«

»Guter Junge.« Mit viel Mühe wandte ihr Vater sich ihr wieder zu und verzog das Gesicht, als ein weiterer Hustenanfall ihn viel Blut spucken ließ. Anna ahnte, dass es zu Ende ging, und unter Tränen säuberte sie ihm noch einmal das Kinn. Es brach ihr beinahe das Herz, ihn so leiden zu sehen.

»Versprich mir, dass du ihm helfen wirst, mein Kind.« Erwartungsvoll sah er sie an, nachdem der Anfall vorüber war. Anna nickte nur stumm, damit er sich nicht weiter anstrengen musste.

Geführt von Mechthild und dem Bader, betrat ihre Mutter das Zimmer. Sie sah verwirrt aus, als die beiden sie behutsam zum Bett ihres Mannes führten.

»Mein liebes Weib. Wir hatten so gute Jahre, ich möchte keines –« Ein erneuter Hustenanfall unterbrach ihn, und eine Unmenge Blut ergoss sich auf das Laken. Seine Augen waren angstgeweitet.

»Jacob!«, schrie ihre Mutter und brach in den Armen von Mechthild zusammen.

Der Bader hob ihren Vater sanft an, doch der Anfall wollte nicht vorübergehen. Er schnappte zweimal laut nach Luft, dann verstummte er, und sein Kopf fiel langsam zur Seite.

»Vater … Vater!« Anna schrie verzweifelt, doch wusste sie längst, dass sie ihn in diesem Moment verloren hatte.

Erinnerungen rasten durch ihren Kopf. Sie sah, wie er sie lehrte, das Zahneisen zu halten, den Knüpfel einzusetzen. Sie sah sein Lächeln, wenn er stolz eine Arbeit gehauen hatte, wie er mit Claas Scherze machte oder sie lobte, wenn sie etwas gut gemacht hatte. Nun ruhte sein Kopf leblos auf dem rot gefärbten Kissen, sein Atem war verstummt. Nie mehr würde er sie in den Arm nehmen, nie mehr würde sie sein Lachen hören, seine Stimme, das Hämmern aus der Werkstatt. Die Erkenntnis traf sie hart. Schwankend suchte sie Halt, und Claas stützte sie.

Der Priester beugte sich über ihren Vater, schüttelte stumm den Kopf und malte mit den Händen ein Kreuz in die Luft. *»Ego te absolvo a peccatis tuis in nomine Patris et Filii et Spiritus Sancti«,* sprach der Priester, und die Anwesenden bekreuzigten sich.

2

Die ersten Tage nach dem Tod des Vaters vergingen wie durch einen Nebel. Eine tiefe Leere hatte sich in Anna ausgebreitet, tötete jedes Gefühl, jedes Verlangen nach anderen Menschen. An Unterhaltungen nahm sie nur spärlich teil und zog sich zurück, wann immer sich die seltene Gelegenheit hierzu bot.

Am Zustand ihrer Mutter wollte sich nichts ändern, und sie fand nicht, wie Anna hoffte, in die Wirklichkeit zurück. »Mein Mann schläft!«, sagte sie allen, die etwas anderes behaupteten, und verwehrte beinahe jedem den Zugang zur Kammer. Sie kochte, putzte und nähte, und wäre das Unglück nicht geschehen, so könnte man meinen, alles wäre normal mit ihr, aber das war es nicht. Manchmal, wenn Anna ihren Blick auffing, glaubte sie, eine stumme Verzweiflung darin zu sehen, doch diese verschwand so schnell wieder, wie sie gekommen war.

Noch in der Nacht, als ihr Vater verstarb, waren ihr Onkel und ihre Tante mit den beiden Töchtern gekommen, die sich in ihrem Haus einquartierten und es mit ungewohntem Leben erfüllten. Anna hatte kaum mehr eine Minute für sich, denn selbst ihre Kammer musste sie mit den zwei jüngeren Basen Adelheid und Maria teilen. Die beiden schnatterten und kicherten unentwegt, ließen sie aber zu ihrer Erleichterung weitestgehend in Ruhe. Sie fühlte sich bald durch deren Anwesenheit erdrückt und schämte sich für ihre Empfindungen. Annas einziger Wunsch, gemeinsam mit ihrer Mutter zu weinen und über ihren Vater zu reden, blieb ihr daher versagt, und sie war mit ihrem Schmerz allein.

Als ihre Tante Eva meinte, dass Annas Mutter dem Wahnsinn verfallen sei, widersprach Mechthild ihr und sagte, dass es bald vorbeigehen würde. Manche Dinge bräuchten einfach Zeit. Aus diesem Grund kam sie täglich vorbei, verabreichte ihrer Mutter eine Medizin, die sie schläfrig machte, und versuchte, mit ihr über den Tod ihres Mannes zu sprechen. Aufbrausend jagte ihre Mutter sie dann aus dem Haus und nannte sie eine schmutzige Lügnerin. Doch Mechthild ließ sich nicht beirren und wiederholte die Prozedur täglich.

Nachbarn und Zunftgenossen besuchten sie, brachten Gaben und drückten ihr Bedauern aus, sodass die vielen Menschen sich bald gegenseitig im Weg herumstanden.

Selbst Frau Zellheyer, die Mutter von Claas, reiste an, quartierte sich in seiner Hütte ein und half ihnen im Haus, so gut sie konnte. Manchmal, wenn Anna verloren in einer Ecke saß, nahm Claas' Mutter sie in den Arm und versicherte, dass die schlimme Zeit bald einer guten weichen würde. Sie war Anna in dieser Zeit der größte Halt. Claas jedoch ließ sich seit dem Tag des Überfalls nicht mehr im Haus sehen, und er fehlte ihr viel mehr, als sie gedacht hätte, doch sie wagte es nicht, nach ihm zu fragen.

Um den Vater für die Bestattung zurechtmachen zu können, mussten sie warten, bis ihre Mutter schlief, und selbst die Totenwache gestaltete sich als schwierig, solange sie wach war. Am zweiten Morgen nach seinem Tod suchten sie und ihre Tante die besten Kleider des Vaters heraus und betraten das Totenzimmer. Ihnen schlug ein süßlicher, rauer Geruch entgegen, den Anna mit nichts vergleichen konnte, was sie kannte. Sofort heftete sich ihr Blick auf ihren Vater, der beinahe aussah, als würde er schlafen, doch seine Brust hob und senkte sich nicht, und seine Züge waren wie versteinert.

Ihre Tante nahm einige Talglichter aus einem Korb, stellte sie um das Bett herum auf und zündete sie an. »Komm und hilf mir, wir müssen ihm die Kleider ausziehen.«

Anna stand wie angewurzelt auf der Stelle. Sie konnte sich nicht vorstellen, wie es sein würde, ihn zu berühren, nun, da kein Leben mehr in ihm war, und eisige Angst breitete sich in ihrem Inneren aus.

»Anna, komm!« Ihre Tante hatte bereits einen Arm des Toten ergriffen und wartete auf sie. Nur langsam bewegten sich Annas Beine zum Bett, und sie glaubte, nicht mehr atmen zu können.

»Ich weiß, dass es schwer ist, aber ich kann es nicht allein machen.« Ihr Ton war nun sanfter, doch nach wie vor dringlich.

Stumm nickte Anna und griff nach einer Hand, von der keine Wärme mehr ausging und die sich seltsam ledrig und kühl anfühlte. Erschrocken zuckte sie zurück, als hätte sie etwas Verbotenes berührt, und ein leiser Schrei kam über ihre Lippen. Sein Arm fiel schlaff auf die Decke zurück.

Auch ihre Tante ließ den Arm des Vaters wieder sinken und seufzte laut. »Ich hätte dich nicht bitten sollen, mir dabei zu helfen. Geh hinaus und schicke Adelheid zu mir.«

Dankbar verließ Anna das Zimmer, doch der Geruch folgte ihr an diesem Tag, wohin sie auch ging.

Am nächsten Tag beschloss sie, nach dem Mittag zur Werkstatt zu gehen. Einerseits fürchtete sie sich davor, denn zu frisch war die Erinnerung, als ihr Vater dort seine Scherze mit ihr getrieben hatte. Doch sie wollte wissen, was zu Schaden gekommen war. Die Knie von Johann Hemeling fielen ihr wieder ein, und sie musste trotz aller Traurigkeit lächeln.

Sie warf einen Blick aus dem kleinen Fenster. Draußen tobte ein Herbststurm mit Regen und Hagel, doch alles war besser, als im Haus herumzusitzen und eine gute Miene zu machen. Anna legte sich den Wollumhang über die Schulter und schlich hinaus. Sofort peitschten ihr dicke Tropfen ins Gesicht; fröstelnd zog sie den Kragen enger.

Erleichtert, der drückenden Stimmung entkommen zu sein, atmete sie zweimal tief durch. Es roch bereits nach Schnee, und der Sturm trieb die letzten Blätter von den Bäumen, die wild tanzend durch den Regen flogen.

Sie lief quer über das kahle Weizenfeld, dessen Boden schon ganz aufgeweicht war. Mit jedem Schritt versank sie, und es machte schmatzende Geräusche, wenn sie die Füße wieder anhob. Bereits nach wenigen Metern waren ihre ledernen Schuhe aufgeweicht und das Kleid völlig durchnässt.

Schon von Weitem sah sie Licht in der Hütte von Claas und überlegte, ob sie klopfen sollte, schließlich wollte ihr Vater, dass sie ihm half, und sie wusste nicht einmal genau, wobei.

Doch je näher sie kam, desto unsicherer wurde sie. Wie würde er reagieren? Sie konnte nicht einfach so mit einem »Hier bin ich!« vor ihm stehen. Sicher waren ihre Fragen wichtig, aber eigentlich wäre dafür auch später noch Zeit.

Beinahe war sie an der Hütte vorbei, als sie das Quietschen einer Tür vernahm. »Anna?«

Ihr Herz machte einen Satz.

Claas trat mit freiem Oberkörper in den Sturm hinaus. Ihr Gesicht begann zu glühen, und sie senkte verschämt den Blick. »Guten Tag, Claas.«

»Was machst du bei diesem Wetter hier draußen?«

»Ich wollte zur Werkstatt, um zu sehen, ob viel Schaden entstanden ist.«

»Ich hatte gestern den gleichen Gedanken wie du und war kurz da.«

Da er keine Anstalten machte, sich zu bekleiden, hob sie langsam den Blick. Er sah noch immer mitgenommen und müde aus. Sein Kopf war noch verbunden, und der verletzte Arm hing schlaff in einem Tuch, das er um den Hals geschlungen hatte. »Und wie sieht es dort aus?«

»Schlimm, Anna, sehr schlimm.« Er fuhr sich mit der gesunden Hand durch die Haare.

»Oh.« Sie hatte etwas in der Art erwartet, aber wenn selbst er es sagte, musste es wirklich schlimm stehen.

»Komm doch herein, bevor du dir den Tod holst. Ich ziehe mir etwas über und begleite dich, sobald der Regen nachlässt.«

»Ja, gern.« Sie war jetzt doch erleichtert, nicht allein gehen zu müssen.

Beim Eintreten fiel Anna auf, wie sauber und aufgeräumt seine Hütte war.

Neben einem Bett, einem Tisch mit zwei Stühlen, einer Truhe und einem gemauerten Ofen war ein provisorisches Lager aus Stroh in einer Ecke hergerichtet worden. Vermutlich schlief er während des Besuchs seiner Mutter dort. Es brannten einige Talglichter, und eine teure Wachskerze stand auf dem Tisch. Auf dem Boden lag das lederne Fell eines Hirsches, welches er damals von seiner Wanderschaft mitgebracht hatte. Um es nicht schmutzig zu machen, vermied sie, es mit ihren schlammigen Schuhen zu betreten.

Im Licht der Kerzen beobachtete sie, wie sich ein Wassertropfen aus seinem Haar einen Weg über seinen Rücken suchte, während Claas aus der Truhe ein wollenes Hemd herausfischte. Er streifte es über. Anna fing seinen erstaunten Blick auf und kam sich ungehörig vor, ihn so angestarrt zu haben.

»Setz dich doch bitte.« Höflich schob er ihr einen Stuhl hin. »Du erlaubst?« Damit nahm er ihr den nassen Umhang ab und hängte ihn über die Feuerstelle, während sie sich setzte. Er holte einen Krug mit zwei Bechern und nahm ihr gegenüber Platz.

»Möchtest du etwas Wasser oder Wein?«

»Nein, danke.«

Er goss sich ein, leerte den Becher und fuhr sich mit dem Handrücken über den Mund.

»Wie geht es dir und deiner Mutter?«

»Es ist schwer mit ihr. Sie ist fröhlich und benimmt sich, als wäre nichts geschehen.«

»Ich habe davon gehört, und es tut mir sehr leid.« Er machte ein betroffenes Gesicht. »Und du, wie geht es dir?«

»Ich komme zurecht. Das Haus ist voller Menschen, die sich kümmern.«

Für eine Weile schwiegen sie, und nur das Prasseln des Regens und das Knistern des Feuers durchbrachen die Stille. Dann hielt sie es nicht mehr aus.

»Claas, ich habe so viele Fragen.«

Er sah von seinem Becher auf. »Frag nur, ich werde dir alles sagen, was du wissen willst.«

Was hatte er mit dem Überfall zu tun, wie konnte er schuld daran sein? Diese Frage interessierte Anna am brennendsten, doch sie stellte sie zurück.

»Sag mir alles über diesen Auftrag. Warum durfte niemand davon erfahren, dass ihr ein Bildnis Johann Hemelings macht?«

»Es ist nicht der Ratsherr, wie du die ganze Zeit angenommen hast, sondern die Statue des Roland, die Bremen nun wieder zieren soll.« Er lächelte, aber es wirkte gequält.

Anna zweifelte an den Worten von Claas. »Aber das Gesicht …«

»Ja, ich weiß, das hast du auch gut erkannt, denn es ist in der Tat sein Gesicht, er hat es so angeordnet.« Claas lachte kurz auf. »Er ist ein ehrlicher, aber auch selbstverliebter Mensch.«

Ein Roland für Bremen. Das war wirklich unübertrefflich, mehr wert als alle Statuen, die ihr Vater je für die Kirche gemacht hatte. Kein Wunder, dass er so stolz darauf gewesen war, ihn hauen zu dürfen.

»Und was ist mit seinen Knien? Ich habe Hemeling getroffen, sie sehen ganz normal aus.«

»Die Knie sind ein Einfall deines Vaters«, schwärmte er. »Die

Statue sollte auf dem Markt stehen. Du weißt doch, wie dort versucht wird zu betrügen, oder?«

Anna nickte. Sie hatte davon gehört, dass windige Händler mit zweierlei Maß verkauften. Einer hatte einmal zu ihrem Vater gesagt, dass er nie ohne eigenes Maß Tuch verkaufen würde.

»Gut. Auf jeden Fall ist der Abstand zwischen den Metallspitzen von Rolands Knien haargenau eine Bremer Elle breit. So könnte jeder Bürger auf dem Markt nachprüfen, dass er nicht zu wenig für sein Geld bekommt.«

»Mein Vater«, seufzte sie, sah einen Moment mit leuchtenden Augen in das flackernde Licht der Kerze und schluckte die aufsteigende Traurigkeit hinunter. Stets war er ein ehrlicher Mensch gewesen und hatte gepredigt, niemanden zu übervorteilen, denen zu geben, die nichts haben. Nie nahm er zu viel für eine Arbeit, und wenn er jemanden hungern sah, war für diesen immer etwas übrig gewesen.

Claas atmete tief ein, auch seine Augen waren glasig geworden. »Erinnerst du dich, dass die früheren Roland-Figuren immer wieder dem Feuer zum Opfer gefallen sind?«

Erneut nickte sie und fuhr mit den Fingern über die feine Maserung des Tischs.

»Bei dem Treffen damals hatte Hemeling deinem Vater und Friedrichs diesen Auftrag angeboten, der mehr bringen sollte als der Ausbau am Rathaus, an dem die beiden zu der Zeit beschäftigt waren. Der Ratsherr hat ihnen dafür einen hohen Vorschuss angeboten, doch er verlangte ein Pfand dafür. Um was es ging, hat er anfangs verschwiegen. Friedrichs und dein Vater stritten sich, dann lehnte Friedrichs den Auftrag ab, und dein Vater, der Hemeling vertraute, nahm an. Von dem Vorschuss musste er zwar den teuren Elmstein kaufen, aber es war genug übrig, um bis über die Fertigstellung hinaus leben zu können. Danach sollte dein Vater eine weitere große Summe erhalten.« Claas schüttelte den Kopf und drehte nervös den Becher in seiner Hand.

Ihr stockte der Atem, denn sie fürchtete angesichts seiner Reaktion, dass noch etwas Ungeheuerliches folgen würde. »Sprich bitte weiter.«

»Er hat euer Haus als Pfand dafür gegeben, aber der Lohn wird noch viel höher sein. Glaub mir, das war es wert. Außerdem«, er stockte erneut, »muss die Figur bis zum Vierzehnten des nächsten Erntemonats fertig sein.«

Anna stieß laut die Luft aus ihren Lungen, sie begann zu schwitzen, und sie glaubte einen Moment, der Stuhl, auf dem sie saß, würde schwanken. Es waren weniger als zehn Monate bis zum genannten Termin. Sie konnte sich kaum vorstellen, dass es zu schaffen war. »Claas, das heißt ja, dass wir das Haus verlieren werden, wenn es nicht gelingt, oder?«

Er nickte stumm und stierte auf seine Hände, die den Becher umklammert hielten.

Sie hatte mit einigem gerechnet, aber dass ihr Heim auf dem Spiel stand, hätte sie sich nie träumen lassen. Was sollte aus ihnen werden, wenn sie es verlieren würden – oder hatten sie das bereits mit dem Tod ihres Vaters getan?

»Wie konnte er so etwas tun«, sagte Anna leise. Doch sie wusste, dass ihr Vater sehr stolz gewesen war, diese Arbeit ausführen zu dürfen. »War so ein Pfand bei all seinen Aufträgen üblich?« Sie hatte keinerlei Ahnung von den Geschäftspraktiken der Handwerker.

»Nein, Anna, aber die Summe, um die es geht, ist auch nicht gering. Deine Mutter und du, ihr hättet ein sorgenfreies Leben, und auch ich sollte einen ansehnlichen Teil erhalten.«

Er stand auf, umrundete den Tisch und blieb vor ihr stehen. Überrascht drückte sie sich weiter an die Lehne des Stuhls und spürte, wie sich das Holz an ihren Rücken presste. Er stutzte einen Moment, dann trat ein wissendes Lächeln auf sein Gesicht, und er ergriff ihre Hand.

»Ich werde diese Statue beenden, und wenn es das Letzte ist, was ich je tun werde. Das schwöre ich dir, Anna.«

Mit allem hätte sie in diesem Moment gerechnet, aber nicht mit dieser Zuversichtsbekundung. Claas' Hand war kräftig und warm und gab ihr das Gefühl, dass ihr nichts geschehen könnte, solange er ihre hielt.

Trotzdem kamen ihr Zweifel, als sie auf seinen verletzten Arm sah. Er folgte ihrem Blick, und seine Züge verdüsterten sich.

»Ich weiß, was du denkst. Aber wenn die Brüche verheilt sind, werde ich zur Not Tag und Nacht arbeiten.«

»Das weiß ich, Claas. Aber bis dahin wird es noch ein langer Weg sein. Ich kann dir zwar helfen, das weißt du, aber ich bin nicht so ausgebildet wie ein Mann, habe Vater nur zur Hand gehen dürfen und lediglich Kleinigkeiten selbst gemacht.« Sie seufzte. »Ich bezweifle, dass ich eine große Hilfe sein werde.«

Eine Falte entstand zwischen seinen Augen. »Wir werden es schaffen, vertrau mir, Anna.«

Nur zu gern wollte sie ihm glauben. Aber konnte sie eine solch schwere Arbeit schaffen? Seit dem Tod ihres Vaters hatte sie allein wegen ihrer Mutter keine Träne geweint, doch nun spürte sie, dass sie sie nicht mehr lange zurückhalten konnte.

»Mutter weiß davon?«

»Nein, nur welche Statue es wird. Mehr hat dein Vater wohl nicht gesagt und mich zum Schweigen angehalten.«

Das sah ihrem Vater ähnlich. Er hatte sich gern mit kleinen und großen Geheimnissen bedeckt.

»Dann wollen wir es vorerst weiter so halten. Sie hat schon Kummer genug und würde es jetzt vermutlich nicht begreifen. Wenn es uns nicht gelingt, wird sie es noch früh genug erfahren.« Ein weiterer Gedanke drängte sich in ihren Kopf. »Claas, was geschieht mit uns, wenn wir es nicht schaffen?«

»Aber wir werden –«

»Claas!«, unterbrach sie ihn. Sie wollte jetzt keine weiteren Beteuerungen.

»Dann bekommt die Stadt euer Haus und Land, oder …« Er stockte und sah an ihr vorbei.

»Sprich weiter, bitte!«

»… deine Mutter muss in den Schuldturm. Aber ich schwöre, dass es nicht so weit kommen wird. Vertrau mir.«

Anna stand kurz davor, hysterisch loszulachen und ihn einen Narren zu nennen, aber sie riss sich zusammen. Es nützte nichts, jetzt selbst wahnsinnig zu werden. Im Gegenteil, sie musste seine Zuversicht teilen.

»Dann gibt es keinen anderen Ausweg, wir müssen es einfach schaffen!«

»So gefällst du mir.« Er streichelte zärtlich ihre Wange, dann setzte er sich wieder.

Anna war froh, hergekommen zu sein. Hier fühlte sie sich nicht beengt wie zwischen den fremden Menschen im Haus, auch wenn sie eine gewisse Schüchternheit Claas gegenüber verspürte, die sie früher nicht gekannt hatte. Er verstand sie besser als die anderen, und seine Berührungen, wenn sie auch nur flüchtig waren, gaben ihr mehr Kraft als all die guten Worte ihrer Verwandtschaft.

»Nun möchte ich doch etwas zu trinken.«

Lächelnd schenkte er ihr den Becher voll, und sie nahm einen kräftigen Schluck. Bei allem, was sie gerade erfahren hatte, konnte sie sich nun vorstellen, dass ihr Vater nicht dem Überfall einiger Strauchdiebe zum Opfer gefallen war. Ein Roland aus Stein würde nicht so leicht anzuzünden sein wie einer aus Holz. Der Roland signalisierte Freiheit für die Stadt.

»Claas, wer waren diese Männer, wer könnte euch überfallen haben?«

Er zuckte zusammen. »Auf jeden Fall jemand, der es ernst meint und auch vor einem Mord nicht zurückschreckt.«

»Aber wer würde so weit gehen? Vater hatte keine Feinde.«

»Keine direkten, aber Neider gibt es immer.« Er klang verbittert, und Anna merkte, dass er ähnlich dachte wie sie.

»Wer also kann es gewesen sein? Vielleicht Vaters Nachfolger aus der Zunft, oder jemand, der verhindern will, dass Bremen frei ist? Die Gegner des Kaisers, welche gar die Herrschaft der Kirche aufrechterhalten wollen?« Immerhin gab es genug Leute, die den Kaiser stürzen wollten. Gegen den Kaiser wurden Intrigen gesponnen, und nicht jeder war mit seinen Entscheidungen einverstanden. Manche seiner Handlungen wurden gar sabotiert.

»Etwas gegen diese Leute zu sagen, kann gefährlich werden.«

»Ist es das nicht schon?«

»Du hast recht.« Grimmig goss er sich Wasser ein und trank so hastig, als wäre er am Verdursten. »Waren die Büttel schon bei euch?«

»Nein. Hat jemand dort Bescheid gesagt?«

Er nickte. »Wegener hat das erledigt.«

»Das sieht den Bütteln ähnlich.« Sie hatte oft gehört, dass diese nicht sonderlich versessen auf Arbeit waren, schon gar nicht, wenn es um Morde oder Überfälle ging. Sie griffen lieber harmlose Diebe auf, die sie gegen klingende Münze wieder laufen ließen. Zumindest erzählte man das.

»Vermutlich wärmen sie sich lieber in ihrer Amtsstube den Hintern am warmen Ofen, als hier herauszukommen.«

Anna sah einen Augenblick aus dem kleinen Fenster. Der Regen hatte aufgehört, doch die Sonne schaffte es nicht, durch die Wolkendecke zu brechen. Im Haus fragte man sich bestimmt schon längst, wo sie war.

»Es ist besser, wenn ich jetzt gehe, es ist schon spät.«

Er nickte und wirkte erleichtert. Es musste ihm schwergefallen sein, ihr all das zu sagen, zumal er wusste, wie sehr sie ihren Vater liebte. Vermutlich war er deswegen die letzten Tage auch nicht zu ihnen herübergekommen.

»Möchtest du immer noch zur Werkstatt?«

»Ja, ganz kurz.« Sie brauchte jetzt Gewissheit, wie viel von der Arbeit zerstört worden war.

Es war beinahe dunkel, als sie die verlassene Halle betraten. Claas hatte eine Lampe mitgenommen, sonst hätten sie nicht mehr viel gesehen. Fast wünschte Anna, es wäre so, denn der Anblick der Zerstörung traf sie tief. Der Kopf der Statue war zweimal gesplittert und der Rumpf gebrochen. Überall sah man die Spuren des Kampfes, überall getrocknetes Blut. Ihre Sicht verschwamm unter Tränen, und jetzt gelang es ihr nicht mehr, sie zurückzuhalten. Claas bemerkte ihr Zittern.

»Wir hätten nicht herkommen sollen, bevor ich Ordnung geschaffen habe.« Er fasste sie an der Schulter und drehte sie zu sich herum. Ganz behutsam nahm er sie in den Arm, und sie ließ die ungeweinten Tränen, mit denen sie seit Tagen gerungen hatte, endlich frei. Sie nahm das Schlagen seines Herzens wahr, seinen Geruch, spürte seinen Atem dicht an ihrem Ohr. Es war das erste Mal, dass er ihr so nahe war. Claas sagte nichts, sondern hielt sie die ganze Zeit fest und streichelte ihr mit seiner gesunden Hand über den Rücken. Als ihr selbst die Kraft zum Weinen ausging und sein Hemd ganz durchweicht war, hob er ihr Kinn an, sodass sie ihm direkt in die Augen sehen musste. Hätte er sie jetzt geküsst, hätte sie es geschehen lassen.

Er lächelte, als er ihr vorsichtig die Tränen abwischte, doch in seinen Augen lag eine ebenso große Qual wie die, die sie gerade selbst empfand.

Sie blinzelte und ließ ihren Blick durch die Halle wandern. »Wie viele waren es?«

»Vier oder fünf.«

»Es muss schlimm gewesen sein.« Vor ihrem geistigen Auge sah sie, wie ihr Vater und Claas von vermummten Männern niedergerungen wurden, wie diese mit Knüppeln auf sie einschlugen und sich anschließend an den behauenen Steinen zu schaffen machten.

»Anna?« Die barsche Stimme gehörte ihrem Onkel, der eben zur Tür hereinkam. »Was …« Seine Verärgerung stand ihm ins Gesicht geschrieben, als er sie so eng umschlungen stehen sah. Augenblicklich ließ Claas sie los.

»Wir haben nur nachgesehen, wie viel diese Männer verwüstet haben.« Anna sprach hastig und fühlte sich ertappt, auch wenn kein Grund dazu bestand. Sie konnte an den Augen ihres Onkels ablesen, was er dachte, und schämte sich dafür.

»Das Essen steht bereit.« Demonstrativ hielt er ihr die Tür auf, durch die sie mit glühendem Gesicht eilig hinausschlüpfte. Der Onkel warf Claas einen finsteren Blick zu, dann folgte er ihr ohne ein weiteres Wort.

***

In der nächsten Nacht schlief Anna unruhig und wurde von Träumen geplagt. Sie sah darin sich und ihre Mutter, eng umschlungen und in Lumpen gehüllt, in einem Verlies. Davor ihren Vater mit einem wilden Lachen und einem Schlüssel in der Hand. Schweißnass und mit pochendem Herzen schreckte sie auf und musste sich erst einmal klar darüber werden, wo sie sich befand.

Leise, um ihre schlafenden Basen nicht zu wecken, wechselte sie ihr Nachthemd und ging wieder ins Bett. Nur mit Mühe fand sie in den Schlaf zurück, wo weitere böse Träume auf sie lauerten, in denen jemand ihren Vater mit Gewalt von ihrer Hand losriss, ein anderer zeigte ihr wieder ein kaltes Verlies, und sie fror entsetzlich.

Plötzlich rüttelte sie jemand an den Schultern. »Anna, Anna, wach auf. Du hast geschrien, als hättest du den Leibhaftigen gesehen.«

»Hm?« Benommen sah Anna sich um. Sie war gar nicht im Schuldturm, sondern lag zu Hause in ihrem Bett.

»Du hast geschrien!«, wiederholte Adelheid, die im Nachtgewand über ihr stand.

»Oh. Tut mir leid, ich habe wohl geträumt. Geh wieder zu Bett.«

»Lautstark«, sagte ihre Base und kroch zu ihrer Schwester unter die Decke. Bereits nach kurzer Zeit war ihr gleichmäßiges Schnarchen zu hören.

Anna konnte nicht wieder einschlafen. Immerzu überlegte sie, wie sie aus der momentanen Misere herauskommen konnten. Den Gedanken, einen Maurer oder Steinmetz einzustellen, der die Arbeit für sie verrichtete, verwarf sie wieder, denn außer Friedrichs, von dem man bereits sagte, er werde der neue Zunftmeister, würde sie niemanden finden. Alle Steinmetze, Bildhauer und Maurer waren mit dem Bau des Rathauses beschäftigt, und man hatte sogar reisende Handwerker von außerhalb für all die anderen Baustellen kommen lassen. Auch würde Friedrichs den Roland nie in ihrem Namen fertigen, das war ihr in dem Gespräch mit Claas klar geworden.

So verging Stunde um Stunde, bis schließlich der Silberstreifen am Horizont den neuen Tag einleitete. Sie stieg leise aus dem Bett, streifte ihr blaues Kleid über und band ihre Haare zusammen. Sie würde für alle das Frühstück herrichten.

Anna nahm sich den kleinen Korb, ging zum Hühnerstall und sammelte, zum Ärger der alten Hennen, die frisch gelegten Eier ein. Anschließend ging sie zum Stall und fütterte die beiden Ochsen und die Pferde. Als sie zurück ins Haus kam, erschien ihre Tante bereits mit verschlafenem Gesicht und zerzaustem Haar, jedoch hoch erfreut über Annas Arbeitseifer.

»Wovon hast du denn heute Nacht geträumt?«, fragte Adelheid später beim Frühstück mit vollem Mund, nachdem sie genüsslich in das Brot gebissen hatte.

»Adelheid, so etwas fragt man nicht!«, zischte deren Mutter über den Rand ihres Milchbechers. Ihre Base starrte verlegen auf den Tisch und brachte damit ihre Schwester Maria zum Kichern.

»Ist schon gut, Tante. Ich habe die beiden in der Nacht mit einem Schrei aus dem Schlaf gerissen«, sagte Anna entschuldigend.

»Das wird vorbeigehen, Anna.« Claas' Mutter nickte ihr aufmunternd zu.

»Dein Vater sagt immer, dass ein voller Magen am Abend böse Träume bringt«, mischte sich nun ihre Mutter ein und warf ihr einen strafenden Blick zu. »Wo ist eigentlich Thea schon wieder?«

Annas Mutter schien vergessen zu haben, dass Thea vor einigen Wochen von einem ihrer Brüder die Nachricht erhalten hatte, dass der Vater schwer erkrankt wäre und sie sich darum kümmern sollte. Schweren Herzens hatten die Oldes sie gehen lassen. Sie versprach, bald zurückzukommen, denn hier sei ihr Zuhause, hatte sie beim Abschied gesagt.

»Aber Mutter, sie ist doch bei ihren Eltern, der Vater liegt im Sterben.«

»Nein!« Sie schlug die Hand vor den Mund. »Die Ärmste. Wann ist sie denn fortgegangen? Ich habe es nicht gehört.«

Ihre Tante verdrehte die Augen zur Decke, und die jüngere Base kicherte erneut. Maria brachte es einen Klaps auf den Hinterkopf von ihrem Vater und den höhnischen Blick von Adelheid ein. Anna wurde schwer ums Herz, doch schnell schüttelte sie das Gefühl wieder ab.

»Bereits vor vielen Wochen.«

»So?« Die Verwirrung zeichnete sich noch deutlicher im Gesicht ihrer Mutter ab.

»Aber sie wird bestimmt bald wieder hier sein«, sagte Anna schnell, um das Thema zu beenden.

Als das Frühstück gegessen und der Abwasch gemacht war, beschloss sie, in die Stadt zu gehen, um die Angelegenheit dem Ratsherrn Hemeling vorzutragen. Wenn man sie überhaupt zu ihm vorlassen würde, konnte sie vielleicht mehr Zeit für den Auftrag herausschinden.

Jedes Mal, wenn Anna durch eins der Stadttore von Bremen ging, war es, als betrete sie eine andere Welt. Ihr Weg führte sie durch enge Gassen und dichtes Gedränge, vorbei an Marktständen, kleinen Läden, Gauklern und Handwerkern. Beinahe jede Wegbiegung bot ein anderes Bild dieser Stadt, die ebenso bunt war wie die Kleidung, die die Menschen trugen, oder die Schichten, aus denen sie kamen. Hier tummelte sich Arm neben Reich, Gebildet neben Einfältig. In jeder Straße, durch die sie ging, nahm sie einen anderen Geruch wahr. Mal stieg ihr ein Hauch von Weihrauch in die Nase, wenn sie an einer der vielen Kirchen vorbeiging, mal roch es nach Schwefel, nach Wein, Honigstangen und Brot oder Pisse. Alles in dieser Stadt war beengend, und sogar die Häuser wirkten, als stünden sie sich gegenseitig auf den Füßen herum und kämpften um jede Elle Platz.

Durch den vielen Regen waren die Wege aufgeweicht und schlammig, sodass Anna nur mühsam vorankam und ihr jeder Schritt schwerfiel. Sie war froh, dass sie außerhalb dieser Mauern lebte, sie mochte die allgegenwärtige Enge nicht.

Mittlerweile waren ganze Handwerkssiedlungen entstanden, die mit jedem Jahr wuchsen. Aus einer Gasse erklangen die Hämmer der Schmiede, wenn sie ihr Eisen formten, und es roch nach Feuer und schmelzendem Metall. Dampf stieg aus den Eingängen in den wolkenlosen Himmel, und in den Pfützen spiegelte sich der Schein vieler Flammen. Die Gasse der Kürschner war die ruhigste, und sie war trotz des Regens der vergangenen Tage recht sauber, doch dort stank es nicht nur nach Urin. Ihr Magen begann zu rebellieren, worauf sie ihre Schritte beschleunigte. Kein Wunder, dass sich dort kaum eine Menschenseele freiwillig aufhalten wollte und sich nur die Ärmeren dorthin verirrten.

Anna beobachtete, wie ein Bauer geduldig auf sein Ochsengespann einredete, das sich schlicht weigerte, seinem Herrn zu folgen. Sie sah einen Moment lang zu, dann setzte sie ihren Weg fort. Als sie an einem Bäcker vorbeikam, sog sie die Luft in ihre Nase. Es roch nach frischem Brot, Lebkuchen und Honiggebäck. Von den fünf Kirchen, die in Bremen standen, war der St.-Petri-Dom, dessen Turmspitze hoch in den Himmel ragte, die gewaltigste. An seinem Fuß begann der Markt. Fahrende Händler von außerhalb und heimische boten hier zweimal die Woche an vielen Ständen ihre Waren an. Anna ließ ihren Blick über den Platz gleiten, doch zu ihrer Enttäuschung war die alte Theresa, die Maronenverkäuferin, nicht zu sehen, und so schritt sie eilig weiter.

Je näher sie dem Marktplatz kam, umso mehr Baustellen sah sie, und auch um den Marktplatz herum entstanden neue Gebäude. Eins davon war das Rathaus, an dem Claas und ihr Vater vor dem Auftrag für den Roland mitgearbeitet hatten. Es war außen beinahe fertig und sah mit seinen Giebeln und Erkern, den Figuren und teuren Butzenfenstern, in denen sich das Sonnenlicht brach, einfach wunderschön aus. Noch immer waren Handwerker im Inneren beschäftigt, und sie vernahm emsiges Klopfen und Sägen. Die Stadt baute schon seit ein paar Jahren daran, und es würde auch noch eine Weile dauern, bis die Ratsherren dort Quartier beziehen konnten. Auf der Westseite fiel ihr Blick nicht ohne einen gewissen Stolz auf die Statue von Aristoteles, welche die Wand zierte. Ihr Vater hatte sie gehauen und sie selbst dabei mitgeholfen. Anna erinnerte sich an jeden Knüpfelschlag, den sie einst für die Buchstaben seines Namens getan hatte.

Schließlich betrat sie das Domus Consulum, das alte Rathaus, in dem zwölf Ratsherren und, wenn vorhanden, ein Bürgermeister die Stadt leiteten. Doch Letzteren gab es seit einer Weile nicht mehr, und man munkelte, dass der Rat sich nicht darauf einigen könne, einen neuen zu bestimmen. Zu ihrer Überraschung wurde sie von einem Amtsdiener sofort zu Johann Hemeling vorgelassen.

Der Ratsherr trug ein Hemd mit flatternden Ärmeln, die üblichen Beinlinge, seine rot bestickte Ratsschärpe und eine Goldkette mit dem Bremer Schlüssel um den Hals. Als Anna in den Raum kam, trat er hinter seinem Schreibpult hervor und drückte ihr sein Beileid über das Unglück aus. Dann bot er ihr einen Stuhl in seiner gut beheizten Amtsstube und etwas zu trinken an. Als er ihr Mantel und Wollmuff abnehmen wollte, lehnte sie dankend ab. So waren wenigstens ihre zitternden Finger vor seinen Blicken geschützt.

Er umrundete sein Stehpult, wischte sich die tintenverschmierten Hände ab und setzte sich ihr gegenüber in einen gepolsterten Sessel. »Liebe Anna, was führt dich zu mir, kann ich etwas für deine Familie tun?«

Noch nie war sie hier gewesen oder hatte mit jemandem über Dinge gesprochen, die die Arbeit ihres Vaters betrafen, und sie hoffte, die richtigen Worte zu finden. »Ja, Herr Hemeling, das könnt Ihr.« Sie wunderte sich, wie fest ihre Stimme in diesem Moment klang.

»Dann lass mich hören, was es ist.« Er sah sie mit freundlicher Miene an. Anna hielt seinem Blick stand und senkte nicht wie gewohnt die Lider.

»Es geht um den Auftrag, den mein Vater von Euch angenommen hat …« Sie stockte kurz, da es ihr noch immer schwerfiel, von ihm in der Vergangenheit zu sprechen. »Da er nicht mehr unter den Lebenden weilt und Claas verletzt ist, befürchte ich, dass er nicht rechtzeitig fertig wird.«

»Ich habe erwartet, dass damit jemand von euch zu mir kommt, auch wenn ich eher mit Claas gerechnet habe.« Er lächelte, und Anna schöpfte Hoffnung.

»Können wir den abgemachten Zeitpunkt um ein halbes Jahr verschieben?« Sie suchte nach einer Regung in seinen Zügen und fand Erstaunen.

»Oh.« Er musterte sie einen Moment, dann schüttelte er bedauernd den Kopf. »Ich dachte, dass du mich nun bittest, die Arbeit jemand anderem aufzutragen.«

Wider Erwarten schien sich die Sache geradewegs in die falsche Richtung zu bewegen. Sie hätte doch Claas mitnehmen sollen. »Aber wir wollen es selbst versuchen.«

»Es tut mir leid, Anna, doch dieser Termin wurde mir vom Kaiser genannt, und ich kann ihn nicht ändern.«

»Vom Kaiser?« Sie war fassungslos und musste sich bemühen, ihr Gegenüber nicht mit offenem Mund anzustarren. Nervös spielte sie mit einem Wollfaden ihres Muffs.

Hemeling nickte. »Ja, von ihm persönlich, und Anna, glaube mir, es steht viel auf dem Spiel. Die Statue muss wie vereinbart in zehn Monaten fertig sein.«

Damit stellte sich der Kaiser offen gegen die Bremer Kirche!

»Was passiert, wenn Bremen den Roland bis dahin nicht aufgestellt hat?«

»Wenn an dem Tag kein Roland die Stadt ziert, gibt es kein freies Marktrecht für uns. So lautet die Abmachung. Es wird keinen Kampf und kein Verhandeln geben. Das haben wir alle unterschrieben. Er hat uns großzügigerweise diese Möglichkeit gegeben, darum *muss* Bremen die Figur dann vorzeigen.«

Er machte eine Pause, doch Anna sah ihm an, dass er noch mehr zu sagen hatte, und wartete.

»Ich vermutete, dass ihr nicht weitermachen könnt, und habe mit Friedrichs gesprochen. Er ist bereit, die Verpflichtung trotz der verstrichenen Zeit einzugehen und euch die fertigen Teile abzukaufen. Jedoch nur für den Preis, den sie ursprünglich gekostet haben, und auch nur die unbeschädigten Teile. Aber ich werde noch einmal mit ihm reden und versuchen, einen besseren Preis auszuhandeln.«

Für eine Sekunde entglitt ihr der bisher entschlossene Ausdruck, und sie fühlte sich wie ein kleines Mädchen, doch ehe er es bemerkte, hatte sie sich wieder in der Gewalt.

»Dieses Angebot ist ungeheuerlich und nicht mal eines Halsabschneiders würdig. Was ist mit den restlichen Schulden?«

»Ich kann deinen Zorn verstehen. Doch die Schuld kann ich euch leider nicht erlassen, unsere Truhen sind beinahe leer, und auch ich muss Rechenschaft ablegen. Außerdem könnte die Stadt die fertigen Teile gegen euren Willen einziehen, und ich würde nur ungern diesen Schritt gehen, Anna.«

Ihr Herz begann zu klopfen, ihre Hände wurden nass. War es am Ende ein Fehler, dass sie hergekommen war?

»Aber wie sollen wir dann je das Geld zurückzahlen?«

Hemeling rutschte verlegen auf seinem großen Stuhl hin und her. »Wenn der Rat es will, müssen wir das Pfand einfordern oder deine Mutter ...« Er druckste herum.

»... muss in den Schuldturm«, beendete sie den Satz.

Er nickte.

»Aber wir können doch nichts dafür!« Nun fühlte sie sich wirklich wie ein hilfloses Kind, das um eine Näscherei bettelt.

»Sei versichert, dass ich das weiß und alles tun werde, was in meiner Macht steht, um euch zu helfen. Doch ich habe Gegner im Rat. Sie warten nur darauf, dass ich einen Fehler begehe, damit sie sich wie die Wölfe auf mich stürzen können.«

Welchen Ausweg gab es jetzt noch? Wenn Friedrichs die Arbeit fortsetzen würde, wäre auf jeden Fall alles verloren. Sie selbst mussten diese Statue zu Ende bringen.

»Dann wird sie zum genannten Datum fertig sein.« Entschlossen stand Anna auf.

Auch Hemeling erhob sich mit erstauntem Gesicht und blieb neben seinem Pult stehen. »Aber Anna, wie soll das gehen? Dazu bräuchte es ein Wunder!«

»Mit Gottes Hilfe werden wir es schaffen. Lasst Friedrichs bitte noch eine Weile warten, ehe Ihr ihm zusagt. Das ist das Einzige, um das ich Euch bitte.«

»Das kann ich nicht. Wenn noch mehr Zeit verstreicht, würde auch er nicht mehr fertig werden. Es tut mir leid.«

»Wenn es uns nicht gelingt, kann er die bereits begonnenen Teile von Vater umsonst haben. Damit hätte er genug Geld gespart und könnte Dutzende Mannen dafür entlohnen, ihm zu helfen. Reicht das?« Sie streckte ihm ihre Hand entgegen.

Prüfend sah Hemeling sie an, klopfte nervös mit seinem Zeigefinger auf dem Schreibpult herum, während Anna meinte, ihr Herz müsse ihr zum Halse herauskommen. Dann ergriff er entschlossen ihre Hand und lächelte gequält.

»Du bist zäher im Verhandeln als mancher Mann. Ich gebe euch sechs Wochen ab dem Tag der Beerdigung, dann werde ich begutachten, wie weit ihr seid.«

»Danke, Herr Hemeling.« Sie musste sich in dem Verlangen bremsen, ihm um den Hals zu fallen, und strahlte über das ganze Gesicht.

»Dein Dank ist verfrüht. Noch ist nichts entschieden.«

Sie nickte, denn er hatte recht. »Ich habe noch eine Frage. Was tun Eure Büttel, um die Mörder zu finden?«

»Waren sie noch nicht bei euch?« Nun wirkte er ehrlich überrascht.

»Nein.«

»Dann werde ich sogleich mit dem Vogt sprechen und ihn anweisen, dass er sie zu euch schickt.«

»Gut, wir erwarten sie dann.« Sie wusste jedoch, dass man sich auf die hiesigen Büttel nicht verlassen konnte. Zu viele Geschichten um deren Faulheit und Bestechlichkeit waren im Umlauf.

»Ich hoffe, dass sie die Mörder deines Vaters finden. Noch etwas: Wenn ihr jetzt weitermacht, habt ihr dann für die nächste Zeit an euren Schutz gedacht?«

Die Frage traf sie unvermittelt, denn sie hatte vollkommen verdrängt, dass es wieder geschehen könnte.

Die Mörder liefen noch frei herum. Sie musste mit Claas darüber sprechen.

»Um ehrlich zu sein, bisher noch nicht«, gab sie zu und senkte verlegen den Blick.

»Ich kann im Moment keine Leute abstellen, denn sie müssen das Land der Ratsherren Detward und Vasmer bewachen. Ich biete euch an, hier unter unserem Schutz in einer der Werkstätten weiterzumachen. Auch im Hof des Zunfthauses wärt ihr sicher.«

»Danke. Ich rede noch heute mit Claas.«

Hemeling nickte erneut. »Er wird wissen, was das Beste ist. Ich wünsche euch alles Gute, und wenn ihr etwas braucht, lasst es mich wissen.«

Draußen hatte sie das Gefühl, dass ihre Knie nachgeben würden, aber sie verließ mit erhobenem Kopf das Amtsgebäude. Auch wenn sie sich von den vielen Bedenken erdrückt fühlte, so hatte sie dennoch einen kleinen Sieg errungen.

3

Nur mit Mühe konnte Heinrich den jungen Novizen an den Ohren hinter sich herziehen. Während dieser versuchte, mit ihm Schritt zu halten, wurde sein Weinen immer lauter. Er wollte auf keinen Fall, dass die anderen Geistlichen sie hörten.

»Still, oder ich greife noch härter zu«, zischte Heinrich durch die Zähne und blieb einen Moment stehen, um den Knaben düster anzusehen. Er war ein ausgesprochen hübscher Junge, mit ebenmäßigem Gesicht und leuchtend grünen Augen, die voller Tränen standen, welche sich in Bächen über seine rosigen Wangen ergossen. Doch das beeindruckte Heinrich nicht, denn der Junge hatte es verdient, bestraft zu werden.

»Ja, Euer Hochwürden«, schluchzte der Novize und versuchte, seine Stimme zu dämpfen.

»Hättest nicht stehlen sollen. Es steht schon in der Heiligen Schrift, in den zehn Geboten, und die solltest du kennen.«

»Aber ich habe es nicht ge–«, begann er zum wiederholten Male, doch Heinrichs freie Hand zuckte vor und verpasste ihm eine Ohrfeige.

»Aua«, schrie der Junge, verstummte aber sofort wieder.

»Auch steht in der Bibel: ›Du sollst nicht falsches Zeugnis ablegen!‹« Heinrichs Wut steigerte sich, als der Junge sich die Wange rieb und ihn flehend ansah. Er selbst war mit harter Hand erzogen worden, und es hatte ihm nicht geschadet. Wie sollte das Kind lernen, was Recht und was Unrecht war, wenn nicht durch Strenge? Unter seinem drohenden Blick senkte der Novize schließlich die Augen zu Boden.

»Wie ist dein Name?«

»Otto, Euer Hochwürden.«

»Folge mir, denn ich werde dich lehren, dass man weder lügen noch stehlen darf.«

Panisch sah sich der Junge nach allen Seiten um, doch ehe er den Versuch einer Flucht unternehmen konnte, hatte Heinrich ihn fester gepackt und setzte seinen Weg durch den sandfarbenen Säulengang fort. Als er um die nächste Ecke biegen wollte, stand ausgerechnet der Erzbischof vor ihm und blickte argwöhnisch auf die Situation.

»Was geht hier vor?«

Es war Heinrich zuwider, dass er ihn vor dem Jungen befragte, doch sein Onkel, der Erzbischof, war das Oberhaupt der hiesigen Kirchengemeinden und stand nun mal im Rang über ihm.

»Euer Exzellenz.« Heinrich küsste den Bischofsring. »Der Novize Otto wollte mich bestehlen und streitet alles ab. Ich habe ihn dabei überrascht, wie er ein Pergament aus meinem Schrank nehmen wollte. Und nun behauptet er dreist, Ihr hättet ihn geheißen, dies zu tun.«

»Lass ihn los, Heinrich, denn er spricht die Wahrheit.«

Verwundert starrte Heinrich seinen Onkel an. »Das konnte ich nicht wissen, Euer Exzellenz.«

»Ich weiß, und ich will es dir gern erklären, aber zuvor lass den Jungen gehen.«

Nun wurde Heinrich bewusst, dass er noch immer das Ohr des Novizen umklammert hielt. Augenblicklich ließ er los. Otto rieb sich die gerötete Stelle, aber nicht ohne ihm einen vorwurfsvollen Blick zuzuwerfen.

»Geh und hole das Pergament, auf das ich warte, und bring es in meine Räume.« Der Erzbischof lächelte Otto freundlich an, welcher nur zu gern der Aufforderung nachkam und das Weite suchte.

»Ich schickte ihn tatsächlich mit der Bitte zu dir, mir ein paar deiner Pergamente zu bringen, denn meine sind mir ausgegangen, und ich erwarte längst eine Lieferung aus Hamburg, die noch nicht eingetroffen ist.«

»Ich verstehe.«

»Wie ich leider sehen musste, hat deine Strenge mit den Novizen offenbar nicht nachgelassen. Hast du Gott um eine mildere Hand gebeten, wie ich es dir beim letzen Mal geraten habe?«

»Jeden Abend, Euer Exzellenz.«

»Gott wird dir Prüfungen auferlegen.«

»Ja, Euer Exzellenz.«

»Begleite mich ein Stück. Wir wollen uns unterhalten.«

Gehorsam schritt Heinrich neben seinen Onkel in Richtung Kapelle.

»Bist du dir immer noch sicher, dass der von dir gewählte Weg für dich der richtige ist? Schließlich sollst du eines Tages meine Nachfolge antreten, und ich habe meine Zweifel.«

»Ich bin mir sicher. Ich wollte nie etwas anderes.«

Der Bischof warf ihm einen zweifelnden Blick zu. »Ich erinnere mich, dass du sehr wohl etwas anderes wolltest, ehe ich dich mit zu mir nach Verden nahm.«

Heinrich machte eine wegwerfende Handbewegung. »Das war das törichte Denken eines Knaben. Ich bin erwachsen geworden und gereift unter Eurer Obhut.« Und doch wusste er, dass es nicht ganz der Wahrheit entsprach, was er sagte, denn bei dem Gedanken an damals verspürte er einen Stich in dieser alten Wunde.

»Dann musst du an dir arbeiten, denn du bist zu hitzköpfig, und deine Hand zeigt mehr Strenge als Güte. Bete weiter darum, denn auch ich bete ständig, dass mir vergeben wird, was ich dir damals antat.«

***

Die kleine Kirche des Benediktinerklosters war beinahe voll. Dicht an dicht drückten sich die Menschen zusammen und erfüllten die Kapelle mit leisem Flüstern und Wispern. Jeder Laut hallte von der hohen Decke wie das leichte Brausen des Windes auf sie hernieder. Die meisten Gesichter kannte Anna, und als sie sich umsah, fing sie viele wohlwollende Blicke auf.

Weit vor ihnen stand der geschlossene hölzerne Sarg, dahinter erhob sich der schlichte Altar mit dem steinernen Kreuz, das eine Gabe der Steinmetzgilde war und Anna schmerzlich an ihren Vater erinnerte. Überall brannten Kerzen in geschmiedeten Halterungen. Sie brachten ein warmes Licht in die Pfarrkirche, die an diesem wolkenverhangenen Vormittag noch düsterer als sonst auf Anna wirkte. Weihrauch und Schwefel lagen schwer in der Luft und machten ihr das Atmen schwer. Beklommen hielt sie mit einer Hand die ihrer Mutter fest umschlossen. Mit der anderen schob sie sich eine hervorlugende Haarsträhne wieder unter das schwarze Tuch, das sie zusammen mit dem neuen dunklen Kleid aus weicher Wolle als Zeichen der Trauer angelegt hatte. Ihre Mutter trug die gleichen Kleider und einen schwarzen Wollmantel. Ihre Tante hatte die Sachen auf dem Tuchmarkt erstanden, und auch sie und die Basen hatten heute solche Kopfbedeckungen auf.

Es hatte Anna eine Menge an Überredung gekostet, ihre Mutter dazu zu bringen, die Sachen anzuziehen. Sie hatte es einfach nicht einsehen wollen. Aber es sei doch niemand gestorben, hatte sie fest behauptet.

Kalt wehte der Wind durch das offen stehende Portal, und die Kerzen begannen zu flackern. Anna zog fröstelnd ihren Kragen enger und drückte sanft die Hand ihrer Mutter in der Hoffnung, diese damit zu beruhigen. Die Mutter war nervös und sah sich immer wieder mit großen Augen um.

Der Priester schloss die Tür, und als die Glocke zu läuten begann, schritt er bedächtig in seiner schwarzen Kutte zur Kanzel, die um einige Stufen über die Menschen erhoben war. Stille trat ein, als er die Hände hob und seine Ansprache mit einem Gebet begann.

Nach dem gemeinsamen Amen läutete ein weiteres Mal die Totenglocke in ihrem schwermütigen, monotonen Klang. Anschließend pries er die Verdienste Jacob Oldes für Stadt und Kirche, doch Anna bekam davon kaum etwas mit, sie war vollkommen auf ihre Mutter bedacht, die ihre Hände nun bei sich hatte und sie nervös knetete.

»... und möge seine Seele in Frieden ruhen und anheimfahren zu Gott, dem Allmächtigen.«

»Wer war der Verstorbene, müssten wir ihn nicht kennen?«, wollte Magda flüsternd von ihr wissen.

Hilfesuchend drehte sich Anna zu Mechthild um, die direkt hinter ihnen stand und alles gehört hatte. Mechthild drückte die Schulter von Annas Mutter und begann, leise auf sie einzureden, die sich ebenfalls zu ihr umdrehte, jedoch bereits nach Kurzem mit zorniger Miene wieder nach vorn sah.

»Mechthild muss dem Wahnsinn verfallen sein. Stell dir vor, sie sagt schon wieder, es wäre dein Vater dort im Sarg!«, flüsterte sie aus dem Mundwinkel und schüttelte fassungslos den Kopf. »Sag du mir wenigstens, wer der Tote wirklich ist.«

»Aber Mutter ...«, begann Anna, doch Mechthild stupste sie an der Schulter und bedeutete ihr damit zu schweigen. Die Kräuterfrau hatte ihnen Hoffnung gemacht, dass ihre Mutter auf der Beerdigung vielleicht endlich die Wahrheit sehen würde, doch noch trat die Erkenntnis nicht ein.

»Kind, so sag es mir doch endlich! Wem muss ich gleich mein Mitgefühl bekunden?«

Anna ließ resigniert den Kopf hängen. Sowieso hinderte sie ein dicker Kloß im Hals am Sprechen.

Am Ende der Predigt beteten alle laut für die Seele ihres Vaters, dann sang man gemeinsam einen Psalm, und auf das Handzeichen des Priesters erhob sich die Gemeinde, worauf erneut die Totenglocke einsetzte. Der hölzerne Sarg wurde von Claas, Annas Onkel und mehreren Zunftmitgliedern angehoben und auf die Schultern gehievt. Bedächtig verließ die Prozession die Kirche und folgte dem Kirchenmann, welcher im Takt der Glockenschläge ausschritt; in den Pausen verharrte er kurz. Die Sargträger schwankten unter ihrer Last, doch verzog kein Mann eine Miene. Als sie das schmiedeeiserne Portal hinter sich gelassen hatten, bogen sie auf den Weg zum Friedhof hin ab, welcher gleich neben der Kirche lag und von einer Mauer aus Findlingen umringt war. Ihr Schweigen wurde nur von dem Geschrei der Möwen und Kolkraben begleitet, die sich über ihr Eindringen in die Stille anscheinend beschwerten.

Die Trauernden zogen an Gräbern mit kleinen und großen Kreuzen vorbei, bis sie vor einem frisch ausgehobenen Loch in der Erde haltmachten. Ein Stück abseits stand der Totengräber auf seine Schaufel gestützt und beobachtete neugierig die Menschenmenge.

Stumm versammelte man sich um das Grab, und der Geruch nach Schnee und kalter Erde stieg Anna in die Nase. Ihre Verwandten hatten sie und ihre Mutter in die Mitte genommen, und nachdem die Männer den Sarg bedächtig vor dem Loch abgestellt hatten, traten nun auch Claas und ihr Onkel hinter sie. In der Frühe hatten sie von Mechthild die Unterweisung erhalten, auf die Mutter zu achten, wodurch Claas' Augen beinahe die ganze Zeit auf sie gerichtet waren. Annas Mutter sah sich immer wieder um, als suche sie jemanden, und machte einen überaus verwirrten Eindruck. Ihr Gesicht war bleich geworden, und Anna drückte sanft ihre Schulter, um die sie ihren Arm geschlungen hatte.

In ein Totentuch gehüllt wurde der Vater nun von drei Männern aus dem kiefernen Sarg genommen und in die Erde hinabgelassen; als der Körper unten auftraf, stieg aus dem Grab ein dumpfer Ton empor, der Annas Herz gefrieren ließ. Nun konnte sie ihre unterdrückten Tränen nicht weiter zurückhalten und senkte traurig den Kopf.

Ihre Mutter verharrte still und starrte erst Anna an, dann auf das Grab. Als der Priester ihren Vater aussegnete und zum wiederholten Male den Namen Jacob Olde aussprach, riss sie sich plötzlich von ihrem Arm los und machte mit entsetztem Gesicht einen Schritt auf das Grab zu. »Jacob!«

Claas griff blitzschnell nach ihr und hielt sie fest, ehe sie in die Tiefe rutschen konnte. Einen Moment lang versuchte sie, sich loszureißen, zerrte an der Hand, die sie festhielt, doch dann erwischte Anna sie ebenfalls an der Schulter, und endlich halfen auch Onkel Ludwig und Tante Eva, sie zu bändigen.

»Lasst mich los, das ist mein Mann! Lasst mich, ich muss zu ihm«, schrie ihre Mutter. Doch sie gaben nicht nach, und gemeinsam zogen sie sie wieder auf den festen Boden zurück.

»Jacob! Heilige Jungfrau Maria, nicht meinen Jacob!«, schrie sie erneut und sackte weinend auf die Knie, als sie endlich merkte, dass sie nicht weiterkam. »Jacob, mein Jacob.«

Viele Blicke aus betroffenen Gesichtern waren auf sie gerichtet.

»Gott sei gepriesen! Sie hat es überwunden«, flüsterte Mechthild, die als Einzige erleichtert wirkte, doch Anna nahm es nur am Rande wahr. Hin und her gerissen zwischen der Trauer über den Verlust des Vaters und der Erleichterung über das Erwachen der Mutter, ließ Anna sich ebenfalls auf die kalte Erde sinken und legte tröstend den Arm um ihre Mutter. Jetzt auch noch sie an den Wahnsinn zu verlieren, wäre zu viel für Anna gewesen, und so war sie froh, dass diese nun die schmerzhafte Wahrheit erkannte.

»Oh, mein Jacob«, schluchzte die Mutter und vergrub ihr Gesicht in Annas Schulter. Gemeinsam weinten sie die erleichternden Tränen, und der Priester sprach die letzten Worte, worauf der Totengräber begann, das Grab zuzuschaufeln. Anna spürte eine Hand auf ihrem Arm und blickte sich um. Claas nickte ihr ermutigend zu, und in diesem Moment sah sie in seinen blauen Augen, dass er für sie da war und es immer sein würde. Wärme schlich sich in ihr Herz, doch das Aufschluchzen ihrer Mutter wischte dieses zarte

Gefühl schnell fort, und Anna wandte sich ihr wieder zu. Als sie schließlich sanft von den Verwandten emporgehoben wurden, vernahm sie wieder das Krächzen der Möwen und Kolkraben, die in den blätterlosen Linden hockten und sie beobachteten.

Ihre Mutter wurde von der Tante und dem Onkel in die Mitte genommen, denn sie war kaum noch in der Lage, sich auf den eigenen Beinen zu halten, und auch Anna selbst spürte zwei stützende Hände unter ihren Armen und blickte in die Gesichter ihrer beiden Basen. Sie waren in diesem Moment kaum mehr mit den albernen Mädchen zu vergleichen, die ihr etliche Male durch ihr Geschnatter auf die Nerven gegangen waren, und sie war jetzt mehr als froh über ihre Anwesenheit. Adelheid wischte ihr die kühle Erde von Mantel und Kleid.

»Danke«, flüsterte Anna und spürte, wie der Druck von Adelheids Hand sich kurz verstärkte.

Der schwitzende Totengräber schüttete Schaufel um Schaufel Erde in das kalte Bett ihres Vaters, und am liebsten wäre Anna dazwischengefahren, hätte laut geschrien, dass er nicht tot sein durfte, doch sie beherrschte sich. Schließlich war ein leichter Hügel auf dem Grab entstanden, und der Priester beendete seine Zeremonie, indem er es ein letztes Mal segnete. Wieder ertönte die Glocke.

Die meisten, teils dunkel gekleideten Menschen kamen Beileid bekundend an ihnen vorüber, allen voran Salomon, der Baumeister, mit dem ihr Vater viele Jahre zusammengearbeitet hatte. Dann folgte geschlossen die Zunft der Steinmetze.

»Bald wird Jacobs Ruhestatt ein schönes Kreuz zieren, wir fertigen es gerade für ihn«, versicherte Fries, ein alter Steinmetz aus der Zunft.

Friedrichs war ein Hüne von einem Mann im fortgeschrittenen Alter, mit ergrautem Bart und breiten Schultern. Würde er nach ihrem Vater der neue Zunftmeister sein? Auch er gehörte zu dem Trauergefolge. Mit gesenktem Haupt bekundete er sein Beileid, und Anna bemerkte, dass er keinen von ihnen direkt ansah. Dann ging er hastig weiter.

Nach ihm traten die Ratsherren Arnd Boller und Bernd Prideney an sie heran; beide waren in teure Pelze gekleidet, und die Schärpe der Ratsmitglieder mit dem Bremer Schlüssel zierte jeweils ihre Brust. Viele Male hatten sie Jacob Olde aufgesucht, um die Baupläne für das neue Rathaus zu besprechen. »Wenn wir euch mit irgendetwas behilflich sein können, wenn ihr etwas benötigt, lasst es uns nur wissen«, versicherten sie einvernehmlich. Auch der Kaufmann und Nachbar Wegener sprach ihnen mit ernster Miene Trost zu und bot seine Hilfe an.

Ratsherr Johann Hemeling folgte mit trauriger Miene. »Frau Olde, Anna.« Er reichte ihnen nacheinander fest die Hand. »Es tut mir aufrichtig leid um den Verlust von Jacob. Vielleicht gibt es euch Trost, dass ich einiges regeln konnte. Anna, es bleibt bei unserer Abmachung.«

Sie nickte ihm unter Tränen dankbar zu, und ihre weinende Mutter schluchzte laut auf. Hemeling bedeutete Claas, ihm zu folgen, was dieser auch tat. Etwas abseits unterhielten sich die beiden, gaben einander dann die Hand, und der Ratsherr verschwand wieder in der Menge.

Mechthild nahm Anna und ihre Mutter herzlich in den Arm, sie kannte die Familie schließlich seit vielen Jahren und stand gut mit ihr. »Magda Olde, ich bedaure euren großen Verlust. Du weißt, wie sehr ich deinen Mann geschätzt habe.«

Annas Mutter sah sie nur mit maßloser Trauer auf dem Gesicht an.

»Wenn sie nicht schlafen kann, gib ihr hiervon fünf Tropfen in den Wein«, flüsterte sie Anna ins Ohr und drückte ihr eine kleine Phiole in die Hand, die Anna in den Mantel steckte.

»Danke, Mechthild, ich weiß nicht, was wir ohne deine Hilfe getan hätten.«

»Du weißt, ich helfe gern, wenn ich kann. Sind die, die euch das angetan haben, bereits gefasst?«

»Nein, es waren nicht einmal die Büttel bei uns, aber Ratsherr Hemeling sagte, er spricht mit dem Vogt.«

»Man wird sie stellen, und sie werden ihrer gerechten Strafe nicht entgehen, dessen bin ich sicher.« Mechthild warf ihr noch einen eindringlichen Blick zu, dann tauchte auch sie zwischen den Menschen unter.

Am Ende trat der Totengräber mit aufgehaltener Hand vor sie, und Onkel Ludwig legte einige Münzen hinein. Der Mann verbeugte sich und ging davon. Schließlich löste sich die Menge in alle

Richtungen auf, und nur noch Annas und Claas' Familien waren übrig. Gemeinsam standen sie um das Grab herum.

Da Blumen in dieser Jahreszeit schwer zu bekommen waren, hatte Anna mit ihren Basen und der Tante ein Gesteck aus Tannenzweigen und Buchsbaum geflochten, das ihre Mutter nun laut klagend auf den frischen Erdhügel legte. Claas verharrte ihnen gegenüber und blickte mit starrer Miene wortlos auf das grüne Gesteck.

Nachdem sie eine Weile so beisammengestanden hatten, machte man sich langsam auf den Heimweg. Anna blieb noch einen Moment und betete stumm für das Seelenheil ihres Vaters, ehe sie schließlich den anderen folgte.

Der Abschied von Claas' Mutter fiel Anna schwer, aber Frau Zellheyer versprach, sie wieder zu besuchen.

Auf dem Rückweg vom Friedhof hatte die sichtbar geschwächte Magda Olde entschlossen nach einer Erklärung für all das Geschehene verlangt, und da sie nun bereit war, es zu glauben, berichteten sie ihr so behutsam wie möglich, was sich zugetragen hatte. Es nahm sie so sehr mit, dass sie beim Laufen immer wieder kraftlos zusammensackte.

Zu Hause brachten Anna und ihre Tante die erschöpfte Mutter zu Bett. Ein wenig Schlaf würde ihr sicher helfen, das Erlebte zu verarbeiten.

Anna saß nun am Bett der Mutter, hielt ihr die glühend heiße Hand und legte ihr kalte Tücher auf die Stirn, bis sie schließlich unter Tränen einschlief. Mit sorgenvoller Miene verließ Anna leise die Kammer und ging zurück in die Küche, aus der es nach frischem Würzwein und deftiger Suppe roch. Ihre Tante stand am Herd und rührte in einem Topf. Die Basen besorgten etwas auf dem Markt, sodass es im ganzen Hause sehr still war.

Ihre Tante drehte sich zu ihr um. »Ist deine Mutter eingeschlafen?«

»Ja, endlich. Sie war so kraftlos.«

»Schlaf wird ihr guttun.« Mit einem aufmunternden Lächeln griff die Tante das warme Brot, schnitt eine Scheibe davon ab, goss dann einen Becher voll Wein und reichte Anna beides. »Setz dich, du musst etwas essen, sonst wirst du am Ende noch krank. Siehst auch schon ganz blass aus.«

Dankbar nahm Anna das warme Getränk und das Brot, ließ sich erschöpft auf den Stuhl sinken und merkte erst jetzt, wie müde und erschlagen sie tatsächlich war. Ihre Tante nahm sich ebenfalls einen Becher.

»Setzt du dich zu mir?«, fragte Anna.

»Geht nicht, muss auf die Bohnensuppe achten, sonst verbrennt sie mir noch. Ist ein leckeres Stück Fleisch drin, und es wäre schade drum.« Sie nahm einen Schluck aus dem Becher, stellte ihn auf den Tisch und rührte kräftig im Topf.

Anna kaute lustlos auf dem Brot herum, zwang sich jedoch, die Scheibe aufzuessen. Die Stille wollte sie erdrücken, doch sie wusste nichts zu sagen, und so beobachtete sie, mit welcher Hingabe ihre Tante die Mahlzeit zubereitete. Sie probierte, sah nachdenklich nach oben, tat noch etwas Bohnenkraut und Liebstöckel hinzu und rührte sichtbar zufrieden weiter.

Die Tür klappte auf, und ihr Onkel kam schweigend herein, entledigte sich ächzend seiner Stiefel und setzte sich mit ernster Miene neben sie.

Dann nahm er sich von dem Brot, bestrich es mit viel Schmalz und frischem Käse und begann herzhaft zu essen. Ehe er die Scheibe komplett verschlungen hatte, sprach der sonst wortkarge Onkel Anna unerwartet an.

»Wir haben noch nicht darüber geredet, aber es wird Zeit, dass wir uns Gedanken über euer Auskommen machen. Nach einer angemessenen Trauerzeit würde eine standesgemäße Vermählung von dir oder deiner Mutter euer Fortbestehen sichern.«

Beinahe hätte Anna sich an dem Wein verschluckt. Sie sah ihren Onkel über den Rand ihres Bechers hinweg mit geweiteten Augen an und schluckte heftig, ehe sie sprechen konnte. »Heiraten, ich oder Mutter? Wie, um alles in der Welt, kommst du darauf, dass wir das tun sollten? Wir haben das Land und ein Recht, von der Zunft Aufträge zu erhalten.«

Er schüttelte beinahe bedauernd den Kopf. »Leider ist es nicht so einfach. Euer Priester sagte mir heute, dass dein Vater ein Testament hinterlassen hat.«

Anna sah ihn mit fassungsloser Miene an. »Warum hat er das getan?«

»Vermutlich war er in Sorge um euch und um die Werkstatt.«

»Aber das braucht er doch nicht«, protestierte Anna, wusste aber, dass es vergeblich war. »Was steht in dem Testament?«

»Dass ich mich um eure Belange kümmern soll, und das werde ich auch tun. Ich suche einen Ehemann für deine Mutter.«

»Aber die Zunft muss uns Aufträge geben, das wusste Vater, es kann nicht in seinem Sinn sein, dass du Mutter schnell wieder verheiratest!«

»Warum sollte euch jemand einen Auftrag geben, wo ihr doch keinen Meister mehr im Haus habt?« Ihr Onkel griff noch einmal zum Brot, strich sich in aller Ruhe Butter darauf und aß ungerührt weiter.

Ihre Tante stand bekümmert mit dem Rücken zu ihrem Ehemann und blickte flehend in Annas Richtung. Anna verstand die Sorge der Tante, dass es zum Streit kommen würde, dennoch war sie zu aufgeregt, um auf den unausgesprochenen Wunsch einzugehen.

»Claas ist bei uns, er wird uns helfen. Hat mit Vater alles gemeinsam gemacht, und er versteht sein Handwerk«, sagte Anna und bemühte sich, freundlich zu bleiben. Bestimmt war das Ansinnen ihres Vaters nur zu ihrem Besten gedacht, daran hatte sie keinen Zweifel. Gerade heute davon anzufangen, empfand sie jedoch als äußerst taktlos von ihrem Onkel.

»Claas ist kein Meister, und wer gibt Weibern eine Arbeit auf, die dann von anderen erledigt wird? Wer wird euch vertrauen, dass diese Arbeiten ordentlich ausgeführt werden?«

»Ludwig, bitte, das könnt ihr doch auch ein anderes Mal bereden. Es war ein schlimmer Tag.« Ihre Tante sah ihn vorwurfsvoll an, und kleine Sorgenfalten hatten sich in ihr sonst so fröhliches Gesicht geschlichen.

Ihr Onkel schnaufte verächtlich, wobei sein mächtiger Bart wippte. »Ein Tag ist so gut wie der andere, und wir können nicht ewig hierbleiben, schließlich habe auch ich zu arbeiten. Ich bin nur in Sorge, was aus deiner Schwester und Anna werden soll. Oder willst du, dass wir sie in unser kleines Haus mitnehmen und ich für sie aufkomme?«, brauste er nun auf.

Verlegen schüttelte ihre Tante den Kopf, schwieg und widmete sich wieder ganz der Suppe.

»Hab Dank für deine Hilfe und Mühe, verehrter Onkel, aber

wir kommen gut allein zurecht. Wir wollen hierbleiben und für uns selbst sorgen.« Lauter als beabsichtigt stellte Anna ihren Becher auf den Tisch, was ihre Tante zusammenzucken ließ.

»Verzeih«, sagte Anna mit einem entschuldigenden Blick zu ihrer Tante. Dann richtete sie das Wort wieder an ihren Onkel: »Ich werde jetzt zur Werkstatt gehen und sehen, was aufzuräumen ist.«

»Das solltest du nicht allein machen, ich werde dich begleiten.« Damit erhob sich Onkel Ludwig.

»Nein, das brauchst du nicht«, sagte Anna mit fester Stimme.

Er zog gleichgültig die Schultern nach oben. »Wie du meinst. Du musst wissen, was du tust. Aber bedenke noch eins, auch du wirst nicht immer jung und frisch bleiben und solltest langsam an eine Ehe denken. Damit hilfst du auch deiner Mutter.«

»Werde ich, wenn es so weit ist.« Anna wollte zur Tür hinaus, aber er sprach weiter, sodass ihre Höflichkeit sie zwang, stehen zu bleiben.

»Außerdem gehört es sich nicht, in deinem Alter noch ohne männliche Führung zu sein. Wenn du es wünschst, kann ich mich in der Zunft auch für dich nach einem geeigneten Mann umsehen. Ich hörte, dass da ein Witwer ist –«

»Du bist nicht mein Vater!«, unterbrach sie ihn wütend, entsetzt über seine herzlose Art.

»Das weiß ich sehr wohl!«

»Mit Claas' Hilfe schaffen wir es schon allein.«

Die Augen ihres Onkels wurden zu schmalen Schlitzen. »Mit dem?«, höhnte er. »Der taugt doch nichts.«

»Tut er wohl. Und du kennst ihn kaum!«

»Wie dem auch sei, ich rede in den nächsten Tagen mit deiner Mutter darüber.«

Ohne ein weiteres Wort verließ Anna das Zimmer, suchte sich in der Diele einige alte Putzlumpen und den Reisigbesen zusammen und stellte alles neben die Treppe.

»... habe dir schon immer gesagt, dass sie sich für was Feineres halten, nur weil er Meister in der Zunft war«, hörte sie ihren Onkel aus der Küche sagen.

Das sah ihm ähnlich, denn er hatte ihrem Vater schon immer dieses Amt geneidet. Alle guten Geister mussten ihn verlassen haben, dass er ausgerechnet heute davon anfing. Schlimm genug, sich vorzustellen, dass ein anderer Mann ihres Vaters Platz einnehmen würde oder dass sie selbst mit einem alten Mann den Bund eingehen müsste. Als ob sie nicht Sorgen genug hätten. Sie eilte wütend in ihre Kammer, ließ sich auf den Schemel fallen und blickte sinnend aus dem Fenster, vor dem der kahle Baum ihr seine knorrigen Äste zeigte. Im Frühjahr hatte ihr Vater sie immer beschnitten. Düster zogen die dicken, schneeschwangeren Wolken über den Himmel und ließen ihre ersten Flocken fallen.

Was konnte sie nur tun? Alles schien verfahren, ihre heile Welt zerbrach mit jeder Stunde mehr.

Eine Taube landete auf einem Ast, der von ihrem Gewicht auf und ab wippte. Der Vogel kauerte sich ganz dicht an den Stamm, plusterte sein Federkleid auf und wurde langsam von den Schneeflocken bedeckt, die nun immer zahlreicher vom Himmel fielen. Hin und wieder schüttelte er das Gefieder aus, das nun nass und struppig war. Anna sah gedankenverloren zu, dann riss sie sich von dem Anblick los, zog ihr schlichtes blaues Kleid an, schlüpfte in den warmen Wollmantel und ging die Treppe wieder hinunter, an deren Ende Adelheid wartete. Anna hatte nicht mitbekommen, dass ihre Basen vom Markt zurückgekehrt waren. Aus der Küche vernahm sie noch immer die gedämpften Stimmen ihres Onkels und der Tante, die miteinander sprachen.

»Vater meinte, du solltest besser nicht allein gehen. Ich soll dir helfen.«

»Danke, ich weiß, dass er es gut meint, aber ich möchte allein sein. Verstehst du das?«

Ihre Base nickte, wenn auch zögerlich.

»Ich glaube, dass meine Mutter eine Weile schlafen wird. Sei so gut, bleib hier und achte darauf, dass es ihr an nichts fehlt, bis ich zurück bin. Wenn doch etwas ist, findest du mich drüben in der Werkstatt. Ich bleibe auch nicht lange weg.«

»Mach ich.«

»Danke.« Anna drückte sie kurz und sah die Erleichterung darüber, dass sie nicht mitgehen musste, auf dem Gesicht ihrer Base.

»Vater scheint böse auf dich zu sein. Aber mach dir nichts draus, er beruhigt sich bestimmt bald wieder. Nimm das Brot und den Käse. Mutter hat es mir für uns mitgegeben.«

Lächelnd nahm Anna ihr die Sachen ab und schob sie sich in die

Tasche ihres Kleides. »Sie glaubt wohl, ich verhungere in der kurzen Zeit.« Mit einem Zwinkern bedankte Anna sich und verließ das Haus.

Als sie die Eingangstür hinter sich zugezogen hatte, verstummten die Stimmen, und sie fühlte sich von einer Last befreit. Seit dem Tod ihres Vaters war nichts mehr wie zuvor, selbst ihr Zuhause bereitete ihr im Moment Unbehagen.

Sie atmete einige Male erleichtert durch und spürte die erfrischend kalte Luft in ihren Lungen. Zarte Schneeflocken wehten ihr entgegen, und aus der Ferne erklang die Glocke des Paulsklosters zur Messe. Die Taube saß noch immer in dem Baum und sah müde auf sie herunter. Frei wie ein Vogel müsste man sein, dachte Anna und vertrieb energisch das Gespräch mit ihrem Onkel aus ihren Gedanken. Dann zog sie den Kragen enger und schlug den Weg zur Werkstatt ein, wobei sie beobachtete, wie die weißen Flocken den Boden erreichten, dort einen Moment verharrten und dann zu schwinden begannen.

Claas' Hütte kam in Sicht. Sie sollte zu ihm gehen, um mit ihm über das Angebot von Hemeling und das Gespräch mit ihrem Onkel zu reden; auch Claas' Worte, die er am Sterbebett ihres Vaters gesagt hatte, drängten sich ihr wieder ins Gedächtnis, und sie brannte darauf, ihn danach zu fragen, doch sie entschied sich dagegen. Zuerst musste sie selbst das Durcheinander in ihrem Kopf ordnen. Sie nahm deshalb den Umweg durch das Birkenwäldchen, das hinter der Hütte entlangführte.

Als Anna nahe dem Weserufer aus dem Wald trat, lag die Werkstatt ruhig und verlassen vor ihr. Normalerweise hätte sie hier schon das Hämmern der beiden Handwerker gehört, doch jetzt war alles still, und auch die Glocke des St.-Petri-Doms hatte vor einer Weile den letzten Schlag getan. Der Winter mit seinem Mangel an Lauten tat sein Übriges, um die Stimmung in ihr zu drücken. Sie zitterte und zog den Mantel enger, doch die Kälte kam dieses Mal von innen, und der warme Mantel vermochte dagegen nichts zu tun.

Selbst die Lagerhallen von Wegener wirkten an diesem Nachmittag wie verwaist, und es lag auch kein prächtiges Handelsschiff vor Anker. Keiner der sonst so fleißigen Männer schleppte heute Kisten voller Waren auf die Ochsenkarren. Der Fluss war ruhig und führte kein Hochwasser mehr – noch vor einigen Wochen hatte es hier anders ausgesehen. Im vergangenen Sommer war so viel Regen gefallen, dass die Weser für mehrere Tage über die Ufer getreten war und dabei einen großen Teil der Ländereien überschwemmt hatte, ehe sie nur zögerlich wieder zurückgewichen war.

Ein Gefühl der Einsamkeit beschlich Anna, das ihr einerseits willkommen war, andererseits jedoch ein leichtes Unbehagen bescherte, denn der Verlust ihres Vaters drängte sich mit Macht in ihr Bewusstsein. Wieder kreisten die Fragen, wer und warum man ihn getötet haben könnte, in ihrem Kopf herum. Fragen, auf die sie noch keine Antwort wusste, aber es musste etwas mit dem Roland zu tun haben, dessen war sie sich sicher.

Beherzt wollte Anna nach dem Schloss greifen, das immer vor der großen Doppeltür hing, doch ihr Griff ging ins Leere, und sie starrte verwirrt auf die schlosslose Metallschlaufe. Die Tür war nur angelehnt, und im selben Moment vernahm sie ein leises Rumoren aus dem Inneren der Werkstatt. Sofort begannen ihre Finger zu kribbeln, und ihr Herz klopfte laut in ihrer Brust.

Konnten die Mörder zurückgekehrt sein? Zerstörten sie die letzten unversehrten Teile? Wenn, dann schwebte sie in ernster Gefahr. Hätte sie doch nur auf ihren Onkel gehört! Lauf, schrie alles in ihr, doch ihre Füße gehorchten ihr nicht. Sie wollte wissen, wer die Mörder waren, und offenbar war sie noch nicht entdeckt worden. Vielleicht konnte sie einen kurzen Blick riskieren, ehe sie ihre Beine in die Hand nehmen und laufen würde. Möglich, dass sie ein Gesicht erkennen konnte.

Mit zitternden Fingern umfasste sie den Griff, und dabei fiel ihr auf, dass Tür und Schloss unversehrt waren. Das Schloss hing, wie immer, wenn die beiden Männer hier gearbeitet hatten, an seinem Haken. Hier war niemand mit Gewalt eingedrungen! Vater, schoss es ihr freudig durch den Kopf, aber sogleich wusste sie, dass es widersinnig war, und aus der aufkeimenden Freude wurde augenblicklich düstere Enttäuschung. Sicher war es Claas. War seine Hütte nicht dunkel gewesen? Anna holte tief Luft, bevor sie es wagte, ganz vorsichtig ins Innere zu spähen. Es lag kaum mehr Staub auf dem Boden, und die zerstörten Teile der Statue standen aufgeräumt in einer Ecke, die unbeschädigten in einer anderen.

Sie betrat die Halle und sah sich weiter um. Die Blutspuren waren kaum noch zu sehen; jemand hatte versucht, die Stellen zu reinigen, und etwas hellen Steinstaub darüber ausgeschüttet. Die Werkzeuge lagen aufgestapelt auf einem Regal.

»Anna, was tust du hier?« Claas trat zwischen den unbearbeiteten Blöcken hervor und sah sie überrascht an. Sie fuhr leicht zusammen, legte dann ihre Hand auf ihr Herz und atmete erleichtert ein. »Herrgott im Himmel, du bist es wirklich.«

Um den Kopf trug er keinen Verband mehr, und seine freie Hand war weiß vom Staub, ebenso wie seine Arbeitskluft, die er gegen seine gute Kleidung vom Vormittag getauscht hatte.

»Ja, ich bin es. Doch was machst du hier?«

»Ich habe es drüben im Haus nicht mehr ausgehalten und wollte etwas aufräumen.«

»Dass es hier noch immer nicht sicher ist, scheint dir nichts auszumachen. Du bist unvorsichtig.«

»Das habe ich schon einmal gehört.« Anna machte eine wegwerfende Handbewegung.

»Von wem auch immer, er hat recht damit.«

Ihre eben verrauchte Wut stieg sogleich wieder auf, und sie ärgerte sich, dass sie nicht umgekehrt und heimgegangen war. Warum mussten sie immer alle bevormunden wollen?

»Lass uns nicht gleich streiten, ich bin einfach in Sorge um dich«, lenkte er überraschend schnell ein.

»Brauchst du nicht«, erwiderte auch sie etwas versöhnlicher und wechselte das Thema. »Hast du das alles gemacht?« Sie deutete in den Raum.

»Nein, dein Onkel hat vorhin geholfen, ich hätte schwerlich allein die Blöcke schieben können.« Zur Untermalung hob er seinen verbundenen Arm leicht an, der noch immer in der Schlaufe um seinen Hals ruhte.

»Ich bin doch auch noch da, hättest du nur etwas gesagt.«

»Sicherlich hättest du dann die Steinquader allein geschoben.« Er blinzelte sie frech an, und seine vorwitzigen Grübchen zeigten sich etwas.

»Für wenige Ellen hätte es sicher gereicht«, gab sie mit einem honigsüßen Lächeln zurück, was ihn sichtbar irritierte und sie wiederum erfreute.

»Wahrlich, du bist zwar eine starke Frau geworden, Anna, aber ich hoffe doch in anderer Hinsicht«, gab er anzüglich zurück.

»Claas!«, empörte sie sich, obwohl seine Worte sie mit Stolz erfüllten. Nie zuvor hatte er sie als Frau bezeichnet, immer nur als Mädchen.

Versöhnlich hob er die Hand. »Schon gut. Ich wollte sehen, wie groß der Schaden an der Statue ist.«

»Und wie schlimm ist es, kannst du das schon sagen?«

»Ja. Wir haben vorerst nicht mehr genug Elmstein, das ist die schlechte Kunde.«

»Oh nein. Soweit ich weiß, dauert allein der Transport der Quader viele Wochen, von den Kosten ganz zu schweigen.« Sie klang verbittert und schloss die Tür, durch die der Wind nun unangenehm kühl in die Halle blies und den zusammengekehrten Staub umherwirbelte.

»Nein, es ist nicht so schlimm, wie es scheint.« Er schüttelte den Kopf. »Ich war bei der Zunft, und man gibt mir Bescheid, sollten sie noch welchen beschaffen können. Andernfalls habe ich schon eine Idee. Komm, wenn du willst, zeig ich dir, was ich mir überlegt habe.«

Er hielt ihr seine gesunde Hand entgegen, und Anna ließ sich nur zu gern von seiner Zuversicht anstecken. Sie stellte ihre Mitbringsel ab und legte ihre Hand in seine. Sein Griff war kräftig, aber gleichzeitig sanft, und sie spürte wie rau seine Handflächen von der dauernden Arbeit mit den Steinen waren.

»Wie geht es deinem Arm?«

Sein Blick verfinsterte sich einen Moment. »Der Bader sagt, es wird noch Wochen dauern, bis er zu gebrauchen ist. Aber er glaubt, dass ich ihn wieder ganz normal werde bewegen können.«

»Eine lange Zeit, aber das Wichtigste ist doch, dass er nicht für immer zu Schaden gekommen ist. Wie ich sehe, verheilt die Wunde an deinem Kopf bereits gut.«

»Ja, das war das kleinste Übel.« Er betrachtete sie einen Moment nachdenklich. »Du siehst müde aus.«

Sie senkte verlegen ihre Lider und sah auf ihre Schuhe, die bereits von einer dünnen weißen Staubschicht überzogen waren. »Ich bin wirklich müde. Es war ein schwerer Tag, und am liebsten wäre ich ins Bett gekrochen, aber ich hatte keine Ruhe.«

»Ich weiß, mir ging es heute ebenso. Und was macht deine Mutter?«

Tief holte Anna Luft, sah nach oben zu den kleinen Nestern, die im Frühjahr die Schwalben bewohnten, jetzt jedoch zerfleddert und verwaist zwischen den schweren Balken hingen. Mühsam riss sie sich davon los, da Claas, der ihrem Blick gefolgt war, auf eine Antwort wartete. »Sie hat die ganze Zeit geweint, aber jetzt schläft sie.«

Er nickte wortlos und strich ihr mit dem Daumen über den Handrücken. »Es wird besser werden, und die Schwalben kehren auch zurück. Doch nun komm.«

Claas zeigte ihr die verschiedenen Steinblöcke und erklärte geduldig, dass nicht so viel beschädigt war, wie er anfangs geglaubt hatte. Die meisten Arbeiten waren zu retten und ließen sich mit ein bisschen gutem Mörtel reparieren, auch die Beine, bei denen nur die Metallspitzen an den Knien erneuert werden mussten, waren noch zu gebrauchen. Ein Schmied würde wissen, was genau hier zu tun wäre.

»Diese Männer waren nicht kundig und dachten wohl, dass ihr Zerstörungswerk ausreichen würde. Mit dem Rumpf wird es am schwierigsten, bei dem Wappen jedoch gibt es keine Hoffnung, das müssen wir neu machen. Wir könnten Oberkirchner Sandstein nehmen, wenn wir keinen Elmstein mehr bekommen. Dein Vater und ich haben sie schon mehrfach gemischt, und die bunten Steine gefielen den Leuten recht gut.«

Sie wusste aus der Erinnerung, wie hübsch es aussah, wenn grauer und roter Stein im Wechsel verarbeitet wurde, doch sie zweifelte. »Aber was wird Hemeling sagen, wenn er doch Elmstein wollte und bereits einen großen Teil bezahlt hat?«

»Was wird ihm übrig bleiben, wenn die Statue erst fertig ist? Wir verlangen dann einfach weniger Entlohnung und ziehen den Betrag, den der Oberkirchner weniger kostet, davon ab.« Claas nahm es sichtbar leicht, aber Anna glaubte nicht, dass es so einfach werden würde.

Aus den Augenwinkeln sah sie, wie eine kleine Maus hinter dem Steinblock hervorlugte, wobei sie vorwitzig das winzige rosa Näschen schnüffelnd in die Luft hielt. Claas hatte sie nicht bemerkt, und so griff Anna heimlich in ihre Tasche, brach etwas von dem

Käse ab und warf es dem putzigen Tierchen hin, das sich zu Annas Bedauern erschrocken zurückzog.

Schulterzuckend nahm sie das Gespräch mit Claas wieder auf, die Maus würde sich den Leckerbissen sicher holen, wenn es ruhig in der Halle war.

»Wenn ich Hemeling das nächste Mal sehe, werde ich mit ihm reden.«

Er betrachtete sie nachdenklich. »Scheinst gern mit ihm zu reden.«

Hatte sie eben einen hämischen Zug um seine Mundwinkel gesehen? Sie war sich nicht sicher. »Ich habe einmal mit ihm allein geredet, nicht öfter.«

»Ich weiß. Aber einen schlafenden Wolf soll man nicht wecken, wenn das Schaf beinahe entkommen ist.«

»Ich glaube, Hemeling ist ein netter Mensch, er wird bestimmt mit deinem Vorhaben einverstanden sein. Ich habe Vater einmal geholfen, als er einen Brunnen für die Kirche baute und verzierte. Auch da mischte er die Steine, und dem Bischof hat es sehr gut gefallen. Ich denke, dass es Hemeling und seinen Ratsherren auch gut gefällt.«

»Dann wollen wir es so halten.«

Sie setzten sich auf die alte Holzbank. Anna holte das Brot und den Käse hervor und reichte Claas wortlos beides, doch er schüttelte nur den Kopf, und so schob sie die Sachen zurück in ihre Tasche. Er hatte alle Werkzeuge aufgeräumt, nur der Klöppel ihres Vaters lag auf dem Tisch, vor dem er seine letzte Arbeit verrichtet hatte. Der Griff war bereits ganz abgenutzt, und als sie damals gefragt hatte, warum er sich keinen neuen kaufe, meinte er lachend, dass seine Hand sich an diesen so gut gewöhnt habe, dass er keinen anderen wolle.

Anna nagte an ihrer Unterlippe. »Claas, glaubst du auch, dass diese Männer wirklich wiederkommen könnten? Hemeling befürchtet es und hat uns deswegen eine sichere Werkstatt in der Stadt angeboten.«

»So, hat er das? Wenn es hier so gefährlich ist, frage ich mich, wieso du allein herkommst?«

Darauf wusste sie keine Antwort, denn wenn sie ehrlich war, hatte sie nicht darüber nachgedacht.

»Was, wenn sie uns auf dem Weg auflauern, während wir die Teile in die Stadt transportieren?«, fragte er verbittert.

»Willst du lieber hier neben den Steinblöcken dein Lager aufschlagen?«

»Besser hier, als mich auf die Oberen verlassen.«

»Um die nächsten zehn Monate zu leben wie ein Tier, gefangen in dieser Scheune?« Sie sah ihn herausfordernd an, und abrupt ließ er ihre Hand los, die er die ganze Zeit über gehalten hatte.

»Deine spitze Zunge hast du nicht verloren.«

»Dafür gibt es auch keinen Grund.« Etwas versöhnlicher fügte sie hinzu: »Sieh es doch ein, wir haben keine andere Wahl, so ohne Schutz hier draußen.«

»Doch, die haben wir. Ich habe meine Mutter vorhin bei ihrer Abreise gebeten, uns meine beiden Brüder zu schicken. Ich verlasse mich lieber auf meine Familie als auf die Ratsherren, den Vogt oder seine Büttel.«

Sie ging nicht auf seine weitere Spitze ein, denn die Freude, dass sie Unterstützung erhielten und somit nicht in die Enge der Stadt ziehen mussten, überwog. »Franziskus und Stephan kommen?«

»Ja. Ich glaube nicht, dass sie ablehnen werden.«

»Können wir ihre Dienste denn entlohnen?« Trotz der guten Nachricht runzelte Anna die Stirn; fleißige Arbeiter waren teuer, und sie wusste noch nicht, wie viel Geld von der Vorauszahlung noch da war.

»Sie verlangen nicht viel, ein wärmendes Feuer während der Nacht und eine deftige Mahlzeit am Tag, dann sind die beiden zufrieden.«

»Oh, das ist ja wunderbar.« Ihr Zorn verrauchte, und endlich sah sie auch auf seinem Gesicht wieder den Anflug eines Lächelns. »Wann kommen die beiden, und was werden sie tun?«

»Ich hoffe, dass sie bereits in einer Woche hier sein können. Sie werden Wache halten, die Arbeit beschützen und helfen, wo es nötig ist.«

»Wir hätten nicht streiten müssen, wenn du es nur gleich gesagt hättest.« Schmollend verzog sie die Mundwinkel.

»Vielleicht mag ich es, wenn deine Augen böse funkeln.« Er grinste breit. Sie schnappte entrüstet nach Luft und stemmte die Hände in die Hüften, worauf er sofort abwehrend die Hand hob.

»Lass es gut sein, Anna.«

Er wusste ganz genau, was er tun musste, um sie böse zu machen, das war schon immer so gewesen, und er schien seine Freude daran zu haben. Als sie jedoch in seine blauen, von schwarzen Wimpern umrandeten Augen sah, waren plötzlich die kleinen Schmetterlinge wieder da, die so oft in seiner Gegenwart in ihrem Bauch kreisten. Ihr Herz begann schneller zu klopfen, und einen Moment sah auch er sie einfach nur an. Die kleinen Lachfältchen um seine Augen vertieften sich eine Spur, ohne dass er den Mund verzog. Langsam kroch ihr die Wärme ins Gesicht, und sie wusste, dass sie rot bis zum Haaransatz sein musste. Verärgert über sich selbst beendete sie das Schweigen.

»Hat mein Onkel dir gegenüber gesagt, wann sie wieder abreisen wollen?«

Er stutzte. »Nein, hat er nicht. Aber warum fragst du ihn nicht selbst?«

»Lieber nicht.« Missbilligend verzog sie das Gesicht und schaute verlegen auf ihre Schuhe.

»Was hat er dir getan? Deinem Blick nach zu urteilen bist du nicht gut auf ihn zu sprechen.«

»Nein, bin ich auch nicht.« Anna erzählte ihm von dem Testament und der Diskussion mit ihrem Onkel.

Als sie geendet hatte, nickte Claas. »Sicher will er schnell wieder nach Hause und euch vorher versorgt wissen. Dein Vater hat es gut gemeint, und ich glaube, dein Onkel ist auch in Sorge.«

»Du wirst bestimmt recht haben. Aber ich werde keinen alten Witwer heiraten, und meine Mutter auch nicht.« Sie machte eine unterstreichende Geste mit dem Zeigefinger.

Claas trat plötzlich ganz dicht vor sie und ergriff ihre Hand. »Und ich möchte das auch nicht.«

Verwundert schaute sie zu ihm auf und versuchte in seinen Augen zu lesen, was er damit meinte; er überragte sie um gut einen Kopf.

»Heirate mich. Ich kann für euch sorgen.«

Sie starrte ihn sprachlos an. Das war ein Antrag, sie hatte sich nicht verhört.

»So du mich denn willst«, ergänzte er.

Und wie gern sie wollte! Seit vielen Jahren mochte sie Claas mehr, als sie sich eingestanden hatte. Jeden anderen hatte sie abgewiesen, sich aber nie getraut, es ihm zu zeigen. Welche Ironie des Schicksals, dass er sie in dieser Lage fragte, nun, da sie im Begriff waren, alles zu verlieren.

Mit leiser Stimme sagte sie: »Claas, das geht nicht.«

»Warum?« Sanft zog er sie zu sich heran, wobei sie beinahe gestrauchelt wäre, doch er hielt sie mit seinem starken Arm fest und gab ihr Halt. Ihre Beine zitterten, und ihr erster Impuls war zurückzuweichen, aber sie tat es nicht.

Sein Mund näherte sich ihrem, berührte ihre Lippen. Weich und warm spürte sie ihn, und er schmeckte nach frischem Wasser. Ein Kribbeln lief durch ihren Körper, etwas, das sie noch nie gespürt hatte. Es fühlte sich erst wohlig, dann beinahe brennend an und machte sie neugierig. Doch etwas in ihrem Hinterkopf warnte sie, dass es unrecht war, was sie hier taten, und so sehr sie das Gefühl auch weiter spüren wollte, sie durfte es nicht geschehen lassen, es war nicht recht, ihm nachzugeben.

»Claas, wir dürfen das nicht!«, hauchte sie atemlos und schob ihn sachte von sich.

Seine Augen lachten, und er gab nicht auf. Als seine Lippen erneut ihre berührten, brach ihr Widerstand. Seine Finger fuhren über ihren Hals, ihren Nacken und bahnten sich einen Weg in ihren Mantel, schlichen ihren Rücken entlang. Noch unsicher legte sie ihre Arme um seinen Hals, strich über seine strohigen Haare und spielte mit einer Strähne.

Seit sie vor einigen Jahren beobachtet hatte, wie er Clara, die Tochter von Wegener, in deren Vaters Scheune geküsst hatte, hatte sie sich gewünscht, dass er es ebenso mit ihr machen würde. Anna hatte immer geglaubt, dass die beiden heiraten würden. Auch jetzt dachte Anna an diesen Augenblick zurück, der ihr stets einen Stich versetzt hatte, aber nun verblasste. Jetzt war sie es, die er küsste, und sie hatte das Gefühl, gleich zu zerspringen!

Er hielt sie in seinen starken Armen, und sein Mund war zärtlich, während seine Hand ihren Nacken weiter liebkoste. Der Boden unter ihren Füßen schwand, und sie glaubte, in der Luft zu schweben. Sein Atem beschleunigte sich, ebenso der ihrige. Ein Prickeln lief über ihre Haut, als er sie sanft am Hals küsste, und ein leises Stöhnen kam über ihre Lippen. Claas' Mund wanderte wieder zu ihrem, sein Kuss wurde fordernder, und ihre Zungen tanzten wild umeinander. Sie spürte, wie sein glühend heißer Körper ihrem entgegenbebte, fühlte jeden seiner Muskeln unter ihren tastenden Fingern. Als sie glaubte, auf Wolken zu schweben, hielt er plötzlich inne und schob sie sacht ein Stück von sich weg.

»Sag einfach ja, ehe ich nicht mehr Herr meiner Sinne bin«, hauchte er außer Atem.

Anna sah in seine Augen und las dort ein solches Verlangen, dass ihre Beine weich wurden vor Verzückung. Dann fiel ihr das ernüchternde Gespräch, das sie erst vor ein paar Augenblicken mit ihrem Onkel geführt hatte, ein, und das freudige Gefühl verebbte darunter. Mit einer Heirat wären zwar vorerst all ihre Sorgen gelöst und, oh, wie gern würde sie Ja sagen, denn sie liebte Claas, das wusste sie jetzt. Sie wollte ihr Leben mit ihm teilen. Doch es wäre nicht anständig ihm gegenüber, sie würde ihn damit in den Abgrund reißen. Traurig senkte sie den Blick.

»Du weißt, wenn ich das täte, würdest du die Werkstatt meines Vaters übernehmen müssen und mit ihr die Schuld, müsstest womöglich selbst in den Schuldturm. Nein, Claas, ich kann nicht. Lass uns erst diese Statue fertigmachen, dann sage ich gerne Ja.«

»Bis dahin sind es noch Monate. Du vertraust mir nicht«, sagte er, ohne seine Enttäuschung zu verbergen. »Glaub mir, ich könnte für euch sorgen, und die Schuld an deinem Vater wäre abgegolten. Außerdem hätte ich den Meistertitel und wäre in der Zunft. Wir könnten mit den Aufträgen, die von dort kommen, die Schuld abtragen, sodass niemand in den Turm muss und ihr auch das Land nicht verliert. Ich bin zuversichtlich, dass wir diesen Roland fertigbekommen.« Er deutete um sich. »Wir müssen nicht warten, Anna.«

»Von welcher Schuld sprichst du?«

Seine Augenbrauen schoben sich zusammen. »Ich stehe in vielerlei Hinsicht in der Schuld deines Vaters.«

»Ist das der Grund für den Antrag?«

»Gibt es einen besseren?« Er sah sie fragend an und runzelte die Stirn.

Seine Worte waren wie ein Schlag ins Gesicht. Annas Gedanken rasten durcheinander. Er hatte kein Wort von Liebe gesagt. Ging es ihm am Ende nicht um sie, sondern um den Titel, die Zunft, den

Status und eine alte Schuld? Sie hatte immer davon geträumt, aus Liebe den Bund einzugehen, und auch ihr Vater hatte das für sie gehofft und sie nie gedrängt, sich einen Mann zu nehmen. Ernüchtert schob sie ihn von sich und wandte den Blick ab, der sich nun auf den Arbeitstisch mit dem abgenutzten Klöppel ihres Vaters heftete. Ihr Herz, das vor ein paar Augenblicken noch glühend für Claas geschlagen hatte, gefror zu Eis.

»Nein, Claas«, sagte sie bestimmt.

»Warum nicht?«

Sie suchte nach Worten, um es ihm zu erklären, doch da unterbrach ein Geräusch von draußen ihre Überlegungen. Abrupt drehte Claas sich um, schob Anna hinter sich und hob eine am Boden liegende Holzlatte auf.

Gespannt beobachtete sie die Tür und hielt unwillkürlich den Atem an, als Claas nun langsam darauf zuging. Ihre Gedanken überschlugen sich. Waren die Mörder doch zurückgekehrt, um ihr begonnenes Werk zu vollenden und alles zu zerstören? Oder war es ihr Onkel, hatte er sie abermals beobachtet? Nein, das war unmöglich, wie hätte er sie durch die Wände sehen sollen! Vielleicht war es eine ihrer Basen, die sie holen sollte. Sie lauschten beide und vernahmen draußen Schritte, die sich rasch entfernten und immer leiser wurden, als würde jemand davonlaufen.

Claas deutete ihr mit Handzeichen an, dass er hinausgehen würde und sie den Balken vorlegen und sich anschließend hinter den Blöcken verstecken sollte. Stumm nickte sie und trat hinter ihn. Sie sah, wie seine Muskeln sich unter dem Hemd anspannten, während er an der Tür lauschte.

Er horchte einige Atemzüge lang, dann öffnete er sie beinahe geräuschlos und spähte durch den entstandenen Spalt. Als nichts geschah, schlüpfte er hinaus. Anna hievte den wuchtigen Balken hoch und legte ihn mühsam in die Vorrichtung, dann schlich sie hinter die schweren Blöcke und lehnte sich mit pochendem Herzen dagegen. Minuten vergingen, und sie vernahm nur ihren eigenen Herzschlag und den Wind, der durch die Bretter des alten Lagerhauses pfiff.

Claas hatte sie geküsst, sie schmeckte ihn noch immer auf ihren Lippen, und vor diesem Unglück hätte sie alles dafür gegeben, dass er es tat. Sie hätte vor nicht allzu langer Zeit sofort eingewilligt, ihn zu ehelichen, selbst heute, vor seinen kühlen Worten, war die Versuchung groß gewesen.

Sie wollte nicht weiter darüber nachdenken und sah sich nach etwas um, das sie als Waffe benutzen konnte. Ein paar Meter entfernt lag ein abgenutzter alter Klöppel; es war nicht viel, aber immerhin würde sie sich wehren können. Sie wagte die zwei Schritte aus ihrem Versteck, hob ihn auf und schlüpfte wieder in Deckung. Dann sprach sie in Gedanken ein Stoßgebet zur Heiligen Jungfrau Maria. »Bitte halte schützend deine Hand über ihn und wache in dieser Stunde über uns. Ich werde auch nicht mehr fluchen. Amen.«

Eine Bewegung dicht neben ihr erschreckte sie, und sie presste die Hand vor den Mund, um nicht zu schreien, doch es war nur die Maus mit dem Stück Käse im Mäulchen. Erleichtert lächelte Anna, während das kleine Tier die Flucht ergriff.

Vorsichtig lugte Anna wieder um die Ecke und behielt den Eingang im Auge. Ihr schien es wie eine Ewigkeit, bis es klopfte. Unsicher, ob es Claas war, ging sie darauf zu.

»Anna, ich bin es, mach auf.« Seine Stimme zu hören ließ sie erleichtert aufseufzen, und freudestrahlend öffnete sie. Er schlüpfte herein und legte sofort wieder den Balken vor.

»Gott sei Dank, dir ist nichts passiert!« Sie musste sich beherrschen, ihm nicht vor Erleichterung um den Hals zu fallen. »Konntest du jemanden sehen?«

Sein Gesicht war ernst, und er wirkte noch immer angespannt. »Nein, niemanden.«

»Aber die Schritte?«

»Wer immer es auch war, ist jetzt weg, und wir sollten zurückgehen, es ist im Moment nicht sicher hier. Ich hätte vorher daran denken müssen und dich gleich nach Hause bringen sollen.« Er kam zu ihr herüber und fasste sie mit ernster Miene bei den Händen. »Sag Ja, Anna. Wir werden es gemeinsam richten.«

»Ich brauche Zeit, Claas, mein Vater ist gerade beerdigt, meine Mutter ist krank.« Sie las abermals die Enttäuschung in seinem Blick, und es schmerzte sie, aber sie wollte ihm jetzt keine andere Antwort geben, war selbst viel zu verwirrt.

»Ich verstehe. Denk darüber nach, so lange du willst, ich werde warten.« Damit küsste er sie flüchtig und ließ sie los. »Und nun sollten wir gehen. Komm.«

Die Schneeflocken waren größer geworden und klatschten ihr unangenehm ins Gesicht, doch sie blieben noch immer nicht liegen. Von Ferne vernahmen sie die Glocke eines Handelsschiffes, das vermutlich mit Waren beladen an der Schlachte anlegte.

Anfangs gingen sie stumm nebeneinander her, und Claas sah sich immer wieder um, ob ihnen jemand folgte, doch es war niemand zu sehen, und da sie den Weg über das offene Feld nahmen, gab es auch keine Möglichkeit für einen Hinterhalt.

Er brach schließlich das drückende Schweigen zwischen ihnen. »Hemeling sagte mir, dass du bei ihm vorgesprochen hast.«

»Ja, darüber wollte ich mit dir reden. Ich dachte erst, ich hätte damit eine Eselei begangen, als ich ihn nach einem Aufschub fragte, aber es wendete sich am Ende zum Guten für uns.«

»Hättest du nur etwas gesagt, wäre ich mit dir gegangen.«

»Sicher hast du recht, aber ich war so durcheinander.«

Claas hatte noch immer die Holzlatte in der Hand, die er jetzt wie einen Gehstock benutzte. »Ich verstehe.«

»Er sagte etwas von einem Streit zwischen Friedrichs und Vater wegen dieser Statue, und jetzt, nachdem Vater nicht mehr da ist, würde Friedrichs die Arbeit weiterführen.«

»Das ist nicht ungewöhnlich, denn jeder von ihnen will immer den besten Auftrag haben.«

»Was ist Meister Friedrichs für ein Mensch, würde er einen Mord begehen oder andere dazu anhalten?«

Ihre Frage ließ ihn aufhorchen, und er fuhr sich mit der Hand durch sein Haar. »Eigentlich verstanden er und dein Vater sich gut. Es ist schwerlich vorstellbar, dass er hinter alledem steckt.«

»Kannst du bei der Zunft die anderen über ihn befragen?«

»Ich werde es versuchen, doch ich glaube nicht, dass einer etwas gegen den anderen sagt.«

Schwer sog Anna die kühle Luft ein.

»Was noch?« Seine Augenbrauen zogen sich düster zusammen.

Er kannte sie zu gut und wusste, wenn sie etwas auf dem Herzen hatte. »Erkläre mir, welche Schuld meinen Vater betreffend auf dir lastet.« Sie glaubte nicht, dass es nur seine Lehrzeit war, die er darunter verstand.

Er sah sie eindringlich an. »Ich will es dir gern erzählen, aber mach dir kein falsches Bild von mir.«

Eine dunkle Vorahnung beschlich sie, doch sie nickte langsam.

»Zuallererst, du weißt, dass deine Eltern mich wie einen Sohn bei sich aufnahmen. Dein Vater bildete mich aus, obwohl meine Mutter diese Ausbildung damals nicht bezahlen konnte.«

»Aber du hast es abgearbeitet, zumindest einen großen Teil.«

»Ja.«

»Noch etwas?«

»Ja, noch etwas. Drei Tage vor dem Überfall habe ich mit Karl das Badehaus besucht, und danach saßen wir im ›Spitzen Giebel‹ zusammen.«

Anna blieb verwundert stehen, denn sie kannte Badehäuser aus den Erzählungen und wusste in etwa, was sich dort abspielte. Bader und Huren bedienten Männer und Frauen in jeglicher Form, und das hatte nicht immer nur etwas mit Körperreinigung zu tun. Sie mochte sich nicht vorstellen, dass die Lippen, die ihre noch eben berührten, zuvor eine dieser Huren geküsst hatten.

»Hast du mit einer …?«

Als er sich nach ihr umsah, ging sie rasch weiter.

»Hm ja, aber das war vor uns, Anna. Ich hätte dir nichts davon erzählen müssen.«

Unbewusst wischte sie sich den Mund ab und erntete dafür seinen missbilligenden Blick.

»Hast du aber.«

»Und ich bereue es in diesem Moment.«

Nach einem längeren Schweigen hatte Anna ihre Gefühle wieder im Griff. »Sag mir, was das mit Vaters Tod zu tun hat.«

Er gab ein ungehaltenes Schnaufen von sich, und Anna dachte, er würde nicht weitersprechen, doch sie gab nicht nach, sah ihm fest in die Augen, und so besann er sich, wenn auch widerwillig.

»Wenn du nicht wieder wie eine Furie reagierst.«

»Werde ich nicht.«

»Na gut.« Er schnaufte abermals. »Also«, begann er, sah sie aber noch einmal an, als erwartete er noch etwas von ihr, doch Anna schwieg.

»Wir haben dem Wein an diesem Abend sehr zugesprochen, und ich erinnere mich noch dunkel, dass wir von unserer Arbeit sprachen. Nun fürchte ich, dass ich zu viel geredet habe und einer der anderen etwas gehört haben könnte.« Er machte erneut eine kurze Pause, doch da sie nichts sagte, fuhr er fort. »Deswegen fühle ich mich für den Tod deines Vaters verantwortlich. Ich habe ihm am nächsten Tag davon erzählt, aber er hat es nicht ernst genommen und darüber gelacht.«

Wenn Claas dem Wein zu sehr zugesprochen und dadurch etwas von der Statue erzählt hatte, war er womöglich schuld an allem, schuld am Tod ihres Vaters, schuld, dass sie drohten ihr Heim zu verlieren. Die Erkenntnis traf Anna mit voller Wucht.

»Du meinst, du hast …« Ihre Stimme überschlug sich beinahe. »Du hast euren Auftrag preisgegeben?«

Er zuckte mit den Schultern und fuhr sich verlegen mit der Hand durch das schneeflockenbenetzte Haar. »Ich weiß es nicht, und ich wollte, ich könnte Karl fragen, doch er ist nicht da, und ich habe keine Ahnung, wann er zurückkommt.«

»Wie konntest du nur?« Ihre Stimme war laut geworden, und sie legte alle Verachtung, die sie in diesem Moment für ihn empfand, in ihre Worte.

Er fuhr leicht zusammen, fing sich jedoch gleich wieder, fasste sie an der Schulter und drehte sie zu sich herum, sodass sie gezwungen war, ihn anzusehen. »Ich weiß nicht, ob ich überhaupt etwas davon sagte, Anna, bitte …«

»Lass mich los!« Sie entwand sich seinem Griff und rannte, so schnell sie konnte.

»Anna, so warte doch«, rief er, doch sie hörte nicht mehr zu und hastete quer über das aufgeweichte Feld nach Hause.

4

»Mutter, wie kannst du nur von mir verlangen, dass ich ihn heirate?« Warm liefen die Tränen über Annas Wangen, erreichten ihren Mund. Sie schmeckte das Salz auf ihren Lippen und wischte sich mit den Ärmeln das Gesicht trocken.

»Kind, welche anderen Aussichten haben wir denn noch! Wir sind mittellos, schlimmer noch, wir verlieren unser Heim, falls es Claas nicht gelingt, diese ver…« Ihre Mutter bekreuzigte sich hastig und errötete. »… diese steinerne Figur fertigzubekommen.« Verlegen zupfte sie am Saum ihrer knöchellangen Schürze. Fluchen war für sie etwas absolut Schlimmes, und Anna hörte es nur selten aus ihrem Mund.

Als Claas ihr den Antrag gemacht hatte und sie über den Schuldturm sprachen, war ihre Mutter auf der Suche nach Anna gewesen und hatte von draußen alles mit angehört. Ehe die beiden sie entdecken konnten, war sie schon wieder in den Wald eingetaucht und nach Hause gelaufen. Heute, zwei Tage später, hatte ihre Mutter sie zu sich in die Kammer gerufen, in der sie jetzt auf und ab ging, und nach der ganzen Wahrheit über die Schulden verlangt. Anna hatte ihr daraufhin berichtet, wie es um sie stand. Magda Olde hatte sich ein wenig erholt und wirkte beinahe so stark wie früher, wofür Anna dankbar war. Aber sie kannte ihre Mutter: Als damals die Nachricht vom Tod ihrer Großmutter eingetroffen war, war sie stark geblieben, hatte ihrem Mann und ihrer Tochter kaum etwas von ihrem Schmerz gezeigt, aber Anna wusste es besser. Als ihre Mutter sich unbeobachtet fühlte, hatte sie geweint und gelitten.

»Aber Mutter! Claas ist schuld …« Anna biss sich auf die Lippen. Noch war es nicht erwiesen, sie durfte es auf keinen Fall einfach behaupten und falsches Zeugnis über ihn ablegen. Sie sah auf das leere Bett, in dem vor Kurzem ihr Vater gestorben war.

Ihre Mutter hakte nach. »Schuld woran?«

»Ach, er und …« Sie schluckte heftig, sie versuchte, ihre Tränen zurückzuhalten, und überlegte hastig, wie sie das Gesagte wieder geraderücken konnte. »Sie hätten diesen Handel mit dem Roland nie eingehen dürfen.« Etwas Schlechtes konnte sie über Claas nicht sagen, denn ihre Mutter, die nun nervös begann, getrocknete Wäsche in die Truhe zu sortieren, hing an ihm wie an einem Sohn.

»Gib ihnen nicht die Schuld daran, Anna. Dein Vater hat immer davon geträumt, etwas Großes zu vollbringen. Es ist nun einmal geschehen, und nun bietet Claas dir seine Hand an. Er könnte für uns sorgen.«

»Pest und Pickel!«

»Anna!« Ihre Mutter klappte die Truhe laut zu, sah sie mahnend an und bekreuzigte sich.

»Verzeih.« Entmutigt ließ Anna sich auf das frisch bezogene Bett sinken. Es roch nach blumiger Seife, eine von den teuren mit Lavendel, die Mutter nur für festliche Anlässe benutzte. Vermutlich hatte ihre Tante sie zum Waschen der Laken genommen, damit ihre Mutter nicht an ihren Ehemann erinnert wurde. »Wie soll er denn, verletzt wie er ist?« Wütend ob ihrer Hilflosigkeit ballte Anna die Hände zu Fäusten, bis sie ihre Nägel brennend in der Haut fühlte.

»Aber Kind, sein Arm ist in ein paar Wochen wieder verheilt. Wenn du ablehnst, verlieren wir so oder so alles, was uns lieb und teuer ist, was dein Vater mit seinen Händen geschaffen hat. Und wenn Claas dann auch noch geht … Ach, ich mag es mir gar nicht ausmalen.« Sie faltete ihre Hände, als wollte sie beten.

»Heiratest du ihn und er bringt die Arbeit nicht zu Ende, kann er doch andere Aufträge annehmen. Wie lange, glaubst du, müssten wir beide uns als Näherinnen oder Wäschefrauen verdingen, um diesen hohen Schuldenberg abzutragen? Wo sollen wir leben, wenn sie uns das Haus nehmen?« Schwer ließ auch sie sich auf das Bett sinken, welches dieses Mal ein gefährliches Knarren von sich gab. »Oder willst du etwa, dass ich einen anderen Mann ehelichen muss?«

Ihre Miene war bei diesen Worten so voller Kummer, dass Anna einen Stich in ihrem Herzen spürte. Ihre Mutter hatte mit allem, was sie sagte, recht, es gab keine andere Möglichkeit, und das machte sie unglaublich wütend. Die Frau des Mannes zu werden, der vielleicht den Tod ihres Vaters zu verantworten hatte, jagte ihr eine Gänsehaut über den Rücken. Und doch fühlte sie sich zu ihm hingezogen und hasste sich dafür, denn *er* wollte sie mit Sicherheit nicht aus Liebe heiraten, ihm ging es um den Titel, das war ihr jetzt klar geworden. »Pest und Pickel!«, flüsterte sie unhörbar und senkte ebenfalls traurig den Kopf.

Ihre Mutter stand auf, trat vor sie und legte ihr die Hände auf die Schultern. »Claas ist ein guter Mann, du wirst sehen. Wir kennen ihn schon so lange, und es wäre bestimmt in Vaters Sinn gewesen. Er war ihm lieb wie ein Sohn, das weißt du doch.«

Anna wusste es, konnte sich aber nicht vorstellen, dass ihr Vater ihm dies wirklich verziehen hätte, doch er war nicht mehr hier, konnte nicht mehr einschreiten. Erinnerungen streiften ihre Gedanken. Sie sah, wie er sie als Kind getröstet hatte, wenn sie gefallen war. Wie er ihr das Bildhauen beibrachte, sie auf den Arm nahm und umherdrehte, ihr zärtlich über die Wange streichelte und sie »Mein Ein und Alles« nannte.

Sie schluckte ihre Tränen hinunter. Ihre Mutter hatte es schon schwer genug, und gerade von ihrem Zustand genesen, wollte Anna sie jetzt nicht weiter aufregen. Doch an ihrem Vater kam es ihr wie ein Verrat vor. »Sicher hast du recht.«

Die Sorgenfalten auf dem Gesicht ihrer Mutter glätteten sich. Sie zog ein Tuch aus ihrer Schürze, befeuchtete es an einer Stelle mit der Zunge und wischte Anna damit liebevoll über die verweinten Augen, so wie sie es früher immer getan hatte. Eine vertraute Wärme stieg in Anna auf, als sie wie ein kleines Mädchen im Arm ihrer Mutter lag.

»Komm, nun sei nicht mehr traurig und lass uns gleich zu Claas gehen, um es ihm zu sagen.« Sie drückte ihre Tochter noch einmal herzlich und stand auf.

»Bitte nicht heute«, flehte Anna.

Das Klappen der Tür unterbrach sie, und zaghaft schaute ihre Tante in die Kammer, in den Händen einen neuen Stapel Wäsche. »Oh, ich wusste nicht, dass ihr hier drin seid. Komme ich ungelegen?«

Magda Olde fuhr herum. »Im Gegenteil, Eva!« Lächelnd nahm sie ihrer Schwester einen Teil der Wäsche ab. »Stell dir vor, Anna und Claas werden heiraten.« Ihre Mutter schien ebenso wie Anna für diese Unterbrechung dankbar.

»Oh, das sind ja gute Neuigkeiten. Wann soll es denn so weit sein?« Sie wirkte etwas überrascht, kam herein und nahm Anna in den Arm.

»Das wissen wir noch nicht. Aber ich glaube, recht bald«, sagte ihre Mutter.

Die Tante schob Anna ein Stückchen von sich weg und betrachtete ihr Gesicht mit strenger Miene. »Einen glücklichen Eindruck machst du aber nicht, wenn ich mir deine verweinten Augen ansehe. Ich hoffe doch, es waren Freudentränen! Onkel Ludwig erzählte schon davon, dass ihr zwei euch näher steht, als ihm lieb sei.« Sie zwinkerte.

Anna stieg die Röte ins Gesicht, als sie bedachte, dass er sie in einer verfänglichen Situation mit Claas angetroffen hatte.

»Die Werkstatt ist damit in guten Händen, Eva«, erwiderte ihre Mutter. »Claas war schon immer fleißig und wird meiner Tochter bestimmt ein guter Ehemann sein.«

Anna biss sich verzweifelt auf die Lippen, um nicht zu widersprechen, und schwieg.

»Na, dann ist ja alles in bester Ordnung. Onkel Ludwig muss sich nicht mehr um euch sorgen, und wir können morgen in Ruhe abreisen.«

»Das könnt ihr. Und er hätte sich auch nie Sorgen machen müssen!«, polterte Anna los, worauf ihre Tante die Augenbrauen nach oben zog. Etwas friedlicher fügte Anna hinzu: »Es tut mir leid, ich habe Kopfweh und würde gern in meine Kammer gehen.« Flehend blickte sie ihre Mutter an, die ihr mit einem sanften Augenschließen erlaubte zu gehen.

»Schick mir nur deine Basen herunter, damit sie dich nicht stören. Sie können gleich helfen und einen Eimer voller Rüben schälen«, sagte ihre Tante.

»Danke.« Froh, dem Drängen entkommen zu sein, eilte Anna hinauf.

Nachdem ihre Basen mit mürrischen Gesichtern aus dem Zimmer gegangen waren, legte sie sich auf ihr frisch bezogenes Bett, schob einen Arm unter den Kopf und starrte an die Zimmerdecke aus weißem Kalk. Lavendelduft erfüllte den Raum. Ihre Tante hatte auch ihre Laken damit gespült. Sie gab sich wirklich viel Mühe, es ihnen in diesen Tagen so angenehm wie möglich zu machen. Wie liebenswert sie doch war, ganz im Gegensatz zum Onkel. Vermählen wollte er sie oder ihre Mutter. Dass sich seine Sorgen so schnell lösen würden, damit hatte er vermutlich nicht gerechnet.

Verächtlich schnaubte Anna bei dem Gedanken. Sie würde also bald den Bund eingehen. Damit würde es ihr nun wie den meisten Frauen ergehen, die nicht aus Liebe geehelicht wurden. Warum nur hatte sie geglaubt, sie würde je etwas anderes erleben? Sie war keinen Deut besser dran. Ob arm oder reich, es spielte keine Rolle; sie hatten zu tun, was man von ihnen verlangte.

Der kleine, gezackte Riss in der Decke, der immer zu einem freundlichen Gesicht geworden war, wenn sie ihn nur lange genug anstarrte, wurde dieses Mal zu einer Fratze und lachte höhnisch auf sie herunter. Anna wendete den Blick ab und blickte auf die kleine Truhe, deren Muster aus feiner Schnitzerei sie auswendig kannte und das sie nicht so betrübte.

Sicher, sie konnte sich gegen ihre Mutter auflehnen, sie einfach ihrem Schicksal überlassen, doch das würde sie nie tun. Und eigentlich geschah es Claas ganz recht, denn wenn er sie heiraten wollte, um sich den Meistertitel damit zu verschaffen, dann sollte er wenigstens für sie beide sorgen. Wenn er sie schon nicht aus Liebe heiraten wollte, blieben wenigstens ihrer Mutter der Schuldturm und ein neuer Ehemann erspart. Nach ihrem Vater war ein anderer Mann an Mutters Seite für sie unvorstellbar. Anna fröstelte und zog sich ihre Decke bis zu den Schultern hoch.

Sie fuhr mit den Augen über die Schnitzerei, die kleine Blätter und Zweige darstellte, glitt über die Vertiefungen bis zur Öse, vor der jedoch noch nie ein Schloss gehangen hatte. Gleich darüber war der Griff aus kühlem Metall, den sie schon so viele Male berührt hatte. Langsam begann es draußen zu dämmern. Anna setzte sich auf, zündete das Talglicht an, dann knickte sie ihr Kissen, worauf es doppelt so hoch wurde, und legte sich wieder hin.

Ob wirklich jemand etwas von Claas' Gespräch mit Karl mitbekommen hatte? Wenn ja, wäre es doch ein großer Zufall, wenn dann ausgerechnet derjenige gegen den Bau des Roland war. Wenn sie es recht überlegte, war auch Claas durch den Überfall und mit der Heirat besser gestellt. Doch er wurde selbst schwer verwundet, und er hatte nicht genug Geld, um jemanden für einen Mord entlohnen zu können. Außerdem kannte sie ihn zu gut – sie würde ihm Derartiges nie zutrauen. Er hatte zu ihrem Vater aufgeschaut und sehr an ihm gehangen. Sein Tod hatte ihn ebenso getroffen wie sie, auch wenn er es nicht so zeigte.

Doch wer sonst konnte hinter all dem stecken? Wer zog die meisten Vorteile aus der Zerstörung des Roland? Friedrichs? Sie kannte ihn, wie die meisten anderen aus der Zunft, von Kindheit an. Er war immer ein verschlossener Mensch gewesen. Seine Frau Ruth sah man seit einigen Jahren nicht einmal mehr bei der Messe, weil sie so schlimm von Gicht gezeichnet sein sollte, hieß es. Hin und wieder stritten die Männer aus der Zunft miteinander, das hatte sie selbst einige Male auf den Baustellen erlebt, aber ein Mord war etwas, das sie keinem von ihnen je zugetraut hätte.

Annas Gedanken drehten sich im Kreis und wurden jäh von dem Johlen und Lachen ihrer Basen unterbrochen, das zu ihr hinaufdrang. Es folgte das Grollen ihres Onkels, worauf die beiden Mädchenstimmen verstummten. In der folgenden Stille fand Anna zu ihren Überlegungen zurück.

Der Kaiser hatte einen Termin für die Fertigstellung der Statue genannt, jedoch waren seine Gegner sicher nicht erfreut über dieses Zugeständnis und würden vor einem Mord nicht zurückschrecken. Aber wo sollte sie nach diesen Leuten suchen? Wie sehr sie auch nachdachte, sie kam im Moment zu keinem Ergebnis.

Draußen färbten die Wolken sich langsam von Rosa zu Dunkelgrau, als es klopfte und ihre Tante zaghaft ihre Nase ins Zimmer steckte. Als sie sah, dass Anna wach war, trat sie mit einem Krug in der Hand ein und setzte sich zu ihr auf die Bettkante.

»Ich bringe dir ein warmes Bier, möchtest du?«

»Ja, sehr gern.« Anna richtete sich auf, nahm es ihr ab und trank einen Schluck.

»Ich habe noch einmal mit deinem Onkel gesprochen. Er war zuerst nicht erfreut, als ich ihm erzählte, dass du Claas heiraten wirst.«

Anna zog ihre Mundwinkel nach unten. »Das kann ich mir denken, aber ich werde bestimmt keinen alten Mann heiraten, nicht freiwillig!«

Beruhigend legte ihre Tante ihr die Hand auf die Schulter. »Das musst du auch nicht. Ich habe ihm gesagt, wie fleißig Claas ist und dass er gut für euch sorgen kann. Ich denke, ich konnte ihn umstimmen. Er ist zwar etwas brummig mit mir gewesen, aber er wird sich schon wieder beruhigen.« Sie zwinkerte ihr verschwörerisch zu.

Auch wenn sie im Moment lieber weglaufen oder gar ins Kloster gehen wollte, anstatt Claas zu heiraten, so war es doch sicher das Klügste, ihn zu ehelichen, und außerdem mochte sie ihn mehr, als es ihr lieb war.

***

Nachdem er die Werkstatt noch einmal kontrolliert und mehrfach umrundet hatte, war er in seine kleine Hütte zurückgekehrt. Erleichtert schloss er die Tür, lehnte sich gegen das kühle Holz und schloss die Augen. Der Streit mit Anna ging ihm nicht aus dem Kopf. Gab sie ihm nun die volle Schuld am Tod ihres Vaters? Hätte er ihr verschweigen sollen, was er selbst befürchtete? Nein. Das wäre nicht ehrlich gewesen.

Draußen pfiff der Wind kräftiger und rüttelte am Balken. Claas öffnete die Augen und ließ seinen Blick durch das Zimmer schweifen. Das Feuer war weit heruntergebrannt, wenn er nichts tat, würde es bald ausgehen. Er ging noch einmal hinaus, spülte seine staubigen Hände und das Gesicht im eisigen Wasser des Brunnens, nahm sich drei Scheite und legte sie drinnen in die Feuerstelle. Einen kurzen Moment sah er zu, wie die Flammen gierig nach dem frischen Holz griffen, das sich knisternd dagegen wehrte, dann goss er sich etwas verdünnten Wein ein und leerte den Becher in einem Zug.

Wie kalt Anna ihn angesehen hatte. Seit dem Tod ihres Vaters hatte sie sich verändert, wirkte entschlossen und zeigte, dass sie nicht bereit war, sich dem Schicksal einfach so zu ergeben. Ganz allein hatte sie mit Hemeling gesprochen, mit einem Ratsherrn, der zudem ein angesehener Patrizier war. Welch ein Mut! Sie war eine stolze Frau geworden, vor allem, wenn er an das kleine Mädchen mit den geflochtenen Zöpfen zurückdachte, das ihnen neugierig bei der Arbeit zugesehen hatte.

Er streifte seine staubige Kluft ab und warf sie achtlos auf den Stuhl. Dann ließ er sich schwer auf das Bett fallen, verschränkte die Arme hinter dem Kopf und starrte ins Feuer.

Anna würde seinen Antrag ablehnen. Aber er würde bleiben und die Arbeit an der Statue vollenden, und vielleicht würde die Zeit die frisch geschlagene Wunde heilen, und sie konnte ihm verzeihen.

Er würde sie nicht im Stich lassen, das war er ihrer Familie einfach schuldig, und er hatte es dem Meister auf dem Sterbebett versprochen.

Nach seiner Rückkehr von der Wanderschaft vor zwei Jahren hatte er begonnen, Anna mit anderen Augen zu sehen. Sie war während dieser Zeit zu einer hübschen jungen Frau herangereift, und ihre kecke Art bezauberte ihn immer wieder aufs Neue. Ihr Mund war ihm so zart wie ein Schmetterling und so süß wie ein Apfel im August vorgekommen, und er schmeckte sie noch immer, als er mit der Zunge über seine Lippen fuhr. Er hungerte danach, ihre Haut an seinem Körper zu spüren. Heißes Verlangen überkam ihn, und er musste tief durchatmen, um den Kopf wieder freizubekommen.

Warum erinnerte er sich jetzt ausgerechnet an die junge Witwe, die er auf seiner Wanderschaft kennengelernt hatte? Für einen Moment sah er Sarahs schwarzes Haar vor sich, dachte an die zärtlichen Stunden, die sie miteinander verbracht hatten. Er seufzte. Er hatte sie begehrt, so wie sie ihn, doch es war keine Liebe im Spiel gewesen.

Ein Klopfen an seiner Tür weckte ihn auf. Er musste über seinen Gedanken eingeschlafen sein, denn draußen dämmerte es bereits. Der Sturm hatte den Fensterladen aufgestoßen und bescherte Claas freie Sicht auf tobende Schneeflocken. Zwei schnaufende Pferde waren vor seiner Hütte angebunden. An ihren Pferdedecken erkannte er bereits, wessen Besuch ihm bevorstand. War es Hemelings Verdienst, dass sie ihn heute aufsuchten?

Als er öffnete, blies der kalte Wind zu ihm herein und brachte das Feuer zum Tanzen. Vor ihm standen zwei Männer, die den Wappenrock von Bremen trugen. Ihre Hände lagen ruhig auf den Griffen der langen Messer, die in den Scheiden an ihren Gürteln hingen. Der dunkelhaarige Simon lächelte. Der junge Büttel war ihm bekannt, denn sie waren beide Freunde von Karl, und nicht selten hatten sie am Kamin einer Schenke mit reichlich Wein einen guten Abend verbracht. Die Miene des anderen war ernst. Claas sah ihm an, dass er keine Freude daran gehabt hatte, durch den Schneeschauer hierher zu kommen. Er war um einiges älter und hatte dunkle Ränder unter den Augen. Sein linkes Auge war kleiner als das rechte und zuckte unentwegt.

»Bist du Claas Zellheyer?«

Er nickte. »Derselbige.«

»Wir sind vom Vogt beauftragt, dich wegen des Mordes an Jacob Olde aufzusuchen. Lass uns bitte ein bei dem Sauwetter, auf dass wir unsere verfrorenen Knochen wärmen können.«

Claas hielt ihnen die Tür auf. »Recht habt ihr, kommt nur herein.«

Von dicken Schneeflocken begleitet betraten die beiden eilig seine Kammer. Claas nahm seine Arbeitskluft vom Stuhl und warf sie in die Ecke, dann schloss er den Laden. »Setzt euch.«

Im Vorbeigehen klopfte Simon ihm aufmunternd auf die Schulter und ging dann geradewegs zur Feuerstelle, um seine knochigen Finger zu wärmen. Der andere nahm seine Mütze ab und entblößte ein beinahe blankes Haupt. Schwer ließ er sich auf den Stuhl sinken und drückte mit seiner Hand in seinen dicken Bauch. »Sauwetter, verdammtes!«, wiederholte er sich. »Ist Gift für meine Galle.«

Simon verdrehte die Augen.

»Mein Name ist Rudolfus«, sagte der Ältere und deutete auf Simon. »Und ihr scheint euch ja zu kennen.«

»Kann man so sagen.« Claas nickte und zog sich ein dickes Hemd über. »Trinkt ihr etwas dünnen Wein?«

»Nein«, sagte Rudolfus und hob abwehrend die Hand. Simon jedoch willigte ein und grinste breit, wobei er seine schiefen Zähne enthüllte.

Claas goss zwei Becher ein und reichte einen an Simon weiter, der sogleich einen kräftigen Schluck nahm. »Ich habe euch schon vor Tagen erwartet«, sagte er vorwurfsvoll und setzte sich Rudolfus gegenüber, den er mit den Augen fixierte.

»Du glaubst ja nicht, was in der Stadt und umzu alles los ist. Betrogene Händler und welche, die selbst betrügen, Diebesgesindel, das rechtschaffene Bürger beraubt, Huren, die ihre Freier prellen, und ein Mörder, der nachts durch das Schnorr geschlichen ist und zwei Mägde getötet hat. Den haben wir aber gestern endlich gefasst. Wird hingerichtet, wenn der Rat sich endlich einigt. Ohne den Bürgermeister ist es schwer, das Recht durchzusetzen«, stöhnte der Angesprochene. »Aber nun sind wir ja hier.«

Der Bürgermeister war wegen einer schweren Krankheit, von der er sich nicht erholen wollte, im Herbst abgesetzt worden. Da die zwölf Ratsherren sich auf keinen Nachfolger einigen konnten, war es für die Stadt schwierig, in rechtlichen Angelegenheiten Entscheidungen zu treffen. Außerdem drohte nun auch noch der Graf von Hoya mit Maßnahmen gegen einige Ratsherren, die ein paar seiner Bauern Unterschlupf auf ihren Ländereien gewährten. Auch in der Zunft bekam man diese Missstände zu spüren. Wer vor den Rat trat, weil er Schwierigkeiten hatte, seine Entlohnung für eine getane Arbeit zu erhalten, musste nicht selten lange auf eine Rechtsprechung warten.

»Seid ihr schon bei Frau Olde gewesen, oder wisst ihr etwas Näheres?«

»Nee«, sagte Simon, und beide schüttelten den Kopf.

Rudolfus sprach mit verdrossener Miene: »Der Vogt bestand darauf, dass wir dich unbedingt heute noch aufsuchen. Da Witwe Olde gerade ihren Mann begraben hat, sollen wir Rücksicht nehmen und noch einen Tag warten. Wir gehen erst morgen zu ihr. Dabei wohnt sie nur einen Steinwurf entfernt.« Er sah aus dem Fenster, dann wandte er sich wieder Claas zu. »Aber niemand interessiert sich für zwei Büttel, die sich den weiten Weg durch dieses Sauwetter kämpfen müssen.«

In seiner Stimme lag Empörung, was Claas insgeheim erfreute.

»Habt lange genug auf euch warten lassen. Glaubt ihr nicht, dass die Mörder nun schon längst über alle Berge sein können? Und einer Witwe sollte man ein paar Tage zum Trauern gönnen. Der Vogt ist sehr rücksichtsvoll«, erwiderte er und hoffte, dass seine kleine Spitze traf, doch sie prallte an Rudolfus' dickem Fell, von dem er mehr als genug hatte, ab. Simon zuckte entschuldigend mit den Schultern, und Claas deutete auf den anderen, um Simon zu zeigen, dass sein Vorwurf nicht ihm galt.

»Nachsichtiger als mit uns, die er wie Vieh durch die Kälte jagt. Aber ich glaube, dass einer der Ratsherren den Vogt unter Druck gesetzt hat.«

Für diese Worte erntete Rudolfus von Simon einen missbilligenden Blick, worauf er das Thema auf sich beruhen ließ. Claas konnte sich gut vorstellen, wer dieser Ratsherr war, doch er schwieg. Wie sich dieser Rudolfus gebärdete, verrichtete er seinen Dienst mit Sicherheit nicht gern, und vermutlich war er sogar bestechlich wie viele andere auch.

»Nun, dann erzähl uns mal alles, was an diesem Tag vorgefallen ist, an dem Jacob Olde zu Tode kam. Wie ich sehe, bist du bei der Sache auch nicht ungeschoren davongekommen.« Der Blick des Büttels war zu Claas' verbundenem Arm gewandert, und sein linkes Auge zuckte jetzt noch schneller als zuvor.

Endlich kam er zur Sache. Claas hatte sich schon gefragt, ob dies ein Anstandsbesuch werden sollte oder ob der Büttel wegen des Mordes hier war.

»Gebrochen?«, hakte Rudolfus noch einmal nach.

»Ja.« Claas nahm einen Schluck Wein, holte tief Luft und begann zu erzählen, was er auch Anna und den anderen berichtet hatte. »Also, Meister Olde schloss, wie an jedem Morgen, das Tor auf und ging vor mir in die Halle. In diesem Augenblick wurde ich auch schon von mehreren Männern umgeworfen. Sie waren wie aus dem Nichts gekommen, denn es war ja noch dunkel in der Frühe. Einer blieb bei mir und schlug mit einer Stange auf mich ein, während die anderen hinter dem Meister her in die Werkstatt sind und ihm zusetzten. Ich wehrte mich, doch was vermag ein liegender Mann gegen eine Eisenstange auszurichten?«

Rudolfus zog unbeteiligt seine Schultern hoch.

»Nicht viel«, bestätigte Simon mit finsterer Miene.

»Nach einigem Gerangel gelang es mir, wieder auf die Beine zu kommen, sodass ich dem Mann einen Tritt versetzen konnte. Er ging zu Boden, worauf ich mir die fallen gelassene Stange griff und betete, nicht zu spät zu kommen. Dann eilte ich in die Werkstatt. Ich wollte dem Meister helfen, so gut ich konnte, doch er lag blutüberströmt im Staub, und einer der anderen ging sofort auf mich los. Zwei oder drei weitere waren im Begriff, die Arbeiten von den Sockeln zu stoßen, was ihnen auch gelang. Nachdem sie damit fertig waren, fielen sie gemeinsam über mich her, und irgendwann bekam ich etwas gegen den Kopf, eine Stange oder einen Tritt, genau weiß ich es nicht mehr, jedenfalls wurde mir schwarz vor Augen. Als ich aufwachte, waren sie verschwunden. Der Meister lag noch immer blutend an der gleichen Stelle und rührte sich nicht. Ich habe mich dann zur Tür geschleppt und um Hilfe gerufen, worauf Wegener vom Lager gegenüber mit seinen Männern kam und uns zum Haus der Oldes brachte.«

»Hast du einen von ihnen erkannt oder kannst du welche beschreiben?«, fragte Simon interessiert und leerte mit einem kräftigen Schluck seinen Becher, den Claas erneut füllte. Rudolfus fixierte ihn weiter.

»Sie hatten ihre Gesichter tief unter ihren Gugeln verborgen. Doch dem, den ich draußen niederstreckte, rutschte seine halb vom Haupt, und ich sah, dass er dunkles, glattes Haar und eine große Narbe über dem Auge hatte.« Er fuhr sich demonstrativ mit dem Finger über die Braue und zeichnete den Narbenverlauf nach. Einen Moment glaubte er, im Gesicht von Rudolfus ein Zeichen des Erkennens zu sehen.

»Kennt Ihr einen von ihnen?«, fragte Claas ihn ohne Umschweife, doch Rudolfus' Züge nahmen wieder den gleichmütigen Ausdruck an, seine Mundwinkel fuhren nach unten, und er schüttelte energisch den Kopf.

»Nein.«

»Könnte das nicht Georg sein?«, fragte jedoch Simon.

»Kann nicht. Der liegt in einer Zelle in Oldenburg und erholt sich von den Hieben eines Händlers, den er beklaut hat«, antwortete Rudolfus träge.

»Ach, darum ist er mir seit Längerem nicht aufgefallen.« Simon grinste.

»Was für Arbeiten habt ihr ausgeführt, die für andere von solch großem Interesse sind?«

Claas war angenehm überrascht, dass Rudolfus seine Pflicht doch ernster nahm, als er geglaubt hatte.

»Wir fertigen eine Statue für einen der Ratsherren an.« So viel durfte Claas nach Absprache mit Hemeling preisgeben. Er stand auf und warf noch einige Holzscheite in die Flammen.

»Na, der muss aber Geld wie Heu haben.« Simon runzelte die Stirn und stellte seinen Becher hart auf den Tisch. Rudolfus fuhr fast unmerklich zusammen und erhob sich schwerfällig, wobei er ein leises Stöhnen von sich gab.

»Wie dem auch sei, wir wissen nun, was sich zugetragen hat, und es wird Zeit, dass ich nach Hause komme und mich von meiner Alten pflegen lasse. Sprich am besten vorerst mit niemandem darüber. Wir geben dir Nachricht, wenn wir mehr wissen.« Damit setzte Rudolfus seine Mütze auf den Kopf.

»Die Kräuterfrau Mechthild versteht viel von ihrem Handwerk, habt Ihr sie schon einmal aufgesucht?« Auch Claas hatte sich bereits einige Male Hilfe bei ihr geholt. Für beinahe jedes Leiden kannte sie das richtige Mittel.

»Nein, aber hab Dank. Ich halte nichts von Kräuterfrauen oder ihren Hexenkräutern. Meine Alte kennt sich bestens mit meinem Leiden aus. Ein paar warme Umschläge wirken Wunder.«

»Wie Ihr meint.«

»Willst du nicht wissen, ob was gestohlen wurde?« Simon wirkte verwirrt.

»Ach ja.« Sichtlich verärgert hielt Rudolfus inne. »Und, wurde euch was gestohlen?«

»Nein.«

Rudolfus warf Simon einen strafenden Blick zu. Er verabschiedete sich für Claas' Gefühl viel zu hastig, denn auch Simon sah ihn verständnislos an, zuckte dann aber mit den Schultern und folgte ihm zur Tür.

Als Rudolfus bereits bei seinem Pferd war, flüsterte Simon: »Weiß nicht, was der hat, aber seine Schmerzen müssen ihn sehr plagen. Und wir beide sollten mal wieder in den ›Spitzen Giebel‹ gehen.« Jetzt grinste er breit.

Claas wusste, dass er es dort auf die Schankmaid Barbara abgesehen hatte, sich aber nicht getraute, sie anzusprechen. »Solange ich nicht arbeiten kann, ist mir eine Abwechslung willkommen. Morgen Abend?«

Simon nickte erfreut, dann verließ auch er die Hütte.

Claas sah den beiden zu, wie sie auf ihre Pferde stiegen. Er war sicher, dass dieser schnelle Aufbruch von Rudolfus etwas zu bedeuten hatte, und sah ihnen nach, wie sie in Richtung Stadt verschwanden.

Dann beeilte er sich, zog warme Sachen über und ging in Oldes Scheune, in der die beiden Pferde bei seinem späten Eintreten nervös mit den Schwänzen peitschten. Er strich dem Braunen beruhigend über die Nase. »Seit Tagen hat dich niemand mehr bewegt, und es wird Zeit, mein Guter.«

Er sattelte ihn und machte sich auf den Weg, den beiden Männern zu folgen. Wenn es auch schwierig war, mit nur einem gesunden Arm zu reiten, so spornte ihn doch das Gefühl an, dass dieser Dicke ihn zu einem der Männer führen würde, die ihn und Meister Olde überfallen hatten.

5

Im Morgengrauen reiste die Verwandtschaft ab, und damit wurde es wieder still im Haus. Zu still, fand Anna, wenn sie an das Lachen der Basen dachte. Sie half ihrer Mutter beim Verstauen der Bettdecken, als diese innehielt.

»Was ich dir noch sagen wollte, ich würde dich nie zu einer Ehe zwingen, die du nicht willst. Das mit dir und Claas ist das Beste, denn …« Sie brach ab und zupfte nervös an ihrer Schürze herum.

»Mutter?«

»Dein Onkel wollte mich mit dem Witwer Markus vermählen und unser Hab und Gut verkaufen, um damit die Schuld bei der Stadt zu bezahlen.« Sie holte ein Taschentuch aus ihrer Tasche und wischte sich die Tränen ab.

»Was sagst du da? Wie kann er nur! Dafür haben Vater und davor Großvater ihr Leben lang gearbeitet.«

»Er kann! Wir beide sind ohne männliche Führung, und er will sich nicht um uns kümmern müssen, jetzt, da dein Vater …« Schwer ließ sie sich auf die Bettkante fallen.

Anna legte ihr den Arm um die Schulter. »Mutter, weißt du, so schlimm ist es mit Claas nun auch wieder nicht, jedenfalls allemal besser, als dass du den alten Markus heiraten musst. Wenn uns das dadurch erspart bleibt, dann tue ich es.«

Sie sagte diese Worte nicht nur, um zu trösten. Die Vorstellung, mit Markus unter einem Dach leben zu müssen, ekelte sie derart an, dass ihr übel wurde. Dieser Mann roch nach Urin, seit sie denken konnte, und seine Haut war von eitrigen Pusteln übersät.

Ihre Mutter nickte, als es unten klopfte und ihre Magd Thea mit Sack und Pack abgekämpft vor der Tür stand. Vom langen Fußmarsch saß die weiße Haube so schief, dass die weiß-blonden Haare darunter hervorlugten. Mit einem herzlichen Lachen auf den Lippen begrüßte sie Magda Olde und Anna.

Die achtunddreißig Jahre alte Magd war seit vielen Jahren verwitwet, denn ihren Mann, den kleinen Sohn und zwei Schwestern hatte ihr die Pest genommen. Ins Haus der Oldes kam sie, als Anna noch ein kleines Mädchen war. Sie war seit dieser Zeit ein festes

Mitglied der Familie geworden, und neben den anfallenden Arbeiten verstand sie es besonders, aus den einfachsten Zutaten ein sehr schmackhaftes Essen zu kochen.

Die Freude über das Wiedersehen war groß, wenn auch zunächst unter Tränen die schlechten Neuigkeiten ausgetauscht wurden. Thea beklagte ebenfalls den Verlust ihres Vaters, welchen die Schwindsucht dahingerafft hatte. Sie hatte am Bett ihres Vaters gewacht, bis er vom Allmächtigen zu sich gerufen wurde. Nun war ihre Mutter gut im Haus der Schwester untergekommen, sodass Thea zu den Oldes zurückkehren konnte. Die Nachricht vom Tod des Meisters traf sie tief, doch sie war leidgeprüft und stark und konnte sich recht schnell wieder fangen.

Nachdem die Tränen getrocknet waren und Thea mit gesundem Appetit das kalte Huhn vom Mittag verspeiste, ging Magda zu den guten Neuigkeiten über.

»Stell dir vor, unsere Anna und Claas werden heiraten.«

»Ach, Mutter Olde, da bin ich mal ein paar Wochen weg und schon hat sich die ganze Welt verändert. Nun heiratet unser kleines Mädchen also auch.« Thea kniff Anna in die Wange. »Aber habe ich nicht schon vor Jahren gesagt, dass die beiden ein Paar werden?« Sie wischte sich mit einem Lächeln eine weitere Träne ab.

Magda legte die Hand auf Theas Schulter und seufzte erleichtert. »Ja, du hast es gewusst, und mir als Mutter ist es verborgen geblieben.«

»Mütter sind meistens die Letzten, die etwas gewahr werden. Der meinen ging es damals ebenso«, gluckste Thea. »Meister Olde war bestimmt froh, Anna noch in guten Händen zu wissen.«

Augenblicklich begann Magda wieder zu weinen. »Er hat es nicht mehr erfahren.«

Anna schlich unbemerkt von den beiden aus dem Zimmer. Nun, da sie ihre Mutter wieder in guten Händen wusste, wollte sie eine Weile allein sein und nachdenken.

Fast war sie in ihrem Zimmer, als es erneut unten an der Tür klopfte. Das war ja ein Kommen und Gehen heute! Gespannt, wer es dieses Mal war, machte sie kehrt. Draußen im kalten Wind stand Claas.

»Anna, kann ich dich kurz sprechen?« Er hatte dunkle Ringe unter den Augen und vermutlich nicht viel Schlaf gefunden.

»Ja, komm doch herein.« Sie bemühte sich, gelassen zu klingen, obwohl ihr Herz zu klopfen begann.

»Nein, nicht drinnen, komm bitte mit nach draußen, es sollte unter uns sein.«

Mit aufkeimendem Unbehagen nickte sie, griff sich aber den dunklen Mantel vom Haken neben der Tür. »Mutter, Claas ist hier. Wir gehen kurz nach den Pferden sehen«, rief sie in die Küche.

»Geht nur, aber kommt gleich beide noch einmal herein«, sagte Magda, während Thea sich im Hintergrund lautstark schnäuzte.

Im Stall ging Anna zu ihrer Lieblingsstute Maria und strich ihr über die Nüstern, was diese ihr mit einem sanften Nasenstupser dankte. »Thea ist wieder da.«

»Das ist gut. Sie wird euch eine große Hilfe sein.«

Anna nickte, nahm sich die Bürsten und begann, das Pferd zu striegeln. Aus den Augenwinkeln sah sie, wie Claas die Tür zuzog, die Arme vor der Brust verschränkte und sie einen Moment schweigend beobachtete. Dann berichtete er von den zwei Bütteln, die am Abend zuvor bei ihm gewesen waren und denen er gefolgt war.

»Wohin sind sie denn gegangen?«

»Simon machte sich allein in Richtung Vogt davon. Rudolfus jedoch ritt nicht nach Hause, wie er zuvor so eindringlich erzählt hatte, sondern kehrte geradewegs in der Schenke an der Schlachte ein.«

»Vielleicht war es ausreichend, dass einer dem Vogt berichtete. Er wird seinen Durst gestillt haben. Oder glaubst du, er hatte etwas zu verbergen?« Sie war sicher, dass Claas mehr wusste, sonst hätte er sie nicht so dringlich nach draußen gebeten.

»Nach Durst sah es nicht aus. Ich glaube, er hat bei meiner Beschreibung von dem Narbigen jemanden im Sinn gehabt. Als ich ihn direkt fragte, sagte er nichts dazu. Obwohl er dringend nach Hause zu seinem Weib wollte, kehrte er in der Schenke ein. Er traf sich dort mit einem Mann, dessen Gesicht unter einer Kapuze verborgen lag. Es machte den Anschein, dass er nicht erkannt werden wollte. Das ist doch sehr merkwürdig, oder? Außerdem war das Gespräch der beiden sehr hitzig, aber leider so leise, dass ich wegen der vielen grölenden Leute nichts verstehen konnte. Nach einiger Zeit schob der Kuttenträger Rudolfus einen prallen Beutel zu.«

»Kuttenträger? War es ein Priester?«, unterbrach Anna ihn.

»Möglich. Seltsam war aber, dass er eine Kutte aus feinem Tuch und feine Stiefel trug.«

»Du meinst, jemand, der nur den Anschein erwecken will, ein Geistlicher zu sein, jedoch keiner ist?«

»Oder ein sehr reicher Geistlicher. Auf jeden Fall kamen die beiden in meine Richtung, und ich musste ihnen den Rücken zukehren, um nicht von Rudolfus erkannt zu werden. Rudolfus verließ die Schankstube, und der andere sprach mit der Schankmaid, ging mit ihr in eine Kammer, zu der ich keinen Zutritt hatte.«

Anna zog die Augenbrauen leicht nach oben, unterbrach seine Ausführung jedoch nicht weiter.

»Also wartete ich. Beim Schlag der Abendglocke verkündete der Wirt, dass er schließen müsse. Weder die Maid noch der Priester waren wieder aufgetaucht, und als ich draußen nachsah, stand nur noch mein Pferd vor der Schenke.«

»Dann war der falsche Priester noch drinnen?«

»Glaub ich nicht. Ich ging um das Haus und entdeckte eine Hintertür und Fußabdrücke von drei Paar Schuhen im Schnee, die nach vorn zum Pferdehalter führten. Ich habe versucht, den Spuren zu folgen, aber bereits bei der nächsten Ecke verloren sie sich in vielen anderen.«

Aufmerksam hatte Anna zugehört, legte nun nachdenklich die Bürste weg. Wenn dieser Priester echt war und etwas mit dem Mord an ihrem Vater zu tun hatte, dann könnte die Kirche ihre Hände im Spiel haben. Diese Erkenntnis traf Anna, aber sie drängte den Gedanken vorerst beiseite.

»Sagten die Büttel eigentlich, warum sie noch nicht bei uns waren?«

»Angeblich zu viel zu tun, und sie wollten in der Trauer nicht stören.«

»Und die Mörder sind inzwischen über alle Berge? Wenn man allen Mördern so viel Zeit lässt, haben die ein leichtes Leben.«

»Du kennst doch die Lage in Bremen. Momentan geht alles drunter und drüber, niemand gibt richtige Anweisungen.«

»Natürlich«, räumte Anna resigniert ein. »Und wann wollen sie endlich zu uns kommen?«

»Heute.«

Sie überlegte. »Hm.« Wie sollten sie herausbekommen, mit wem der Büttel sich getroffen hatte? War er einer der Mörder oder jemand, der die Männer angestiftet hatte? Oder hatte dieser Geistliche gar nichts mit der Sache zu tun, und alles war nur ein harmloser Zufall? Angestrengt dachte sie nach und legte frisches Stroh in den Trog. »Wirst du dabei sein?«

»Wenn du es möchtest.«

»Ja, dann könntest du fragen, ob die beiden gut heimgekommen sind oder was der Vogt gesagt hat.«

»Ja, so könnten wir das Gespräch dahin lenken. Wenn Rudolfus etwas zu verbergen hat, wird er jedoch nicht unbedingt verraten, was er in der Schenke gemacht hat«, gab Claas zu bedenken.

Sinnend strich Anna ihrer Stute über die Flanke. »Waren auch Frauen in der Trinkstube?«

Claas schöpfte aus einem Fass frisches Wasser in einen Eimer und nickte. »Ein paar habe ich schon gesehen, wieso fragst du?«

»Ich könnte sagen, ich wäre gestern dort gewesen und hätte ihn gesehen.«

Er hielt in der Bewegung inne und seine Miene gefror. »Damit man dich für eine Hure hält, die sich in Schenken herumtreibt?«

Anna erschrak über die Heftigkeit seines Ausbruchs. »Ich meine ja nur, dass es eine Möglichkeit wäre. Ist jede Frau, die eine Schenke besucht, gleich eine Hure?«

»Die meisten schon. Vor allem die, die ohne ihre Männer dort einkehren.«

»Du kennst dich gut aus.«

Claas schwieg.

»Ich versuche zu helfen, und du beschimpfst mich.«

»Habe ich nicht! Ich will nur nicht, dass du einen schlechten Ruf bekommst.«

Beide starrten sich böse an. »Danke für deine Fürsorge!«, sagte sie übertrieben betont.

»Bitte!«, machte er sie nach, was sich tatsächlich ziemlich albern anhörte. Sie funkelten sich einen Moment an, doch dann musste Anna lachen, und auch Claas verlor seine finstere Miene.

»Ich gebe zu, es war kein guter Einfall«, lenkte sie ein.

»Und ich weiß, dass du es gut meinst«, sagte er versöhnlich. »Aber besser ist es, ich gebe zu, dass ich in der Schenke war. Außerdem kann ich Simon später fragen, ob er mir mehr über Rudolfus erzählen kann.«

Als sie die Wohnküche betraten, war Annas Mutter damit beschäftigt, Thea einen Zopf zu flechten. Beide Frauen hatten glasige Augen und gerötete Wangen. Auf dem Tisch standen zwei halb leere Krüge Bier. Offenbar hatten sie ihren Kummer damit fortgespült.

»Da seid ihr ja. Schenkt euch von dem guten Bier ein, es ist noch genug da.« Magda Olde lallte leicht. »Anna, hast du ihm deine Antwort mitgeteilt?«

Claas nahm sich einen Becher aus dem Regal und sah neugierig zu ihnen herüber, während er sich einschenkte.

»Noch nicht, Mutter. Das hat gewiss noch ein wenig Zeit.«

»Je eher, desto besser.« Ihre Mutter machte eine auffordernde Geste, und Anna wusste, dass sie keine Wahl hatte.

»Also gut.« Seufzend drehte sie sich um. »Claas, ich nehme deinen Antrag an.«

»Oh, wirklich?« Er ließ den Krug überlaufen, ohne es zu merken, und ein See aus Bier entstand auf dem blanken Tisch. Selbst Anna musste über sein verwundertes Gesicht lachen.

Thea beseitigte kichernd das kleine Missgeschick. »Ein Hoch auf das Brautpaar. Wann soll denn eure Vermählung sein?«

»Vielleicht nächstes Frühjahr?« Anna ahnte bereits, dass sie mit diesem lang aufgeschobenen Termin nicht durchkam.

»Kind, sei nicht albern.« Magda schüttelte energisch den Kopf. »Wie wäre es mit Sonntag in einer Woche?«

»Aber …«

Mit einer Handbewegung brachte ihre Mutter sie zum Schweigen und wandte sich Claas zu. »Wäre dir dieser Tag recht?«

»Ein Hoch auf das Brautpaar«, gluckste Thea erneut und leerte ihren Krug, ohne abzusetzen. Sie hatte bereits glühende Wangen, und die Situation bekam langsam etwas von einem Possenspiel.

»Vielleicht ist es wirklich etwas früh«, stammelte Claas mit einem unsicheren Blick auf Anna. »Andererseits wäre es Hemeling gegenüber sicher ein Vorteil, wenn bald wieder ein Meister in diesem Hause wäre.«

»Warum muss es so schnell sein?«, fragte Anna.

»Du weißt den Grund«, sagte ihre Mutter geduldig. »So kann

dein Onkel Ludwig nichts mehr arrangieren. Mit etwas Glück wird er nicht mal rechtzeitig kommen können. Ich werde ihm erst einen Tag vor eurer Hochzeit eine Nachricht zukommen lassen.«

»Aber muss Onkel Ludwig mich nicht an Claas übergeben?«

»Nicht, wenn er nicht da ist.« Ihre Mutter zwinkerte vergnügt.

Anna wusste, dass sie recht hatte, und willigte schweren Herzens ein. Sie wollte nicht schuld sein, wenn ihre Mutter den alten Markus heiraten musste. Sichtbar erleichtert verkündete ihre Mutter, dass in einer Woche die Feier stattfinden sollte.

»Wir werden an deine Familie einen berittenen Boten senden, Claas.«

»Das ist gut. Meine Brüder werden dann hier sein, und wir können direkt nach den Feierlichkeiten mit der Arbeit beginnen.«

Dagegen wusste Anna nichts mehr zu sagen, und je eher sie an der Statue weitermachen konnten, desto früher wäre Hemeling davon überzeugt, dass der Auftrag bei ihnen in guten Händen war. Ihr selbst war mulmig im Bauch, wenn sie daran dachte, bereits in einer Woche Claas' Frau zu sein und das Zimmer mit ihm teilen zu müssen.

Während ihre Mutter und Thea weiter dem Bier frönten und dabei eifrig planten, was Kleider, Essen und Unterkünfte für die Gäste anging, ertönten Hufschläge vor dem Haus. Anna schob die Gedanken von sich und sah gebannt auf Claas, der einen kurzen Blick aus dem Fenster warf und ihr schließlich zunickte. Sie eilte zur Tür und öffnete den beiden Bütteln.

»Wir sind wegen des Mordes an Jacob Olde hier. Dürfen wir eintreten?« Der Dickere nahm seine Kopfbedeckung ab.

»Ja, kommt bitte herein.« Sie führte sie in die Küche, in der die beiden Frauen mit geröteten Wangen saßen. Claas hatte die Arme verschränkt und lehnte am Fensterrahmen. Er deutete mit den Augen auf Rudolfus, doch Anna hatte dank Claas' Beschreibung schon geahnt, wer er war.

»Mutter, zwei Männer des Vogts wollen uns sprechen.«

»Guten Tag. Mein Name ist Rudolfus, und das ist Simon.«

Ihre Mutter richtete sich und deutete auf zwei Stühle. »Guten Tag. Setzt euch.« Von ihrem Lallen war kaum noch etwas zu hören.

Die beiden nahmen Platz und verlangten förmlich und ohne Umschweife zu wissen, was an dem Tag des Überfalls geschehen war. Aber weder Anna noch ihre Mutter konnten etwas Neues berichten.

»Wir werden tun, was wir können, um die Mörder zu finden.« Simon wirkte entschlossen.

»Habt Dank.« Magda Olde nickte ihm freundlich zu.

Claas' Augen hefteten sich auf Rudolfus. »Seid Ihr gestern gut heimgekommen, zu Eurem Weib?«

»Ja, wieso fragst du?«, antwortete der Angesprochene mit misstrauischer Miene.

»Ich dachte, ich hätte euch gestern zu später Stunde im Gespräch mit einem Mann in der Schlachteschenke gesehen. Euer Gegenüber trug eine Kutte, die zwar sein Gesicht verdeckte, doch kam er mir bekannt vor.«

»Du warst noch in der Schenke?« Simon wirkte verwirrt.

»Ich habe nur kurz etwas erledigt, ehe ich nach Hause bin«, entgegnete Rudolfus brüskiert.

Über Claas' Gesicht zuckte ein triumphierender Ausdruck. »Darf ich wissen, wer der Mann war? Er schien Euch ebenfalls gut bekannt, immerhin steckte er Euch einen äußerst fetten Beutel zu.« Claas schien es zu genießen, wie der Büttel sich immer mehr auf seinem Stuhl wand.

»Was denn für einen Beutel?«, fragte Simon, der nun ebenfalls hellhörig geworden war.

»Ich weiß nicht, wovon du sprichst«, sagte Rudolfus mit zusammengekniffenen Augen.

»Nun, wenn meine Sinne mir keinen Streich gespielt haben, verschwand dieser Beutel unter Eurem Wams.« Claas schüttelte den Kopf und spielte den Verwirrten.

»Hä?« Simons Mund stand offen.

»Ach das ...«, Rudolfus winkte gelangweilt ab, »... das waren nur ein paar Kräuter für meine Galle.«

»Und ich dachte, Ihr würdet euch nichts aus Kräutern machen«, bemerkte Claas.

Magda Olde betrachtete beinahe ebenso verwirrt wie Simon das Geschehen und schwieg, während Thea sich um den Abwasch kümmerte und mit den Tellern klapperte. Anna bewunderte Claas dafür, wie er mit dem Mann umsprang, der sich immer tiefer reinritt.

»Das dachte ich auch«, brummte Simon und sah seinen Begleiter argwöhnisch an. »Was war denn in dem Beutel?«

»Es geht niemanden etwas an, was ich tue«, zischte Rudolfus den jüngeren Büttel an. »Und du, Claas, tätest gut daran, dich nicht um fremde Angelegenheiten zu kümmern. Ich glaube nicht, dass du den Mann kennst.« Seine Augen schossen Blitze ab, doch Claas ließ sich nicht beeindrucken.

»Woher wisst Ihr, wen ich alles kenne? Wie ist denn sein Name?«

»Das tut nichts zu Sache.«

Simon lehnte sich demonstrativ zurück und ließ ebenfalls nicht locker. »Ach, ich finde schon, dass es etwas zur Sache tut. Erzähl doch, wer das war. Vielleicht brauch ich auch mal Kräuter, wenn ich in dein Alter komme.«

Mit wutverzerrtem Gesicht erhob Rudolfus sich. »Behalte deinen Spott für das Gesindel. Ich muss mich nicht wie ein gemeiner Strauchdieb verhören lassen.«

»Aber das tut doch niemand«, protestierte Anna.

»Wie dem auch sei. Ich habe genug gehört. Wir müssen zurück und dem Vogt berichten.«

Mit einem knappen Nicken verabschiedete sich Rudolfus von Frau Olde und wartete nicht auf Simon, der sich widerwillig murmelnd erhob. Er warf Claas ein kaum hörbares »Bis heute Abend« zu, dann folgte er Rudolfus.

Anna schloss die Tür hinter ihnen und ging zurück in die Küche. »Das hast du prächtig gemacht.« Sie warf Claas einen anerkennenden Blick zu. »Auf jeden Fall lügt der, denn in dem Beutel waren mit Sicherheit keine Kräuter.«

»Meint ihr, der hat etwas mit dem Tod von Jacob zu tun?«, wollte Magda Olde erschüttert wissen.

»Nicht unbedingt, aber vielleicht kennt er jemanden, der damit zu tun hat.« Claas sah den Bütteln durch das Fenster nach. »Ich hoffe, dass wir uns den nicht zum Feind gemacht haben.«

***

Nachdem die Nachrichten des Papstes bei der Zusammenkunft der Bremer Geistlichen besprochen waren, wurden, wie jedes Mal vor dem Sonntag, die Geldbelange erörtert. Der Bremer Erzbischof,

Otto II. von Braunschweig-Lüneburg, hielt die Priester einer der umliegenden Pfarrkirchen an, weniger verschwenderisch zu sein.

»Es werden mehr Fässer des schweren Messweins von euch angefordert, als es gute Gläubige in eure Kirche treiben könnte. Außer, sie halten aus irgendeinem Grund euer Gotteshaus für eine Schankstube und euch für die Wirtsleute.«

Hier und da ertönte ein verhaltenes Lachen, das aber schnell wieder verstummte, als man sah, dass es dem Erzbischof durchaus ernst war. Die angesprochenen Priester senkten verlegen ihre Köpfe. Insgeheim wurde vermutet, dass sich ein paar von ihnen bereicherten, indem sie heimlich den teuren Wein weiterverkauften, doch bisher konnte man es keinem nachweisen.

Nach dieser Maßregelung betrachtete der Erzbischof die Liste mit den vorgesehenen Eheschließungen der kommenden Woche, nickte kurz und reichte sie an Heinrich weiter, der sie umgehend verlas: »Der Fischer Lothar Ackermann ehelicht Gesine Weichert. Der Tuchhändler Thomas Sievert ehelicht Sarah Meynecke. Der Steinmetz Claas Zellheyer ehel…«

Es standen noch drei weitere Paare auf dem Pergament, doch Heinrich verschwammen die Buchstaben vor den Augen. Wie war das möglich? Es konnte nicht stimmen, war das Einzige, woran er denken konnte. Stille Sekunden vergingen.

Als der Erzbischof dezent hustete und die anderen leise zu wispern begannen, löste sich Heinrichs Zunge. Er sah kurz in die Runde, räusperte sich und fuhr fort, als wäre nichts gewesen. »Der Steinmetz Claas Zellheyer ehelicht Anna Olde. Der Schmied Dietmar Bürder ehelicht Angelika aus der Hohenstraße, und der Knecht Lothar Meyer ehelicht Sarah Reinhold.«

Die Versammlung löste sich wie gewohnt auf, als die Domglocke zur Hora Tertia schlug und damit die Mittagszeit einläutete.

6

»Claas Zellheyer, willst du dieses Weib zu deinem Eheweib nehmen, in guten wie in schlechten Zeiten für sie sorgen und sie stets leiten, bis dass der Tod euch scheidet?«

Claas nickte. »Ja, das will ich!« Seine Stimme klang fest und sicher.

»Anna Olde, willst du diesen Mann zu deinem Ehemann nehmen, ihn in guten wie in schlechten Zeiten lieben und ehren, ihm dienen, bis dass der Tod euch scheidet?«

Als der Priester Anna diese Frage stellte, vernahm sie zwar die Worte, doch ihre Zunge reagierte nicht. Tränen, durch den Schleier verborgen, raubten ihr die Sicht. Im Hintergrund hörte sie ihre Mutter tief einatmen, dann lag Stille über der Menge. Alle warteten auf ihre Antwort.

Es war so rasend schnell gegangen, dass Anna kaum sagen konnte, was sie in der letzten Woche alles getan hatte. Nun fand sie sich mit Claas an ihrer Seite vor der Brauttür des St.-Petri-Doms wieder und spürte, dass unzählige Augen auf sie gerichtet waren. Ihre Kehle war wie zugeschnürt.

»Anna?«, flüsterte der Priester, und Claas verstärkte sanft den Druck seiner Hand. Schmerzhaft schluckte sie. »Heilige Anna, auch wenn ich nicht immer ein folgsames Mädchen gewesen bin, so bitte ich dich dennoch darum, mir die Kraft zu geben, das Richtige zu tun. Amen!«

»Anna?«, wiederholte der Priester etwas lauter, und sie erwachte aus ihrer Starre.

»Ja«, flüsterte sie mit zitternder Stimme. »Das will ich.«

Ein leises Raunen ging durch die Menge in ihrem Rücken. Der Druck von Claas' Hand lockerte sich, ihre Mutter atmete wieder, der Priester nickte zufrieden und sprach den Segen: *»Et ego coniungo vos in matrimonium in nomine Patris, et Filii, et Spiritus Sancti.«*

Sie brachen eine Münze und tauschten die Ringe. Dann unterzeichneten sie den Vertrag. Als Claas anschließend ihren Schleier anhob, trat ein überraschter Ausdruck auf sein Gesicht. Anna weinte. Er gab ihr einen sanften Kuss, dann hatte er sich wieder in der Gewalt. Anna zwang sich zu einem Lächeln, denn sie wollte ihm nicht den Tag verderben. Sie hatte ihn noch immer zu gern, auch wenn dieses Gefühl sie momentan eher schmerzte, als dass sie es willkommen hieß. Feierlich nahm er ihr den Schleier ab, und ihre Mutter reichte ihm die Haube. Er setzte sie Anna auf den Kopf, und augenblicklich war das jubelnde Brautgefolge um sie herum.

Als Magda sie in die Arme nahm, wirkte sie erleichtert, denn Annas Zögern war ihr nicht verborgen geblieben. »Sei tapfer, denn du weißt, dass es das Beste war. Claas wird dir gewiss ein guter Mann sein«, flüsterte sie und wischte Anna von allen unbemerkt die Tränen ab. »Wir können dem Allmächtigen danken, dass dein Onkel nicht rechtzeitig gekommen ist.«

Ein letzter verschwörerischer Augenaufschlag, dann wandte sie sich Claas zu, um ihm ihre Glückwünsche auszusprechen und ihn endgültig als Familienoberhaupt zu begrüßen. Anna wurde von der Menge zur Brautmesse in die Kirche geschoben, die sie ohne jedes Gefühl für Zeit und Wort überstand.

Auf der anschließenden Feier, die in Anbetracht des Trauerfalls und der bevorstehenden Arbeit kürzer als üblich ausfiel, erhielten die Gäste ihre Geschenke. Am Morgen noch hatte Magda ganz geheimnisvoll von einer großen Überraschung gesprochen. Dass sie im gerade gebauten Ratskeller, und zwar in der Halle der Zünfte, feierten, war ebendiese, und sie verdankten es dem Rat, allen voran Johann Hemeling. Die Halle diente sonst ausschließlich den Rats- und den Zunftversammlungen, doch Hemeling hatte dafür gesorgt, dass die Hochzeitsfeier hier stattfinden konnte.

Der Ratskeller war ein neu errichtetes Gewölbe mit riesigen Weinfässern, die den prunkvollen Raum säumten, einem übergroßen Kamin und vielen schweren Tischen. Hinter der freien Fläche für den Tanz spielten die Musikanten unermüdlich auf Laute, Flöte und Fiedel. Fleißige Mönche, Nonnen und Novizen bewirteten sie und erfüllten umgehend jeden Wunsch. Anna hatte das Gefühl, zu einer der reichen Familien zu gehören, denn sie wurden behandelt, wie es nur den höher gestellten Personen gebührte.

Um sie herum wurde gesungen, getanzt, getrunken und gegessen. Es gab alles, was das Herz begehrte: Wachteln in pikanter Soße,

Wildschweinbraten, knusprige Enten, Ziegenkäse, süße Teigkuchen mit Kirsch- oder Pflaumenkompott, warmes Brot, zweierlei Bier, den besseren Wein und vieles mehr. Anna bemühte sich, eine heitere Miene zu machen, und fand beim Anblick der reichlichen Leckereien tatsächlich ihren Appetit wieder.

Nach dem Genuss der vielen Speisen, vor allem nach dem letzten Teigkuchen, glaubte sie, platzen zu müssen. Der Wein umnebelte langsam ihre Sinne, und sie fühlte sich wie in Watte gehüllt. Sie tanzte ein paarmal, wenn sie aufgefordert wurde, und beobachtete, wie alle Gäste um sie herum zufrieden aßen und ausgelassen feierten. Selbst die eine oder andere Nonne bekam zu ihrem Leid von einem der betrunkenen Männer einen Schlag auf ihr Hinterteil.

Mit Claas hatte sie nur einmal getanzt, nachdem er seinen Meistertitel von Friedrichs zugesprochen bekommen hatte. Dieser war, wie alle Mitglieder der Steinmetzzunft, eingeladen, doch nach der Verleihung des Titels und des Steinmetzzeichens war er schnell wieder verschwunden. War es das schlechte Gewissen? Allgemein schob man es der Krankheit seiner Frau zu, dass er an dem Fest nicht teilnahm. Für Anna war es ein weiterer Grund, mehr über Friedrichs und seine Absichten herauszubekommen. Der Verdacht, er könne etwas mit dem Tod ihres Vaters zu tun haben, drängte sich ihr erneut auf.

Annas Ärger gegen Claas entfachte sich von Neuem, als sie bemerkte, dass er bereits zum vierten Mal mit seiner rotblonden Base Gertrud tanzte und diese ihm unverhohlen schöne Augen machte. Jetzt hatte er alles, was er wollte. Als Mitglied einer angesehenen Handwerkerfamilie und mit dem Meistertitel stand ihm bald eine Stimme in der Zunft zu. Nun war er unabhängig. Wozu sollte er sich dann noch um sein angetrautes Weib kümmern?

Rings um Anna feierten die Menschen, und niemand bemerkte, was in ihr vorging. Die zwei Tage ohne Schlaf und der viele Wein zeigten ihre Wirkung. Am Ende des Tanzes mit dem Baumeister Salomon war Anna außer Atem. Nach Luft schnappend sank sie auf einen freien Stuhl. »Ihr seid ein schwungvoller Tänzer«, lachte sie und war froh zu sitzen.

»Das behauptet mein Weib auch immer.« Zwinkernd ließ er sie allein.

Ihr war warm, und sie fächerte sich mit der Hand Luft zu.

»Das ist die Aufregung«, hörte Anna einen der Steinmetze zu Claas sagen, und aus den Augenwinkeln konnte sie sehen, dass die beiden zu ihr herübersahen.

»Du musst keine Angst haben.« Dorothea, Claas' jüngste Schwester, ebenfalls frisch vermählt, setzte sich zu Anna und warf ihr ein aufmunterndes Lächeln zu. »Ich habe vor der Ehe auch viel Schlimmes über die Hochzeitsnacht und unsere ehelichen Pflichten gehört. Aber wenn alle Männer so zärtlich sind wie mein Carsten, dann kannst du dich darauf freuen.«

Sie war sechzehn, und ihr gewölbter Leib zeichnete sich unter dem blauen Kleid ab, das wunderbar zu ihren grünen Augen passte. Dorothea füllte einen Becher mit Wein und drückte ihn Anna in die Hand.

»Trink das. Es beruhigt.«

»Danke.« Einen Moment starrte Anna den Becher an. Eigentlich hatte sie bereits genug davon, aber vielleicht würde es ihre Sorgen für heute fortwischen, wenn sie sich betrank. Ihr Vater war auch immer fröhlich gewesen, wenn er viel getrunken hatte, also konnte es so verkehrt nicht sein. Mit einem Schluck leerte sie den Inhalt, und der süße Wein lief kühl durch ihre Kehle.

»Gleich wird es dir besser gehen.« Verschwörerisch zwinkerte Dorothea. »Ich habe schon lange geahnt, dass ihr zwei einmal heiraten werdet. Gleich als Claas das erste Mal nach seiner Wanderschaft wieder bei uns zu Besuch war, ist es mir klar gewesen. Er redete nur von dir und deinem Vater.« Sofort presste sie sich die Hand vor den Mund und stockte peinlich berührt. »Verzeih mir. Das mit deinem Vater tut mir so furchtbar leid.«

Anna schluckte heftig. »Hm.« Statt einer Antwort griff sie nach dem Krug, schenkte sich und ebenfalls einen Becher für Dorothea ein. Sie wollte nicht allein trinken.

»Mir bitte nicht mehr.« Ihre Schwägerin streichelte demonstrativ über ihren Bauch. »In Maßen ist es willkommen, aber die Amme meint, zu viel würde dem Kind schaden.«

Anna leerte ihren Becher erneut in einem Zug. Dorothea stutzte.

»Du hast aber einen gesunden Durst. Besser, du trinkst nicht so hastig.« Sie legte ihre Hand auf Annas Schulter. »Die Welt geht heute nicht unter, sie wird nur aufregender, und betrunken hast du nichts mehr davon.«

»Vielleicht will ich das auch nicht.« Annas Zunge wurde schwer, und sie musste sich beim Sprechen anstrengen. War das der Wein? Nie zuvor hatte sie eine derart große Menge getrunken. »Außerdem scheint deine Base Claas mehr zu gefallen als ich.«

»Wer?« Dorothea drehte sich verwundert zu ihrer Base um, sah dann Anna wieder an und begann zu lachen. »Da musst du dich nicht sorgen. Die zwei waren früher wie Bruder und Schwester. Und sie vergöttert ihren Daniel.«

»Dann sehe ich wohl Geister. Hick!« Ein Schluckauf stellte sich ein und vertrieb Annas dunkle Gedanken. Amüsiert kicherte sie.

»Oh je. Das hast du nun davon. Dagegen hilft viel trinken, aber ich rate dir zu Wasser.« Dorothea griff sich einen weiteren Krug, roch daran und stellte ihn Anna vor die Nase.

Angewidert verzog diese das Gesicht. »Scheint – hick – nicht annähernd so süffig wie dieser – hick – Wein.«

Dorothea grinste. »Aber es bekommt dir sicher besser. Versuch es, trink sieben kleine Schlucke, ohne zu atmen.«

Widerwillig beugte Anna sich dem Rat ihrer Schwägerin und beobachtete dabei die Menschen um sich herum. Sie konnte sich ein Lachen nicht verkneifen, als sie Claas jetzt im ernsten Gespräch mit ihrer Mutter sah. Die Missbilligung stand Magda ins Gesicht geschrieben. Peinlich berührt drehte Anna sich weg. Sicherlich war ihre Mutter jetzt böse mit ihr. Nach sieben Schlucken stellte sie den Krug ab und holte Luft. – Hick – Der Schluckauf war noch da.

»Der Wein hilft – hick – bestimmt besser.« Belustigt griff sie danach, als sich eine Hand auf die ihre legte und sie daran hinderte.

»Wir wollen jetzt nach Hause fahren«, hörte sie Claas neben sich sagen, und seine ernste Stimme brachte sie erneut zum Kichern.

»Aber warum – hick – warum denn? Wir sollten fröhlich sein, oder – hick – nicht?«

»Sicher, aber du hast dem Wein mehr zugesprochen, als gut für dich ist.«

Schuldbewusst deutete Dorothea auf den Krug. »Ich hab ihr gesagt, sie soll lieber Wasser trinken.«

Claas schenkte Anna den Becher voll. »Dann versuch es mal.«

»Hick – Wein wäre mir lieber, und ich vertrage eine ganze Menge!« Anna ignorierte das Wasser und gab zu schmollen vor, doch es gelang ihr nur bis zum nächsten Hick, das sie augenblicklich wieder albern kichern ließ. Dorothea stimmte diesmal amüsiert mit ein, nur Claas betrachtete die beiden finster.

Jetzt stimmte der Fiedler eine Melodie an, die ihr Vater gern gesummt hatte, und mit einem Schlag wurde Anna nüchtern. Der Schluckauf war wie weggeblasen, und ohne ein weiteres Wort stand sie auf.

»Bring mich nach Hause.« Tränen stiegen ihr in die Augen, und ein nun vollkommen verblüffter Claas nickte.

»Warte einen Moment.« Er ging rasch zu ihrer Mutter, worauf diese den Gästen mitteilte, dass das Brautpaar sich jetzt auf die Heimfahrt begeben würde.

Mit großem Trubel begleitete die Gesellschaft sie nach draußen. Es war bereits tiefe Nacht, als sie ins Freie kamen. Die Straßen waren menschenleer, und der Mond grub sich immer wieder durch eine dicke, flauschige Decke. Fackelträger schritten voran und leuchteten ihnen den Weg zu den wartenden Karren. Anna fühlte sich genauso benebelt wie die Wölkchen, die ihr Atem verursachte. Ihre Beine gehorchten nicht, wie sie sollten, und nur zu gern ließ sie sich von Claas und Thea auf den Wagen helfen.

Ein Teil der Familie fuhr auf verschiedenen Karren und Kutschen hinter ihnen her, während die übrige Gesellschaft im Ratskeller weiterfeierte. Ihre Mutter setzte sich neben Anna und nahm sie liebevoll in den Arm. Während Claas das Gespann durch die Gassen lenkte, begann Thea ein Lied zu summen. In diesem Moment fühlte Anna sich geborgen und sicher, und durch das Geholper des Wagens schlief sie ein. Erst als sie vor ihrem Haus ankamen, wachte sie wieder auf.

Sie schlich sich nach oben, und als sie die Tür hinter sich zumachte, wurden die Stimmen der anderen leiser. Sie schloss einen Moment die Augen, lehnte ihren Kopf gegen die Wand und lauschte der Stille, die sie umgab. Erleichtert, allem entkommen zu sein, atmete sie tief durch. Der Duft nach Lavendel und sündhaft teuren Rosen kitzelte in ihrer Nase. Anna zündete die frischen Wachskerzen an. Überrascht sah sie sich im Zimmer um, das einst ihren Eltern vorbehalten gewesen war und das sie die letzten vier Tage nicht hatte betreten dürfen. Es war nicht wiederzuerkennen. Alle hatten fleißig gewerkelt, um es ihr und Claas so angenehm wie möglich zu machen.

Als Erstes fiel ihr Blick auf das neue Ehebett, welches dem alten Platz gemacht hatte. Hier also sollte sie mit ihm die Nächte verbringen. Mühsam schluckte sie den Gedanken hinunter und strich mit der Hand über die Zudecken. Sie waren von guter Qualität und, ebenso wie die Kissen, prall gefüllt mit Federn. Darauf lag ein blumenbesticktes Nachthemd für sie und auf der anderen Hälfte ein schlichtes Hemd für Claas. Getrocknete Blütenblätter waren auf dem ganzen Bett verteilt. Auf dem kleinen Schrank stand ein Krug Wein. Ihre Truhe stand am Bettende, daneben ein großer neuer Schrank. Selbst ein neues Tierfell, ähnlich dem aus Claas' Haus, das vor seinem alten Bett gelegen hatte, war auf den alten Holzdielen ausgebreitet.

Anna setzte sich vorsichtig auf die Bettkante. Sie kam sich so fremd und deplatziert in diesem Zimmer vor, das von jeher die elterliche Kammer gewesen war. Das Gesicht ihres Vaters, der ihr so sehr fehlte, schlich sich in ihre Gedanken. Und sie war ausgerechnet mit dem Mann verheiratet, der vielleicht eine Teilschuld an seinem Tod trug. Was hätte sie aber anderes tun sollen, als in diese Heirat einzuwilligen? Traurig vergrub sie ihr Gesicht in den Kissen.

Irgendwann, das Geholper abfahrender Kutschen war längst verstummt, das Kissen, in das sie ihr Gesicht vergraben hatte, nass geweint, ließen Schritte auf dem Flur sie hochfahren. War es nun so weit? Nein, sie wollte nicht hierbleiben, nicht das Bett mit diesem Mann teilen. Hastig stand sie auf, als Claas die Kammer betrat.

»Hier bist du also abgeblieben. Wir haben dich schon vermisst.« Er schloss leise die Tür und sah sie einen Moment an. »Die Verwandten sind fort. Sie hätten sich gern noch von dir verabschiedet, aber wir nahmen an, du würdest schlafen. Stattdessen hast du auf mich gewartet, wie ich sehe. Die anderen sind bereits alle zu Bett gegangen«, sagte er sanft, während er langsam auf sie zukam.

»Ich habe nicht auf dich gewartet.«

»So?« Er stand ganz dicht vor ihr, und der herbe Duft von Moschus stieg ihr in die Nase. Seine Augen glänzten im Schein der Kerzen, von Müdigkeit konnte sie nichts darin sehen. »Du bist aber noch wach.«

Anna wich zurück, bis sie gegen die Kommode stieß. Claas kam weiter auf sie zu, wodurch sie in der Ecke gefangen war. Sie ärgerte sich und fühlte sich wie ein Tier in der Falle. Einfach über die Kommode zu springen, um ihm zu entkommen, kam ihr albern vor.

Zärtlich hob er ihr Kinn an, und sie war gezwungen, ihn anzusehen. Ein leichtes Lächeln umspielte seine Augen, ganz so, als würde er ihre Gedanken erraten. Einen Moment sah sie ihn böse an, dann riss sie den Kopf herum, und seine Hand hing in der Luft.

Sein Lächeln verschwand. »Hast du Angst vor mir, Anna?«

»Angst, ich habe keine Angst! Ich hätte dich nur nie ...«, zischte sie, brach jedoch ab und überlegte, ob sie zu hart gegen ihn war.

»Was hättest du nie?«

Sie suchte nach Worten, wollte ihm entgegenschreien, dass sie ihn lieber hassen wollte, aber der betroffene Ausdruck auf seinem Gesicht ließ sie schweigen. Und plötzlich sah sie wieder den Claas, der ihr Schmetterlinge in den Bauch zauberte, und hin- und hergerissen biss sie sich auf die Lippen.

»Sag mir, was hättest du nie?«

Sie senkte den Blick, konnte es nicht ertragen, ihn dabei anzusehen. »Es war falsch, dass ich deine Frau geworden bin.« Ihre Worte waren ungewollt hart, und sie konnte spüren, wie sie ihn trafen. Anna hoffte, dass er nun gehen und sie in Ruhe lassen würde, doch er blieb, schien über das Gesagte nachzudenken. Erneut fasste er sie unter das Kinn, zwang sie, ihn anzusehen. Er grinste, und in seinen Augen spiegelte sich Verlangen.

Langsam näherte sich sein Gesicht dem ihren, und ihre Wut verrauchte. Sie wollte, dass er sie küsste, und wusste, dass sie verloren hatte, wenn es geschah, wusste, dass sie ihm dann nachgeben würde. Leise machte sich die Stimme wieder bemerkbar, die ihr flüsterte, was er gemacht hatte, und energisch straffte Anna sich.

Sein Gesicht war nun ganz dicht vor ihrem. »Warum hast du es dann getan?«, fragte er zärtlich.

Sie sah ihn an, und dieses Mal antwortete sie ohne Groll: »Blieb mir eine andere Wahl?«

Er sah ihr einen Moment tief in die Augen, forschte regelrecht darin, und Anna spürte, wie ihr die Röte ins Gesicht stieg. Und dann küsste er sie ohne Vorwarnung. Sein Kuss war hart, wild und leidenschaftlich. Er weckte etwas in ihr, und es gefiel ihr. Dann ließ er von ihr ab, lächelte sie triumphierend an und küsste sie erneut, ehe sie ihm sagen konnte, dass er sich zum Teufel scheren solle. Seine Hand wanderte langsam über ihren Rücken, bescherte ihr einen wohligen Schauer, wofür sie ihn hassen wollte. In ihrem Kopf kämpften Verlangen und Wut miteinander. Schließlich gewann die Wut. Sie spannte die Muskeln an, schubste ihn von sich weg und fuhr sich verachtend mit der Hand über den Mund. Wie sehr ihr Handeln sie selbst schmerzte, zeigte sie ihm nicht.

Claas wich lächelnd vor ihr zurück, ging an das Ehebett, als wäre nichts geschehen, und griff nach seinem Nachtgewand. »Vielleicht sollten wir zu Bett gehen, morgen müssen wir mit der Statue weitermachen.«

Anna hielt die Luft an, doch zu ihrer Überraschung ging er mit der Decke zur Tür und öffnete sie. Beim Hinausgehen drehte er sich noch einmal kurz zu ihr um. »Und ja, du hattest tatsächlich keine andere Wahl.«

***

Die beiden Mütter hatten ihnen ein üppiges Frühstück mit frischen Eiern, heißer Milch, gebackenem Brot mit Käse und Schinken mitgegeben, das hungrig vertilgt worden war. Nun standen Anna, Claas und seine Brüder in der Werkstatt und überlegten, womit sie beginnen sollten.

Stephan, ein schlaksiger und wortkarger junger Mann mit blondem Bartflaum und Schopf, war mit seinen sechzehn Jahren der jüngste der drei. Er nickte zu jedem Vorschlag und machte ansonsten einen eher verträumten Eindruck. Ganz anders war der neunzehnjährige Franziskus, ein breiter Bursche mit wilden braunen Haaren, fröhlichen blauen Augen und einem lockeren Mundwerk, das zu seinem verschmitzten Lächeln passte. Er war wie Claas ebenfalls in den Beruf des Steinmetzes gegangen, aber noch lange nicht so weit ausgebildet. Er würde in vier Jahren auf Wanderschaft gehen.

Claas schlug vor, den Rumpf des Roland an der Bruchstelle mit dem Kopf zu verbinden, was auch den Schaden am Hals der Statue beheben würde, und die zweite Schadstelle mit einem neu gehauenen Stück zu versetzen, das genau in die Lücke passte. Sie befanden einvernehmlich, dass es einen Versuch wert wäre, ehe sie alle Teile neu fertigen mussten.

Anna fuhr mit den Fingern über einen gezackten Riss im Rumpf und stellte fest, dass er nicht sehr tief war. Sie würde ihn ausbessern können. Einzig die Farbe des Muschelkalkmörtels machte ihr Sorgen. Claas stand ganz dicht neben ihr, fuhr ebenfalls prüfend mit der Hand über den Riss und wog den Kopf leicht hin und her. »Es wird gehen«, sagte er schließlich.

»Das denke ich auch. Nur ist der Mörtel dunkler als der Elmstein. Kannst du da was machen?« Vergessen war die letzte Nacht; es wirkte, als wäre nie etwas geschehen.

Claas nickte. »Es gibt ein paar Möglichkeiten. Wir mischen etwas mehr Kalk darunter, dann wird er heller, oder wir nehmen Sumpfkalk und reiben die Statue komplett ab. Wir können sie auch mit einer Mischung aus Milch, Quark und Kalk einstreichen. Egal was wir machen, man wird es später nicht sehen, da kannst du gewiss sein.«

Anna war überrascht. »Ich habe noch nie gehört, dass Vater Figuren mit Quark und Milch bestrichen hat. Woher hast du das?«

»Als ich auf Wanderschaft war, traf ich in Köln auf einen Baumeister, der genau das getan hat. Es sah phantastisch aus, auch wenn das Auftragen selbst von unsagbarem Gestank begleitet war. Aber nach ein paar Tagen war der Geruch verflogen, und die Figur sah sehr edel aus«, berichtete Claas mit leuchtenden Augen.

»Das gefällt mir.«

»Das können wir machen, wenn die Figur bereits auf dem Markt errichtet wurde.«

»Dann brauchen wir uns darum erst einmal nicht zu sorgen.«

Erleichtert gingen sie daran, ihr Arbeitspensum für die nächste Woche zu planen. Anschließend begann Claas, die Muscheln zu zerkleinern und den Mörtel anzurühren, während seine Brüder drei Feuerstellen errichteten; eine draußen vor der großen Doppeltür für den Wachdienst und zwei drinnen. Als die Scheite brannten, wurde es hell und sogar behaglich in der Werkstatt. Dick eingepackt in warme Sachen blieb Franziskus gleich draußen, um die erste Wache zu übernehmen. Sie hofften, dass es abschreckend genug war, wenn nun ein Mann vor der Tür stand.

Claas, Anna und Stephan schoben gemeinsam das beschädigte Haupt und den schweren Rumpf ganz nahe zusammen. Anschließend richteten sie die liegenden Teile so zueinander aus, dass gerade noch genug Raum für den Mörtel war. Jetzt begann Anna unter Claas' Anleitung, die Bruchstellen zu bestreichen, und gab die dicke Masse sorgsam in den Spalt, bis er vollständig gefüllt war, dann strich sie die Stelle glatt. Anschließend zerschlug Stephan mit einem groben Hammer einen Stein, und Anna passte Splitter in die Stellen ein, die kleine Lücken aufwiesen. Wenn die Splitter nicht genau in die Bruchstellen passten, feilte Anna so lange, bis sie passend waren.

Obwohl es draußen kalt war, hielt Franziskus einige Stunden Wache, ehe er sich von seinem Bruder ablösen ließ.

»Wer sind die Männer, die drüben bei den Lagern schaffen?«, wollte er nach seinem Dienst wissen. »Sie haben ein Schiff entladen und mehrfach herübergesehen.«

»Das sind die Hafenarbeiter von Wegener, der sich weigert, seine Waren in der Stadt umzuschlagen. Es ist wohl nichts Verwerfliches von ihnen zu befürchten«, teilte Claas ihm mit. »Habt dennoch ein Auge auf sie, denn wir kennen nicht jeden von ihnen.«

»Machen wir.« Neugierig schaute Franziskus sich an, was sie während seines Wachdienstes gemacht hatten. »Das hast du gut gemacht, Claas.«

»Anna gebührt das Lob, denn das meiste hat sie getan«, erwiderte der Bruder.

»Sie war das?« Franziskus warf Anna, die gerade eine heiße Suppe auf dem Feuer zum Kochen brachte, einen verlegenen Blick zu.

»Sprich ruhig weiter.« Sie sah spitzbübisch von ihrer Arbeit auf.

»So war es nicht gemeint, aber ich habe selten gehört, dass ein Weib Männerarbeit verrichtet, und dann noch so gute.« Franziskus lief rot an, und sie bemühte sich, nicht zu lachen.

»Ich danke dir für dein Lob.«

»Lass dich nicht von ihrem zierlichen Äußeren täuschen. Und etwas Hilfe hatte sie ja.« Claas klopfte dem Bruder auf die Schulter und grinste breit.

Nachdem sie gegessen hatten, fuhren sie mit der Arbeit fort, und schließlich füllte Anna den letzten Spalt. Die Männer klemmten beide Bruchhälften zum Trocknen zwischen zwei schwere Rohblöcke, die sie mühsam dagegenschoben. Nun besserte Anna weitere abgesplitterte Stellen mit Mörtel und kleinen, scharfkantigen Steinsplittern aus. Am Ende sah man außer den Nähten kaum noch etwas von der Beschädigung. Claas beäugte alles sehr genau und nickte zufrieden.

»Das sieht sehr gut aus, ich denke, wenn uns der Kopf nicht vom Rumpf fällt, ist die Arbeit gerettet.«

»Ich finde, es müsste auch den Meistertitel für eine Frau geben.« Franziskus lächelte anerkennend.

Anna vernahm die Worte und erinnerte sich, wer ihr diese Dinge beigebracht hatte. Wie gern würde sie ihrem Vater jetzt die Arbeit zeigen. Ob er wohl stolz auf sie wäre? Sie blinzelte eine Träne fort und konzentrierte sich wieder auf die Arbeit.

»Hm, so manches Weib kann uns Männern etwas vormachen, aber, dem Herrn sei gedankt, nicht in allem«, lachte Claas.

»Wohl wahr, wohl wahr«, grinste Franziskus breit, und in dem Moment war die Ähnlichkeit zwischen den Brüdern deutlich zu sehen.

Die Nahtstelle zwischen Kopf und Rumpf würde nun einige Tage trocknen müssen, ehe sie es wagen durften nachzusehen, ob die Mörtelschicht hielt. Während dieser Zeit sollte sich Anna an dem etwas einfacheren Wappen versuchen, das erst ganz am Schluss angebracht werden sollte. Bereits am nächsten Tag würden sie beginnen, es anzureißen. Obwohl Anna wusste, wie schwer es werden würde, freute sie sich darauf. Sie hatte sich immer eine solch schwierige Arbeit gewünscht, und nun musste sie sie sogar hauen.

Es war spät geworden, als sie beschlossen, für heute aufzuhören. Claas verschwand, um das Essen zu holen, und Anna richtete in dieser Zeit die Nachtlager für die Brüder in einer gut versteckten Ecke her.

»Mal ehrlich, wie ein frisch verliebtes Ehepaar seht ihr beiden nicht aus. Stimmt was nicht zwischen euch?« Franziskus klang ehrlich besorgt.

»Nein. Es ist nur die Arbeit und der Tod meines Vaters.« Sie drehte sich weg, denn es war ihr unangenehm, darüber zu sprechen.

»Verzeih mir, ich wollte nicht neugierig sein.«

»Ist schon gut.«

Claas kam mit Hühnerkeulen, etwas Pastete, frischem Brot und einem dünnen Wein zurück, worauf Anna das Thema wechselte. »Wird es euch nicht zu langweilig, wochenlang in dieser Halle eingesperrt zu sein?«

»Da hab keine Sorge. Claas will uns hin und wieder ablösen, damit immer mal einer von uns ein richtiges Bett genießen kann.«

Stephans Worte beruhigten Annas Gewissen etwas. »Wir werden euch richtige Betten herschaffen«, versprach sie.

Als sie wenig später etwas von der Pastete gegessen hatte, fielen ihr immer wieder die Augen zu. Erst jetzt merkte sie, wie anstrengend der Tag gewesen war.

»Du gehörst ins Bett«, stellte Claas nicht ohne Sorge fest, und sie musste ihm beipflichten. Seine Brüder genossen schmatzend die Hühnerbeine und machten einen unbekümmerten Eindruck.

Anna sah sich noch einmal um, ob es ihnen an nichts fehlen würde. Neben den Strohlagern lagen Knüppel und Eisenstangen, mit denen sie sich zur Wehr setzen konnten, außerdem hatten sie eine Glocke angebracht, die sie im Notfall läuten konnten. Claas hatte sie vor einigen Tagen beim alten Glöckner ausgeliehen. Die Glocke war so groß, dass sie mit Sicherheit gut im Haus ihrer Mutter zu hören sein würde. Sie hing jetzt an einem der beiden Flaschenzüge, die sonst zum Aufrichten und Transportieren der Steinblöcke dienten. Sie waren die teuersten Gerätschaften in der Werkstatt; allein die Seile hatten ihren Vater damals ein kleines Vermögen gekostet.

»Also gut, dann wünsche ich eine gute Nacht, und wenn etwas ist, läutet nur kräftig.«

»Gute Nacht.« Franziskus zwinkerte ihr zu und erntete prompt einen bösen Blick von Claas. Beschwichtigend hob sein jüngerer Bruder die Hände. »Denk nur nichts Falsches. Anna ist wie eine Schwester für mich«, lenkte er schnell ein.

»Das will ich hoffen.« Claas setzte eine gespielt böse Miene auf. »Und geht auch bald schlafen.« Dann verließ er mit Anna die Werkstatt.

»Ruh dich aus, morgen wird es wieder anstrengend«, sagte Claas, als sie das Haus betraten.

Überzeugt, dass er recht hatte, und ob ihrer Müdigkeit verabschiedete sich Anna von ihm. Claas wünschte ihr ebenfalls eine gute Nacht und verzog sich in die kleine Kammer, in der er schon die letzte Nacht verbracht hatte. Er war ihr gegenüber mehr als zurückhaltend, und sie war erleichtert darüber. Ihrer Mutter war es nicht entgangen, denn sie hatte immer wieder zweifelnd zwischen den beiden hin und her gesehen.

Anna ging in die Schlafkammer, ehe Magda ihr Fragen stellen konnte. Schnell entledigte sie sich ihrer staubigen Sachen und wusch sich den Staub vom Körper. Erst als es zu brennen begann, bemerkte sie die zahlreichen Schnittwunden an Armen und Händen. Einige waren sogar ziemlich tief, und sie wunderte sich, dass sie sie nicht schon bei der Arbeit gespürt hatte. Auch an den Füßen zeigten sich zwei dicke Blasen. Sicher hatte ihre Mutter noch etwas von der gut riechenden Heilsalbe. Mechthild stellte sie her, und Claas und ihr Vater hatten damit immer die Blessuren versorgt, die sie bei der Arbeit davongetragen hatten. Sie würde ihre Mutter morgen darum bitten.

Als sie in dem großen Bett lag, merkte sie erst, wie sehr ihr Körper unter den Anstrengungen gelitten hatte. Ihre Schultern brannten, ihre Arme und Beine waren schwer wie Blei, und das war heute noch lange nicht die härteste Arbeit gewesen, die ihr in der nächsten Zeit bevorstand.

***

Heinrich wusste, dass sich bald eine Gelegenheit für die Verwendung des Bilsenkrauts ergeben würde, als er es mit dem Mörser mahlte. Immer wieder rieb er den steinernen Stößel über die getrockneten Pflanzenteile.

Auf der Straße hallten die Schritte eines Fackelträgers wider, der offenbar auf dem Heimweg war. Heinrich hielt kurz inne und lauschte, ob jemand käme, doch alles blieb still. Als der Fackelträger am Kloster, in dem Heinrich seit seiner Ankunft in Bremen lebte, vorüber war, verschwand auch sein Licht, und die Straße lag wieder im Dunkeln.

Hier in der Kräuterkammer hatte Heinrich eine Kerze aufgestellt, die seinen nächtlichen Arbeitsplatz nur wenig erhellte. Das war ausreichend, denn er hatte diese Art von Arbeit schon öfter verrichtet, sodass er sie beinahe blind tun konnte. Als das Kraut zu einem Pulver geworden war, schüttete er etwas getrocknete Alraune und zwei Tropfen aus einem Fläschchen hinzu und mahlte kräftig weiter. Nachdem die Substanzen gut vermischt waren, füllte er das Mittel in einen kleinen Lederbeutel, den er sorgsam verknotete und unter seiner Kutte an die Kordel band, an der schon vier weitere hingen. Anschließend wickelte er die übrigen Pflanzen wieder in ein Leinentuch und versteckte sie in einem Regal hinter einigen Tongefäßen. Es wäre nicht gut, wenn einer der Heiler sie entdecken würde.

Heinrich reinigte Mörser und Stößel und stellte sie sorgsam wieder an ihren Platz. Er sah sich noch einmal prüfend um, befand, dass alles wieder wie zuvor aussah, und blies die Kerze aus, die er in seiner Kutte verstaute. Er verließ die Arbeitskammer des Heilers, der wie alle anderen bereits schlief, und machte sich auf den Weg zu seiner eigenen. Auf dem Gang begegnete ihm Bruder Tiberius, welcher schlaftrunken nickte und nicht ahnte, welch tödliche Mischung Heinrich soeben hergestellt hatte.

7

In den folgenden Wochen änderte sich wenig. Jeden Tag schafften sie bis spät in den Abend an der Figur. Claas verbrachte weiterhin die Nächte in der Kammer, außer wenn er einen seiner Brüder beim Wachehalten ablöste. Er sprach nur das Nötigste mit ihr, und auch seinen Brüdern fiel seine immer düsterer werdende Miene auf.

Mit jedem Tag litt Anna mehr unter der schweren Arbeit. Zwei dicke Blasen an ihren Füßen begannen, sich zu entzünden, und ihre Hände zeigten mittlerweile zahlreiche kleinere und größere Wunden, doch sie biss die Zähne zusammen und jammerte nicht. Auch die fragenden Blicke ihrer Mutter entgingen ihr nicht, wenn Claas in der kleinen Kammer verschwand, statt in der ehelichen. Jedoch spürte Magda wohl, dass Anna nicht darüber reden wollte, und schwieg.

Da die Heilsalbe längst verbraucht war, beschloss Anna, zu Mechthild zu gehen, damit diese sich ihre Wunden ansehen und versorgen konnte. Gleichzeitig war es eine gute Gelegenheit, die Kräuterfrau nach den Gegnern des Kaisers zu befragen, schließlich hörte sie doch eine ganze Menge. Auch wollte Anna endlich in Erfahrung bringen, ob die Büttel etwas herausgefunden hatten, denn seit deren Besuch hatte sie nichts mehr von ihnen gehört. Anschließend könnte sie einen Abstecher ins Rathaus machen und sehen, ob Hemeling etwas Neues wusste. Es stand also für diesen Tag eine ganze Menge an.

Am Morgen nahm Anna ein ausgiebiges Bad, bei dem ihre Mutter ihr wie früher den Rücken schrubbte und die langen Haare wusch. Als sie gerade dabei war, ihr die Kopfhaut zu massieren, hielt sie plötzlich inne.

»Wie geht es mit dir und Claas?«

Unwillkürlich zuckte Anna zusammen. Sie hatte diese Frage schon längst erwartet, doch in diesem Moment kam sie überraschend. »Geht so«, gab sie knapp zurück und hörte, wie ihre Mutter zu einer Antwort ansetzen wollte, doch sie kam ihr zuvor. »Wir haben viel zu arbeiten. Sicher wird es sich bald legen. Sorg dich nicht.«

Magda Olde stieß langsam die Luft aus. »Und darum nächtigt ihr getrennt? Aber wenn du meinst.« Sie seufzte. »Es ist schlimm genug, was dir aufgebürdet wird. Die schwere Arbeit und alles. Aber was sollen wir tun! Wärst du doch ein Junge geworden, wie es sich dein Vater damals gewünscht hat, dann wäre alles einfacher.«

Die Worte verletzten Anna nicht mehr so schlimm wie früher. Ein Sohn wäre in die Fußstapfen ihres Vaters getreten und hätte die Werkstatt übernommen. Damit wäre ihre Mutter die Sorgen los gewesen. Auch Anna wünschte sich manchmal, sie wäre nicht als Mädchen geboren worden. »Mach dir bitte keine Gedanken. Es ist alles in Ordnung, und die Arbeit macht mir wirklich nichts aus.«

»Gut.« Ihre Mutter nahm einen Tonkrug, schöpfte Wasser aus dem Bottich und spülte Annas Haare gründlich aus.

»Ich glaube, die Leute reden schon über uns, und es wäre gut, wenn wir nächsten Sonntag wieder zur Messe gehen. Wegen der Hochzeit waren wir ja auch dort, und du weißt, wie die Leute sind.«

Obwohl Priester Arens sie regelmäßig aufsuchte, um ihnen die Beichte abzunehmen, seit Magda Olde so krank gewesen war, wusste Anna nur zu gut, wie tratschsüchtig einige waren und dass sie beim geringsten Grund mit dem Finger auf andere zeigten. Wer nicht regelmäßig die Kirche aufsuchte, wurde schneller das Ziel von Intrigen, als er Amen sagen konnte, und galt sofort als schlechter Mensch. Weder ihr Vater noch Claas oder sie hielten viel von dieser Pflicht. Vater hatte immer gesagt, dass man Gott in seinem Herzen trage, und wenn man betete und Gott alles erzählte, sei das ebenso gut wie der Gang in die Kirche. Laut sagen durfte man so etwas allerdings nicht. Wegen der Leute und auf Wunsch ihrer Mutter hatten sie die Messe in der Regel besucht.

»Nächsten Sonntag gehen wir wieder. Mach dir also keine Sorgen mehr.«

Nach dem Bad fühlte Anna sich viel frischer und überlegte, ob sie wohl das Sonntagskleid anziehen konnte, auch wenn es dünner war als ihr bestes Wochenkleid. Als sie aber die Eisblumen auf der Scheibe betrachtete, brauchte sie nicht weiter nachzudenken. Kurzerhand nahm sie das Wollkleid und zog es über die Cotte, schlüpfte in den dicken Fellmantel und legte Schal, Wollmütze und die

Fäustlinge an, die sie im Sommer unter Mutters Anleitung selbst gehäkelt hatte.

Als sie vor die Tür trat, blies ihr ein eisiger Wind entgegen, doch der Himmel war klar und die Sonne schien, auch wenn sie keine richtige Wärme spendete. Bei dem milden Tauwetter der vergangenen Tage war der Boden erst aufgeweicht und nun wieder gefroren, wodurch die Wege zu kantigen Pfaden geworden waren. Anna machte einen Abstecher in den Stall, um zu sehen, ob es den beiden Pferden gut ging. Als sie die Scheunentür aufstieß, blieb sie verwundert stehen. Maria, die Stute, mit der sie so gern ritt, fehlte.

Claas war heute sehr zeitig aufgestanden und hatte bereits das Haus verlassen, als sie zum Frühstück heruntergekommen war. Sie hatte ihn bei seinen Brüdern in der Werkstatt gewähnt, aber offenbar irrte sie sich. Einen Moment überlegte sie, wohin es ihn getrieben haben konnte, doch ihr fiel nichts ein, und so machte sie sich auf den Weg zur Kräuterfrau, die kurz vor den Toren der Stadt wohnte.

Nach den staubigen Tagen in der Werkstatt genoss Anna die klare Luft und atmete ein paarmal tief ein, während sie beobachtete, wie die Kolkraben sich nahe der Häuser um Unrat balgten. Hatte einer etwas erbeutet, flog er eilig auf den nächsten Baum und vertilgte gierig seinen Fang, ehe die anderen es ihm streitig machen konnten. Wie ähnlich sie doch den Menschen waren. Am Ufer der Weser saß ein alter Mann und angelte, was von einigen Möwen, die in einer nahen Weide saßen, mit großem Interesse verfolgt wurde. Hin und wieder nahm er einen Stein und warf ihn in den Baum. Für einen Moment scheuchte er die neugierigen Vögel damit auf, doch kurz darauf ließen sie sich wieder dort nieder.

Schon von Weitem sah Anna die gewaltige Stadtmauer, die nun teilweise aus dem neuen roten Backstein bestand, mit ihrem Wehrgang und den Türmen aufragen. Sie schlug den Weg zum Ostertor ein, bog kurz vorher von der eigentlichen Straße ab und beschritt einen Seitenpfad, der vorbei an mächtigen Eichen zu einem kleinen Haus führte. Zaghaft klopfte sie an die dicke Holztür, welche schnell geöffnet wurde. Das Haus war klein und bestand aus einer Wohnküche und einer kleinen Schlafkoje.

»Anna, wie nett. Komm schnell aus der Kälte heraus! Ich mache uns gleich eine heiße Milch mit Honig«, begrüßte Mechthild sie erfreut und zog sie in die warme Stube. Sie war in ein braunes Gewand gekleidet, die Haare verdeckt, die Füße in dicke Wollsocken gesteckt.

»Danke, das würde mir jetzt gut gefallen.« Wohlige Wärme sowie der Duft nach allerlei Kräutern wie Salbei, Myrrhe, Ringelblumen und Minze schlugen Anna entgegen. Sie liebte den Geruch nach Kräutern, gerade weil sie im Winter so selten waren. Schnell wand sie sich aus ihren dicken Sachen und zog die schweren Schuhe aus.

In der Küche standen zahlreiche Tiegel, kleine Fläschchen und Tonkrüge. Pergamente lagen auf dem Bett, dem Boden, dem Tisch oder in den Regalen; manche hingen sogar an der Wand und zeigten faszinierende Bilder von Blüten, Pilzen oder Kräutern, die Mechthild selbst zeichnete. Von der Decke hingen getrocknete Kräuter an Bindfäden. Kleine Töpfe mit Pflanzen, die sonst draußen wuchsen, standen auf einem Brett vor dem Fenster. Mechthild musste bei Annas Ankunft mit Malen beschäftigt gewesen sein, denn auf dem Tisch lag ein feuchter Federkiel neben einer angefangenen Zeichnung, die eine Pflanze darstellte. Freundlich bot Mechthild Anna einen Platz an und begann, Milch auf dem Ofen zu erwärmen.

»Wie geht es deiner Mutter? Ich hoffe, dein Besuch hat nichts mit ihrer überwundenen Krankheit zu tun?«

»Nein, es geht ihr gut. Sie nimmt Vaters Tod jedoch sehr schwer.« Immer wieder hatte Anna beobachtet, wie ihre Mutter sich heimlich die Augen trocken tupfte, wenn sie meinte, keiner würde es sehen. Anna selbst litt ebenfalls, aber in den letzten Tagen war sie durch die Arbeit so abgelenkt gewesen, dass sie kaum Zeit gefunden hatte, ihren Vater zu betrauern. In diesem Moment jedoch wanderten ihre Gedanken zu ihm, und sofort schossen ihr die Tränen in die Augen.

Mitfühlend trat Mechthild an sie heran und legte ihr die Hand auf die Schulter. »Ich bete jeden Abend für euch. Glaub mir, die Trauer wird irgendwann vergehen. Ich habe damals auch sehr gelitten, als mir mein Mann von der Pest genommen wurde.«

Anna nickte dankbar, schluckte die Tränen hinunter und wischte sich mit dem Ärmel über ihre Augen.

Mechthild ging wieder zum Herd und rührte die Milch um. »Wurden die Schuldigen schon gefasst?«

»Ich glaube nicht, aber die Büttel des Vogts waren inzwischen bei uns und haben viele Fragen gestellt. Claas gab ihnen Beschreibungen der Männer, aber seither haben wir nichts Neues gehört.«

Verächtlich schnaufte die Kräuterfrau. »Wer sich auf die Büttel verlässt, ist verlassen. Habt ihr schon eine Ahnung, wer deinem Vater und Claas nach dem Leben getrachtet haben könnte?«

Einen Moment überlegte Anna, ihr von ihren Verdächtigungen zu erzählen. Nicht alle waren dem Kaiser wohlgesonnen, und man musste vorsichtig sein. Es gab in Bremen noch genügend Kirchenfreunde, die sich nicht damit abfinden wollten, dass Bremen sich unter dem Schutz des Kaisers von der Herrschaft der Kirche abwenden wollte. Die Bürger wussten, dass einige dieser Leute hinter verschlossenen Türen aktiv waren, denn zu groß war inzwischen die Zahl derer, die sich vom Joch der Kirche befreien wollten. Inwieweit Anna Mechthild trauen konnte, wusste sie nicht genau. Wenn sie jedoch nicht fragte, würde sie auch keine Antworten bekommen. Sie glaubte sich zu erinnern, Mechthild und ihren Vater einmal gegen die Kirche wettern gehört zu haben. Anna hatte als junges Mädchen im Fieber gelegen und von Mechthild eine Medizin bekommen.

»Sag mal, du kennst doch viele Menschen in der Stadt.«

»Ja, es kommen einige mit ihren Gebrechen zu mir.«

»Und du hörst das eine oder andere.«

»Das eine oder andere.« Mechthild lächelte spitzbübisch, was sie jünger aussehen ließ, als sie war.

»Gibt es etwas Neues von den Gegnern des Kaisers? Es ist ruhig um sie geworden, oder?«

»Oh«, entfuhr es der Kräuterfrau, und sie machte ein wissendes Gesicht. »Dahin geht also dein Verdacht. Aber ich habe schon lange nichts mehr von denen gehört.«

Anna gab einen enttäuschten Laut von sich.

»Ich sehe, dir ist es sehr wichtig. Wenn du aber mehr darüber wissen möchtest, bin ich die Falsche. Sprich doch einmal mit eurem Nachbarn Wegener.«

»Wegener?« Anna wurde hellhörig. Er war ein angesehener Kaufmann, handelte mit Papier, erlesenem Tuch und feinen Gewürzen aus dem Orient. Als Patrizier entstammte er einer der ältesten Familien Bremens, ebenso wie Ratsherr Hemeling und der frühere Bürgermeister. Er und seine Männer waren Claas und ihrem Vater an jenem Tag zu Hilfe geeilt.

»Genau. Doch bewahre Stillschweigen darüber, dass ich es dir anvertraut habe.«

»Das werde ich.«

»Er kann dir bestimmt mehr darüber erzählen als ich, und wenn tatsächlich die Kaisergegner dahinterstecken, dann ist das neben dem Teufel wahrlich ein mächtiger Feind. Was könnte denn ihren Unmut gegen euch heraufbeschworen haben?«

»Vielleicht einer der Aufträge, die mein Vater gefertigt hat.«

»Redest du von der Statue, die er auf dem Totenbett erwähnte?«

Siedend heiß fiel Anna ein, dass sowohl Mechthild als auch Priester Arens das letzte Gespräch ihres Vaters mit angehört hatten. Da es nun nicht mehr zu ändern war, nickte sie.

»Sicher seid ihr jedoch nicht?«

»Nein.« Anna seufzte tief. »Wer sollte es sonst sein?« Den Verdacht, den sie gegen Friedrichs hegte, verschwieg sie lieber. Es hieß, dass dieser die Kräuterfrau öfter besuchte und lange blieb.

»Leider habe ich darauf keine Antwort. Doch nun zu dir, was führt dich bei dieser Kälte noch hierher?« Ihr Blick heftete sich auf Annas Hände.

Anna zeigte ihr die zahlreichen Blasen, Abschürfungen und Schnitte. Mechthild betrachtete die Wunden nachdenklich, holte dann einen Tontopf und setzte sich zu ihr.

»Nach Sticken sieht das aber nicht aus. Wie hast du dir das zugezogen? Du arbeitest doch nicht an dieser Statue weiter?« Sie zog ein Talglicht heran und begann, die Wunden an den Händen und Füßen mit einem stark nach Alkohol riechenden Lappen abzutupfen.

Jede Berührung brannte, doch Anna biss die Zähne zusammen und ließ sich nichts anmerken. »Ich wollte es zumindest versuchen. Du weißt selbst, dass Claas mit seinem Arm nichts machen kann.«

Verständnislos schüttelte Mechthild den Kopf. »Aber das ist derbste Männerarbeit. Kein Wunder, dass du so aussiehst. Besorgt euch doch ein paar Burschen, die euch helfen können. Es gibt genug lungernde Mannen in der Stadt.«

»Ich weiß, doch die Brüder von Claas helfen uns bereits.«

»Dann lass sie die harte Arbeit machen und schone dich etwas.«

»Sie können aber nicht alles.« Beschwörend sah sie die Kräuterfrau an. »Bitte verrate es niemandem.«

»Nein, Anna, dafür kenne ich deine Familie viel zu lange und weiß, dass ihr brave Leute seid, die mich nie dafür verurteilt haben, dass ich allein lebe.«

Einvernehmlich lächelten die beiden sich an. Mechthild stand auf, holte die Milch vom Feuer und schüttete sie in zwei Becher, tat in jeden einen Löffel Honig und reichte Anna einen. »So, und nun trink das, es wird dir für deinen Heimweg etwas Wärme spenden und böse Geister fernhalten.«

Die heiße Milch duftete herrlich und wärmte ihre klammen Hände. Vorsichtig nahm Anna ein paar kleine Schlucke und spürte, wie das süße Getränk ihre Kehle hinunterlief.

»Heute Abend, ehe du zu Bett gehst, wickelst du deine Füße in hiermit getränkte Tücher ein.« Sie deutete auf ein kleines irdenes Gefäß, das sie gerade benutzt hatte. »Lass sie über Nacht darin ruhen. Und deine Hände reibst du mit der Paste aus Ringelblumen ein.« Sie stellte ein weiteres Töpfchen neben das andere auf den kleinen Tisch.

»Danke für alles.«

»Da nicht für.«

Anna gab der Kräuterfrau ein paar Münzen, verabschiedete sich herzlich von ihr und beschloss, statt zum Rathaus zuerst zu Wegener zu gehen.

Unter ihren Füßen sprang das Eis kleiner Pfützen entzwei, als Anna den Weg zum Gut einschlug. Schon von Weitem sah sie das große Haus, das sich über drei Stockwerke erstreckte und in einen Hain aus winterlich kahlen Obstbäumen schmiegte. Hühner und Schweine liefen frei über den großen Hof, neben dem eine Scheune und ein kleines Gesindehaus standen. Wegeners Knechte und Mägde waren damit beschäftigt, Kisten und Fässer von einem Ochsenkarren abzuladen und ins Haus zu tragen. Sie begrüßten Anna freundlich, und der alte Knecht Martin eilte vor ihr ins Haus, um dem Kaufmann ihr Kommen zu melden.

Kurz darauf kam Wegener mit erfreuter Miene auf sie zu. Er war sehr groß und hatte graues, in Wellen auf seine Schulter fallendes Haar.

»Liebe Anna, schön, dich zu sehen. Was lenkt deine Schritte zu mir?« Herzlich umfasste er ihre Hände, die in seinen vollkommen verschwanden, und fügte mit etwas ernsterem Gesicht hinzu: »Ich hoffe, es geht euch gut? Wenn ihr etwas braucht, dann nur heraus damit.«

»Danke, Herr Wegener. Uns geht es so weit gut, und wir brauchen im Moment nichts.«

Bei ihren Worten entspannten sich seine Züge. »Das ist erfreulich zu hören. Nun komm aber herein, es ist kalt draußen.« Damit schob er Anna in seine Wohnkammer, die beinahe so groß wie ihr gesamtes Elternhaus war.

In einem mannshohen Kamin brannten einige Scheite, was den Raum angenehm warm machte. Schwere Sessel mit dicken Polstern standen um einen massiven Tisch herum. Die Wände zierten Regale mit allerlei Tand, darunter kleine, fremdartig aussehende Figuren von Tieren oder Menschen, die Anna immer schon bewundert hatte. Wegener hatte sie einst von seinen unzähligen Reisen in ferne Länder mitgebracht und seiner verstorbenen Frau zum Geschenk gemacht. Lange Zeit hat er unter ihrem Tod gelitten, und erst seit einigen Monaten zeigte er sich den Menschen wieder. So wie er mussten Könige wohnen. Anna war jedes Mal aufs Neue fasziniert, wenn sie dieses Haus betrat.

Wegener nahm Anna den Mantel ab und gab ihn seinem Knecht. »Bring noch einen Becher und etwas Gebäck.« Sofort eilte Martin davon, um dem Wunsch seines Herrn nachzukommen. »Sag, wie geht es deiner Mutter? Ich sah, in welch furchtbarem Zustand sie bei der Beerdigung war.«

»Dem Herrn sei Dank, ihr geht es wieder gut, doch sie trauert sehr.«

»Ich weiß.« Er betrachtete eine Weile die Regale hinter Anna und schien in Gedanken versunken, sodass sie es nicht wagte, ihn zu stören. Beim Eintreten des alten Martin fasste er sich wieder. »Gibt es etwas Neues vom Vogt?«

»Nein, und das ist der Grund meines Besuchs.« Sie wartete, bis der Knecht, nachdem er ihr Wein eingegossen und Gebäck vor sie hingestellt hatte, den Raum verließ, ehe sie weitersprach.

Wegener deutete ihr Zögern richtig und hielt Martin an, die Türen zu schließen. Dann wandte er sich ihr wieder zu. »Nun heraus mit der Sprache.«

Sie nickte. »Was könnt Ihr mir über die Feinde des Kaisers sagen, hat er welche in den Reihen der Kirche?«

Der Händler antwortete nicht sofort, sondern nahm einen Schluck aus seinem Becher, über dessen Rand hinweg er sie aufmerksam betrachtete.

»Was, glaubst du, sollte gerade ich dir berichten können? Ich lebe genauso abseits der Stadt wie ihr. Oder meinst du, ich hätte mit diesen Leuten etwas zu schaffen?«

Anna lächelte in sich hinein. »Nein, das glaube ich nicht, ganz im Gegenteil.« Sie wartete einen Moment, ehe sie den nächsten Satz aussprach, hoffte, eine Regung in seinen Zügen zu erkennen. »Und darum hatte ich angenommen, Ihr könntet mir etwas über deren Treiben berichten.«

Seine Miene war unbeweglich. »Du willst mir Häresie nachsagen?«

»Nein!« Anna schüttelte heftig mit dem Kopf. Nun wurde sie unsicher, ob es richtig gewesen war zu kommen, oder ob sie sich gerade um Kopf und Kragen redete. Was sie nun auch sagte, es war zu spät; sie konnte nicht mehr zurück. »Ich glaube nur nicht, dass Ihr mit der Vorherrschaft der Kirche in Bremen sympathisiert.«

»Das käme aber einer Häresie gleich, Anna. Ich bin Händler und unterwerfe mich den Anordnungen der Kirche, welche hier die Marktpreise bestimmt.«

Hatte sie wirklich erwartet, dass sie hier nur hereinzuschneien brauchte und er würde ihr erzählen, wofür manch einer seinen Kopf verloren hatte?

Wie naiv sie wieder einmal gewesen war. Anna ärgerte sich über sich selbst und spürte, wie ihr aus Verlegenheit die Röte in die Wangen stieg. Sie griff sich ein Haferplätzchen und kaute nachdenklich darauf herum, wohl bewusst, dass Wegener sie aufmerksam musterte.

Als sie seinen prüfenden Blick nicht mehr aushielt, stand sie auf. »Ich habe mich wohl geirrt, bitte verzeiht mir.«

»Setz dich«, befahl Wegener in einem strengen Tonfall und stand selbst auf, öffnete die Tür und sah kurz in die Diele.

Anna gehorchte verwirrt und drückte sich tief in das weiche Kissen in ihrem Rücken. Nervös faltete sie die Hände, damit er nicht sehen konnte, wie sehr sie zitterten. Wegener war ein wichtiger Mann, er genoss in Bremen ein hohes Ansehen, und sie hatte Angst, einen großen Fehler begangen zu haben. Wenn sie doch nur vorher mit Claas darüber geredet hätte, vielleicht hätte er sie davon abgehalten herzukommen. Wie bei Hemeling, dachte sie.

Der Händler nahm ihr gegenüber wieder Platz und verschränkte ebenfalls die Hände vor seinem Wams. »Ich weiß, woran dein Vater gearbeitet hat. Und …«, er deutete auf ihre zerschundenen Hände, »… wenn du nicht ausgesprochen dorniges Gestrüpp in der Werkstatt gefunden hast, dann glaube ich, dass ihr sein Werk fortsetzt. Meine Männer haben mir berichtet, dass ihr die Arbeit wieder aufgenommen habt und zwei Männer sogar in der Werkstatt nächtigen. Außerdem hörte ich, dass ihr große Mengen an Werkzeugen kauft.«

Offenbar blieb seinen wachen Augen und Ohren nichts verborgen. »Ihr wisst selbst, dass man kein Gestrüpp in der Werkstatt findet, und außerdem habt Ihr meinen Vater dort gefunden und konntet sehen, woran er gearbeitet hat.«

»Ich wusste es schon vorher. Der Roland wird der Kirche, allen voran dem Erzbischof, mit Sicherheit ein Dorn im Auge sein, ebenso den übrigen Gegnern des Kaisers oder Bremens wie die Herren von Hoya, Holstein, Friesland oder Jülich, welche sein Vorhaben mit Bremen nicht gutheißen. Ich hörte, dass der Kaiser Bremen seinen Schutz zugesagt hat und uns das Marktrecht gewährt. Um dagegen vorzugehen, müsste die Kirche einen Krieg gegen uns führen, doch stünden uns der Kaiser und die Hanse zur Seite, und das kann die Kirche sich im Moment nicht erlauben.«

»Aber vor nicht allzu langer Zeit ist wieder eine hölzerne Rolandstatue in Flammen aufgegangen. Es soll sogar einen toten Büttel gegeben haben. Es wird gemunkelt, dass es Gegner des Kaisers waren.«

»Ja, ich hörte davon. Mir kam zu Ohren, dass es Kriegsknechte der Kirche waren.«

»Die Kirche selbst?«, fragte Anna. »Steckt sie am Ende doch hinter allem?«

Wegener sah sie fest an und zuckte mit den Schultern. »Möglich. Es würde sie sehr schmerzen, wenn Bremen eine freie Stadt wäre.«

»Verzeiht mir, aber ich kann es mir schwerlich vorstellen. Andererseits gibt es nicht viel mehr Möglichkeiten, die mir in den Sinn kommen. Vater hatte doch keine Feinde.«

Ein leicht amüsierter Ausdruck trat auf Wegeners Gesicht. »Anna, jeder hat Feinde, vom Kaiser bis zum Hungerleider. Dein Vater war übrigens ein großer Befürworter des Plans, dass Bremen selbst über den Handel entscheidet. Und ich als Kaufmann bin es auch.«

Sie war einen Moment sprachlos. Wegener sagte nichts anderes, als dass er und ihr Vater doch Gegner der kirchlichen Rechtsgewalt waren, zumindest wenn es um das Marktrecht ging. Gut, sie wusste, dass ihr Vater nicht mit allem einverstanden gewesen war, was die Kirche bestimmte, aber dass es so weit gegangen war, davon hatte sie nie etwas geahnt. Wenn er Feinde aus dieser Richtung hatte, dann waren es mächtige Feinde, und es würde schwer werden, die Mörder zu stellen. Waren sie jetzt auch ihre Feinde? Wie viel wusste Claas von all dem?

»Danke, dass Ihr so offen mit mir seid.«

»Trag es nicht in die Welt hinaus, dann war ich es zu Recht.«

»Werde ich nicht, seid unbesorgt.«

Er nickte. »Du bist deines Vaters Tochter.« Er erhob erneut den Becher und prostete ihr zu.

Anna erwiderte die Geste und nahm einen langen Schluck, während sie überlegte, ob sie ihn auch wegen Friedrichs befragen konnte.

»Da ist noch etwas?«, unterbrach er ihre Gedanken.

»Nun, da Vater tot ist …« Anna stockte kurz, denn noch immer gingen ihr diese Worte schwer über die Lippen.

Wegener nickte mitfühlend. »Auch mir fehlt er.«

»Habt Dank.« Sie schluckte schwer, dann fuhr sie fort: »Die Zunft braucht einen neuen Zunftmeister.« Sie sprach nicht weiter, wollte erst sehen, wie er reagierte.

»Vermutlich wird es Friedrichs, das hört man zumindest hier und da«, ergänzte er ruhig.

»Ja, obwohl er doch nicht der Älteste ist.«

»Das ist der alte Fries.«

»Genau.«

»Und du glaubst …?« Wegener sah sie erstaunt an. »Friedrichs würde sicher vieles für seinen Vorteil tun, aber ich bezweifle, dass er so weit gehen würde.« Er seufzte. »Doch wer kann schon in Menschen hineinschauen? Das vermag nur der liebe Herrgott.«

Anna dachte über das Gesagte nach, als es klopfte und eine Magd mit einem kleinen Fellknäuel im Arm hereinkam.

»Ach, da ist sie ja«, strahlte Wegener und ließ sich das kleine Wesen in seine gewaltigen Hände legen, in denen es beinahe verschwand. Es miaute protestierend und drehte den kleinen Kopf ängstlich nach allen Seiten. Als Wegener das Kätzchen behutsam streichelte und an seine Wange hielt, war Anna sprachlos. Viele behandelten Katzen als notwendiges Übel, um Ratten und Mäuse fernzuhalten, doch selten wurden sie gemocht.

»Ja, meine Kleine, du bekommst jetzt eine große Aufgabe, denn du musst das Haus der Oldes sauber halten.« Wegener blinzelte Anna zu. »Vorausgesetzt, Anna möchte dich mitnehmen.«

Wie zur Bestätigung maunzte das kleine Ding, und Anna konnte gar nicht anders, als freudig zu nicken. Der Hüne stand auf, umrundete den Tisch und reichte ihr vorsichtig, beinahe zärtlich die kleine Katze. Sie war leicht wie eine Feder, warm und flauschig, hatte weiß-rotes Fell und große rosige Ohren sowie himmelblaue Augen. Liebevoll nahm Anna die Kleine in den Arm, und mit einem Plumps ließ sich das Kätzchen dort nieder. Als Anna das samtige Fell streichelte, gab es ein lautes Schnurren von sich.

»Ich soll sie mitnehmen?« Anna war gerührt, denn sie mochte Katzen seit ihrer Kindheit. Es waren eigensinnige und zärtliche kleine Wesen, aber auch ebenso gute Jäger.

»Ja, ich hörte eure Thea klagen, dass ihr Mäuse im Haus habt und eure Katze verschwunden ist. Wenn die junge Katzendame etwas gereift ist, wird sie sicher dafür sorgen, dass euer Haus keine unerwünschten Besucher mehr bekommt. Hier und da ein Schüsselchen Milch und ein warmer Platz am Herd oder in der Scheune, und sie wird ein dankbarer Bewohner sein.«

Ihr Kater war tatsächlich vor einigen Wochen nicht mehr von seinen Streifzügen zurückgekehrt. Da er sehr scheu gewesen war und in der Scheune nächtigte, war es Anna anfangs nicht aufgefallen.

»Sie war die Schwächste bei der Geburt. Gebt ihr einen starken Namen, das wird ihr guttun.«

»Danke, Herr Wegener, das werde ich, und ich glaube, ich weiß auch schon einen.«

»So, welchen denn?«

»Erinnert Ihr euch an die Gauklertruppe, die vor zwei Monaten auf dem Freimarkt war und bei der es diese starke Frau gab, die mit Männern gekämpft hat?«

Wegener ließ ein kehliges Lachen hören. »Sicher erinnere ich mich, nur ihren Namen weiß ich nicht mehr. Aber sie hat zwei meiner Knechte zu Fall gebracht. Sie werden noch heute damit aufgezogen.«

»Nicht nur die.« Anna musste ebenfalls lachen, denn sie hatte gesehen, welch gewaltige Kraft diese Frau gehabt hatte. »Ihr Name war Gräfin.«

»Richtig, jetzt wo du ihn sagst, fällt es mir wieder ein. Das ist ein edler Name und passt gut zu der Kleinen. Ich bin sicher, sie wird ihn mit Stolz tragen.«

Einer von Wegeners Knechten brachte Anna mit dem Wagen nach Hause, und während das Gespann über den gefrorenen Boden holperte, kuschelte die Gräfin sich eng unter Annas Mantel. Froh, nicht laufen zu müssen, genoss Anna die Fahrt und wärmte die kleine Katze. Sie schnurrte zufrieden und schlief trotz des Geholpers ein, sodass Anna über den Tag nachdenken konnte.

Die Gegner des Kaisers, die Kirche und Friedrichs kamen ihrer Meinung nach für den Überfall in Frage. Selbst Claas hätte ein Motiv. Er hatte sicher einige Vorteile durch den Tod ihres Vaters erlangt, aber der Verdacht gegen ihn erschien ihr mittlerweile so abwegig, dass sie ihn fallen ließ. Nach wie vor gab sie ihm jedoch die Schuld daran, dass es wegen seines Besuchs in der Schenke überhaupt so weit gekommen war. Wegen Friedrichs würde vielleicht ein Besuch in der Zunft Neues zutage bringen. Da jedoch kaum eine Frau allein das Zunftgelände betrat, würde sie wohl oder übel Claas bitten müssen, sie zu begleiten. Und was die Kirche betraf – Priester Arens hatte immer ein offenes Ohr für sie gehabt, doch hätte er es auch noch, wenn es gegen die Kirche ging? Anna bezweifelte es.

Und wenn doch alles nur ein Zufall gewesen war? Die Männer

einfache Räuber und Diebe waren, die sich mehr versprochen hatten als eine Steinmetzwerkstatt? Und aus Wut, nichts gefunden zu haben, hatten sie dann die Arbeiten zerstört.

Sie überlegte, wann sie das nächste Mal Gelegenheit für einen Besuch in der Stadt haben würde, und ging im Geiste die anstehenden Arbeiten am Roland durch. Da nun alle beschädigten Teile geflickt und getrocknet waren, würde sie als Nächstes mit den Meißelarbeiten am Kopf weitermachen. Anna freute sich darauf, doch ahnte sie bereits, wie schwer diese Aufgabe sein würde. Sie seufzte laut.

»Da kann ich nix dafür«, sagte der Knecht von Wegener und riss sie aus den Gedanken.

»Wofür?«

»Na, das Loch, durch das wir gefahren sind, war so groß, da konnte ich nicht umzu.«

Anna lachte. »Das habe ich gar nicht bemerkt. Ich musste nur an die Arbeit denken, die mir bevorsteht.«

»Das beruhigt mich, denn ich will keinen Ärger nicht mit dem Kaufmann bekommen.«

»Bekommst du nicht.« Anna grinste, kraulte die kleine Katze und versuchte, die restliche Fahrt über weniger laut zu seufzen.

Zu Hause wurde die Gräfin als neue Mäusejägerin begrüßt, und Thea richtete ihr einen Platz nahe dem Ofen in der Küche her, doch die Katze zog es vor, Anna in ihr Zimmer zu folgen und es sich auf dem Bett bequem zu machen.

8

Während Franziskus am Morgen seine Wache hielt, schlief Stephan noch tief und fest, bis er von Claas geweckt wurde. Anna packte das mitgebrachte Frühstück aus und legte Holz in die Feuerstelle, die beinahe heruntergebrannt war. Müde wuschen die Brüder sich an der Waschschüssel und setzen sich dann an den kleinen Tisch.

»Hattet ihr eine ruhige Nacht?« Anna goss heiße Milch in zwei Becher und reichte sie den Brüdern.

»Ja«, kam die Antwort von Stephan; Franziskus nickte nur.

Anna warf einen Blick auf das Lager der beiden, das nun aus zwei einfachen, aber gut gepolsterten Pritschen bestand. »Und war es bequem genug?«

»Fast wie zu Hause.« Stephan streckte sich grinsend.

»Anna, heute musst du am Kopf weitermachen und die restliche Frisur hauen.« Claas deutete auf das Haupt der Figur.

»Ja, ich weiß.«

»Ich habe dir die Zeichnung hingelegt, damit du siehst, wie er einmal aussehen soll.«

»Ich sehe sie mir gleich an.« Sie stellte ihren Becher auf den Tisch und stand auf.

»Komm, ich zeige dir, was du tun musst.«

Gehorsam folgte Anna ihm. Claas rollte die Zeichnung aus, die er vorbereitet hatte, und erklärte, wie sie die Partien bearbeiten musste. Anschließend reichte er ihr ein Zahneisen, und sie begann mit der Arbeit. Kräftig schlug sie mit dem Klöppel zu und versuchte, für die Frisur des Roland ebene Linien zu schlagen. Steinpartikel spritzen dabei in alle Richtungen, und ein Splitter traf sie im Gesicht.

»Aua!« Erschrocken zuckte sie zurück.

»Halt, halt.« Claas hielt ihre Hand fest. »Zeig mal her.« Besorgt betrachtete er ihr Gesicht und strich vorsichtig mit dem Finger darüber.

»Ist was passiert?« Stephan und Franziskus sahen von ihrem Frühstück auf.

»Nein, ist es nicht.« Etwas leiser fügte Claas hinzu: »Aber das hätte ins Auge gehen können.« Sachte schob er sie ein Stück von sich. »Schau, am besten hältst du die Werkzeuge so und drehst dein Gesicht beim Schlagen etwas seitwärts.« Claas drehte seinen Kopf weg und hielt den gesunden Arm nun weit von sich gestreckt. »Setz den Gesichtsschutz auf. Es haben schon viele durch Unachtsamkeit oder Pech ihr Augenlicht verloren, und ich mag deine beiden Augen.«

Das war das erste Mal seit Tagen, dass Claas etwas Nettes zu ihr sagte, und sie spürte, wie ihr die Röte ins Gesicht stieg.

Vorsichtig setzt er ihr den schweren Brillenhelm auf. Anna hatte ihn schon öfter getragen, aber nur kurz, denn er scheuerte unangenehm im Nacken und im Gesicht. Ihn längere Zeit tragen zu müssen, behagte ihr nicht, außerdem schränkte er den Sehbereich sehr ein.

Doch sie hatte eine Idee.

»Sag mal, diese Brille, die der Apotheker vom Markt im Gesicht trägt, wäre das nicht etwas, womit wir unsere Augen schützen könnten?«

Claas dachte einen Moment nach. »Hm, soweit ich mich erinnere, ist sie aus geschliffenem Glas, und das wird zerbrechen, wenn es von fliegenden Steinen getroffen wird. Aber dennoch sollten wir darüber nachdenken.«

»Und wenn wir die Kettenglieder des Helms feiner machen würden und sie irgendwie an einem knapperen Gestell befestigen?«

»Ich nehme an, dass die Glieder zu schwer für ein solches Gestell wären. Ich werde mit dem Schmied darüber reden.«

Anna beschloss, später eine Zeichnung von ihrer Idee zu machen, und konzentrierte sich vorerst auf die Arbeit.

Unter Claas' fachkundigen Augen bearbeitete sie die Figur. Mit jedem Hieb gelang es ihr besser, und sie bekam bald ein Gefühl dafür, wie fest sie für eine bestimmte Tiefe hauen musste. Nach einigen Schlägen war ihr wieder bewusst geworden, warum der Steinmetzberuf den Männern vorbehalten war. Jeder Muskel in ihrem Arm summte, doch sie klagte nicht und machte unermüdlich weiter, auch wenn sie immer wieder kurze Pausen einlegen musste, um ihre Arme und den Rücken zu entspannen.

Stephan und Franziskus wechselten sich mit der Wache ab und

erledigten die groben Arbeiten. Sie glätteten große Flächen, schoben Steine, rührten Mörtel an oder trugen Bruchstücke in eine Ecke.

Als sie abends aus der Werkstatt traten, genoss Anna die klare Abendluft. Es war zwar kalt, aber nach dem Staub aus der Werkstatt die reinste Wohltat. Ihre Arme jedoch waren bleischwer.

»Wie geht es deinen Wunden?« Claas ging neben ihr und betrachtete dabei ihre Hände.

»Besser. Ich war gestern bei Mechthild und habe mir etwas von ihr geben lassen.«

»Das ist gut.«

»Außerdem war ich noch bei Wegener.« Anna berichtete in Kurzform, was sie herausbekommen hatte, und Claas hörte aufmerksam zu. Als sie Wegeners Worte wiederholte, schien er nicht sonderlich überrascht zu sein.

»Ich habe ihn ein paarmal mit deinem Vater darüber sprechen hören. Er und viele Handwerker und Händler sind dafür, dass wir die Preise selbst bestimmen und nicht die Kirche.«

»Ich habe nichts davon gewusst, wie mein Vater darüber dachte.«

Claas grinste. »Vielleicht wollte er nicht, dass ein kleines Mädchen mit Zöpfen etwas davon in die Welt hinausträgt.«

Auch Anna musste lächeln. »Vermutlich hast du recht. Und wie geht es deinem Arm?«

»Er verheilt gut. Ich glaube, dass ich bald die ersten Handgriffe wieder damit erledigen kann.« Demonstrativ bewegte er den Arm ein paarmal. Es ging zwar langsam, aber besser als noch vor einigen Tagen.

»Oh, das sind gute Neuigkeiten.«

Einen Moment lang sagte keiner von ihnen etwas, und sie stampften durch die geschlossene Schneedecke. In der Ferne waren bereits die Lichter ihres Elternhauses sichtbar.

»Claas, würdest du mit mir zur Zunft gehen?«

»Was willst du in der Zunft? Du weißt, dass Weiber da nicht gern gesehen sind.«

»Ja. Ich möchte mich nach Friedrichs umhören.«

Er blieb stehen und machte ein verwundertes Gesicht. »Er ist angesehen und beliebt. Niemand dort wird etwas Schlechtes über ihn sagen …«, er machte eine kurze Pause, »… und einer Frau gegenüber schon gar nicht.«

»Darum sollst du ja auch mit mir gehen.«

»Das macht dich aber nicht zu einem Mann. Keiner bringt seine Frau mit.« Er funkelte sie jetzt finster an, und auch sie merkte, wie die Wut auf ihn wieder in ihr emporkroch.

»Meine Mutter und ich waren aber schon dort, und nicht nur einmal.«

»Dann seid ihr in der Stadt gewesen, und dein Vater hatte etwas zu erledigen.«

»Pest und Pickel! Sei doch nicht so stur!«

Er sagte nichts, sondern sah sie nur an. Die Lachfältchen um seine Augen vertieften sich, auch wenn der Mund bewegungslos blieb. Er machte sich über sie lustig, und das machte Anna noch wütender. Sie musste sich beherrschen, ruhig zu bleiben.

»Wie du meinst. Wann willst du denn hin?«, fragte er jetzt in einem milderem Ton.

»Sobald wir können.«

»Da du nicht davon abzubringen bist, fahren wir morgen. Ich habe etwas in der Stadt zu erledigen, danach könnten wir einen Besuch in der Zunft machen.«

»Oh. Was hast du denn dort zu erledigen?« Anna war verwundert über seinen abrupten Sinneswandel. Sie hatte sich innerlich schon auf einen kleinen Kampf mit ihm eingestellt.

»Das ist jetzt nicht wichtig.«

»Und die Arbeit?«

»Die muss dann wohl warten, bis wir zurück sind.«

Am Abend überlegte Anna, was Claas in der Stadt wohl zu erledigen hatte und warum er ihr nichts davon sagen wollte.

Die Gräfin tapste vor ihrem Bett herum und spielte mit einer Kordel. Sie sah zu ihr hinauf und maunzte, worauf Anna sie hochnahm und auf die Decke setzte. Sogleich fuhr die Gräfin mit ihrer Jagd nach imaginärer Beute fort und sprang wild hin und her, bis sie es sich in Annas Arm gemütlich machte und einschlief.

***

»Wenn du so weit bist, können wir aufbrechen.« Claas hielt Anna den Mantel hin, und sie schlüpfte hinein, band sich den Schal eng um den Hals und zog die Fäustlinge über.

»Wann seid ihr zurück?« Magda Olde sah vom Zwiebelschneiden auf.

»Gegen Abend sollten wir wieder hier sein. Wir essen in der Stadt eine Kleinigkeit«, antwortete Claas.

Anna nahm sich einen Laib Brot vom Tisch und wickelte ihn in ein kleines Tuch.

»Wir machen Birnen, Bohnen und Speck, schlagt euch also die Bäuche nicht zu voll«, drohte Thea spielerisch mit dem Kochlöffel.

»Eine Kleinigkeit solltest du ihr erlauben, denn an heißen Maronen kann sie nie vorbeigehen«, lachte Annas Mutter.

»Ich werde mir Mühe geben, den Versuchungen zu widerstehen, fürchte aber, bei Maronen bin ich verloren.« Anna winkte den beiden Frauen noch einmal zu, dann verließ sie mit Claas das Haus.

Über Nacht hatte es erneut gefroren, und auf den Bäumen, Büschen und Sträuchern lag eine dicke Schneeschicht. Die Pferde hatten Mühe, voranzukommen, denn die Eisflächen, die auf den Pfützen entstanden waren, brachen unter ihren Hufen immer wieder ein. Einmal gab es einen solchen Ruck, dass Claas anhielt und um den Wagen lief, um die Räder und Achsen zu prüfen. Zum Glück war alles in Ordnung.

Mit Erreichen des Ostertors tauchten sie augenblicklich in das lebhafte Treiben Bremens ein. Fuhrwerke, Ochsenkarren und Berittene bahnten sich ihren Weg, und die Menschen wichen ihnen in der Enge der Gassen aus. Die Straßen in der Stadt waren nur teilweise gefroren, denn überall brannten Feuer, an denen die Leute sich wärmten und die die dünne Eisdecke ringsherum aufweichten.

Als sie unter St. Petri entlangfuhren, läutete die Glocke zur Hora Tertia. Anna zuckte beim ersten Schlag leicht zusammen, war jedoch wie immer fasziniert von dem schönen und mächtigen Klang. Zu Füßen der beiden Kirchtürme reihten sich wieder viele Händler aneinander, wenn man auch zur Ernte oder im Frühling zur Freimarktszeit beinahe doppelt so viele zählen konnte.

»Du kannst deine Besorgungen machen, während ich jetzt die meinen regele.«

»Wie lange wirst du brauchen?« Anna war versucht, erneut zu fragen, wohin es ihn trieb, doch sie schluckte ihre Neugierde brav hinunter.

»Ich denke, zur Hora Nona bin ich zurück. Soll ich dich hier vor der Domtreppe wieder abholen?«

»Ja.« Damit stieg sie vom Wagen und sah ihm nach, wie er in der Menge der anderen Fuhrwerke in Richtung Sögestraße verschwand.

Anna wandte sich dem regen Treiben zu und nahm die verschiedenen Düfte auf. Sie hatte ein ganz bestimmtes Ziel und suchte mit den Augen die Stände ab. Schon von Weitem machte sie die alte Theresa aus, die am Feuer ihre Maronen röstete. Geschickt bahnte Anna sich einen Weg durch die Menge, stellte sich still an das Feuer und beobachtete, wie Theresa einige Maronen in eine Schale füllte. Anna wartete, kramte aus ihrer Tasche einige Münzen heraus und drehte bedächtig einen Pfennig zwischen den Fingern hin und her. Der Mann neben ihr bezahlte und verließ den Stand. Nun war nur noch sie da, schwieg aber weiterhin.

»Ich kenne nicht viele, die so unverschämt sind und einer blinden alten Frau einen Streich spielen. Eine ist die junge Anna, aber da sie jetzt eine brave Ehefrau ist, wird sie sich nicht mehr so ungehörig benehmen. Die anderen sind gemeine Strauchdiebe, die versuchen, sich eine meiner Maronen zu klauen.«

Anna kicherte.

»Ha! Diese alberne Lache kenne ich nur zu gut, dazu muss ich nicht mal dein hässliches Gesicht sehen!«

»Und du kannst doch sehen und tust nur so, als seiest du blind!«, erwiderte Anna lachend.

»Wozu sollte ich sehen wollen? Etwa um mir deine krumme Nase ansehen zu müssen? Nein! So ist es gut. Es bleibt mir vieles erspart.« Beide lachten laut.

»Theresa, ich bin froh, dich wohlauf zu sehen.« Mit diesen Worten nahm Anna die alte Frau in den Arm, die die Geste erwiderte.

»Kind, ich habe dich vermisst. Du bist mir untreu geworden. Hast sicher wegen der Sache mit deinem Vater und der Hochzeit viel zu tun gehabt.«

»Ja«, seufzte Anna. »Viel zu viel.«

Zielsicher fand die Hand der Blinden Annas Kopf und strich behutsam darüber. »Wie viele Maronen willst du mir heute abnehmen?«

»Ich dachte, eine Handvoll wäre gut.«

»Gleich eine ganze Hand? Und zahlen willst du bestimmt nicht halb so viel, wie sie wert sind!«

»Wie üblich.«

Theresa schöpfte mit einem großen Löffel mehr als eine Handvoll der leckeren Früchte aus der Glut, wickelte sie ein und reichte sie Anna.

»Nun«, schnauzte sie. »Gib mir einen Pfennig und dann sieh zu, dass du Land gewinnst!«

Anna bezahlte brav, umarmte die alte Frau noch einmal und verließ dann lachend den Stand. Dieses Spiel spielten sie, seit sie ein kleines Mädchen war, und sie mochte Theresa von Herzen. Sie hatte sich gewünscht, sie zu ihrer Hochzeit einladen zu können, doch niemand wusste, wo die alte Frau lebte, und Anna bezweifelte auch, dass sie gekommen wäre.

Als sie den Gesang eines Barden hörte, bahnte sie sich einen Weg in dessen Richtung. Ein Mann mit einer Laute und rotem Schopf besang König Heinrich von England. Dieser hatte seine zehnjährige Tochter Blanca an den dummen Sohn von Ruprecht verschachert. Die arme Prinzessin ertrug ihr Leid tapfer, denn sie war ebenfalls dumm wie Stroh. Ob sie je die Hochzeitsnacht vollzogen haben, ließe sich schwer sagen, denn beide sollen sich im Palast des Königs verlaufen haben.

Die Menge grölte amüsiert, und Anna verzehrte genüsslich eine Marone, rollte dann die übrigen ein und schob sie in ihre Tasche. Sicher würden Claas, Thea und ihre Mutter sich über ein Mitbringsel dieser Art freuen. Langsam ging sie weiter, und der Geruch nach frischem Brot, Wecken und Hühnersuppe stieg ihr in die Nase. Auch wenn ihr Appetit im Moment gestillt war, lief ihr das Wasser im Munde zusammen. Die guten Gerüche hatten die schlechten von Pisse und Unrat verbannt, und Anna sog den angenehmen Duft ein.

»… und seit ich hierherkomme, isses datt erste Mal, datt der Narbige Georg mich nicht anpumpen wollt. Stattdessen hatter zehn

Heißwecken gekauft, und bezahlt hatter sofort.« Eine Bäckerin reichte zwei Laibe Brot an eine rundliche Waschfrau weiter.

»Von mir wollter gestern nicht mal ’nen Kump Suppe, und Arbeit hat er auch nicht gesucht«, schimpfte diese.

»Daschan Ding.« Die Bäckerin machte große Augen.

»Hab ihn gefrägt, ob er denn kein Hunger hat, meinter doch, der Herrgott hätte es gut mit ihm gemeint.«

»Der hat doch dauernd Hunger.«

»Eben. Und der war auch nich so gnaddelig wie sonst.«

»Wolln mal sehen, wie lange das währt. So, brauchst auch noch Mölch?«

Anna grinste in sich hinein und ging weiter. Vom Hafen ertönte eine Schiffsglocke, und da sie die Gegend mit ihrem regen Treiben mochte, beschloss sie, den kurzen Weg durch die Böttcherstraße dorthin zu nehmen. Die anderen Einkäufe konnten noch einen Moment warten.

Tief in der Weser lagen schwer beladene Koggen. Männer mit und ohne Karren schleppten Kisten, Säcke und Bottiche und brachten Waren in große Lagerhäuser oder trugen sie auf die Schiffe.

Anna sah eine Weile zu, wie die Leute ihrer Arbeit nachgingen, und lauschte den Schiffshörnern. Erst als ihre Füße kalt wurden, ging sie zum Markt zurück, um ihre Einkäufe zu erledigen.

Auf dem Weg kam sie beim Apotheker vorbei. Sie wollte sich seine Brille genauer ansehen, um eine Zeichnung für Claas zu machen. Damit könnten sie später zum Schmied gehen und ihn fragen, ob er feinere Kettenglieder an das Gestell anbringen könnte. Zu ihrer Enttäuschung war die Apotheke verschlossen, also erledigte sie rasch ihre Einkäufe und machte sich auf den Weg zur Domtreppe, vor der Claas bereits auf sie wartete.

»Hast du alles?«, fragte er, während er ihr auf den Wagen half.

»Ja.« Annas Blick fiel auf die Ladefläche, wo sich etwas Langes unter Leinentüchern wölbte. Sie konnte sich nicht vorstellen, was da verborgen sein mochte. Er nahm ihren fragenden Blick zwar wahr, machte aber keine Anstalten, etwas zu erzählen, und so verkniff sie sich eine neugierige Frage.

»Bist du noch immer fest entschlossen, zur Zunft zu fahren?« Claas sah sie fragend an, und als Anna nickte, fuhr er los. »Ich muss neue Beizeisen machen lassen. In der Zeit kannst du tun, was du für richtig hältst.«

Am anderen Ende der Stadt, nahe dem Ansgaritor, stand das große Zunfthaus der Steinmetze und Bildhauer. Schon von draußen vernahm Anna das regelmäßige Klopfen der Werkzeuge. Der Innenhof, den das alte Gebäude umrahmte, bot den Handwerkern viel Platz zum Bearbeiten ihrer großen Steine. Die Luft im Inneren war staubgeschwängert, es roch nach warmem Stein, und immer wieder flogen kleine Splitter durch die Luft. Da es schon böse Unfälle gegeben hatte, standen zum Schutz leinenbespannte Holzgestelle zwischen den Handwerkern, die die Geschosse abfingen.

Die meisten Steinmetze und Bildhauer kannte Anna seit ihrer Kindheit. Sie erkundigten sich, wie es Anna und ihrer Mutter ging, und die, die nicht bei ihrer Hochzeitsfeier gewesen waren, beglückwünschten sie zur Vermählung. Mit einem Kloß im Hals bedankte sich Anna, während man Claas auf die Schulter klopfte. An seinem Gesichtsausdruck sah Anna, dass es ihm nicht angenehm war, doch er bedankte sich bei den Männern. Als sich einer nach dem anderen wieder seiner Arbeit zuwandte, ging auch er ins Zunfthaus und ließ Anna im Hof zurück.

Sie beobachtete, mit welcher Leichtigkeit und Kraft die Männer den Klöppel auf die Steine sausen ließen. Jeder Schlag war begleitet von einem lauten Klackern, das mit der Zeit in den Ohren schmerzte, doch sie ignorierte es. Sie überlegte, mit wem sie am besten ein Gespräch beginnen konnte, und ihre Wahl fiel auf Berthold, den schüchternen Gesellen von Friedrichs, der in einer Ecke mit vorgeschobener Zunge an einer Schrifttafel arbeitete. Neben ihm lag ein Pergament, von dem er die Letter abschaute, die er mit seinem Werkzeug auf die Steinplatte übertrug. Interessiert besah Anna sich die ersten Buchstaben, welche Berthold fein aus dem Stein herausgehauen hatte.

Du sollst keine anderen G… Weiter war er noch nicht.

»Grüß dich, Berthold. An was arbeitest du?«

»Tach. Wird 'ne Tafel fürn St. Petri.«

»Man sieht sofort, dass du dein Handwerk verstehst. Kommen alle zehn Gebote darauf?«

»Weiß nicht, kann ja nicht lesen.« Verlegen blickte der junge Mann nach unten und schob mit dem Fuß kleine Steine zusammen.

»Das muss dir nicht unangenehm sein. Die meisten können nicht lesen.«

Berthold sagte nichts, sondern starrte weiterhin auf den Boden.

»Wie geht es Meister Friedrichs und seiner Frau?«

»Dem Meister geht's gut, seinem Weib nicht so.«

»Oh ja, ich hörte von ihrer Krankheit. Kräuter-Mechthild kümmert sich bestimmt gut um sie, oder?«

»Glaub schon, der Meister holt bei ihr Medizin.«

»Wird er nun eigentlich der neue Zunftmeister?«

»Weiß nicht.« Berthold nahm ein anderes Werkzeug zur Hand und schien es eingehend zu prüfen. »Schade, dass Meister Olde nicht mehr da ist.«

»Ja.« Anna seufzte laut. »Kannst du dir denn vorstellen, wer meinen Vater und Claas überfallen haben könnte?«

»Nein. Weiß nicht, wer so was Böses tun würde. Muss jetzt gehen, sonst bekomm ich Ärger.« Damit nickte er ihr zu und eilte ins Zunfthaus.

Anna blieb verblüfft zurück. Sie hatte ihn anders kennengelernt, schüchtern zwar, aber nicht derartig verstockt.

Zwei weitere Männer hatten sie offenbar beobachtet und verließen jetzt auf einem Karren, der mit einer verhüllten Figur beladen war, den Innenhof. Vermutlich hatte Claas recht, und sie machte sich hier zum Narren.

Außer ihr war nur noch der alte Fries auf dem Hof. Er stand am Brunnen und schöpfte mit einer Kelle Wasser aus einem davorstehenden Eimer. Als er jetzt Annas Blick auffing, lächelte er.

»Magst auch etwas kaltes Wasser?«

»Nein, ich bin nicht durstig.«

Er humpelte zu einer Holzbank und fuhr mehrmals mit einem Putzlumpen darüber, um Staub, Steinsplitter und Schneereste zu entfernen. »Komm zum alten Fries, Dern.« Er lächelte verschmitzt. »Ach, 'schuldige, bist ja jetzt Frau Claas Zellheyer.«

Anna lachte und nahm auf der Bank Platz. »Nenn mich ruhig weiter Dern, was anderes würde mir von dir fremd vorkommen.«

»Wirst immer meine lütte Dern bleib. Aber sach mal, was deine Mutter macht, hoffe, geht ihr 'n büschn besser?«

»Seit unsere Thea wieder da ist, lebt Mutter wieder richtig auf.«

»Das will ich gern glauben. Ist auch 'n dolles Weib, eure Thea.«

Er sah sie schief an. »Musst schon entschuldigen, ich schwärm dir hier von ’nem andern Weib vor, is nicht sehr höflich.«

»Das stört mich doch nicht.« Anna machte eine kurze Pause, ehe sie weitersprach. »Fries, wie wird es nun mit der Zunft weitergehen?«

»Alles geht seinen Gang. Dein Vater wusste immer, was richtig war, hatte für jeden ein offenes Ohr.« Fries machte eine betrübte Miene.

»Ja, so ist es für uns auch. Habt ihr schon den neuen Zunftmeister gewählt? Ich hörte, Friedrichs wird es wohl?«

Seine Miene wurde eine Spur ernster, und er nahm noch einen großen Schluck aus der Kelle. »Wir haben noch keinen.«

»Wärst du vom Alter her nicht der Nächste?«

Mit der Hand fuhr er sich über das Gesicht und stand auf. »Ja, ja, aber Friedrichs findet immer Mittel und Wege, seinen Willen durchzusetzen.« Seine Worte klangen verbittert. »Nun musst mir verzeihen, ich muss heute noch viel arbeiten.«

Verwirrt durch das abrupte Ende des Gesprächs stand auch Anna auf. »Natürlich, Fries. War nett, dich mal wieder getroffen zu haben.«

Er nickte ihr zu und verschwand dann ebenfalls im Zunfthaus. Sie blieb allein in dem mittlerweile verlassenen Innenhof zurück, welcher noch vor Kurzem voller Leben gewesen war. Verloren schlenderte sie an den Arbeiten der Männer vorüber, betrachtete angefangene Statuen, einfache Quader, die geglättet wurden und vermutlich als Treppen oder Sockel dienen würden, und Schrifttafeln.

Als Claas endlich aus dem Zunfthaus trat, sah er sich verwundert um. »Was hast du angestellt, das sie vertrieben hat?«

»Ich hab nichts angestellt, nur mit Berthold und Fries gesprochen«, fauchte sie.

»Und vermutlich bist du mit der Tür ins Haus gefallen«, neckte er sie weiter.

»Nein, wir haben uns freundlich unterhalten, und dann mussten sie wieder an die Arbeit gehen.« Sie konnte sich gut vorstellen, wie seltsam es ihm vorkommen musste, dass alle weg waren. Als Claas sie hier verlassen hatte, waren mindestens sechs Männer im Hof beschäftigt gewesen.

»Beruhige dich, ich meinte es nicht böse.« Versöhnlich legte er seine Hand auf ihren Arm. »Hast du wenigstens etwas aus ihnen herausbringen können?«

»Na ja, bei dem Thema um Vater oder den Zunftmeister sind die Männer wirklich fluchtartig verschwunden.«

»Das war abzusehen.«

»Aber wieso nur?« Anna sah Claas fragend an, als er ihr auf den Wagen half.

»Weil die Leute sich nicht gern in Angelegenheiten einmischen. Schon gar nicht gegenüber einer Frau, das hab ich dir gestern schon gesagt.« Er umrundete das Gespann und schwang sich auf den Kutschbock.

»Oder weil sie etwas wissen, was sie nicht sagen dürfen oder wollen«, ergänzte sie bitter.

»Möglich ist alles.«

»Immerhin scheint man hier nicht die beste Meinung von Friedrichs zu haben.«

»Wie kommst du darauf?«

»Na, weil eigentlich Fries der neue Zunftmeister sein müsste.«

»Ich glaube wirklich, du suchst in der falschen Ecke.«

»Ach, warst du denn geschickter als ich?«

Claas spornte die Pferde an und drehte den Wagen. »Nein«, antwortete er knapp.

»Aber gut, wenn du der Meinung bist, ich suche an der falschen Stelle, werde ich als Nächstes der Kirche einen Besuch abstatten.«

Er zog die Augenbrauen hoch. »Und du glaubst, selbst wenn sie dahintersteckt, dass sie es dir sagen? – Seht her, wir sind die Mörder«, spottete er, und sie wusste, dass sie es verdient hatte, denn sie stellte sich nicht gerade geschickt an.

»Vermutlich hast du recht«, erwiderte sie wütend über sich selbst und nagte enttäuscht an ihrer Unterlippe. Sie kam keinen Deut weiter. »Pest und Pickel!«

Claas grinste und lenkte den Wagen nach Hause.

Als Anna abends im Bett lag, kam die beleidigte Gräfin nur widerwillig zu ihr. Ihre Mutter hatte sie versehentlich in den Keller gesperrt, in dem sie wohl mehrere Stunden hatte ausharren müssen. Dementsprechend staubig und schmutzig, befreite Anna sie und wischte ihr mit einem feuchten Lappen das von Spinnenweben verklebte Fell ab. Anschließend hatte es eine Weile gedauert, bis Anna sie mit Leckereien und Streicheleinheiten besänftigen konnte und sie ihr beruhigendes Schnurren erklingen ließ.

Als die Kleine unter der Decke längst eingeschlafen war, lag Anna immer noch wach und hörte, wie Claas nach Hause kam. Er war noch einmal fortgeritten, hatte aber wieder nicht gesagt, wohin er wollte. Er tat sowieso sehr geheimnisvoll in letzter Zeit. Sie hörte, wie er die Treppe hinaufkam, dann das Klappen seiner Tür. Da ihm offensichtlich nichts mehr an ihr lag, konnte er sie genauso gut freigeben. Einzig die Arbeit an der Statue, mit der sie gut vorankamen, hinderte sie daran, ihn selbst darum zu bitten.

Ach, wäre nur ihr Vater noch da. Traurig grub Anna ihr Gesicht in das Kissen.

9

Einige Leute drehten sich zu ihnen um, als sie am kommenden Sonntag die Kirche betraten. Viele lächelten, manche sahen betroffen aus, und ein paar wenige betrachteten sie misstrauisch. Leider war das normal, wenn man längere Zeit nicht da gewesen war. Anna fühlte sich nicht wohl und war froh, als sie den Gang hinter sich gebracht hatte. Claas, der nur widerwillig mitgekommen war, stellte sich mürrisch dreinblickend neben sie.

»Immer die Gleichen, die sich die Mäuler zerreißen«, flüsterte er, und Anna nickte.

Priester Arens begann seine Predigt mit mahnenden Worten. Gerade in schlimmen Zeiten sei es umso wichtiger, den Glauben nicht zu verlieren und Gott nahe zu sein. Dabei streifte sein Blick Anna und ihre Familie. Anna schluckte bitter und merkte, wie sich ihre Mutter straffte. Heute kam Anna die Predigt verlogener vor als früher, und sie war froh, als es vorbei war.

Nach der Messe wartete Anna, dass auch der Letzte die Kirche verlassen hatte.

»Mein Kind, kann ich noch etwas für dich tun?« Der Priester blieb ein Stück vor ihr stehen.

»Ja, Euer Hochwürden. Ich möchte über meinen Vater sprechen.«

»Schweres Leid ist eine Prüfung von Gott, die wir in Dankbarkeit annehmen sollten und durch die wir im Glauben wachsen werden.«

Anna schluckte eine spitze Bemerkung hinunter. »Könnt Ihr euch vorstellen, wer uns so etwas angetan hat?«

Arens zog die Augenbrauen hoch, holte tief Luft und starrte einen Moment ins Leere. »Nun ja, wir vermögen nicht immer alles zu durchschauen. Die Pfade unseres Herrn liegen oft im Verborgenen. Vielleicht waren es Menschen, die Hunger leiden mussten und hofften, etwas bei euch zu finden. Es sind schwere Zeiten.«

Sie konnte nicht glauben, dass er ernst meinte, was er sagte. »Wir wohnen weit von der Stadt entfernt, und neben unserem Land wohnt ein Bauer, der für Hungernde vermutlich ein besseres Opfer darstellen würde als eine Steinmetzhalle. Außerdem ist es bekannt, dass mein Vater den Armen immer etwas gab.«

»Da stimme ich dir zu, Anna.«

»Wenn die Männer aber meinen Vater und Claas aus einem bestimmten Grund überfallen haben, welcher könnte das sein? Wer zog einen Vorteil aus seinem Tod?«

»Vermutlich hatte niemand einen Grund dafür, denn dein Vater starb an den Folgen des Überfalls. Ich glaube nicht, dass jemand seinen Tod wollte. Auch wenn es für euch ein großes Unglück ist, aber es war vermutlich kein Mord.«

»Falls es nicht der Tod meines Vaters war, den sie wollten, dann war wohl seine Arbeit das Ziel. Warum sonst haben sich die Männer die Mühe gemacht, alles zu zerstören?«

»Du sprichst vermutlich von der Statue, die dein Vater noch erwähnte, bevor er verstarb. Was für eine ist es denn?«

Anna war erleichtert, dass er offenbar nicht wusste, dass es sich um den Roland handelte. Jetzt musste sie allerdings zu einer Lüge greifen. Herr, verzeih mir, aber ich kann im Moment nicht anders.

»Es darf noch niemand erfahren, aber sie zeigt wohl einen der Ratsherren.«

»Vielleicht solltest du dann bei den Widersachern dieses Ratsherren nach den Verbrechern suchen.«

»Gehört nicht auch die Kirche zu eben diesen?«

Arens sah sie äußerst empört an. »Ich bin enttäuscht, dass du so etwas denkst. Nimmst du wirklich an, die Kirche würde zu solch schändlichen Mitteln greifen?«

Nach dem, was sie in letzter Zeit erfahren hatte, glaubte sie das, doch das behielt sie lieber für sich. »Ich versuche doch nur, die Mörder meines Vaters zu finden.«

»Dann bist du hier am falschen Ort, außer du willst Gott um Beistand bitten.« Er stand auf, faltete seine Hände und machte Anstalten zu gehen.

»Bitte entschuldigt, aber ich weiß nicht weiter. Die Büttel tun nichts, und mein Vater fehlt uns.« Anna senkte schuldbewusst den Kopf.

Der Priester wandte sich ihr wieder zu, wobei sein Gesicht jetzt die gewohnte Milde zeigte. »Ich versteh dich, mein Kind. Bitte Gott um Hilfe und lenke deine Gedanken in eine andere Richtung. Hier wirst du keine Schuldigen finden, sondern Trost.« Er nickte ihr zu und verließ die Kapelle.

»Wie ein schlechter Mensch kommt man sich vor«, schimpfte ihre Mutter auf dem Heimweg.

»Gräm dich nicht. Ich dachte, es wird schlimmer.« Anna lächelte.

»Du hast recht, Kind.«

Während der Fahrt zog der Himmel immer mehr zu, und sie hatten Glück, vor dem Einsetzen eines Schneesturms heimzukommen.

Am Abend rüttelte bereits ein kräftiger Wind am Haus und ließ die Flammen durch den Rauchabzug tanzen. Anna und Claas hatten jeweils ein Bad genommen, saßen am Feuer und nahmen etwas von dem knusprigen Hühnchen zu sich, welches vom Mittag übrig geblieben war. Seine Brüder waren in der Werkstatt gut versorgt und Annas Mutter und Thea bereits zu Bett gegangen.

Anna befürchtete, dass es zwischen ihnen wieder zum Streit kommen würde, wenn sie allein miteinander waren, doch im Augenblick war Claas ausgelassen und friedfertig.

»Was hat der Priester nun gesagt?« Er biss in seine Hühnerkeule und betrachtete Anna neugierig.

»Nichts, außer dass die Kirche ihre Hände in Unschuld wäscht.«

Seit sie mit dem Priester gesprochen hatte, war ihr klar geworden, dass sie den falschen Weg gegangen war. Niemand würde ihr offen gestehen, dass er in einen Mord verwickelt war. Sie hatte an den verkehrten Orten gesucht, nach den falschen Leuten. Sie mussten zuerst die Männer ausfindig machen, die an dem Überfall beteiligt gewesen waren.

»Das hätte ich an seiner Stelle auch gesagt.«

Anna seufzte laut. »Ja, ich auch.«

»Was willst du als Nächstes tun?«

»Wir müssen die vier Männer finden.«

Claas nickte. »Das wird nicht leicht werden, aber ich denke auch, dass das der richtige Weg ist. Ich habe mich in den letzten Tagen umgehört, jedoch noch nichts Brauchbares herausgefunden.«

»Wieso hast du mir das nicht gesagt?«, fragte sie mit leichter Empörung.

»Ich wollte dich nicht in deinem Tatendrang behindern.«

Anna lachte. »Oder wolltest du sehen, wie schwer ich mich tue?«

Er hob seine Hände. »Wirklich nicht. Hätte ja auch sein können, dass du etwas erfährst.«

Claas schenkte ihnen noch etwas von dem Bier ein, das Thea bereitgestellt hatte. »Wir sollten mal wieder eine Runde Schach spielen.«

»Gern, aber nicht mehr heute, es ist schon recht spät.«

»Dann ein andermal.« Er lächelte, und seine Augen strahlten. Verlegen nippte Anna an ihrem Bier.

»Lass uns noch mal durchgehen, woran du dich erinnern kannst. Vielleicht kommt doch noch etwas zutage, was du als unwichtig gesehen hast, das uns aber weiterhelfen würde.«

Er dachte einen Moment angestrengt nach, dann schüttelte er bedauernd den Kopf. »Leider weiß ich nicht mehr, als ich bereits gesagt habe.«

»Dann versuchen wir es anders.« Aufgeregt setzte Anna sich gerade hin. »Die Gugeln, die sie trugen, welche Farben hatten sie?«

»Ich glaube, wie die der meisten Gugeln: schwarz.«

Anna nickte. »Und hatten sie Mäntel oder Kutten an?«

»Keins von beiden, es waren schwarze, knielange Umhänge.«

»Von guter Qualität?«, fragte sie weiter.

»Kann ich schlecht sagen, es war recht dunkel, aber ich nehme an, von einfacher Qualität.«

»Und darunter trugen sie Hosen?«

»Ja, ebenfalls schwarze, aber an die Schuhe kann ich mich nicht erinnern.«

»Das macht nichts.« Anna lächelte. »Hat vielleicht jemand etwas gesprochen, ein Wort, einen Namen oder irgendwas?«

Erneut überlegte Claas. »Nicht dass ich wüsste.

»Kein Rufen oder vielleicht etwas Geflüstertes? Denk bitte noch einmal nach«, bohrte sie weiter.

»Hm. Aber ja, da war etwas. Wieso ist es mir nicht gleich eingefallen?« Er sah sie freudestrahlend an. »Als ich in die Werkstatt gelaufen bin, sagte einer so was wie: ›Pass auf, Georg!‹ Aber ganz sicher bin ich nicht.«

»Aber damit hätten wir ja einen Namen.«

»Ich wundere mich, dass es mir erst jetzt wieder einfällt.«

»Vielleicht war es der Schlag auf den Kopf, der es dich vergessen ließ.«

»Möglich.«

Anna fiel das Gespräch zwischen der Bäckerin und der Waschfrau auf dem Markt ein, das sie mit angehört hatte. Voller Hoffnung, es könnte eine Gemeinsamkeit geben, fragte sie: »Der mit der Narbe lag doch draußen, könnte es sein, dass er mit Georg gemeint war?«

»Das kann sein.«

Vor lauter Freude sprang sie auf und küsste Claas. Als sie sein verwundertes Gesicht sah, erzählte sie ihm, was die beiden Frauen auf dem Markt gesagt hatten.

»Du meinst, dieser Georg könnte einer von denen sein?«

»Ja. Wenn Markttag ist, müssen wir dringend noch einmal in die Stadt.«

»Werden wir tun, und weißt du was, Anna, jeder Büttel könnte sich eine Scheibe von dir abschneiden!« Plötzlich hielt er inne und schlug sich mit der Hand an die Stirn. »Natürlich!«

Als er Annas verwundertes Gesicht sah, erklärte er: »Als die Büttel bei mir waren, fragte Simon den anderen nach einem Georg, doch Rudolfus sagte, der würde in Oldenburg eine Strafe absitzen. Das scheint aber nicht zu stimmen, wenn er bei der Bäckersfrau war, oder er ist inzwischen wieder hier.«

»Das sind gute Neuigkeiten«, sagte Anna aufgeregt, weil sie nun eine Spur hatten und nicht weiter im Ungewissen suchen mussten.

Claas wischte sich die Hände ab, zog sie zu sich her und streichelte ihre Wange. Anna fühlte sich das erste Mal seit Langem geborgen, und die leise Hoffnung, dass sich heute alles zum Guten wenden würde, erfüllte sie.

Die Gräfin lag zusammengerollt zu ihren Füßen im wärmenden Schein des Feuers und schlief. Zuvor hatte sie ein ordentliches Stück Fleisch abbekommen und gierig verdrückt. Nun träumte sie, und die kleinen Füßchen und Schnurrhaare waren in Bewegung. Anna strich ihr über den kleinen Kopf, womit die Bewegungen aufhörten und ein langes Schnurren ertönte.

Claas betrachtete sie mit lachenden Augen. »Sie ist eine schöne Katze.«

»Finde ich auch. Mutter will, dass sie aus dem Haus kommt, wenn sie etwas größer ist.«

»Ich weiß.«

»Aber sie ist so zart.« Anna machte ein bekümmertes Gesicht.

»Den Pferden geht es im Stall auch gut.«

Damit hatte er recht, und auch die anderen Katzen hatten im Stall gelebt und dort sogar ihre Jungen zur Welt gebracht.

»Aber wenn es ihr nach deiner Wärme gelüstet, könnte sie über den Baum in das Schlafgemach klettern.« Er zwinkerte.

Der Baum vor dem Haus war einige Ellen weit weg, und Anna bezweifelte, dass selbst eine ausgewachsene Katze so weit springen konnte. »Das ist doch zu weit.«

»Nicht, wenn sie die Bretter benutzt, die ich besorgt habe und bald dort anbringen werde.«

»Oh, Claas, warst du deswegen in der Stadt?«

Er nickte mit einem spitzbübischen Grinsen.

»Danke.«

Behutsam nahm er ihr Gesicht zwischen seine Hände, sodass sie ihm in die Augen sehen musste. Ein zärtliches Verlangen spiegelte sich in ihnen wider. Errötend senkte Anna die Lider, doch er griff ihr sachte unter das Kinn und zwang sie liebevoll, ihn anzusehen. Dann küsste er sie, und sie erwiderte den Kuss. Seine Hände glitten wie selbstverständlich über ihre Schultern, streiften das Kleid ein Stück herunter. Sanft fuhren seine Lippen ihren Hals hinab, wanderten über ihre Haut und bescherten Anna ein wohliges Kribbeln.

Die Schmetterlinge in ihrem Bauch, die sie so vermisst hatte, erwachten wieder zum Leben und kreisten wild umher. Langsam glitt seine Hand über ihren Rücken, strich sanft ihren Nacken, und ein Schauer durchströmte sie. Ein leises Stöhnen kam über ihre Lippen, als sein Mund sich zu ihrem Ohr vortastete. Sein Atem beschleunigte sich, und als er mit seiner Hand über ihre Brust strich, spürte sie ein nie zuvor erlebtes Prickeln in ihrem Unterleib.

»Claas …«, hauchte sie.

»So lange hast du mich warten lassen«, flüsterte er.

Zärtlich schmiegte sie sich an ihn und erforschte mit ihren Händen seinen Körper. Seine Haut glitzerte im Schein des Feuers. Sie fuhr mit ihren Nägeln auf seiner Brust entlang, fühlte seine Muskeln. In diesem Moment klappte oben eine Tür. Augenblicklich ließen sie voneinander ab, starrten gebannt auf die Küchentür, während Anna sich ihrer Blöße bewusst wurde.

Ein gedämpftes Schluchzen und die Schritte ihrer Mutter, die oben eine Schublade öffnete und wieder schloss, versetzten Anna einen Stich. Claas fluchte leise vor sich hin, und mit einem Mal war alles wieder da. Trotz des schönen Moments, den sie eben erlebt hatten, trug er vielleicht Schuld daran, dass ihr Vater nicht mehr bei ihnen war und ihre Mutter trauerte.

Abrupt stand Anna auf und richtete ihr Kleid, so gut sie konnte.

»Was machst du?«, fragte Class heiser und starrte sie verwirrt an.

»Ich kann das nicht.«

»Was kannst du nicht?« Nun stand er ebenfalls auf. Seine Brust hob und senkte sich, noch immer außer Atem.

Wut und Abscheu traten an die Stelle von Verlangen und Sehnsucht. Anna schämte sich für die Gefühle, die sie soeben empfunden hatte.

»Das hier.« Sie deutete auf die Stelle, auf der sie soeben gelegen hatten. »Fass mich bitte nie wieder an!« Todunglücklich nahm sie die schlafende Gräfin, die davon hochschreckte, auf den Arm und verließ ohne ein weiteres Wort das Zimmer.

Als sie eine Weile im Bett gelegen und immer wieder über die Situation nachgedacht hatte, hörte sie, wie Claas die Treppe heraufkam, in die kleine Kammer ging und einen Augenblick später das Haus verließ. Neugierig schlich sie zum Fenster. Mit einer Lampe ging er geradewegs zum Stall.

Was wollte er mitten in der Nacht, und noch dazu bei diesem Schneesturm, noch bei den Pferden?

Es verging ein Moment, dann erlosch die Lampe, und im schwachen Licht des wolkenverhangenen Mondes sah sie schließlich, wie er in der Dunkelheit davonritt.

***

Claas war bereits aus dem Haus, als Anna am nächsten Morgen zum Frühstück herunterkam. Erst in der Werkstatt sah sie ihn. Er sah müde und übernächtigt aus, als er ihr einen guten Morgen wünschte. Mit wenigen Worten erklärte er ihr, was sie an diesem Tag machen musste. Dann rief er Stephan heran, der ihr an seiner Stelle helfen sollte. Er selbst kümmerte sich um Kleinigkeiten, die liegen geblieben waren, und hielt sich von ihr fern. Später beobachtete Anna aus den Augenwinkeln, wie er mit verbissener Miene einen großen Steinblock schliff.

Wie schön war der Moment gestern Abend gewesen und wie hart hatte sie ihn zerstört. Sie musste sich eingestehen, dass es ein Fehler gewesen war, ihn so abzuweisen. Jemand, der so zärtlich war, konnte sie nicht nur geheiratet haben, weil er einen Titel wollte. Sie hatte gespürt, dass er sie liebte.

»Du siehst schon wieder nicht auf deine Arbeit. Wenn du so weitermachst, müssen wir ein neues Stück machen.« Schon zum vierten Mal musste Stephan sie tadeln. Claas sah auf, und für einen kurzen Moment trafen sich ihre Blicke.

»Anna!« Stephan sah verwirrt zwischen den beiden hin und her.

»Verzeih mir.«

»Vielleicht solltest du das mit Anna machen.« Stephan winkte Claas zu sich her, der augenblicklich sein Werkzeug weglegte und herüberkam. Stephan verzog sich, um Claas' Arbeit fortzuführen.

»Claas …«

»Anna …«, begannen beide gleichzeitig und verstummten.

»Du zuerst«, sagte sie.

»Was hältst du von einem kurzen Spaziergang, ich habe dir einiges zu erzählen und überlege schon den ganzen Morgen, wie.«

Neugierig willigte sie ein.

Draußen wehte ihnen ein eisiger Wind um die Nase. Seit Wochen hatte der Winter ihre Region nun schon im Griff, und selbst die Weser floss immer träger und drohte zuzufrieren. Kleine Eisschollen trieben bereits in ihrem Strom. Wegeners Lagerhallen waren verwaist, denn um diese Jahreszeit kam nicht mehr so viel Ware mit den Schiffen die Weser hoch. Außer den Geräuschen, die Stephan drinnen beim Schleifen verursachte, war nur das Knistern des kleinen Feuers zu hören, an dem Franziskus sich in eine Ecke gekauert die Hände wärmte.

Anna überlegte, wie sie sich am besten mit Claas versöhnen konnte. In der Nacht hatte sie sich fest vorgenommen, ihm ab jetzt ein gutes Eheweib zu sein. Als sie ein kleines Stück durch das vereiste Wäldchen gegangen waren und Claas noch immer schwieg, hielt sie es nicht mehr aus.

»Du wolltest mir etwas sagen?«

»Ja. Ich habe heute Nacht etwas nicht Unerhebliches herausgefunden.«

»Das trifft sich gut, ich nämlich auch.« Sanft lächelte sie ihn an, Claas Miene jedoch war ernst. Sie spürte, wie ihr Herz schneller schlug und ihre Hände zu schwitzten begannen.

»Ich habe erfahren, dass ein Mann eine Bademagd dafür entlohnt, dass sie ihm Informationen über die Ratsherren zukommen lässt.«

Anna war verwirrt. War er in der Nacht noch fortgeritten, um sich bei einer dieser Mägde zu vergnügen?

»Was … was genau meinst du, und woher weißt du das, etwa von dieser Bademagd?«

Mit Claas' Nicken gefror ihr Herz zu einem Stein. »Welche Informationen waren es?«, fragte sie kühl. Sie wollte sich nicht anmerken lassen, wie sehr sie seine Worte trafen.

Ehe er antwortete, sah er sie einen Moment betroffen an.

»Hemeling hat sich vor einigen Wochen damit gebrüstet, bald einen unzerstörbaren Roland zu präsentieren, und die Magd gab es an diesen Mann weiter. Gerade daran war dieser Freier wohl sehr interessiert, denn seine Entlohnung war höher als zuvor.«

»Was?«

»Genau so habe ich auch dagestanden.« Claas' Miene war steinern.

»Dann hat er selbst hinausposaunt, was keiner wissen sollte?«

»So sieht es aus. Auch wenn die Magd mir versicherte, dass er zu der Zeit nicht ganz nüchtern gewesen sein soll.«

»Wir werden Hemeling nie darauf ansprechen können.«

»Ich weiß.«

»Immer wieder Alkohol.« Anna presste die Worte heraus. »Das Teufelszeug scheint eure Zungen zu lösen wie der Herbstwind die Blätter von den Bäumen. Wer weiß, was du ihr alles im Rausch verraten hast.«

Claas' Augen wurden schmal. »Wie dem auch sei, ich dachte, dich interessiert diese Neuigkeit.«

»Kann diese Magd sagen, wer dieser Fremde ist, der sie entlohnt?«

»Nein, angeblich nicht. Aber ich bin nicht sicher, ob es stimmt. Er hält sein Gesicht wohl immer tief verborgen.«

»Ich danke dir«, sagte sie förmlich, doch innerlich tobte sie. »Hattest es ja sehr eilig gehabt wegzukommen …« Sie machte eine Pause, suchte nach Worten. »Ich hoffe, du hast dich gründlich von meiner Umarmung reinwaschen lassen.«

»Anna, es ist nicht –«

»Es ist mir egal«, unterbrach sie ihn. »Ich habe nachgedacht, als du fort warst. Es wäre das Beste, wenn wir unsere Ehe für ungültig erklären lassen. Immerhin haben wir sie noch nicht vollzogen. Und ich kann nicht mit einem Mann zusammen sein, der …« Die Worte waren heraus und Anna konnte sie nicht rückgängig machen, doch das wollte sie auch gar nicht, zu tief saß der Schmerz.

Claas machte einen Schritt rückwärts, als hätte sie ihn geschlagen. »Ich musste mich nicht von dir reinwaschen lassen. Doch wenn es dir so zuwider ist, mein Eheweib zu sein, bitte, versuch dein Glück beim Bischof.«

»Das werde ich.«

»Wie du meinst. Doch nicht ich, sondern du warst es, die gestern –«

Erneut unterbrach sie ihn: »Ich werde sehen, was wir tun können, und gebe dir Bescheid.«

Damit machte sie auf dem Absatz kehrt und ließ ihn stehen. Er sollte ihre Tränen nicht sehen, die sie nicht länger zurückhalten konnte.

10

Es war kurz nach der Mittagsstunde, und auf dem Markt gingen die Menschen ihrer Wege. Annas Ziel war an diesem Tag der St.-Petri-Dom.

Obwohl sie so leise wie möglich durch das Kirchenschiff ging, hallten ihre Schritte von den Wänden wider, und sie kam sich wie ein Störenfried vor. Der Grund für ihren Besuch im Dom lag ihr schwer auf der Seele.

Als sie Priester Arens darum gebeten hatte, ihre Ehe für ungültig zu erklären, war er empört gewesen und hatte versucht, sie mit Bibelzitaten von diesem Vorhaben abzubringen. Anna blieb standhaft und erklärte, dass sie und Claas viel zu überstürzt gehandelt hätten und eine Ehe zwischen ihnen ohne Zukunft und ohne Liebe wäre. Da er mit guten Worten nicht weiterkam, erklärte er, sie würde vom rechten Pfad abkommen. Aber auch das stimmte sie nicht um, und so riet er ihr, zum Erzbischof zu gehen, denn nur dieser könne eine Ehe aufheben. Obwohl seine Worte ihr keinen Mut machten, stand ihr Entschluss fest. Zumindest wollte sie es versuchen.

Im Inneren des gewaltigen Doms war eine junge Frau damit beschäftigt, eine Kerze vor der Figur der Heiligen Jungfrau zu entzünden und sich dann ins Gebet zu vertiefen. Ihre Augen waren fest geschlossen und die Züge angespannt. Sie mochte nicht mehr als sechzehn Jahre zählen, doch sie war dürr, das Gesicht von Hunger und Entbehrung eingefallen. Anna überlegte, wofür sie so inständig beten mochte. Nicht allen ging es so gut wie Annas Familie, das wurde ihr in diesem Augenblick erneut bewusst, und auch wenn ihre Lage im Moment nicht die Beste war, so hatten sie bisher nie Hunger leiden müssen. Von dem Vorschuss des Ratsherrn war immer noch genügend übrig.

Vor einer großen Holztür blieb sie stehen und klopfte zaghaft.

Es dauerte einen Moment, dann öffnete ein junger Novize und trat ihr müde entgegen. »Ja?«

Anna zog ihre Haube glatt. »Guten Tag, ich möchte um eine Audienz bei seiner Exzellenz, dem Erzbischof, bitten.«

Überheblich sah der Knabe von vielleicht zwölf Jahren sie an. »Bei seiner Exzellenz, dem Erzbischof, selbst?«

Sie nickte. »Bei eben diesem.«

»Wie ist denn dein Name?«

»Anna Olde.« Sie räusperte sich. »Nein, ich meine Zellheyer.«

Seine Augenbrauen fuhren nach oben. »In welcher Angelegenheit willst du seine Exzellenz sprechen?«

»Das möchte ich ihm selbst sagen.«

»So.« Er zog seine Mundwinkel nach unten. »Komm herein und warte hier, ich werde mich erkundigen, ob er dich empfangen wird. Aber mach dir keine große Hoffnung.«

Er ließ sie in eine kleine Kammer, die dem Brautzimmer ähnelte, und verschwand. Durch das runde Fenster fiel das Sonnenlicht herein und erhellte den Raum, jedoch ohne Wärme zu spenden. Sie bedauerte, dass der Kamin nicht an war, damit sie ihre klammen Hände und Füße etwas aufwärmen konnte. Von draußen vernahm sie, wie Fuhrwerke durch die Gassen holperten und Marktschreier unermüdlich ihre Waren anpriesen.

Nach einer gefühlten Ewigkeit öffnete sich die Tür, und ein anderer Geistlicher trat ein. Er war deutlich älter als der Novize, aber er war nicht der Erzbischof.

Anna wollte gerade ihr Anliegen vortragen, als sie sein Gesicht erkannte. Er war erwachsen und reifer geworden, aber die markante Nase und das Kinn würde sie noch erkennen, wenn er ein Greis wäre. »Heinrich?«, fragte sie erstaunt.

Er kam auf sie zu, neigte den Kopf zur Seite, und ein Strahlen trat auf sein Gesicht. »Anna Olde, sag, bist du es wirklich?«

Sie nickte lächelnd. »Verzeihung, ich meine doch Hochwürden.« Verschämt machte sie einen Knicks.

»Aber nein, wenn wir unter uns sind, bleibe ich Heinrich für dich.« Er nahm ihre Hand und zog sie wieder zu sich nach oben.

»Du bist noch im Amt, wie ich sehe. Ich hörte damals, du seiest zu deinem Onkel nach Verden gegangen.«

»Ja, das stimmt auch, doch vor Kurzem hat Gott meinen Weg zurück nach Bremen gelenkt.«

»Ich freue mich, dich wiederzusehen.«

»Wirklich?« Ein flüchtiger Schatten huschte über sein Gesicht. »Aber welches Anliegen bringt dich hierher? Thomas sagte, Anna

Zellheyer wünscht eine Audienz bei seiner Exzellenz. Demnach bist du also vermählt.«

Sie seufzte. »Das stimmt leider, und genau aus dem Grund möchte ich ihn auch sprechen.«

»Leider?« Neugierig betrachtete er sie.

Anna senkte verlegen den Kopf. Ausgerechnet ihm ihr Anliegen vortragen zu müssen, war ihr mehr als unangenehm. »Ja. Claas, mein Gemahl, und ich möchten unsere Ehe für ungültig erklären lassen.«

»So? Das musst du mir genauer erklären, aber nun komm erst einmal mit in meine Schreibkammer. Dort reden wir in Ruhe weiter.«

Er nahm sie sanft am Arm und führte sie durch einen Hinterausgang in einen gewaltigen und von hohen Backsteinmauern eingefassten Innenhof. An dessen Stirnseite schmiegte sich ein langes, zweistöckiges Gebäude mit drei Eingängen. Die davor liegenden Gemüse- und Obstgärten waren um diese Jahreszeit kahl und zugefroren, doch man konnte sehen, wie tadellos sie gepflegt waren. Obstbäume wie Sträucher waren an den Stämmen mit Stroh umbunden.

Einige Geistliche waren schweigend damit beschäftigt, Strohbündel auseinanderzuziehen und zu kleinen Haufen zu schichten. Sie achteten nicht auf sie und Heinrich, der den Weg zum rechten Eingang einschlug. Sie betraten eine kleine Vorhalle, in der zwei Kleriker, zuvor leise ins Gespräch vertieft, zu ihnen herübersahen. Sie nickten Heinrich zu, ignorierten Annas Gruß und nahmen unbeteiligt ihre Unterhaltung wieder auf.

Die Glocke von St. Petri schlug zweimal zur Hora Nona, als sie das Schreibzimmer betraten. Es roch nach Holz und Staub. In einem großen Kamin brannten einige Scheite und machten den Raum behaglich warm. Auf dem Kaminsims, dem kleinen Tisch und dem Schreibpult lagen Federkiele und Pergamente mit oder ohne Siegel. Unzählige Talglichter waren im Raum verteilt. Sehr ordentlich war Heinrich nicht, doch er musste mit wichtigen Aufgaben betraut sein, denn eins der Pergamente trug sogar das Siegel des Kaisers. Ein dicker Lederfoliant lag aufgeklappt auf dem Schreibpult. Ein Luxus, den sich nicht viele leisten konnten, denn Bücher kosteten ein kleines Vermögen.

Heinrich bot Anna einen Platz auf einem gepolsterten Stuhl an, setzte sich selbst auf den ungepolsterten hinter dem Tisch und faltete die Hände vor seinem Bauch.

»Du bist sehr zuvorkommend.«

»Ich habe es nicht verlernt.«

»So habe ich es nicht gemeint.« Erinnerungen an ihre letzte Begegnung kamen Anna ins Gedächtnis, und sie schämte sich ein wenig, dass sie ihn damals so barsch abgewiesen hatte. Doch mit knapp vierzehn Jahren war sie nicht bereit gewesen, mit ihm von zu Hause fortzulaufen, um zu heiraten. »Ich glaubte, dass du mir böse warst, nach dem, was damals geschah.«

»Aber nein. Das war eine jugendliche Torheit, nenne es eine Prüfung Gottes, an der ich gereift bin, und dafür bin ich dir sogar dankbar, denn sonst wäre ich nie Priester und jetzt Domdekan geworden. Aber nun erzähle mir, was dich bekümmert. Es ist ungewöhnlich, dass eine Frau die Ehe, die sie vor Gott eingegangen ist …« Er machte eine kurze Pause. »Das bist du doch?«

Anna nickte, worauf er fortfuhr: »Nun, dass eine Frau eine gesegnete Verbindung wieder lösen will.«

Verlegen zupfte sie an ihren Fingernägeln. »Ich weiß, dass es sonderbar klingen mag, doch ich bin diese Ehe mit Claas auch aus ungewöhnlichen Gründen eingegangen.« Anna senkte die Lider. »Und ich habe meinem Mann nicht beigewohnt«, ergänzte sie leise.

Eine seiner Augenbrauen schnellte in die Höhe. »Möchtest du mir die Gründe erklären, warum ihr diese Ehe eingegangen seid?«

Sie sah ihn einen Moment an. Nein, überlegte sie, sie durfte ihm nichts vom Roland erzählen. »Es war einfach eine Torheit«, sagte sie stattdessen.

»Es ist sehr schwierig, das vor seiner Exzellenz, meinem werten Onkel, zu rechtfertigen. Gibt es noch weitere Gründe?«

»Ja, er war nach der Hochzeit bei einer Bademagd.« Nun sah Anna ihn fest an.

»Er hat eine Magd dir vorgezogen?«

Anna nickte resigniert.

»Gräm dich nicht, meine Liebe. Ich werde versuchen, dir zu helfen, so gut ich kann.« Er nickte aufmunternd. »Also, als Erstes muss dein Mann einverstanden sein. Ist er das?«

»Ja.«

Heinrich beugte sich nach vorn und legte seine noch immer gefalteten Hände vor sich auf den Tisch. »Dann will ich versuchen, eine Audienz für euch zu bekommen. Ihr müsst dazu allerdings zusammen erscheinen.«

»Hab keine Sorge, das werden wir.«

»Das ist gut. Leider ist seine Exzellenz momentan unpässlich, doch ich bin guter Dinge, dass er bald wieder wohlauf sein wird und ich dein Anliegen vortragen kann.«

»Danke, Heinrich. Ich bin so froh, dich getroffen zu haben.« Sie lächelte ihn an, und er erwiderte das Lächeln.

»Versprechen kann ich dir nichts, aber ich werde seiner Exzellenz zureden und dich wissen lassen, wann er euch empfängt.«

Heinrich brachte sie zum Kirchenportal zurück und versprach, sich so schnell wie möglich zu melden. Dann verabschiedete er sich. Anna ging langsam die Treppe hinunter. Sie hatte erwartet, große Erleichterung zu fühlen, doch sie spürte nur eine Leere in sich.

Der Blick auf das neue Rathaus rief ihr ins Gedächtnis, dass sie zu Hemeling gehen sollte. Seit sie ihn das letzte Mal gesehen hatte, waren einige Wochen vergangen. Weder von den Bütteln noch vom Vogt war eine Nachricht gekommen, und auch die Frage, ob sie den Roland fertigstellen durften oder nicht, stand noch aus. Sie holte tief Luft, dann bahnte sie sich ihren Weg durch die schlammigen Gassen zum alten Rathaus.

Vor dem Gebäude standen ungewöhnlich viele Menschen in kleinen oder größeren Gruppen zusammen. Überall wurde gemurmelt und gewispert, manche unterhielten sich auch laut. Anna ging langsam durch die Menge und schnappte dabei einige Gesprächsfetzen auf.

»Wie gut, dass der Stadtsäckel schon leer war …«, lachte ein älterer Mann.

»… teure Kunstgegenstände soll er da gehabt haben«, wisperte eine Frau einer anderen zu.

»Und weit und breit war kein Büttel zu sehen«, antwortete diese.

Ein junger Mann in der schwarzen Arbeitstracht der Zimmerleute stellte sich zu einer kleinen Gruppe Handwerker. »Moin, was ist denn passiert?«

»Die ham im Rathaus eingebrochen und wohl die meisten Sachen von Hemeling geklaut«, sagte ein breitschultriger Jüngling.

»Was du nich sachst.«

»Jo.«

»Und was hamse dem geklaut?«, wollte der Zimmermann wissen.

»Weiß man noch nicht. Er und einige andere Ratsherren sind ja nicht in der Stadt.«

Die umstehenden Männer und eine Frau lachten. Anna blieb stehen und drehte sich der Gruppe zu. »Verzeihung, ich hörte, dass Hemeling nicht da ist. Wisst ihr, wo er ist und wann er zurückkommt?«

Die Gruppe musterte Anna von oben bis unten.

»Werte Dame … so nehmt mich statt des Ratsherren.« Einer der Jüngeren verbeugte sich übertrieben, worauf die Umstehenden prustend zu lachen begannen. Anna wollte einfach weitergehen, doch der Mann hielt sie am Arm zurück. »Na, wer wird denn gleich flüchten.«

»Lass mich los, sonst …«

In diesem Moment ertönte hinter ihr eine vertraute Stimme: »Nimm deine Finger von meiner Frau!«

Abrupt ließ der Jüngling sie los, und Anna drehte sich erleichtert um. Claas sprang von der Kutsche, welche mit einem großen Stein beladen war. Drohend kam er auf die Gruppe zu, und der junge Mann wurde blass.

»Nein, nein«, mischte der Zimmermann sich hastig ein. »Wollten ihr nur 'nen Streich spielen und gerade antworten.«

»Dann tu es. Wir warten.«

»Vier Ratsherren, darunter Hemeling, sollen vor ein paar Tagen zum Grafen von Hoya aufgebrochen sein, weil wieder ein paar seiner Bauern weggelaufen sind und in Bremen Unterschlupf gefunden haben. Und der Graf hat jetzt Klage eingereicht und droht wohl mit Krieg, wie vor fünfzig Jahren. Das hat jedenfalls mein Meister erzählt.«

Anne wusste, dass vor fünfzig Jahren die Pest gewütet und jeden dritten Bremer dahingerafft hatte. Um die Stadt wieder vollzubekommen, hatte es schnelle Einbürgerungen gegeben. Das hatten die gebeutelten Bauern aus Hoya genutzt, was dem damaligen Grafen auch schon nicht gefallen hatte. Mit Waffengewalt holte er sich die Seinen zurück. Es kam zum Krieg, und Bremen verlor eine große Schlacht.

»Danke.« Claas drehte sich zu Anna. »Musst du noch mehr wissen?«

»Nein.«

»Dann komm.«

Sie nickte dem jungen Mann zu, der nun nicht mehr so selbstsicher wirkte, und ließ sich von Claas auf den Wagen helfen.

»Das kommt davon, dass du immer alleine durch die Stadt läufst«, meinte Claas ungehalten, während er die Kutsche durch das Tor lenkte.

Obwohl sein Vorwurf sie wütend machte, wusste sie, dass er recht hatte. »Was bleibt mir anderes übrig? Ich hätte Thea bitten können, mich zu begleiten, aber ich glaube, sie ist besser bei Mutter aufgehoben.«

»Das stimmt. Aber gerade im Moment, wo es um Bremen so schlecht steht, lockt es auch Gesindel heraus. Ich weiß nicht, wohin uns das alles noch führen wird. Die wichtigsten Ratsherren sind nicht da, der ehemalige Bürgermeister siecht dahin, und einen Neuen haben wir nicht, weswegen die Schöffen unfähig sind zu handeln. Und das Gesindel nutzt die Abwesenheit der Ratsmänner aus, raubt, plündert, belästigt die Weiber und was weiß ich noch mehr. Wenn Hoya jetzt wieder einen Krieg anfängt, haben wir in Bremen ein ernstes Problem.«

Anna hatte sich seit jeher nicht viel um die politischen Belange der Stadt gekümmert, aber die Dinge, die Claas erzählte, ließen nichts Gutes vermuten. »Und zu guter Letzt wird auch noch der Erzbischof von einer schlimmen Krankheit heimgesucht.«

»So, was fehlt ihm?«

»Ich weiß es nicht, aber er soll ebenfalls dahinsiechen.«

»Es sind schlechte Zeiten für Bremen, sag ich ja.«

»Wir können nur froh sein, dass wir abseits wohnen.«

»Das kannst du auch. In Bremen ist es derzeit nicht sehr sicher, und wir können nur hoffen, dass wir von Hemeling das Geld bekommen, da der Stadtsäckel leer sein soll.«

»Meinst du, es ist so schlimm?«

»Ich weiß es nicht, aber ich vertraue Hemeling und glaube, dass er das Geld auf die Seite geschafft hat.« Nach einer kurzen Pause fragte Claas: »Warst du eigentlich beim Priester?«

»Ja, er schickte mich zum Erzbischof. Ein Domdekan wird ihn um eine Audienz ersuchen, sobald er genesen ist.«

»Dann kannst du nur hoffen, dass er schnell gesundet.« Mit zusammengepressten Lippen gab Claas den Pferden die Peitsche und schwieg den Rest des Weges.

Bereits zwei Tage später kam Thea aufgeregt in die Werkstatt. Anna haute den Rahmen für das Wappen und sah in das rosige Gesicht der Magd.

»Anna, zwei Kleriker sind im Haus und warten auf dich.«

»Oh.« Ob die beiden schon den Termin beim Erzbischof brachten? So schnell hatte sie nicht damit gerechnet.

»Du möchtest bitte herkommen, haben sie gesagt.«

Anna sah kurz zu Claas, der ebenfalls an der Figur arbeitete, wenn auch noch sehr eingeschränkt. Er drehte sich demonstrativ weg, woraufhin sie trotzig ihr Werkzeug beiseitelegte, sich den Staub aus dem Kleid schlug und mit Thea nach Hause eilte.

Ihre Mutter fing sie besorgt in der Diele ab. »Ist etwas geschehen, Anna? Was wollen die von dir?«

»Ich erklär es dir später.«

Auf dem Küchenblock lagen ein ausgebreiteter Teig und ein Haufen Mehl, daneben stand ein Krug Wasser. Offenbar hatten ihre Mutter und Thea gerade gebacken. Die beiden Kleriker kannte sie flüchtig von den großen Messen zur Weihnacht oder an Ostern, die sie im Dom besuchten.

»Wir bringen eine Nachricht von Hochwürden Heinrich Frey. Ihr möchtet ihn übermorgen zur Hora Nona aufsuchen.«

»Habt Dank dafür. Soll mein Ehemann mit mir erscheinen?«

»Davon sagte Hochwürden nichts.«

»Dann richtet ihm aus, ich werde da sein.«

Nachdem die beiden sich verabschiedet hatten, erwartete Anna, dass ihre Mutter sie umgehend zu deren Besuch befragen würde, stattdessen jedoch schenkte sie ihr dünnen Wein ein und begann, den angefangenen Brotteig weiter zu bearbeiten. Anna setzte sich und sah ihr eine Weile dabei zu. Sie bewunderte es immer wieder, wie geschickt die Hände ihrer Mutter durch den Teig fuhren, ihn kneteten und wendeten, sodass er sich schließlich beinahe mühelos formen ließ.

»Claas und ich wollen unsere Ehe aufheben lassen. Dazu müssen wir zum Erzbischof.«

Anna hatte schnell gesprochen, damit ihre Mutter sie nicht unterbrechen konnte, doch sie machte auch keine Anstalten, sondern wischte sich wortlos ihre Hände an der Schürze ab, nahm sich ebenfalls von dem Wein und setzte sich ihr gegenüber an den Tisch. Ihr Schweigen hing wie Blei in der Luft, und einen Moment lang befürchtete Anna, dass die Krankheit wieder von ihrer Mutter Besitz ergriffen hätte. Dann endlich sprach sie.

»Wer von euch will denn so etwas Närrisches?«

»Beide.«

»Einer wird es zuerst ausgesprochen haben. Warst du es?« Ihr Ton war streng, und Anna senkte schuldbewusst den Kopf.

»Ja, ich glaube schon.«

Ihre Mutter atmete laut hörbar aus. »Kind, das ist nicht recht, ihr versündigt euch.« Damit stand sie auf und verließ ohne ein weiteres Wort die Küche.

Verdutzt starrte Anna auf die leere Tür zur Diele. Dann trank sie ihren Wein aus und ging traurig in die Werkstatt zurück. Alles lief schief, nichts wollte gelingen. Hatte sie denn nur noch Pech, tat sie allen Menschen weh?

Als sie in die Werkstatt kam, folgten Claas' Augen ihr, bis sie ihm berichtete, was die Kleriker gesagt hatten. Von der Reaktion ihrer Mutter erzählte sie ihm jedoch nichts.

11

»Wie schön, dich zu sehen, liebste Anna. Ich muss leider noch ein paar Dinge auf dem Markt erledigen, dabei könnten wir uns unterhalten. Sofern dir meine Gesellschaft nicht unangenehm ist, würde ich mich freuen, wenn du mich begleitest.« Heinrich wartete ihre Antwort nicht ab, sondern warf sich einen dicken Umhang über die Schultern.

Anna war seiner Einladung in der Hoffnung gefolgt, eine Audienz beim Bischof zu bekommen. Nun stand sie in seinem warmen Arbeitszimmer und wunderte sich, dass er mit ihr auf den Markt und in die Kälte wollte.

»Natürlich werde ich mit dir gehen, aber will seine Exzellenz mich denn nicht empfangen?«

»Das wird er bestimmt, sobald er genesen ist, doch zuvor soll ich noch einiges von dir erfragen.« Er hielt ihr galant die Tür auf und ergriff ihre Hand, als sie die Stufen hinabstiegen. Anna ließ es geschehen, obwohl die Treppe nicht sonderlich gefährlich aussah, und er lächelte sie schief an. »Manch einer ist hier schon böse gefallen.«

»Was möchte seine Exzellenz von mir wissen?«

»Es sind einige, nun ja, indiskretere Fragen, von denen er meint, dass ich sie dir stellen soll. Wohl aus dem Gedanken heraus, dass wir uns kennen.«

Sein Lächeln vertiefte sich zwar, doch Anna wusste es nicht zu deuten. Sie durchschritten das doppelflügelige Eingangsportal und wurden von der Sonne geblendet, die an diesem Wintermorgen vom blauen Himmel auf sie herunterschien. Am Kopf der Treppe war Heinrich stehen geblieben, und nachdem Annas Augen sich wieder an das Licht gewöhnt hatten, nahm auch sie den Zahnreißer wahr, der Heinrichs Aufmerksamkeit auf sich zog. Der sonnengebräunte Mann hatte seinen kleinen Stand vor dem Dom aufgebaut.

»Seht alle her und bewundert Casano aus dem heiligen Rom, den einzigen Zahnreißer, der eine beinahe schmerzfreie Behandlung verspricht«, schrie ein bunt gekleideter Junge über den Markt, worauf sich immer mehr Menschen um sie herum versammelten.

Ein strohblonder Jüngling mit einer dick geschwollenen Wange, die er sich mit einer Hand hielt, wurde von einer alten Frau bedrängt, sich auf den freien Schemel zu setzen. Widerwillig tat er es und sah den Zahnreißer angsterfüllt an.

Anna hatte ein mulmiges Gefühl dabei, den Ärmsten anzustarren, und wollte weitergehen. Doch Heinrich hielt sie zurück und beobachtete fasziniert das Geschehen, sodass sie gezwungen war, ebenfalls stehen zu bleiben, wenn sie ihm ihre Hand nicht einfach so entziehen wollte.

»Lass uns sehen, ob der Mann hält, was er verspricht. Wir haben einen alten Kleriker, den schon lange ein böses Zahnleiden plagt. Er ist nicht bereit, sich von unserem Heiler helfen zu lassen, was ich insgeheim verstehen kann.« Er zwinkerte ihr ungeniert zu.

»Warum geht er nicht zum Bader oder zum Schmied? Die sollen ihr Handwerk verstehen, heißt es.«

»Weil er denen ebenso wenig vertraut.«

Zwei Frauen senkten einen dunklen Vorhang vor dem Zahnreißer und seinem Opfer herab, dann vernahm man einen dumpfen Schlag, und die Menschen hielten gebannt den Atem an. In der Menge erkannte Anna auch die rundliche Bäckersfrau. Sie würde sie später an ihrem Stand aufsuchen, um endlich nach dem Narbigen Georg zu fragen. Auch sie starrte mit offenem Mund auf den Vorhang.

Einige Minuten verstrichen, dann trat der Zahnreißer mit erhobener Hand hervor. In einer Zange hielt er einen blutigen Zahn in die Luft. Nachdem er ihn herumgezeigt hatte, öffnete er den Vorhang und gab den Blick auf den jungen Mann frei, welcher sich mit der einen Hand die Backe und mit der anderen den Hinterkopf rieb. Dennoch wirkte er erleichtert. Die umstehenden Menschen applaudierten lautstark, und er bemühte sich zu lächeln, während er Blut ausspuckte.

Heinrich ließ Anna endlich los. »Sehr gut, sehr gut.« Er rieb sich die Hände. »Wartest du bitte kurz auf mich, ich werde dem Kleriker Bescheid geben. Vielleicht lässt er sich ja helfen.«

»Natürlich, Hei–« Sie besann sich. »Natürlich, Hochwürden.«

Nachdem er durch das Portal verschwunden war, bahnte Anna sich zielstrebig einen Weg zur Bäckerin, die noch immer in der Menge am Fuß der Domtreppe stand und sich mit einem Mann über das Geschehene unterhielt.

»Könnte ich dich kurz sprechen?«

Die Bäckerin nickte argwöhnisch, worauf der Mann mit einem knappen Gruß in Richtung Markt verschwand.

»Du bist sicher verwundert über mein Anliegen, aber ich hörte dich vor einigen Tagen über den Narbigen Georg reden.«

»Jo, das mach sein. Hat der Dösbaddel wieder was angestellt?«

»Nein, nein«, lächelte Anna schnell. »Ich suche nur den einen oder anderen kräftigen Mann, der mir bei einem Transport zur Hand geht, und hörte, dass er wohl gut zupacken kann und noch einige kräftige Leute kennt.«

»Der?« Die Bäckerin brach in schallendes Gelächter aus. »Da kannst dir ebenso gut 'nen altersschwachen Klappergaul nehmen, der ist genauso faul.«

»Oh.« Anna machte ein enttäuschtes Gesicht.

»Na ja«, lenkte die Bäckerin ein. »Der kennt wirklich viele Leute inner Stadt, wenn auch nicht die vornehmsten. Finden kannste den immer am Schlachthof, der wohnt da umzu. Aber lass dich von dem nicht übers Ohr hauen.«

»Hab Dank, ich werde wachsam sein.«

Die Bäckerin ging zurück an ihren Stand. Anna wäre am liebsten sofort zum Schlachthof gegangen, doch Heinrich wollte gleich wiederkommen, und so zwang sie sich, auf seine Rückkehr zu warten. Als er endlich aus dem Portal trat, war er in Begleitung von zwei jungen und einem älteren Kleriker. Heinrich deutete auf den Zahnreißer, und der Ältere ließ sich widerwillig von den anderen beiden dorthin führen.

»Ich glaube zwar nicht, dass die Behandlung wirklich so schmerzfrei ist, wie der Römer behauptet, aber wichtig ist, dass unserem Schneider geholfen wird«, sagte Heinrich, als er sich wieder zu Anna gesellte, und zwinkerte vergnügt. Dann ergriff er wie selbstverständlich erneut ihre Hand, platzierte sie auf seinen Unterarm und führte sie über den Markt zu den angrenzenden kleinen Läden. So lebensfroh hatte sie Heinrich nicht in Erinnerung. Früher war er ein eher stiller junger Mann gewesen.

»Was habt Ihr hier zu schaffen, Hochwürden?«, wollte Anna endlich wissen.

»Ich brauche noch etwas Tinte, die bekommen wir gleich da vorne.« Er deutete auf einen kleinen Laden nahe dem Markt. »Aber ich bestelle dich extra den weiten Weg in die Stadt, und dann erledigen wir meine Einkäufe. Ich hoffe, du bist mir nicht böse deswegen.«

Dieses Treffen kam ihr mehr und mehr seltsam vor. Auch dass jemand in seiner Stellung derartige Dinge selbst erledigen musste, konnte sie nicht so recht glauben. »Natürlich bin ich nicht böse, aber ich wüsste doch gerne, was seine Exzellenz, der Erzbischof, von mir wissen möchte und warum Claas nicht zu diesem Gespräch geladen wurde.«

»Du musst wissen, meine liebe Anna, dass die Aufhebung einer Ehe nichts Banales ist und seine Exzellenz dem bisher auch nur in äußerst seltenen Fällen zugestimmt hat. Nur weil du mir teuer bist, werde ich in deinem Sinn auf ihn einwirken. Und was deinen Mann angeht – jemand, der dich so behandelt, verdient dich nicht. Aus diesem Grund wollte ich mit dir allein reden. Es reicht, wenn der Tunichtgut zum Termin bei seiner Exzellenz dabei ist. Du wirst sehen, alles wendet sich zum Guten.« Er sah sich kurz um und streichelte ihr dann schnell, aber sanft über die Wange.

Ehe Anna jedoch eine ärgerliche Antwort geben konnte, kam ihnen ein älterer Herr entgegen, der Heinrich freundlich begrüßte. Er trug blaue Beinlinge, eine schwarze Mütze, die schräg auf seinem Haupt saß, und einen ebenso glänzenden Umhang.

Er und Heinrich unterhielten sich über eine Spende für die Kirche und einen Termin. Anna hörte mit halbem Ohr zu, während sie sich immer mehr über Heinrichs Worte ärgerte. Er kannte Claas nicht, wusste nicht, was er für ein herzlicher Mensch war. Für den Moment zweifelte sie, ob ihr Vorhaben, sich wieder von ihm zu trennen, richtig war.

***

Ein glühender Pfeil bohrte sich in Claas' Herz, als er mit ansehen musste, wie der Priester liebkosend Annas Gesicht berührte.

Nachdem er sie am Dom abgesetzt hatte, war er zur Zunft gefahren, um zwei neue Knüpfel in Auftrag zu geben. Das hatte nicht lange gedauert, und sie waren erst in ein paar Stunden wieder verabredet. Eigentlich war er auf den Markt gegangen, um nach der Bäckerin Ausschau zu halten, die vom Narbigen Georg gesprochen hatte. Stattdessen sah er Anna mit einem Priester vertraut wie ein Paar über den Markt flanierten.

Das war also der Grund, warum sie ihre Ehe aufheben lassen wollte. Und er hatte sich eingebildet, dass sich zwischen ihm und Anna alles noch zum Guten wenden konnte. Was für ein Narr er doch war. Anna hatte mit der Ehe vermutlich nur verhindern wollen, dass sie und ihre Mutter alles verlören, und nun hatte sie jemand Besseren gefunden als ihn.

Claas starrte einen Moment auf die Eingangstür des Ladens, in dem die beiden verschwunden waren, und überlegte, hineinzustürzen und sie zu stellen. Aber was würde er damit erreichen? Wütend sah er sich um. Dabei fiel sein Blick auf die nahegelegene Taverne zum »Spitzen Giebel«, und er beschloss, seinen Ärger mit etwas Hochprozentigem herunterzuspülen.

***

Heinrich hatte ihr viele Fragen gestellt. Er wollte wissen, warum sie und Claas geheiratet hätten. Sie begründete es mit der Verwirrung nach dem Tod ihres Vaters. Die anderen Gründe verschwieg sie. Heinrich war von dem Tod ihres Vaters und der Art, wie er ums Leben gekommen war, sehr betroffen und versicherte ihr mehrfach, wie leid ihm das Ganze für sie und ihre Mutter tue. Seine Anteilnahme rührte Anna, und ihr Ärger verrauchte. Er war wirklich fürsorglich um sie bemüht.

Nach weiteren Fragen danach, wo Claas seine Nächte verbringe, wie ihre Mutter über eine Aufhebung denke, was der Onkel dazu sagen würde, rieb Heinrich sich schließlich die Hände und lächelte breit. »Ich denke, seine Exzellenz wird einer Aufhebung zustimmen.«

Er war zuversichtlich und versprach, sich zu melden, sobald es einen Termin gab. Dann hatten sie sich äußerst herzlich voneinander verabschiedet, und Anna war zum alten Rathaus gegangen, da bis zu Claas' Rückkehr noch genügend Zeit war.

Eben wollte sie an die Tür von Hemeling klopfen, als diese schwungvoll aufgerissen wurde.

»… ich werde es nicht tun, egal was Hoya androht, das hat schon mein Vater nicht getan!«, schimpfte Ratsherr Vasmer und machte einen energischen Schritt aus dem Raum. Als er Anna wahrnahm, blieb er kurz stehen und zog eine Augenbraue nach oben, dann lächelte er sie anzüglich an. »Ich bin sicher, dass Hemeling jetzt in der Stimmung nach etwas anderer Gesellschaft als der meinen ist.« Damit stieß er die Tür auf und bedeutete ihr mit einer einladenden Handbewegung einzutreten.

Anna starrte ihn mit großen Augen an, besann sich aber schnell. »Habt Dank, werter Herr.« Sie schob sich mit erhobenem Haupt an ihm vorbei und schloss zu seinem Erstaunen die Tür vor seiner Nase.

»Anna.« Die überrascht klingende Stimme gehörte Hemeling, der sichtlich betroffen aufstand und auf sie zukam.

»Dem sollte mal jemand Manieren beibringen.« Damit drehte sie sich um und machte einen Knicks.

Hemeling lachte. »In der Tat, das sollte man, aber verzeih, dass du das mit anhören musstest. Hier geht es manchmal sehr hitzig zu, und wir sind nicht immer derselben Meinung.«

Sie machte eine wegwerfende Handbewegung. »Das macht mir nichts, ich bin mit Männern aus der Handwerkszunft aufgewachsen, dagegen war dies hier noch höflich. Aber es klang eben so, als würde es wieder Krieg mit Hoya geben.«

Hemeling legte mit ernster Miene seinen Zeigefinger vor den Mund. Verlegen biss Anna sich auf die Zunge, denn der andere Ratsherr konnte noch vor der Tür stehen.

»Er will dem Grafen die Bauern nicht ausliefern, und ich kann es gut verstehen. Leider müssen wir uns deswegen aber auf das Schlimmste vorbereiten«, flüsterte Hemeling und fuhr in normaler Lautstärke fort: »Nimm bitte Platz.«

Damit schob er ihr einen Stuhl hin, und Anna setzte sich. Was sie hier mitbekam, verhieß in der Tat nichts Gutes, und sie hoffte, dass die Ratsherren eine Lösung finden würden.

Hemeling setzte sich nicht, sondern blätterte in einem Stapel Pergament. »Ich bin noch nicht lange zurück und hatte vor, euch so schnell wie möglich zu besuchen, doch dreiste Diebe und unfähige Wachen haben mich gehindert.«

Er deutete mit der Hand um sich, und erst jetzt nahm Anna wahr, dass es viel unordentlicher aussah als beim letzten Mal. Zerknitterte Pergamente und Bilder lagen verstreut herum, und man sah deutlich, dass sie rücksichtslos durchwühlt waren und sogar darauf herumgetrampelt worden war. Auf dem Lesepult türmten sich mehr oder weniger zerrissene Folianten.

»Ich war gerade dabei durchzusehen, was sie alles gestohlen haben.«

»Ich hörte davon, und es tut mir aufrichtig leid.«

Er zuckte mit den Schultern. »Bisher fehlen vor allem teure Bücher, einige Münzen und ein Amtssiegel. Ob mehr weggekommen ist, kann ich noch nicht sagen. Auf jeden Fall haben die Diebe alles durcheinandergebracht.«

»Wird das Rathaus denn nicht bewacht?«, fragte Anna verwundert.

»Zumindest sollte es so sein.« Der Ärger in Hemelings Stimme war unüberhörbar.

»Wenigstens könnt ihr das bald wieder herrichten.«

»Ja, da hast du recht. Doch ich war lange nicht bei euch. Berichte mir doch bitte, wie weit ihr vorangekommen seid.«

»Gut, meine ich.«

»Das freut mich.« Hemeling stand auf und trommelte mit seinen Fingern auf dem Tisch. »Sag, wann wolltest du nach Hause aufbrechen? Ich könnte dich zurückbringen und mir gleich ein Bild von der Arbeit verschaffen.« Den letzten Teil hatte er wieder geflüstert.

»Claas holt mich zur Nona wieder an der Domtreppe ab. Ihr könnt uns gern begleiten«, flüsterte Anna ebenfalls.

»Das wäre recht, doch halte ich ein Treffen vor dem Dom nicht für zweckmäßig. Die Kirche muss nicht wissen, dass wir etwas miteinander zu schaffen haben. Ich werde also mit meinem Wagen am Ostertor auf euch warten.«

Die Domglocke schlug zur Hora Sexta, als Anna wieder auf dem Markt stand. Ihr Besuch beim Ratsherrn war kürzer verlaufen, als sie gedacht hatte, und noch immer blieb ihr bis zum Treffen mit Claas eine Stunde Zeit. Inzwischen hatte sich der Himmel verdunkelt, und die Sonne war verschwunden. Schwere Wolken kamen vom anderen Ufer der Weser herüber und brachten eisigen Wind und Schnee mit sich. Vielleicht sollte sie im Inneren des Doms warten, ehe sie gänzlich nass und durchgefroren war. Anna ging die

Treppe hinauf, blieb dann aber unentschlossen stehen, drehte sich um und beobachtete das Treiben auf dem Markt.

Der Zahnreißer baute gerade seinen Stand ab, als eine Frau, vielleicht vier bis fünf Jahre älter als sie selbst, die Stufen heraufkam. Dunkle Ränder lagen unter ihren Augen, und ihr blondes Haar schaute nass unter einem eng um den Kopf gewickelten Tuch heraus. Als sie Annas Blick auffing, zögerte sie einen Moment, doch dann ging sie zum Portal und schritt eilig hindurch. Hatte Anna Verachtung in ihren Augen gelesen? Sie kannte die Frau nicht und konnte sich schwerlich vorstellen, dass sie ihren Blick richtig gedeutet hatte.

Anna ging ebenfalls ins Innere und stellte sich in die Nähe des Beichtstuhls, um dort zu warten. Sie hatte seit Tagen nicht mehr richtig gebetet, und sicher würde es ihr guttun, wenn sie es jetzt nachholte.

»Heilige Anna, verzeih meine Nachlässigkeit in letzter Zeit, aber abends falle ich vor Müdigkeit nur noch ins Bett. Ich weiß, dass das keine Ausrede sein darf, und versuche, mich zu bessern. … Mir brennen so viele Fragen auf der Seele. Ist es richtig, was ich mache? Tue ich Claas unrecht? Vielleicht kannst du mir ein Zeichen senden. Ich weiß, dass ich ihn liebe, und wäre er nicht zu dieser Badefrau gegangen … Vielleicht hat diese auch Informationen von ihm an den Unbekannten weitergegeben. Ach, mir schwirrt der Kopf.«

Anna seufzte leise.

»Auch Mutter ist so hart zu mir in letzter Zeit. Ich weiß, dass sie mein Handeln und den Plan der Annullierung missbilligt. … Vater fehlt uns allen so. Sein Tod ist noch immer ungeklärt, aber wir haben eine Spur gefunden, die uns vielleicht zu den Mördern führt.«

Eine Träne löste sich unter ihren geschlossenen Lidern.

»Mit der Arbeit kommen wir gut voran, und ich hoffe, wir können den Auftrag behalten, doch welche neuen Gefahren bringt das mit sich? Ach, heilige …«

»Sieh zu, dass du Land gewinnst, und lass deine vornehmen Griffel von meinem Priester.« Die gezischelten Worte schreckten Anna auf, und sie drehte sich um. Sie erkannte die Frau von der Treppe, welche nun mit schnellen Schritten durch das Portal verschwand.

Anna bekreuzigte sich noch einmal und eilte hinterher. Wer war sie und was sollte diese Anspielung?

Als sie ins Freie trat, klatschten ihr dicke Schneeflocken entgegen und behinderten ihre Sicht. Es war schwierig, jemanden zwischen den Menschen auszumachen, aber Anna machte sich trotzdem auf die Suche. Sie musste wissen, was das zu bedeuten hatte.

***

Zwei Becher von dem starken Wein ließen das Grollen in seiner Brust nicht wie gehofft verstummen. Auch die Gesellschaft des trunkenen Glöckners, der die Anwesenden mit seinen Geschichten unterhielt, hatte ihn nicht ablenken können. Claas verließ übel gelaunt die Schenke und stieß fast mit der blonden Gudrun aus dem Badehaus zusammen.

Mit ihrer mürrischen Miene sah sie aus, als wollte sie eine Schimpftirade loslassen, doch dann schien sie ihn zu erkennen, lächelte und machte einen übertriebenen Knicks. »Dir scheint es ebenso zu gehen wie mir. Brauchst du etwas Zerstreuung?«

»Ich …«

»Stammel nicht herum. Sei ein höflicher Mann und begleite mich einfach. Alles Weitere findet sich dann.« Sie warf ihm einen vielversprechenden Blick zu.

Claas' Gedanken wanderten zu Anna, die sowieso annahm, dass die Bademagd ihm auch in anderen Dingen als nur der Reinigung zur Hand ging. Unentschlossen betrachtete er den Laden, in dem der Priester vorhin mit Anna verschwunden war. Das Badehaus war nicht weit von hier. Warum sollte er nicht mitgehen? Um Anna musste er sich nicht sorgen, sie war ja gut aufgehoben, und sollte er nicht pünktlich zurück sein, konnte sie ruhig ein wenig im Kalten auf ihn warten.

***

Schon eine ganze Weile suchte Anna vergeblich, und sie war kurz davor aufzugeben, da sah sie die blonde Frau die Sögestraße hinuntergehen und um eine Ecke biegen. Anna beeilte sich hinterherzukommen und holte die Frau ein, als diese im Begriff war, in einem

Eingang zu verschwinden. Beherzt hielt sie die Frau an der Schulter fest. »Einen Augenblick!«

Mit einem leisen Aufschrei fuhr die Angesprochene herum und sah sie verstört an. Es war nicht die Frau aus der Kirche.

»Oh, bitte verzeiht. Ich hielt euch für jemand anderen.«

»Dann lasst mich los.«

Anna zog ihre Hand zurück, machte einige Schritte rückwärts, und die Frau verschwand verärgert und kopfschüttelnd im Eingang.

Erst jetzt bemerkte Anna, wo sie war. Ihre Suche hatte sie in das Viertel der Gerber und Schlachter geführt. Die Gassen wurden von ärmlichen Häusern und Hütten gesäumt, und manche erinnerten mehr an einen Verschlag als an ein wohnliches Heim. Die Straßen waren weitgehend leer, was das Viertel noch unwirtlicher erscheinen ließ als sonst. Anna zögerte. Sie sollte sich nicht allein in dieser Gegend aufhalten, und das Klügste wäre es umzukehren. Doch ihre Neugierde trieb sie weiter in Richtung Schlachthof, wo der Narbige Georg wohnen sollte.

Je weiter sie in diesen Teil der Stadt vordrang, desto zwielichtiger wurden die Gestalten, die ihr begegneten. Einige starrten sie sogar feindselig an. Anna kam sich wie ein Eindringling vor. Sie kannte diese Gegend zwar, doch war sie bei ihren vorherigen Besuchen immer in Begleitung ihres Vaters oder Theas gewesen, die ihre Einkäufe hier erledigt hatten. Anna hatte die Gassen nicht so finster in Erinnerung, wie sie jetzt auf sie wirkten. Schließlich verließ sie der Mut, und sie machte kehrt. Dabei hätte sie fast eine Gruppe Männer übersehen, die aus der Knochenhauerstraße kamen.

»Verzeihung«, murmelte sie und machte einen Schlenker um die verdutzte Gruppe.

»Nicht so eilig, hübsches Kind. Dich hab ich hier ja noch nie nicht gesehen.« Der Mittlere griff ihr an den Arm und streifte mit der freien Hand seine Gugel vom Kopf, während einer seiner Kumpane ihr das Tuch herunterriss und höhnisch lachte.

Anna sah zu dem Großen in der Mitte auf. Sie erschrak bis ins Mark, als sie erkannte, wen sie da vor sich hatte. Sein Gesicht war von einer tiefen Narbe gezeichnet, die von seinen Augenbrauen seitlich über die Wange verlief. Ihn selbst hatte sie nie zuvor gesehen, aber seine Begleiter waren ihr nicht unbekannt. Sie war sicher, die Männer schon einige Male bei der Lagerhalle von Wegener gesehen zu haben.

»Ach, bist du nicht das Weib, das mich wegen einer Arbeit sucht?«, fragte der Narbige.

»Ich … nein, das muss eine Verwechslung sein. Lasst mich bitte gehen«, sagte sie mit fester Stimme und versuchte, ihren Arm freizubekommen.

»Aber, aber, wer wird denn so störrisch sein.« Georg lachte und hustete. Dabei lockerte sich sein Griff. Anna nutzte die Gelegenheit und rannte los, so schnell sie konnte.

»Halt, so warte doch«, rief der Narbige, und sie hörte, wie die drei Männer sich ebenfalls in Bewegung setzten.

Auf den schneenassen Wegen rutschte Anna immer wieder weg und musste aufpassen, nicht zu fallen. Als sie auf dem Markt ankam, glaubte sie, ihre Lunge würde zerreißen. Die Uhr zeigte kurz nach Nona. Sie hatte die Glocke nicht gehört. Claas! Voller Hoffnung sah sie zur Domtreppe, doch weder von ihm noch von dem Gespann war etwas zu sehen. Panisch drehte Anna sich nach den drei Männern um, doch zu ihrer Erleichterung war von ihnen nichts zu sehen. Hatten sie so einfach aufgegeben? Das war unwahrscheinlich. Sicher würden sie gleich auftauchen. Wo waren die Büttel, wenn man sie brauchte? Sie konnte zum Wachhaus laufen, aber das lag in der Richtung, in der sie die Verfolger wähnte.

Einen Moment blieb Anna nach Luft schnappend stehen und überlegte verzweifelt, was sie tun sollte. Sie hustete; die Seitenstiche unter ihren Rippen machten das Atmen nicht leichter. Da sie im Dom sicherer war als hier im Freien, sprintete sie die Stufen hinauf in das Innere der Kirche. Vorne beim Altar standen dicht gedrängt ein paar Menschen. Vermutlich hatten sie hier Schutz vor dem Wetter gesucht.

Anna hielt sich außer Atem an einer steinernen Säule fest, denn jetzt gaben ihre Knie langsam nach. Erleichterung machte sich in ihr breit, als sie Heinrich auf sich zukommen sah. Auf sein Gesicht trat ein erschrockener Ausdruck.

»Anna, was ist geschehen?« Im Nu war er bei ihr und hielt sie sacht am Arm fest, ehe sie fallen konnte.

»Männer … verfolgen mich«, stammelte sie. »Drei …!«

Heinrich blickte zum Eingang. »Wie sahen sie aus?«

»Einer … tiefe Narbe …«, Anna versuchte, ruhig zu atmen, »… im Gesicht.«

»Komm mit, ich bringe dich in Sicherheit, und dann gebe ich der Stadtwache Bescheid.«

Sie nickte dankbar und ließ sich von ihm in den kleinen Raum neben dem Kirchenschiff führen, in dem sie ihn beim letzten Mal getroffen hatte.

»Warte hier, du kannst die Tür von innen verriegeln.« Damit verließ er sie und schloss die Tür.

Anna legte den Riegel davor und wartete, bis er nach wenigen Augenblicken wieder bei ihr war.

»Ich habe jemanden mit deiner Beschreibung der drei Männer zur Stadtwache geschickt. Ich bin sicher, dass dir die Männer nicht mehr auflauern, zumindest habe ich in der Nähe keinen sehen können.«

»Vielen Dank, Heinrich. Ich wusste nicht, wohin.«

»Eine Kirche bietet immer Schutz und Sicherheit. Es war gut hierherzukommen.« Er strich ihr tröstend über den Arm. »Beruhige dich erst einmal. Kannst du dir vorstellen, was die Männer von dir wollten?«

»Ja. Einer war der Mörder meines Vaters.«

»Wie kommst du darauf?«

»Er hatte eine Narbe, so wie der vom Überfall.«

»Viele Menschen haben Narben, Anna. Was macht dich so sicher?«

»Ich weiß, dass er es war.«

Seine Augen wurden zu schmalen Schlitzen. »Dann bist du in großer Gefahr.«

Sie seufzte. »Ja, wird wohl so sein. Ich hoffe, dass die Wachen ihn bekommen. Ich muss ihnen noch sagen, dass der Narbige bei der Schlachte wohnen soll.«

»Überlass das mir, ich regel das für dich.« Er legte seine Hand auf ihre. »Im Übrigen habe ich eine gute Neuigkeit für dich. Der Erzbischof wird euch in vier Wochen empfangen.«

Anna hatte zwar auf einen früheren Termin gehofft, aber immerhin bekamen sie eine Anhörung beim Erzbischof. »Ich danke dir. Wir werden kommen.«

Er nickte. »Soll ich dich jetzt nach Hause bringen lassen?«

»Nein, das brauchst du nicht. Claas wollte mich abholen. Er wird sicher gleich kommen.«

»Ah ja. Dann bringe ich dich zum Portal.«

»Das ist sehr freundlich.«

Immer wieder sah Anna zur Kirchuhr, während sie zusammen mit Heinrich auf die Ankunft von Claas wartete. Er war nun schon eine halbe Stunde überfällig. Wo mochte er stecken? Wahrscheinlich horchte auch er irgendwo vergeblich auf das Schlagen der Glocke und bemerkte nicht, wie die Zeit verstrich.

Plötzlich fiel ihr ein, dass noch jemand wartete. Hemeling! Der Ratsherr war bestimmt schon ungeduldig, und sie konnte es sich nicht erlauben, ihn zu verärgern. Sie musste zu ihm. Heinrich durfte nichts davon erfahren, und so griff sie zu einer Notlüge.

»Ach, weißt du, was mir einfällt?«

»Nein, was denn?«

»Ich glaube, ich war mit ihm am Stadttor verabredet.«

»Dann hoffen wir, dass er noch da ist.« Wie selbstverständlich ergriff er wieder ihren Arm, den sie ihm dieses Mal jedoch geschickt entzog.

»Regel du das doch bitte mit der Wache, damit sie erfahren, wo der Narbige wohnt. Das Stadttor ist nicht weit und dort stehen genug Wachen, um mich zu schützen. Ich schaffe es schon allein dahin.«

»Aber Anna …«

»Mach dir keine Gedanken. Schau, es sind wieder viele Leute unterwegs, und die Straße zum Tor ist zu belebt, als dass mir hier jemand etwas tun würde«, unterbrach sie ihn und deutete auf den Marktplatz, der sich mit Nachlassen des Schneeschauers langsam wieder füllte.

»Bist du dir sicher?«

»Ja.« Sie lächelte tapfer.

»Also dann …«

»Auf Wiedersehen und vielen Dank für deine Hilfe.«

»Gott sei mit dir.«

Der Ratsherr und zwei Männer blickten ihr verwundert entgegen, als Anna beim Ostertor ankam. Sie berichtete Hemeling aufgeregt, was geschehen war.

»Wie kann eine junge Frau sich nur in derartige Gefahr bringen.« Er war sichtlich verärgert.

»Meine Neugierde wird mir eines Tages zum Verhängnis, das sagt meine Mutter auch immer.«

»Und ich fürchte, sie hat recht.« Er grinste, wurde aber sofort wieder ernst. »Ich hoffe nur, dass sie den Mann bekommen. Diese Sache beweist, dass ihr nicht sicher seid und damit auch der Bau des Roland in Gefahr ist. Wir müssen über einen Umzug nachdenken.«

»Ich wurde soeben in der Stadt verfolgt, kein Bürger nahm davon Notiz, und Wachen waren auch nicht zu sehen. So sicher ist es also in Bremen auch nicht.«

Er seufzte wie zur Bestätigung und half ihr auf seine Kutsche. Mit dicken Tierfellen ausgelegt, war sie nur für Menschen vorgesehen und darum um einiges sauberer und viel komfortabler als ihre eigene, mit der sie hauptsächlich Steine transportierten.

Ehe sie losfuhren, stellte Hemeling Anna seine beiden Begleiter vor.

»Klaus und Bertram sind immer dabei, wenn ich unterwegs bin. Sie sind mir treu ergeben und stehen seit Langem in meinem Dienst.«

Die Männer nickten Anna freundlich zu. Beide konnten dem Alter nach Hemelings Väter sein. Klaus war ein schlanker Mann mit grauen Haaren und einem üppigen Schnauzbart. Bertram war von kleinerer Statur und hatte rote lockige Haare, in die sich ebenfalls schon etwas Grau mischte. Seine Haut war blass und mit vielen Sommersprossen übersät.

»Wo ist eigentlich Claas, wolltet ihr euch nicht treffen?«, fragte der Ratsherr, als sie schon ein gutes Stück des Weges hinter sich gebracht hatten.

»Ich nehme an, er wurde aufgehalten oder hat vergeblich auf das Schlagen der Domglocke gewartet.«

Hemeling nickte. »Hätte ich nicht zufällig auf die Uhr gesehen, wäre es mir ebenso ergangen. Ich fürchte, der Glöckner liegt wieder einmal vollkommen betrunken in seiner Koje und schläft seinen Rausch aus. Ich werde beizeiten mit ihm reden müssen.«

***

Claas rutschte in den Zuber mit heißem Wasser und tauchte ganz unter. Langsam entspannte er sich ein wenig, doch die Wut in seiner Magengegend wollte noch immer nicht ganz verschwinden. Sobald er seinen Kopf wieder aus dem Wasser steckte, schob Gudrun ihm erneut einen Becher Wein an die Lippen. Gierig trank er von der sauren Flüssigkeit, um zu vergessen, was er gesehen hatte. Dieser Wein war viel stärker als der Verdünnte aus dem »Giebel«. Endlich tat er seine ersehnte Wirkung und benebelte ihm die Sinne.

Gudrun kletterte leicht bekleidet zu ihm in den Zuber und begann ihn sanft zu waschen, wobei ihre Fingernägel immer wieder wie zufällig über seine Haut kratzten. Ein wohliger Schauer floss durch seinen Körper. Nach dem dritten Becher Wein lehnte er seinen Kopf zurück und schloss die Augen. Er stellte sich vor, dass Anna mit ihm in diesem Zuber saß, und zog Gudrun zu sich heran. Sie fuhr mit ihrem Mund über seinen Hals und kraulte seinen Nacken.

»Nimm mich«, hauchte sie in sein Ohr. »Nimm mich, du strammer Bursche.«

Es war nicht Annas liebliche Stimme, die ihn wollte. Doch in diesem Moment sah Claas sie wieder vor sich, wie sie von dem Priester an der Wange gestreichelt wurde. Die verdrängte Wut kochte erneut in ihm auf. Er ergriff sein Gegenüber und zog es an den Haaren nach hinten.

»Nicht so doll, du Dösbaddel«, schimpfte Gudrun, und Claas riss erschrocken seine Augen auf.

Schnell sprang er aus dem Wasser. »Ich kann nicht«, stammelte er und schlüpfte nass in seine Kleider.

»He, was soll denn das? Komm wieder her.« Mit ihren drallen Brüsten lehnte Gudrun sich über den Rand des Zubers und winkte ihn zu sich.

»Nein. Meine Frau wartet auf mich.«

»Was suchst du dann bei mir?« Sie lächelte amüsiert, stieg ebenfalls aus dem Zuber und schlang sich ein übergroßes Laken um den Körper.

»Ich weiß es nicht. Und ich kann so betrunken nicht zu ihr gehen.« Schwer ließ er sich auf den Stuhl sinken und stützte den Kopf in die Hände.

Leise kam Gudrun zu ihm herüber und strich ihm über das Haar. »Willst du mir sagen, was dich bekümmert?«

Er schüttelte den Kopf. »Es ist so kompliziert. Sie will nicht glauben, dass ich dir nie beigewohnt habe und nur sie begehre. Nun will sie unsere Ehe für ungültig erklären lassen, und heute habe ich sie auch noch kosend mit einem Priester über den Markt gehen sehen.«

Gudrun war hellhörig geworden und ließ einen Pfiff ertönen. »Mit einem Priester, soso.« Sie entkorkte eine kleine Karaffe und goss eine klare Flüssigkeit in einen Becher. »Was hat sie denn mit einem Priester zu tun?«

»Ich weiß es nicht, aber sie waren sehr vertraut miteinander.«

Gudrun brachte ihm den Becher. »Trink das, es macht den Kopf frei.«

Claas nahm das Getränk und roch daran. »Was ist das?«

»Nur ein paar in Wasser eingelegte Kräuter. Ein Rezept meiner Großmutter. Aber nun halte mich nicht gleich für eine Hexe.« Sie lachte heiser.

Vorsichtig nippte er an dem Getränk. Es schmeckte bitter.

»Bring sie zu mir, und ich werde ihr sagen, dass du nur zum Baden bei mir warst und ich dich nicht verführen konnte.«

Er sah sie groß an. »Versteh mich nicht falsch. Ohne Anna wäre ich dir sicher erlegen.«

Sie warf ihren Kopf in den Nacken und lachte. »Das will ich auch hoffen.«

Claas grinste, wurde jedoch sofort wieder ernst. »Ich kann mir nicht vorstellen, dass sie mit herkommen wird.«

»Versuch es einfach. Du weißt ja, wo du mich findest, und wenn ich nicht hier sein sollte – ich wohne gleich hinter der Marterburg, beim Schuldturm.«

Claas wühlte zwei Groschen aus seiner Tasche, viel mehr, als ihre Dienste sonst kosteten, und legte sie auf den Tisch, um sein schlechtes Gewissen zu beruhigen.

»Ich danke dir, Gudrun. Bist eine gute Frau«, sagte er und beeilte sich hinauszukommen.

Schwere Schneeflocken klatschten ihm kalt ins Gesicht, als er vor das Badehaus trat. Um ein Haar hätte er sich verführen lassen. Gudrun wusste einen Mann zu umgarnen, selbst wenn er es nicht wollte. Claas schüttelte den Kopf in der Hoffnung, dass sein Rausch verfliegen würde, aber trotz des Kräutertrunks und der kühlen, klaren Luft spürte er den Alkoholrausch mehr, als ihm lieb war.

Durch das Schneetreiben konnte er die Kirchturmuhr nicht sehen, und die Glocke hatte er drinnen nicht gehört. Egal wie spät es war, in diesem Zustand konnte er Anna nicht gegenübertreten. Doch wie würde sie nach Hause kommen, wenn dieser Priester sie nicht brachte? Claas gab den Pferden die Peitsche. Ihm blieb keine Wahl, er musste sich beeilen.

***

Franz schob seine Wache und Stephan schliff unermüdlich an der Rückenpartie des Roland, als Anna mit Hemeling bei der Werkstatt ankam. Nachdem sie dem Ratsherrn Claas' Brüder vorgestellt hatte, besahen sie sich gemeinsam die einzelnen Teile. Franz und Stephan erklärten eifrig, wie sie vorangekommen waren. Annas Hoffnung schwand jedoch, als sie dabei die ernste Miene des Ratsherrn sah. Er rieb sich am Kinn, ehe er sprach.

»Ich hatte angenommen, dass ihr schon mehr vorzuweisen habt. Zwar sind es noch einige Monate bis zum Termin, aber es fehlt noch vieles. Die Arme zur Gänze, das Wappen ist nur angefangen und die Brust noch wie ein Fels und gar nicht zu erkennen.« Erneut rieb er sein Kinn und sah sie gedankenverloren an.

»Ich bin sicher, dass wir es noch rechtzeitig schaffen.« Anna hatte allen Mut zusammengenommen. Sie durften diesen Auftrag nicht verlieren, gerade in Anbetracht der Tatsache, dass sie und Claas vielleicht bald keine Eheleute mehr sein würden. Ohne ihn würde es schwer werden, weitere Aufträge zu erhalten.

Hemeling schwieg.

Stephan warf Anna einen verschwörerischen Blick zu und versuchte, sie zu unterstützen: »Claas' Arm geht es wieder gut, und er kann mit jedem Tag mehr machen. Bald ist er wieder der Alte und wird Tag und Nacht schuften, wenn es sein muss.«

»Missversteht mich nicht. Ich würde euch nur zu gern die Arbeit lassen und weiß, was für euch auf dem Spiel steht. Aber auch für die Stadt birgt es ein Risiko, und wenn die Statue nicht rechtzeitig fertig ist, haben wir unsere Freiheit verwirkt.«

»Genau aus den Gründen werden wir es schaffen.« Anna sah ihn fest an.

Hemeling atmete schwer aus, und Anna las Zweifel in seinen Augen. Sie hoffte, nicht betteln zu müssen, aber wenn er sich nicht erweichen ließe, würde sie es tun.

»Damit du mich nicht für einen Unmenschen hältst und siehst, dass ich euch vertraue, gebe ich euch noch etwas Zeit, aber …«, sein Gesicht wurde strenger, »… dann muss ich enorme Fortschritte sehen.«

»Das werdet Ihr!« Anna strahlte und machte einen Knicks.

»Außerdem …«, er zog sie an der Hand nach oben, »… will ich, dass ihr in die Stadt kommt und da arbeitet.«

Sie machte große Augen. »Wo in Bremen sollen wir denn leben?«

»Ich habe in der Nähe des Wachhauses ein großes Haus, mit einem geschützten Innenhof, der sich als Werkstatt bestens eignet. Ich stelle es euch für die Dauer der Arbeit zur Verfügung und möchte, dass ihr so schnell wie möglich umzieht. So kann ich auch öfter nachsehen, wie ihr vorankommt.«

»Dann wird jeder sehen, dass wir dort an etwas Größerem arbeiten«, wandte Anna ein.

Er grinste verschmitzt. »Das macht nichts, ich lasse einfach verbreiten, dass ihr eine lebensgroße Statue von mir fertigt. Dass mir überall Eitelkeit nachgesagt wird, hat auch einen Vorteil: Jeder wird es glauben. Außerdem werden Bertram und Klaus sich die Kluft der reisenden Handwerker anziehen und bei euch Quartier beziehen. So habt ihr zusätzlichen Schutz.«

»Und wenn jemand die Statue sehen will?«

»Dann sagt ihr einfach, dass ich es verboten habe. Die Bürger werden das glauben, und die, die uns hindern wollen, wissen sowieso schon längst, an was ihr da arbeitet. Nur haben sie es in der Stadt viel schwerer, Schaden anzurichten.«

»Aber dafür müssten wir hier alles aufgeben, und ich weiß nicht, wie Mutter es aufnehmen würde.«

»Es ist ja nicht für immer. Außerdem – erinnerst du dich an die Sache mit Hoya?«

Anna nickte. »Gewiss.«

»Kurz nachdem du fort warst, bekam ich eine Nachricht, dass

der Graf seine Truppen in Bewegung gesetzt hat. Auch aus dem Grund seid ihr besser in der Stadt aufgehoben.«

Stephan und Anna nickten einander zu.

»Dann tun wir, was Ihr verlangt«, sagte sie.

Was blieb ihnen auch anderes übrig?

12

Hemeling war seit über einer Stunde fort, hatte aber versprochen, in fünf Tagen Wagen und Kutschen zu schicken, die ihre Habseligkeiten in das neue Haus bringen würden. Anna beratschlagte mit den beiden Brüdern, wie sie den Umzug am besten organisieren konnten, als Claas wutschnaubend in die Werkstatt kam.

Mit funkelnden Augen stand er vor ihr, nach Wein und Seife riechend. »Hat dein Priester dich nach Hause gefahren, ja?«

»Mein Priester?« Das war nun schon das zweite Mal, dass man »ihr Priester« sagte, doch aus seinem Mund missfiel es Anna noch mehr als bei der Fremden in der Kirche. Die Art, in der er es aussprach, machte deutlich, dass er mehr hinter ihrer Bekanntschaft mit Heinrich vermutete. »Und wenn?«, funkelte sie ebenso angriffslustig zurück. »Aber nein, hat er nicht.«

»Ach, dann bist du den weiten Weg wohl gerannt?«, fauchte er.

»Wäre dir das lieb gewesen? Wo warst du denn, als wir uns treffen wollten?«

Hinter Claas schob Franziskus seinen jüngeren Bruder durch die Tür und folgte ihm leise nach draußen. Nun war sie mit Claas allein in der Werkstatt.

»Ich habe mich nur etwas verspätet und dann eine geschlagene Stunde gewartet. Und wo *ich* war, ist dir doch sowieso egal.«

»Du musst es mir auch nicht sagen, man kann es gegen den Wind riechen. Ich hoffe, du hattest dein Vergnügen.«

»Mehr als mit dir.«

Anna versuchte sich nicht anmerken zu lassen, wie tief sie diese Antwort traf, und machte eine wegwerfende Handbewegung. »Dann kannst du sie ja bald zu deiner Konkubine machen.«

Der Zug um seinen Mund wurde härter. »Und was hat dein Priesterlein gesagt, bekommst du deine Annullierung?«

»Wir werden sehen. In vier Wochen sollen wir zum Erzbischof kommen. *Mein Priester* wird bei ihm ein gutes Wort für uns einlegen.«

»Na, davon bin ich überzeugt. Wenn du von mir befreit bist, wirst du dann zu ihm ins Bett kriechen?«

Beinahe automatisch zuckte Annas Hand nach vorn und traf Claas im Gesicht. Verwundert rieb er sich die Wange, und einen Moment glaubte sie, er würde zurückschlagen, doch er tat es nicht und grinste breit.

»Wenn du dich nun besser fühlst …«

»Wie kannst du es wagen …«

Er machte auf dem Absatz kehrt und stürmte zur Tür.

»Warte, es gibt noch etwas, das du wissen solltest.«

Er blieb stehen und sah zu ihr zurück. »Was?«

»Wir werden in die Stadt ziehen müssen, um dort weiterzuarbeiten.«

»Dann wird ein heimliches Treffen für euch ja noch einfacher. Ich habe auch eine gute Nachricht für dich: Ab heute wirst du hier nicht mehr helfen.«

»Was? Soll ich dasitzen und hoffen, dass alles fertig wird? Erwartest du, dass ich unser Schicksal in deine Hände lege?«

»Vielleicht lernst du dann, dass du mir vertrauen kannst.«

Da sie hier nicht mehr erwünscht war, konnte sie ebenso gut gehen. Als sie aus der Werkstatt kam, stand Claas mit verschränkten Armen bei seinen Brüdern, welche leise auf ihn einredeten. Anna sah sie nicht an, sondern rannte so schnell sie konnte nach Hause.

»Gut, dass du kommst, sobald du etwas gegessen hast, kannst du dich um die Wäsche kümmern«, empfing ihre Mutter sie und deutete auf den gefüllten Korb. »Wenn Thea von den Pferden zurück ist, wird sie dir dabei helfen.«

Magda Olde stellte Brot und eingekochte Früchte auf den Tisch und goss ihr vom verdünnten Wein ein. Seit dem Frühstück am Morgen hatte Anna nichts mehr gegessen und merkte jetzt, wie hungrig sie mittlerweile war. Die Gräfin kam maunzend auf ihren Schoß gesprungen, drehte sich zweimal im Kreis und machte es sich dann bequem. Sinnend kraulte Anna ihr die Ohren, worauf die Kleine genüsslich ihre Krallen ausfuhr und zu schnurren anfing.

Anna nahm sich eine Scheibe Brot und bestrich sie dünn mit der süßen Masse. »Hemeling war heute in der Werkstatt, Mutter. Er sagte, dass wir den Auftrag vorerst behalten können, aber dafür müssen wir in die Stadt ziehen.«

»Warum? Ist etwas vorgefallen?« Die Sorge in der Stimme von Magda Olde war nicht zu überhören.

»Weil wir hier nicht sicher sind und Hemeling uns dort besser schützen kann. Hoyas Truppen sind auf dem Weg hierher. Außerdem wurde ich in der Stadt verfolgt, konnte aber in die Kirche fliehen.«

»Mein armes Mädchen. Ich mag es mir nicht vorstellen, was dir hätte geschehen können.« Ihre Mutter stürzte zu ihr und nahm sie so fest in den Arm, dass Anna keine Luft mehr bekam. Als ihre Mutter von ihr abließ, tupfte sie sich mit ihrer Schürze die Augen trocken und schluckte kräftig.

»Es ist ja nichts passiert, Mutter, und Hemeling hat recht. In der Stadt stellt er Wachen für uns ab.«

Ihre Mutter schnaufte laut und starrte eine Weile auf den Tisch, ehe sie weitersprach: »Was glaubst du, wie lange wir da wohnen werden?«

Anna wusste, wie schwer es ihrer Mutter fallen würde, hier alles hinter sich zu lassen. »Nur bis der Roland fertig ist. Bis September vielleicht.«

»Das ist eine lange Zeit. Wer wird sich so lange um unser Zuhause kümmern?«

»Das Vieh können wir mitnehmen. Über das Haus habe ich auch nachgedacht. Vielleicht könnte Onkel Ludwig …«

»Nein. Den will ich hier nicht mehr sehen. Ich weiß, dass er bereits Absprachen getroffen hatte, mich zu vermählen.«

»Hm. Ich glaube nicht, dass Wegener in die Stadt ziehen wird. Vielleicht kann er ein Auge auf Haus und Hof halten.«

»Ja, vielleicht kann er das. Doch nun iss dein Brot.«

Dass es so leicht sein würde, sie zu überzeugen, hatte Anna nicht erwartet. Vermutlich war es die Angst vor einem Krieg oder dass wieder etwas Schreckliches geschehen könnte, die sie so reagieren ließ.

***

Gleich nachdem Anna an ihnen vorbeigerauscht war, war Claas in die Werkstatt gestürmt, hatte sich sein Werkzeug gegriffen und immer wieder auf den Sockel eingeschlagen. Steinsplitter spritzten in alle Richtungen, trafen ihn an der Stirn, der Wange und am Arm, doch er bemerkte es nicht.

Was er auch anfing, um Anna zurückzugewinnen, ging schief. Hatte er sie bereits an diesen Priester verloren?

Wieder sauste der Klöppel auf den Knüpfel, welcher nagend den Stein vor sich hertrieb und ihn schließlich abplatzen ließ. Ein weiterer Schlag, noch einer und noch einer. Claas wurde nicht müde, sein Arm schmerzte zwar, doch es war der Schmerz der ungewohnt heftigen Bewegung, und er hieß ihn willkommen. Seine Gedanken wollten nicht zur Ruhe kommen, kreisten immer wieder um die Szene auf dem Markt. Vor seinem geistigen Auge sah Claas, wie der Priester Anna küsste und sie sich ihm hingab. Schließlich hielt er es nicht länger aus.

Wütend warf er das Werkzeug in die Ecke, traf dabei die Glocke, welche es mit einem lauten Ton dankte. Er musste etwas trinken. Vielleicht würden ein Besuch in der kleinen Taverne und ein paar Becher Wein seine Gedanken betäuben.

Als er an seinen Brüdern vorbeimarschierte, die noch immer draußen am wärmenden Feuer standen, sah er ihre betroffenen Gesichter.

»Claas, warte, wir müssen dir etwas sagen«, rief Stephan ihm nach.

»Später!«, schnaufte er und ging einfach weiter.

Doch mit schnellen Schritten holte sein Bruder ihn ein. »Warte, du tust Anna unrecht.«

Abrupt blieb Claas stehen und sah Stephan mit finsterer Miene an. »Wie meinst du das?«

»Du warst vorhin laut genug, und wir konnten draußen alles hören. Kein Priester, sondern Ratsherr Hemeling hat sie nach Hause gebracht, nachdem Anna in der Stadt verfolgt wurde. Drei Männer waren hinter ihr her, und einer war dieser Narbige Georg.«

Claas zuckte zusammen. »Was?« Das Bild, wie Anna durch Bremens Gassen floh und vergeblich nach ihm rief, während finstere Gestalten hinter ihr her waren, beherrschte nun seine Gedanken.

Stephan nickte. »Es ist nichts passiert, weil sie sich in die Kirche gerettet hat. Aber du solltest dich bei ihr entschuldigen.«

»Erzähl du mir nicht, was ich tun soll.«

Claas wusste nicht, warum er so barsch reagierte, aber er war noch wütender als vorher. In diese Wut mischte sich der bittere Gedanke, dass Anna in Gefahr gewesen war, während er mit Gudrun in dem Badezuber saß. Er hatte Anna Vorhaltungen gemacht, sie beschimpft, doch war er es, der sie im Stich gelassen hatte. Wie dumm war er doch!

Stephan sah ihn vorwurfsvoll an, sagte aber nichts. Um diesen Blick nicht länger ertragen zu müssen, stob Claas wortlos in Richtung Stall davon. Nun brauchte er mehr als vorher einen starken Wein. Oder auch zwei.

***

Bald würde auch das letzte Tageslicht verschwunden sein. Anna und Thea zogen gerade die nasse Wäsche durch den dampfenden Bottich, als sie sahen, wie Claas zum Stall marschierte. Einen Moment später kam er mit der Stute heraus und begann, sie zu satteln. Anna stellte sich hinter den großen Bottich, damit er sie nicht sehen konnte. »Wohin will er denn zu so später Stunde?«, fragte sie mehr sich selbst als Thea.

»Vielleicht solltest du ihn fragen, ehe er weg ist. Ich mache solange allein weiter«, sagte die Magd spitz.

»Nein, es ist besser, wenn wir uns heute nicht mehr begegnen.«

Thea zuckte mit den Schultern. »Ich hoffe, du weißt, was du tust und was du mit ihm verlierst.«

Langsam reichte es ihr! Wollte denn niemand sehen, dass sie sich nur stritten und diese Ehe ein Fehler gewesen war? Dass er die Schuld am Tod ihres Vaters trug?

»Hast du deinen Mann nicht geliebt, Thea?« Selbst im Dämmerlicht des ausklingenden Tages konnte sie sehen, wie die Magd errötete.

»Doch, das hab ich.«

»Dann war es also eine Liebesheirat?«

Sie schüttelte den Kopf. »Das kam später, Anna. Kaum eine Frau wird aus Liebe geheiratet, so was wächst mit der Zeit.«

»Das glaube ich bei uns nicht. Seit wir verheiratet sind, nein, seit Vaters Tod, streiten wir unentwegt. Selbst in der Hochzeitsnacht.«

»Das liegt an deinem hitzigen Temperament, und wenn du nicht sehen kannst, dass er dich liebt, dann bist du mit Blindheit geschlagen. Und du liebst ihn doch auch.«

»Tu ich nicht«, sagte Anna energisch, wie um sich selbst zu überzeugen.

»Ganz wie du meinst. Dann lass uns weitermachen und nicht länger nachsinnen, wohin Claas reitet.«

Mit schnellen Fingern zog Thea Wäsche durch das Wasser, sodass Anna Mühe hatte, mit ihr mitzuhalten.

***

Eine große Fackel beleuchtete das Schild am Eingang zum »Spitzen Giebel«, auf dem ein Fass und eine Gabel abgebildet waren, die jedem anzeigten, dass es hier Essen und vor allem etwas zu trinken gab.

Wohlige Wärme strömte Claas entgegen, als er die Schankstube betrat, in der ein behagliches Feuer im Kamin flackerte. Viele Leute waren bei der Kälte eingekehrt, vorwiegend Handwerker, fahrende Händler und der Büttel Simon, der hier Stammgast war. Seine Augen waren wie üblich auf die Schankmaid Barbara gerichtet, die emsig Becher füllte und zu den Gästen trug. Claas entledigte sich des warmen Umhangs und setzte sich mürrisch zu dem jungen Büttel an den Tisch.

Erst jetzt bemerkte Simon ihn und reichte ihm die Hand. »Mein guter Freund.«

»Hab mir gedacht, dass du hier bist, statt diese Männer zu suchen!«

Simon hörte ihm nicht zu, nickte nur versonnen und heftete seine Augen wieder auf die Schankmaid. »Ich hole dir etwas zu trinken.«

»Ich kann selbst gehen.« Claas erhob sich, doch der Büttel war schneller.

»Lass nur.« Flink wie der Wind war er beim Tresen.

Trotz seiner missmutigen Laune fiel Claas auf, dass Barbara errötete und verlegen zur Seite sah, als Simon mit ihr sprach. Wieder am Tisch, glühten seine Wangen und Ohren ebenfalls rot, und ein leichtes Lächeln umspielte seinen Mund.

»Wenn du dir mit diesem Katz-und-Maus-Spiel noch mehr Zeit lässt, schnappt sie dir ein anderer weg.« Verbittert leerte Claas seinen Wein in einem Zug. »So wie mir die Meine.« Er setze den Becher ab und fuhr sich mit der Hand über den Mund.

Trotz seiner Verliebtheit war Simon der bittere Ton diesmal nicht entgangen. »Sag mal, was ist mit dir heute los, ist irgendetwas passiert?«

Wieder war Claas versucht, eine böse Antwort zu geben, doch dann besann er sich und erzählte, was sich an diesem Tag zugetragen hatte. Simon hörte aufmerksam zu.

»Bei deiner Anna kann ich dir nicht helfen, aber Narben-Georg kenne ich. Also treibt er wieder sein Unwesen in der Stadt.« Ärgerlich schüttelte Simon den Kopf. »Den haben wir schon wegen der einen oder anderen Gaunerei erwischt. Leider waren seine Vergehen immer nicht gewichtig genug, um ihn lange zu halten, sodass er schnell wieder freien Fußes durch die Stadt wandern konnte. Ich glaube, ich weiß, wo der sich rumtreibt. Den haben wir bald. Ich verstehe nur nicht, dass ihr damit nicht gleich zu uns gekommen seid.«

»Weil wir nicht sicher waren.«

»Ist denn heute Meldung gemacht worden?«

»Hm, ich weiß es nicht.«

»Ich werde morgen nachfragen, und wenn nicht, kümmere ich mich darum. Ich gebe dir Bescheid, sobald er im Kerker schmort, und glaub mir, da kommt der so schnell nicht wieder raus. Wenn er sich auch noch für den Tod von Meister Olde verantworten muss, wird er bald einen Kopf kürzer sein.«

Die Worte des Büttels besänftigten Claas' Gemüt etwas.

»Dann geh nun zu deiner Barbara und frage sie, ob du sie umwerben darfst, oder soll ich es für dich tun?« Entschlossen sah er Simon an, der sich hastig erhob.

»Nein, ich versuche selbst mein Glück. Hab Dank, mein Freund.«

***

»Es war dumm von dir, sie durch die Stadt zu jagen.« Mit diesen Worten schloss Heinrich die Tür. Im dunklen Zimmer zeichnete sich deutlich die Silhouette von Georg ab, der auf einem Stuhl saß.

»Aber Euer Hochwürden, sie hat mich erkannt und sucht nach mir. Sie weiß, dass ich mit dem Überfall zu tun habe. Ich muss die Stadt verlassen …«, er druckste herum, »… und brauche mehr Geld.«

Heinrich zündete zwei Kerzen an und setzte sich Georg gegenüber, dann beugte er sich dicht zu ihm und sprach sehr leise: »Was hast du mit dem vielen Geld getan, das ich dir gegeben habe?«

»Es ist noch nicht verbraucht, aber ich muss ein neues Leben beginnen, irgendwo, wo mich niemand kennt. Vielleicht in Hamburg oder Hannover.«

»Na gut, du sollst noch etwas mehr haben.« Genüsslich lehnte Heinrich sich zurück und sah, wie die Gier sich auf Georgs Gesicht abzeichnete.

»Ihr seid zu gütig, Euer Hochwürden. Dann kann ich heute Nacht noch verschwinden.«

»Das kannst du, wenn du noch einen kleinen Auftrag für mich erledigst.«

Georg riss seine Augen weit auf, und die Vorfreude wich aus seiner Miene. »Was soll ich denn tun, Herr?«

»Sagen wir es mal so, du darfst dich noch einmal mit einer Hure aus dem Badehaus amüsieren. Das gefällt dir doch bestimmt?«

Zögernd nickte Georg.

»Und anschließend wirst du sie zum Schweigen bringen.«

»Wie?«

Heinrich ignorierte die Überraschung in Georgs Stimme und fuhr unbeirrt fort. »Das überlass ich deiner Phantasie. Nur sorge dafür, dass sie für immer schweigt. Von der Belohnung kannst du dir ein neues Leben leisten.«

»Aber –«

Heinrich unterbrach ihn. »Oder ist es dir lieber, wenn dich die Büttel besuchen?«

Georg schüttelte notgedrungen den Kopf und reichte ihm die Hand, doch Heinrich zog es vor, sie nicht zu ergreifen, denn sicher war sie nicht gewaschen.

Drei Stunden später erschien Georg wieder vor dem Dom, wo Heinrich ihn erwartete. Leise und darauf bedacht, nicht gesehen zu werden, stiegen sie in seine Schreibkammer hinauf.

Als er die Tür hinter sich geschlossen hatte, fragte Heinrich: »Hast du erledigt, worum ich dich gebeten habe?«

Georg nickte. »Die sagt nie wieder einen Ton. Hat sich gewunden wie eine Forelle bei Ebbe«, antwortete er, während er sich mit dem Finger über die Kehle fuhr. Heinrich bedeutete ihm zu schweigen, und Georg verstummte.

»Dann steht deinem neuen Leben nichts mehr im Wege. Wir wollen unseren Abschied mit einem teuren Wein begießen. Du magst doch guten Wein?« Er zog seine Augenbrauen hoch und wartete auf Georgs Antwort. Der bejahte und rieb sich in Vorfreude die Hände.

Heinrich nickte zufrieden, goss zwei Krüge voll und gab unbemerkt eine Prise Pulver aus seinem Lederbeutel in Georgs Becher. Als sie ihre Getränke geleert hatten, schlug die Glocke zur Media Nox, und Georgs Kopf fiel schwer auf den Tisch.

***

Ärgerlich betrachtete Claas am nächsten Morgen, was er in seiner Wut mit dem Sockelstein angestellt hatte. Die Furchen, die er geschlagen hatte, waren tief, zu tief, als dass er jetzt noch zu den anderen Steinen passte. Plötzlich ließ ihn eine Hand auf seiner Schulter herumfahren.

»Da hast du ja was Schönes angerichtet.« Franziskus stand mit einer Scheibe Brot in der Hand kauend hinter ihm und deutete auf den Sockel.

»Ich weiß, und nicht nur mit dem Stein. Wo ist mein kleiner Bruder?« Claas wusste, dass er einiges gutzumachen hatte.

»Der kommt gleich, aber mach dir um ihn keine Gedanken, er hat das dicke Fell von Vater geerbt.«

»Ich weiß. Aber ich war sehr schroff zu ihm und muss mich entschuldigen.«

Franziskus nickte. »Und wenn wir nur zwei Stufen machen, anstatt drei?«

Claas war dankbar über den Themenwechsel, auch wenn diese Frage nicht angenehmer war. »Sicher würde das gehen, aber es wäre nicht im Sinn von Hemeling.«

»Tja, noch ist Zeit, und du könntest es zum Schluss machen. Wenn es dir nicht gelingt, dann gibt es eben nur zwei Stufen.«

»Nein!« Claas sah wieder nachdenklich auf die schadhafte Stufe, als Stephan die Werkstatt betrat. Mit einem Lächeln kam er auf ihn zu.

»Guten Morgen.«

»Tut mir leid, dass ich gestern so harte Worte gebraucht habe. Irgendwie war ich nicht Herr meiner Sinne.«

Sein Bruder machte eine beschwichtigende Handbewegung. »Schon vergessen. Aber das hier …«, er zeigte ebenfalls auf den Stein, »… können wir nicht so leicht beseitigen.«

»Ich weiß.« Claas seufzte und starrte abermals auf die Stufe.

Schweigend betrachteten sie die Furchen und Rillen. Plötzlich hatte Claas vor Augen, was er machen musste. Ganz deutlich sah er ein Gesicht in dem Sockel, das er nur noch herauszuhauen brauchte. Nun wusste er, wie er vielleicht wiedergutmachen konnte, was er gestern angerichtet hatte.

»Was wirst du jetzt machen?«, fragte Stephan.

»Umziehen.«

Verwundert sahen seine Brüder zu ihm auf und entlockten Claas ein Lächeln.

»Was meinst du damit?«, hakte Franziskus nach.

»Vorerst werden wir wohl packen und nach Bremen ziehen müssen. Dort wird sich alles zeigen.«

»Ich sprach eigentlich von dem Sockel.« Stephan zog eine Augenbraue nach oben und sah in diesem Moment wie ihre Mutter aus.

Claas lachte. »Ich weiß, aber das findet sich.«

»Na dann, lasst uns packen.«

13

Simon liebte den Winter, denn die meisten lichtscheuen Gestalten wie Gauner, Diebe und Mörder verkrochen sich bei der Kälte lieber an einem warmen Platz, statt ihr Unwesen zu treiben. Seine Kollegen begrüßten ihn träge, als er die Wachstube betrat, und er grüßte gut gelaunt zurück. Immerhin hatte Barbara ihm gestattet, um sie zu werben, und so konnte ihm nichts seine Laune verderben.

Er legte seinen schweren Umhang ab und wärmte sich seine immer kalten Finger am kleinen Feuer des Kohlebeckens. Einen Kamin hatte der Raum nicht, und so wurde es nie richtig warm. Sein Amtsgenosse Konrad putzte gelangweilt sein Messer, Christian hatte die Augen geschlossen, die Beine auf einen zweiten Stuhl gelegt und döste vor sich hin. Die anderen hatten entweder frei oder waren draußen in der kalten Stadt unterwegs. In der Wachstube versammelte sich nur eine kleine Truppe, welche die Order des Vogts entgegennahm und Bürgern zu Hilfe kam, wenn diese durch ein Verbrechen in Not gerieten oder es zu Streitigkeiten kam.

Simon goss sich etwas Wasser ein und ging seufzend die Treppe zum Kerker hinunter. Mit jeder Stufe stank es mehr nach Pisse und anderen Exkrementen, doch er wollte wissen, ob es neue Gefangene gab. Er nahm die kleine Fackel, die im Gang hing, und inspizierte die Zellen. In der ersten saß Langfinger Hannes, der wieder einmal bei einem kleinen Diebstahl erwischt worden war. Nun wartete er darauf, dass sein Opfer ins Wachhaus kam, wo es ihn verprügeln durfte. Hannes fehlten bereits zwei Finger wegen schwerer Diebstähle, doch er konnte es nicht lassen.

In der zweiten Zelle saß eine Hure, die einen Freier geprellt hatte. »Wasser«, bettelte sie, doch Simon wusste, dass es genug Wasser für die Gefangenen gab. Er wollte sich ihr nicht nähern, denn ihrem Aussehen nach zu urteilen war sie unsauber und krank.

In der nächsten saß ein Händler, und als Simon an der Zelle vorbeiging, spie er auf den Boden. Der Händler hatte wiederholt seine Ware zu teuer verkauft, und nun drohte ihm entweder der

Verlust einer Hand oder das Mal. Darüber musste der Vogt noch entscheiden. Die übrigen Zellen waren leer, und so ging Simon schnell wieder in die Wachstube hinauf, froh, dem Gestank zu entkommen.

»Sagt mal, habt ihr schon was wegen Narben-Georg unternommen?«

»Hä? Wozu? Hat er wieder was angestellt?« Konrad sah von seiner Tätigkeit auf.

»Der hat gestern der Tochter von Jacob Olde nachgestellt.«

»Weiß ich nichts von. Du, Christian?«

»Nein.« Der Angesprochene antwortete, ohne die Augen zu öffnen.

»Wer hatte denn gestern hier drin Wache?«

»Wir beide, Rudolfus, Wilhelm und Dietrich.«

»Dann frag ich später die anderen.«

»Kannst dir sparen.« Konrad legte sein geputztes Messer zur Seite. »Ich bin seit gestern hier. Die einzige Meldung war von der alten Tilda Wigger, der jemand einen Topf Honig aus der Küche geklaut hat. Dann war ein Priester bei Rudolfus und hat sich mit ihm unterhalten, und es gab ein totes Pferd in der Knochenhauergasse. Ist einfach umgefallen und versperrte den Weg.«

Bei dem Priester wurde Simon hellhörig, und er hakte nach: »Was wollte der Priester denn von Rudolfus?«

»Weiß ich nicht, die sind rausgegangen«, erwiderte Konrad.

»Vielleicht hat er ihm ja die Beichte abgenommen«, prustete Christian los und erhob sich von seinem Nickerchen. »Spielt jemand eine Runde Mühle mit mir?«

Konrad zog daraufhin das Mühlebrett unter dem Tisch hervor.

»Wenn ihr den Narbigen seht, sperrt ihn ein.«

»Machen wir, der kennt unsere Herberge ja schon«, lachte Christian.

»Vielleicht hat er sogar etwas mit dem Mord an Zunftmeister Olde zu tun«, ergänzte Simon.

Gut einen Glockenschlag später betraten Rudolfus und Dietrich die Wachstube. Nun waren Christian und Konrad mit Patrouillieren an der Reihe, die sich dick angezogen auf den Weg machten.

Nach einem knappen Gruß setzte sich Rudolfus schwer auf den

Stuhl und stöhnte, während er mit der Hand wieder auf seine Galle drückte.

Besorgt betrachtete Simon seinen blassen Kollegen. »Vielleicht isst du zu fettig, hab gehört, dass so was auf die Galle –«

»Wer erzählt denn so einen Scheiß?«

»Weiß ich nicht mehr, hab es wohl mal aufgeschnappt.«

»Sicher wieder von irgendwelchen Tratschweibern!«

»Aber es wird mit dir immer schlimmer statt besser. Dein Wundermittel scheint nicht zu helfen.«

»Alles Humbug, was die einem verabreichen«, knurrte er mürrisch.

»Und was hat der Priester dir gestern gegeben? Oder war der wegen was anderem da?«

Wenn es möglich war, dass Rudolfus noch blasser werden konnte, dann tat er es in diesem Moment. »Der? Ja, er hat mir wieder Kräuter gegeben, die nicht helfen, wie du siehst.«

»Dann geh mal zu jemand anderem, dem Bader oder dem Arzt.«

»Vielleicht.«

Simon schenkte seinen Kollegen etwas Wasser ein und setzte sich zu ihnen an den Tisch.

»Hat einer von euch gehört, dass Anna Olde gestern von Narben-Georg verfolgt wurde?«

Stumm schüttelten beide den Kopf.

»Falls er euch über den Weg läuft, sperrt ihn ein. Er hat mit dem Mord am alten Olde zu tun.«

***

Wenn sie weiter in diesem Tempo ihre Sachen packten, konnten sie heute Abend bereits fertig sein.

Hemeling hatte nicht zu viel versprochen und ihnen ein Haus nahe der Wachstube bereitgestellt. Es gab einen großen Innenhof, der mit Stroh abgedeckt und nach allen Seiten von Wänden umgeben war. Damit waren die Handwerker nicht dem eisigen Wind ausgesetzt, wenn sie hier ihr Tagewerk verrichteten. Auch eine große Feuerstelle in der Mitte würde die Kälte vertreiben. Holz lag reichlich aufgestapelt bereit und würde den Winter über reichen.

Dieses Haus war viel komfortabler als Annas Elternhaus und besaß eine eigene Kloake im Keller, die regelmäßig vom Heimlichkeitsfeger gelehrt wurde. In der Küche gab es sogar einen gemauerten Ofen, was wiederum Thea und ihre Mutter freute. Insgesamt gab es sechs Kammern, alle sehr geräumig, und niemand musste das Haus verlassen, um zur Werkstatt zu gelangen.

Thea war mit der ersten Ladung in die Stadt gefahren und bereitete alles für ihre Ankunft vor. Heute Abend würde neben den Steinen und den fertigen Teilen der Statue das Vieh und ihre restliche Habe nach Bremen gebracht. Vierzehn Männer beluden mehrere Ochsenkarren an der Werkstatt und am Haus.

Anna zog gerade ihre Kleidertruhe mühsam aus der Kammer, als sie Claas das erste Mal seit ihrem Streit wieder zu Gesicht bekam. Wortlos ergriff er die Truhe und brachte sie die Treppe hinunter zum Wagen, wo er sie hinaufhievte, bevor er zu ihr zurückkam.

»Können wir miteinander sprechen?«

Zuerst wollte Anna sich weigern, doch er sah müde und elendig aus, sodass sie Mitleid bekam und einwilligte.

»Lass uns in den Stall gehen, dort ist niemand.«

Nachdem sie sich auf einen Strohballen gesetzt hatten, fuhr Claas sich mit der Hand durch die Haare, die wild in alle Richtungen standen.

»Als mein Bruder mir erzählte, dass du verfolgt wurdest, dachte ich, ich müsste wahnsinnig werden. Ich wollte mir nicht ausmalen, was ich getan hätte, wenn dir etwas zugestoßen wäre. Stephan sagte auch, dass Hemeling dich nach Hause brachte und nicht dieser Priester.«

»Ich hatte es dir doch gesagt, aber du wolltest mich nicht anhören.«

»Ich würde es verdienen, wenn du sehr böse auf mich bist, und es tut mir leid, was ich alles zu dir sagte. Ich habe mich wie ein dummer, eifersüchtiger Narr benommen.«

Obwohl sie wirklich noch ärgerlich auf Claas war, stimmten seine einsichtigen Worte sie doch milder. »Das hast du wirklich, aber ich nehme deine Entschuldigung an.« Sie lächelte versöhnlich.

»Erzählst du mir jetzt, was in Bremen geschehen ist?«

Anna nickte und berichtete von der Verfolgung. Claas hörte mit kraus gezogener Stirn zu und atmete schwer ein, als sie geendet hatte.

»Es soll kein Vorwurf sein, aber du bist leichtsinnig gewesen. Allein in die Schlachte zu gehen.« Er schüttelte fassungslos den Kopf. »Viele finstere Gesellen treiben sich dort herum, und ein Weib kann schnell ihr Opfer werden.« Er nahm ihre Hand in seine Hände. »Versprich mir bitte, dass du so etwas nie wieder tun wirst.«

»Wenn ich wieder an der Figur mitarbeiten darf, werde ich es dir versprechen.« Sie zwinkerte, und Claas lachte leise.

»Handel nie mit einem Weib, es wird dein letzter sein. Das hat mein Vater mir immer gepredigt. Aber gut, das eine oder andere wirst du tun können. Jedoch sollst du nicht mehr so schwer arbeiten wie die letzten Wochen, das werde ich ab jetzt wieder übernehmen.«

Anna nickte und entdeckte Zärtlichkeit in seinen Augen. Ihr Ärger verschwand vollkommen.

»Stephan und Franziskus sind auch noch da, und außerdem will uns Hemeling Männer schicken.«

»Ist gut.«

»Ich …«, begann Claas, wurde aber von Annas Mutter unterbrochen, die jäh ihren Kopf zur Stalltür hereinsteckte. »Anna, Claas, seid ihr hier?«

»Ja, Mutter.«

»Verzeiht, wenn ich störe, aber Wegener ist im Haus und möchte euch sprechen.«

»Wegener?« Anna und Claas warfen sich einen neugierigen Blick zu und folgten ihrer Mutter.

Im Haus standen lediglich noch ein paar Kisten und Körbe in der Diele, ansonsten war alles leer geräumt. Ein wehmütiges Gefühl beschlich Anna. Ihre Mutter hing an dem Haus, das ihr Großvater mit eigenen Händen gebaut hatte. Auch sie selbst hatte ihr Leben hier verbracht und verband viele schöne Erinnerungen damit. Traurig blickte sie sich um. Aber sie wusste, dass es kein Abschied für immer war.

Wegener kam ihnen in feiner Reisekleidung entgegen, umfasste Annas Hände zur Begrüßung und nickte Claas zu. »Wo können wir miteinander reden?«

Zwei Männer waren ihnen gefolgt und stemmten eine Kiste hoch, um sie nach draußen zu bringen.

»Geht in die Kammer, die ist leer«, schlug ihre Mutter vor.

Sobald die Tür hinter ihnen geschlossen war, begann Wegener zu erzählen: »Wie ihr vielleicht gehört habt, war ich auf einer Einkaufsreise, von der ich heute erst zurückkehrte, und fand den Brief eines Vertrauten vor.«

Wegener sah Anna an. »Er schreibt, dass die Kaiserfeinde, die du ja in Verdacht hattest, es dringend befürworten, wenn Bremen unabhängig wird und sich unter den Schutz des Kaisers stellt. Bremen braucht seine Hilfe gerade jetzt gegen Hoya. Die Kirche hat Probleme mit anderen Bistümern, die ihr wichtiger sind, und wird uns keine große Verbündete sein. Auch der Streit, den wir immer wieder mit der Hanse haben, scheint ihr nicht zu gefallen.«

»Das kann ich mir gut vorstellen.« Claas nickte wissend, und auch Anna war dieser dauernde Streit mit der Hanse nicht unbekannt. Immerhin behauptete diese, Bremen habe sich vor dem Gefecht mit den Vitalienbrüdern und ihrem Anführer Klaus Störtebeker gedrückt, statt an ihrer Seite zu kämpfen. Das entsprach aber nicht der Wahrheit.

»Das ist aber noch nicht alles, das Beste kommt jetzt. Ich hörte, der Kaiser hat Hemeling endlich eine Urkunde gesandt, und der Wortlaut soll auf das Wappen übertragen werden. Mit diesen Worten garantiert er uns das freie Marktrecht unter seinem Schutz. Freiwillig gibt die Kirche Bremen nicht auf, aber mit der Figur und dieser Urkunde wird sie nichts mehr machen können.«

»Dann sind die Kaisergegner also aus dem Spiel«, schloss Anna nachdenklich.

»Scheint wohl so«, meinte Claas.

»Wie ich es angenommen hatte.« Wegener lächelte.

»Es war sehr freundlich, dass Ihr mit der Neuigkeit gleich zu uns gekommen seid.«

»Wenn ich weiter helfen kann, lass es mich wissen.« Er nickte Anna aufmunternd zu und wechselte das Thema. »Wie ich sehe, zieht ihr fort?«

»Ja, wir gehen in die geschützte Stadt, bis die Figur fertig ist. Ich habe da noch eine Bitte an Euch. Falls Ihr hierbleibt, könnt Ihr wohl ein Auge auf unser Gut werfen, solange wir fort sind?«

»Wenn ihr es wünscht, werden meine Leute das übernehmen. Ist es wegen Hoya, dass ihr Zuflucht in der Stadt sucht, oder ist noch etwas vorgefallen?«

»Na ja, nicht hier, aber ein paar Männer haben Anna in Bremen nachgestellt.« Claas' Miene verdüsterte sich. »Zumindest einer davon war bei der Bande, die uns überfallen hat.«

»Dann wisst ihr, wer sie sind?« Nun war Wegener wirklich erstaunt.

»Einer wird Narbiger Georg genannt«, sagte Anna.

»Den Namen kenne ich. Hat man ihn schon gestellt?«

»Nein, leider nicht.«

»Soll ich meine Männer nach ihm suchen lassen?«

»Das wäre sicher hilfreich«, erwiderte Anna dankbar. »Vor allem, da ich mir von den Bütteln nicht das Mindeste verspreche.«

»Gut, dann werde ich gleich morgen ein paar losschicken. Und sollten wir ihn haben, gibt es Mittel, auch die Namen der anderen herauszubekommen.«

Anna beschrieb die beiden Männer, die in der Begleitung vom Narbigen Georg gewesen waren, so gut sie konnte. »Kennt Ihr die zwei vielleicht auch?«

»Du weißt ja, wie das ist. Manchmal gehen wir zum Hafen oder zum Markt, wenn ich eine größere Ladung erwarte, und werben ein paar Arbeiter an. Da ist auch allerlei Gesindel dabei. Aber an die beiden kann ich mich nicht erinnern. Mein Aufseher hat ein gutes Gedächtnis, gut möglich, dass er sie kennt. Wie kann ich euch eine Nachricht zukommen lassen?«

»Wir wohnen in der Buchtstraße, zwei Häuser hinter dem Wachhaus.«

»Ich schicke dann jemanden zu euch. Und nun muss ich mich um das Entladen meiner Ware kümmern und wünsche euch alles Gute.«

Damit zog er etwas aus der Tasche seines Umhangs. Es war etwa einen Handspann groß, und ein Tuch verhüllte seine Identität. »Ich glaube, das ist es, was du haben wolltest.« Mit diesen Worten reichte er es Claas.

»Habt Dank, Herr Wegener.«

»Da nicht für.« Mit einer Verbeugung verabschiedete er sich von ihnen und verließ das Zimmer.

Anna war neugierig, verkniff sich aber die Frage, was sich in dem Tuch verbarg. Wenn sie es wissen sollte, würde er es ihr schon zeigen.

»Kommt ihr? Die Männer sind so weit fertig«, rief ihre Mutter. Seitdem sie das neue Haus gesehen hatte, war sie beinahe euphorisch und schien sich auf den Umzug zu freuen.

»Ja, gleich«, antwortete Anna. »Ich will nur nachsehen, ob wir alles haben.« Dann wandte sie sich an Claas. »Geh nur, ich schaue, ob nichts liegen geblieben ist.«

»Ich warte unten«, sagte Claas und ließ sie allein.

Anna ging noch einmal durch das leere Haus. Irgendwie wurde sie das Gefühl nicht los, dass sie etwas vergessen hatten. Sie sah aus dem Fenster ihres Zimmers, vor dem unten die letzte Fuhre ihrer Habseligkeiten stand und auf sie wartete. Dann schaute sie schwermütig auf den Apfelbaum, in dem zwei Tauben eng beieinandersaßen und neugierig dem Treiben vor dem Haus zusahen.

Die Gräfin! In all der Hektik hatte sie heute noch gar nicht an ihre Katze gedacht. Rufend lief sie von Zimmer zu Zimmer, sah selbst in den Keller, suchte hinter dem Haus, doch von der Katze war nichts zu sehen oder zu hören.

»Anna?«, rief Claas sie von draußen.

»Die Gräfin ist weg!«, antwortete sie aufgeregt und schloss die Luke zum Keller.

Er kam herein und lachte. »Ja, das ist sie wohl.«

Sprachlos starrte sie ihn an. Was fand er daran so belustigend? Anna stemmte ihre Hände in die Hüften und funkelte ihn böse an, worauf er abwehrend die Hände hob.

»Ehe du auf mich losgehst, hör mir zu.«

»Dann sprich!«

»Deine Katze wird sich längst an den Ofen des neuen Hauses kuscheln. Sie ist heute Mittag sicher verstaut mit einer der Fuhren mitgefahren.«

Erleichtert atmete Anna aus. »Das hat mir niemand gesagt.« Beleidigt schob sie die Lippen vor, was ihr schwerfiel, denn sie musste schmunzeln.

Claas legte seinen Arm um ihre Schulter. »Endlich sehe ich dich mal wieder lächeln.« Sanft schob er sie in Richtung Tür. »Doch nun komm, die anderen warten.«

***

Da die Zunftmeisterwahl den Meistern der Steinmetze und Bildhauer vorbehalten war, nahm auch Claas das erste Mal daran teil. Je nach Dauer der Zunftzugehörigkeit und Alter hatte man eine Stimme für den neuen Zunftmeister seiner Wahl oder auch nicht. Der Älteste in der Gilde hatte sogar zwei Stimmen. Claas war noch nicht lange genug Meister. Er durfte einem der Anwärter seine Sympathie bezeugen, doch gezählt wurde seine Stimme nicht.

Nacheinander hatten Meister Schomaker, den Claas kaum kannte, und der alte Fries sich um den Posten beworben. Bei Schomakers Rede hatte es Zwischenrufe gegeben, er kümmere sich zu wenig um die Belange der Zunft und sei selten in der Stadt. Bei Fries' Rede gab es keine lauten Beschwerden, doch Gemunkel über seine Unzuverlässigkeit war zu vernehmen. Nun war Friedrichs an der Reihe.

Die meisten Anwesenden applaudierten, als Friedrichs mit gesenktem Haupt vor die Versammlung trat. Er hob den Kopf und ließ seinen Blick über die Menge schweifen. »Verehrte Zunftbrüder. Ihr erwartet von mir, dass ich mich um die Nachfolge von Jacob Olde, den wir alle sehr geschätzt haben, bewerbe. Lange habe ich darüber nachgedacht, und unter anderen Umständen wäre ich dazu mehr als bereit gewesen.« Friedrichs räusperte sich.

»Die meisten wissen, wie schlecht es um die Gesundheit meines Weibes bestellt ist. Als Zunftmeister müsste ich weniger arbeiten und könnte mich mehr um sie kümmern. Die Umstände aber, die ich meine, wären ein freiwilliger Rücktritt von Jacob gewesen, doch gemeine Strauchdiebe haben seinem Leben ein viel zu frühes Ende gesetzt.«

Leises Gemurmel war zu hören, und Claas sah in die betretenen Gesichter der anderen. Er war selbst gespannt, was Friedrichs mit seiner Rede im Schilde führte.

»Aus diesem Grund werde ich nicht für den Posten des Zunftmeisters kandidieren.«

»Aber du bist der Beste dafür!«, rief ein Bildhauer aufgebracht und stand auf. »Wir haben gehofft, dass du die Aufgabe übernimmst.«

Friedrichs schüttelte den Kopf. »Jacob war mein Freund, auch wenn wir nicht immer einer Meinung waren. So kann ich das Amt nicht übernehmen.«

Claas traute seinen Ohren kaum. Auf den Gesichtern der anderen sah er jedoch Empörung, und so musste er wohl richtig gehört haben. Anna hatte vermutet, dass Friedrichs etwas mit dem Überfall zu tun haben könnte, um der neue Zunftmeister zu werden, doch das Blatt wendete sich hier gerade.

»Meinst du nicht, dass Jacob es so gewollt hätte?«, fragte der Bildhauer weiter.

»Vielleicht, aber das werden wir nie mehr erfahren.«

»Du kannst uns nicht im Stich lassen.«

»Das tue ich auch nicht. Fries und Schomaker stehen zur Wahl.«

Der Bildhauer spie auf den Boden, und auch einige andere schüttelten energisch den Kopf. Fries stand jetzt mit erhitztem Haupt auf, drehte sich zu den Männern um und hob die Hände. Die Geste brachte die aufgewühlten Leute zum Schweigen. Dann wandte sich Fries direkt an Friedrichs.

»Jacob war auch mein Freund, und ich kenne keinen Mann hier, der etwas Schlechtes über ihn sagen kann. Ich weiß, dass er viel von dir gehalten hat. Auch wenn ich mich selbst für den Posten ausgesprochen habe, so denke ich, dass du ein besserer Zunftmeister sein würdest. Und so bitte ich dich darum, dich zur Verfügung zu stellen.« Damit setzte er sich wieder hin. Gemurmel ging durch die Reihen, aber niemand widersprach.

»Und genau diese Worte zeichnen dich wiederum aus, ein guter Anführer zu werden.« Friedrichs lächelte den alten Fries freundlich an. »Ich werde mich nicht zur Wahl stellen und gebe dir meine Stimme!«

Friedrichs ging trotz der Proteste, die nun aber um einiges leiser waren als zuvor, zu seinem Platz und setzte sich.

Schwer seufzend stand ein beleibter Steinmetz auf. »Dann lasst uns jetzt zur Abstimmung kommen.«

***

»Ihr glaubt nicht, was eben auf der Versammlung passiert ist.«

Mit diesen Worten trat Claas in die Küche, in der Anna, ihre Mutter, Thea und Stephan am Tisch saßen. Alle Augen waren gespannt auf ihn gerichtet.

»Was denn?« Anna erhob sich und brachte ihm einen Becher

dünnen Wein. Noch musste sie hin und wieder schauen, wo die Sachen jetzt untergebracht waren, doch inzwischen hatten sie das meiste ihrer Habe verstaut.

»Danke.« Claas nahm einen kräftigen Schluck, um seine trockene Kehle zu befeuchten. »Fries ist zum neuen Zunftmeister gewählt worden.«

Ungläubig riss Anna die Augen auf. »Fries? Aber ich dachte, es war klar, dass es Friedrichs wird.«

»Ja«, lachte Claas. »Das haben wohl alle gedacht, oder zumindest die meisten.«

»Was ist denn geschehen?« Anna setzte sich, und Claas berichtete, was sich auf der Versammlung zugetragen hatte.

Als er geendet hatte, kaute sie auf ihrer Unterlippe und überlegte, was das zu bedeuten hatte. »Meinst du, es ist eine seiner Teufeleien, oder hat er es ehrlich gemeint?«

»Ich denke, er hat jedes Wort so gemeint, wie er es sagte.«

»Welche Teufelei? Was ist denn am alten Fries auszusetzen?« Magda Olde sah Claas neugierig an.

»Eigentlich nichts. Manche halten ihn nicht für zuverlässig, das ist auch schon alles, was ich weiß.«

»Jacob hat immer viel von ihm gehalten.«

Anna hörte nicht mehr zu, ihre Gedanken kreisten um Friedrichs. Mit der Ablehnung tat er weder ihrem Vater noch ihnen einen Gefallen, allerdings schadete er ihnen auch nicht. Was bezweckte er damit? War es so, wie er sagte, und er trat aus Achtung vor ihrem Vater diesen Posten nicht an? Fast klang es so.

14

Mit klammen Fingern nahm Anna das eiskalte Holz vom Stapel, das sauber hinter dem Haus aufgeschichtet war.

Zwei Tage nach ihrem Umzug hatte der Frost Bremen erneut fest im Griff. Von den Dächern hingen Eiszapfen, die Straßen waren von einer dicken Eisschicht überzogen und entsprechend unwegsam.

Vor den Toren der Stadt war Graf von Hoya inzwischen mit seinen Truppen angelangt und hatte einen Belagerungsring aufgebaut. Er verhielt sich zwar ruhig, doch ließ er so manchen Händler nicht mehr ins Stadtinnere durch, sodass viele Lebensmittel langsam knapp wurden. Er drohte Bremen weiterhin mit Krieg, sollten die Ratsherren seine Bauern nicht herausgeben.

Gegenwärtig war Anna froh, im Schutz der dicken Mauern zu wohnen, denn die Mannen des Grafen sollten wohl die Gegend außerhalb der Stadt unsicher machen. Man hörte von Brandschatzern und Vergewaltigern. Wegener hatten sie seit ihrem Umzug nicht mehr gesehen, und Anna hoffte, dass es ihm gut ging. Ebenso, dass ihr Heim noch stand.

Wie versprochen hatte Hemeling seine Leibwachen Klaus und Bertram geschickt. Sie trugen jetzt nicht mehr die Kleidung der Wachen, sondern die Tracht der Handwerker und halfen mit, wo jemand gebraucht wurde. Claas lobte ihr Geschick im Steinmetzhandwerk. Die beiden waren im Laufe der vielen Jahre, die sie Hemeling dienten, weit herumgekommen und erzählten an den Abenden unermüdlich ihre Geschichten.

Annas Mutter und Thea waren begeistert von den Vorzügen des Hauses wie dem gemauerten Ofen oder dem Abort. Es gab sogar einen kleinen Raum, in dem ein steinerner Trog stand, welchen die Männer regelmäßig mit Wasser füllten. Damit blieb ihnen der Gang zum öffentlichen Brunnen erspart, und gleich nebenan gab es einen Badezuber an einer Feuerstelle. Es war tatsächlich himmlisch. Auch die kleine Gräfin hatte sich gut eingelebt und verbrachte ihre streunerfreien Momente neben dem immer warmen Ofen oder in Annas Bett. Der einzige Nachteil war, dass Anna mit Claas eine

Schlafkammer teilen musste. Da ihre Mutter nicht wollte, dass jemand von ihren Annullierungsabsichten erfuhr und alle anderen Räume belegt waren, blieb ihnen nichts weiter übrig, als das Beste daraus zu machen. Sie hatten die Betten weit auseinandergestellt und einen Schrank dazwischengeschoben.

Vor der ersten Nacht hatte es Anna gegraust, doch das war unnötig gewesen. Da Claas seinen Arm mittlerweile wieder ganz normal gebrauchen konnte, arbeitete er bis spät in den Abend wie ein Verbissener, ehe er erschöpft in den Schlaf fiel. Wenn Anna in die Kammer kam, schlief er längst, und die Katze lag zusammengerollt auf ihrem Bett und erwartete sie maunzend. Am nächsten Morgen war Claas bereits aus dem Zimmer, wenn sie aufstand. So setzte es sich in der folgenden Zeit fort, und schließlich machte es ihr nichts mehr aus, mit ihm in einem Raum zu schlafen. Im Gegenteil, sie vertrugen sich wie früher, nur dass die kleinen Neckereien fehlten, und sonntags spielten sie sogar hin und wieder eine Partie Schach miteinander.

Anna verbrachte ihre Zeit nun mit Kochen, Putzen und Waschen, da sie einige Münder mehr zu versorgen hatten als früher. Selbst Nähen und Sticken begannen ihr ein wenig Freude zu machen. Doch sehnte sie sich danach, wieder Steine formen zu können. Sie sagte nichts und wartete, dass Claas sie rief, um das Wappen zu hauen.

Anna brachte das Holz in den Innenhof zu den Handwerkern, die emsig an der Statue arbeiteten und ihr immer mehr Ausdruck verliehen. Das Feuer würde sicher noch eine Weile brennen, aber sie legte die Scheite nach, denn im Haus gab es nichts mehr zu tun.

»Mutter hat gleich eine deftige Pastete fertig, also macht nicht mehr zu lange, sonst wird sie kalt.« Sie betrachtete wehmütig die Einzelteile der Figur.

»Das muss man uns nicht zweimal sagen.« Die beiden Brüder und die Wachen gingen munter ins Haus, nur Claas meißelte weiter. Vermutlich hatte er sie nicht einmal gehört.

Seufzend ging sie zu ihm hinüber und legte ihre Hand auf seine Schulter. Erschrocken drehte er sich herum und lächelte, als ihre Blicke sich trafen.

»Anna, ich habe dich gar nicht kommen gehört.« Verwundert bemerkte er, dass sie allein im Hof waren. Durch seine staubige Haut sah sie die dunklen Ränder unter seinen Augen. Er arbeitete zu hart und schlief zu wenig.

»Ich habe zum Essen gerufen.«

»Oh, ist es schon so spät?«

»Claas, du arbeitest zu viel. Wenn du krank wirst, hilfst du uns nicht«, tadelte sie ihn sanft.

»Sorge dich nicht, mir geht es gut. Und sollte ich krank werden, weiß ich, dass du mich ersetzen könntest. Das Wichtigste ist, dass Hemeling uns die Arbeit nicht wegnimmt.«

»Wie könnte er das noch? Es arbeiten fünf Männer daran. Als ihr den Auftrag bekommen habt, wart ihr nur zu zweit und hättet es geschafft.«

»Sicher hast du recht, wie immer.«

»Komm, Mutter wartet mit dem Essen.« Sie zog ihn mit sich über den Hof und blieb vor der Wohnküche, in der die anderen aßen, stehen. »Morgen ist Sonntag, da kannst du nicht arbeiten, selbst wenn du wolltest.« Sie lachte. »Würdest du mit mir in die Schlachte gehen, damit wir uns ein wenig über den Narbigen Georg umhören können?«

Anna hatte seit dem Tag, als die Männer sie verfolgt hatten, kaum einen Fuß nach draußen gesetzt, außer um zur Messe zu gehen, und sie kam sich untätig vor.

»Na gut, ehe du dich wieder allein auf die Suche begibst, gehen wir zusammen. Aber wir sollten vorsichtig sein, denn es ist nicht ganz ungefährlich.«

Anna nickte erfreut über seine Zustimmung. Sie betraten die Küche, und im gleichen Moment klopfte es an der Eingangstür.

»Geh nur essen, ich mache auf«, sagte Anna.

Draußen stand Mechthild, in dicke, warme Kleidung eingepackt. »Brrr, kalt ist es! Ich wusste, dass uns ein harter Winter bevorsteht.«

»Was machst du auch bei dem Wetter draußen, komm schnell ins Warme.«

»Nun, von Kräutern allein kann auch ich nicht leben, und ob du es glaubst oder nicht: Ich war hochamtlich unterwegs, doch davon später.« Sie klopfte sich den Schnee von den Kleidern, schlüpfte hastig in den Raum und nahm Anna herzlich in den Arm. »Guten Tag, meine Liebe, wie geht es dir?«

»Danke, gut.«

»Es war gar nicht so leicht, euch in eurem Versteck zu finden.« Sie hob tadelnd ihren Zeigefinger.

»Verzeih, ich hätte dich aufgesucht, aber bei dem Wetter mag man nicht vor die Tür, und vor die Stadttore traut sich kaum einer, mit Ausnahme von dir, wie ich sehe.«

»Na ja, nicht schlimm …« Mechthild hängte ihren dicken Umhang über das Treppengeländer. »Wie du weißt, habe ich meine Quellen. Außerdem wohne ich jetzt auch in der Stadt. Ich bin bei meinem Bruder und seiner Familie untergekrochen. Er meinte, ich sei da draußen wohl Freiwild für die Mannen des Grafen.«

»Recht hat er. Es ist zu gefährlich allein. Aber sag mal, wer hat dir denn verraten, wo wir wohnen?« Anna grinste.

»Dietmar Friedrichs hat es mir geflüstert.«

Erstaunt riss Anna die Augen auf. »Der? Woher weiß der das denn?«

»Ich glaube, von einem Ratsherrn.«

Mechthilds Worte ließen ein Unbehagen in Anna aufkeimen, und sie lenkte ab. »Ich bin keine gute Gastgeberin.« Sie seufzte schuldbewusst. »Komm, wir sind gerade beim Essen. Steht dir der Appetit nach einer deftigen Mahlzeit?«

»Da sag ich nicht Nein, und anschließend musst du mir noch verraten, wann es euch in die miefige Stadt getrieben hat.«

»Mache ich, aber nur, wenn du das mit dem hochamtlich erklärst.«

Als die Männer wieder an ihre Arbeit gegangen waren und das Geschirr gespült war, saßen die Frauen mit ihren Näh- und Flickarbeiten in der warmen Stube. Sie tranken heißen Apfelsaft mit Honig, und Anna berichtete Mechthild, weswegen sie umgezogen waren. Wachsam hörte die Kräuterfrau zu.

»Ich vermag mir nicht vorzustellen, was geschehen wäre, wenn sie dich gefasst hätten, liebe Anna.«

Magda Olde atmete bei diesen Worten laut aus. »Ich lege mich etwas hin. Komm uns bald wieder besuchen, Mechthild«, sagte sie und verließ den Raum.

»Es nimmt sie mit.«

»Umso erleichterter bin ich, dass dieser Georg dir auf jeden Fall nicht mehr zu Leibe rücken kann.«

Die Kräuterfrau sprach in Rätseln. »Was meinst du damit?«

»Ich sagte ja, ich war heute hochamtlich in der Stadt unterwegs.« Sie machte eine bedeutsame Pause. »Die Büttel sprachen am Morgen bei meinem Bruder vor, damit ich sie zu einem grausigen Fund begleite. Man hatte einen Toten aus der Weser gefischt, und ich sollte ihn mir ansehen.«

»Ach herrje. Macht so was nicht der Medicus?«, hakte Anna ein, und eine leise Vorahnung beschlich sie, dass der Tote etwas mit ihrer Geschichte zu tun hatte.

»Doch, normalerweise schon, aber der war nicht aufzutreiben, ebenso wenig der Bader. Also holten sie mich. Und was glaubst du, wer der Tote war?«

»Doch nicht etwa der Narbige Georg?«

»Genau der.« Mechthild nickte bekräftigend.

»Kanntest du ihn?«

»Nein, den habe ich zuvor nie gesehen, aber die Büttel wussten, wer es ist. Ich sollte ihn mir ansehen, um herauszufinden, woran er gestorben ist.«

»Hast du ihn dir angesehen?« Jetzt war Anna noch neugieriger.

»Ja, und er sah furchtbar aus. Allerdings habe ich erst einmal gesagt, er sei ertrunken, obwohl ich glaube, dass da noch etwas anderes im Spiel ist.«

»Was meinst du damit?« Anna stach sich mit der Nadel, die sie sorgsam durch die Arbeitskluft von Claas trieb, in den Finger. »Aua!«

»Sei vorsichtiger. Den Narbigen hat bestimmt ein Gift getötet.«

»Dann hat ihn jemand ermordet!«

»Vielleicht.«

Nicht die besten Nachrichten, dachte Anna. Immerhin hatten sie versucht, Georg zu stellen. Nun würde er ihnen nichts mehr verraten können. »Wer mag es wohl getan haben – jemand, der keinen Zeugen gebrauchen kann?«, überlegte sie laut.

»Oder andere zwielichtige Gestalten, mit denen er verkehrte«, ergänzte Mechthild mit einem Blick aus dem Fenster. »Doch es wird spät, und ich muss ans andere Ende der Stadt.«

»Ja, du solltest aber nicht allein gehen.« Zu frisch war die Erinnerung, wie viel Angst Anna selbst in der Stadt ausgestanden hatte.

Bertram bot der Kräuterfrau an, sie nach Hause zu bringen, was sie dankbar annahm. Klaus schien sich darüber sehr zu amüsieren, denn als die beiden fort waren, machte er über Bertrams Eifer allerlei anzügliche Bemerkungen, worüber die übrigen Männer lachten. Anna jedoch stand der Sinn nicht danach, denn der tote Georg ging ihr nicht aus dem Kopf. Claas wusste noch nichts davon. Sie musste es ihm unbedingt mitteilen.

Später beim Essen schlich sich Claas wieder vorzeitig davon. Anna ging in den Innenhof und sah ihren Verdacht bestätigt. Wieder arbeitete er an der Figur, während die anderen drinnen ihre Suppe löffelten. Wütend stemmte sie die Hände in die Hüften, was er allerdings bemerkte und sie spitzbübisch anlächelte. Anna musste sofort an die Nacht vor dem Kamin denken. Gleich darauf spürte sie, wie ihre Wangen heiß wurden. Sie gab sich ärgerlich und versuchte so, ihre Unsicherheit zu überspielen.

»Ich hatte gehofft, dass du etwas weniger arbeiten wirst, und schon erwische ich dich beim Gegenteil.«

»Du scheinst auch nicht untätig gewesen zu sein, wenn ich mir dein erhitztes Gesicht ansehe.« Seine Augen grinsten frech.

»Das … ist etwas anderes«, stammelte sie schnell und strich sich eine Haarsträhne aus dem Gesicht. »Du hast es versprochen.« Sie versuchte, ihn finster anzusehen.

»Erbarmung.« Abwehrend hob er die Hände. »Ich werde mich bemühen.« Damit stand er auf und strich ihr zärtlich über den Arm.

Seine Unschuldsmiene entlockte ihr ein Lächeln. »Ich nehme dich beim Wort.« Dann wurde sie ernst und berichtete, mit welcher Kunde Mechthild sie besucht hatte.

Claas fuhr sich nachdenklich mit der Hand über das Kinn. »Zwar hat er den Tod verdient, aber übermorgen wäre ein besserer Tag dafür gewesen. Wer immer ihn getötet hat, hätte warten sollen, bis wir ihn befragt haben.«

»Claas!« Es waren beinahe gotteslästerliche Worte, die er sprach. Auch wenn sie ihm insgeheim recht gab.

»Verzeih, aber jede Spur scheint im Schlamm der Weser zu versinken.«

»Ich weiß.« Sie konnte verstehen, dass er so aufgebracht reagierte. Ihr ging es nicht anders. »Wüssten wir, wer hinter dem Überfall steckt, hätten wir den Unbekannten sicher nur bitten müssen zu warten«, erwiderte sie jetzt ebenfalls sarkastisch.

Claas begann zu lachen. »Du bist mir eine«, sagte er und wurde wieder ernst. »Wenn Georg und seine Mannen einen Auftraggeber hatten und dieser nun alle beseitigt, finden wir nie heraus, wer es war.«

Anna ließ die Schultern sinken. »Wahre Worte, und gerade deswegen müssen wir so schnell wie möglich nach ihnen suchen. Wir fragen herum, mit wem er zu tun hatte.«

»Gut. Außerdem möchte ich, dass du mit mir zu Gudrun gehst. Sie soll dir bezeugen, dass nichts Sündiges zwischen uns geschehen ist. Sie kann vielleicht auch sagen, wer es ist, der sie für Informationen bezahlt hat.«

Einen Moment war Anna versucht, böse zu werden, aber die Sprache seiner Augen zeigte ihr, wie wichtig es ihm war. Zu seiner Erleichterung willigte sie ein.

Im Badehaus hatte man ihnen versichert, dass Gudrun schon seit mehreren Tagen nicht mehr erschienen war. Nun standen sie vor dem alten Haus, in dem sie angeblich wohnte. Claas klopfte mehrfach, doch sie warteten vergeblich. Alles blieb still.

»Sieht so aus, als hätten wir kein Glück.« Anna zog fröstelnd ihren Schal tiefer ins Gesicht, bis nur noch ihre Augen herausguckten, und vergrub die Hände in ihrem Umhang. Der Wind war eisig und wehte ungehindert durch die Lücken zwischen den Häusern und Lagerhallen des Hafens. »Vielleicht sollten wir ein anderes Mal wiederkommen.«

»Nein, warte hier.« Claas verschwand um die Ecke, und sie hörte ihn an die Läden klopfen. Als er wieder vor ihr stand, zuckte er mit den Schultern. »Die Fenster sind entweder mit Holzläden verschlossen oder mit allerlei Tand zugestellt, sodass man nicht hineinsehen kann. Scheint wirklich nicht da zu sein.« Suchend sah er sich um, und dann deutete er auf das nächste Haus. »Ich frage mal bei den Nachbarn, ob die wissen, wo sie ist.«

Zumindest hatte er dort mehr Glück, denn ein alter Mann öffnete ihm. Sie unterhielten sich und sahen immer wieder in Annas Richtung. Plötzlich vernahm sie aus Gudruns Haus ein klägliches Miauen. Die Bademagd hatte offenbar eine Katze, der es nicht gefiel, allein zu sein. Vorsichtig zog Anna am Türriegel, der sich zu ihrer Verwunderung bewegen ließ. In der Erwartung, dass gleich eine Katze hindurchschlüpfen würde, öffnete sie langsam, doch nichts geschah.

»Hallo?«, rief sie hinein, erhielt aber keine Antwort, und so wagte sie einen Blick ins Innere des Raumes, der offensichtlich eine Wohnküche war. Von der Decke hingen lange Vogelfedern herunter, Schleifen und Kissen zierten die Stühle, und zahlreiche Kerzen schmückten den Raum – ein Bild, das nicht zum schäbigen Äußeren des Hauses passen wollte. Das nächste Miauen war etwas lauter und kam aus dem hinteren Bereich des Zimmers, von dem anscheinend noch ein weiteres abging. Annas Füße bewegten sich beinahe von selbst in die Richtung, und einen Moment überlegte sie, ob es nicht besser wäre, auf Claas zu warten. Doch dem Tier ging es offensichtlich nicht gut, und so wagte sie sich weiter vor.

In dem Moment, als sie die Tür, die zu einem Schlafraum führte, öffnete, schlug ihr ein übler Gestank entgegen, den sie nicht sofort einordnen konnte. Angewidert schnüffelte sie, und dann erkannte sie den Geruch. Tod! Das war der Geruch einer Leiche. Automatisch drückte sie ihren Schal fest vor das Gesicht und spähte durch den Türspalt. Das Fenster des Raums war mit Läden verschlossen, und doch sah sie im dämmrigen Licht den leblosen nackten Körper einer Frau auf dem Bett liegen. Hastig schlug Anna die Tür zu und rannte zum Ausgang. Mit Mühe schluckte sie die aufsteigende Übelkeit hinunter. Draußen jedoch konnte sie sich nur noch um die Ecke retten, ehe sie sich vornüberbeugte und von tiefem Würgen begleitet übergab.

»Claas! Claas!«, schrie Anna, nachdem sich ihr Magen etwas beruhigt hatte. Ihre Stimme klang heiser, überschlug sich, doch er hatte sie gehört und war mit ein paar Sätzen bei ihr.

»Was ist los?« Besorgt starrte er erst sie, dann das offene Haus an. Anna stützte sich auf seinen Arm und deutete in den hinteren Bereich des Hauses.

»Sie … ist tot!«

Claas erschrak und stürzte hinein. Unter seinen Füßen knirschte das Holz der alten Dielen. Er starrte in den hinteren Raum, und Anna konnte sehen, dass es ihm ebenso erging wie ihr. Er hielt sich seinen Umhang vor die Nase und ließ die Schultern sinken. Eine kleine Katze kam torkelnd aus dem Zimmer und strich ihm um die Beine. Er bückte sich und nahm das abgemagerte Tier beherzt auf den Arm. Er warf noch einen letzten Blick auf das Geschehene und schloss den Raum wieder.

»Wir müssen die Büttel holen.«

»Oh, großer Gott. Es ist so furchtbar.« Anna war fassungslos und zitterte am ganzen Körper. Noch immer sah sie die Tote, die ihr irgendwie bekannt vorkam, vor ihrem inneren Auge.

»Es tut mir leid, dass du so etwas sehen musstest.« Claas strich ihr tröstend über die Wange. »Und die hier sollten wir mitnehmen.« Er hob das dünne Tier etwas höher und sah unter seinen Bauch. »Er braucht dringend etwas zu fressen, sonst lebt er nicht mehr lange. Ist leicht wie eine Feder.«

Er reichte Anna den kleinen Kater, der etwa im Alter der Gräfin war. Fürsorglich versteckte sie ihn unter ihrem warmen Umhang und vernahm ein leises Schnurren, als sie ihn behutsam an sich drückte. Dann machten sie sich auf den Weg zum Wachhaus.

»Hat denn niemand bemerkt, dass sie nicht da ist?«, fragte Anna auf dem Weg.

Claas seufzte leise. »Der Nachbar meinte, dass sie des Öfteren eine Zeit lang nicht nach Hause kommt und bei irgendwelchen Männern verweilt. Auch im Badehaus ist es wohl nicht ungewöhnlich, dass sie mehrere Tage wegbleibt, und Verwandte gibt es keine.«

»Wer könnte es getan haben?«

»Vielleicht einer ihrer Freier.«

Bei dem Gedanken, sich fremden Männern hinzugeben, lief es Anna kalt den Rücken hinunter.

»Geht es dir wieder etwas besser?«

Sie schüttelte den Kopf. Zärtlich legte er seinen Arm um ihre Schulter, und sie ließ ihn gewähren, denn es tat ihr gut, seine Nähe zu spüren.

Im Wachhaus nahm man ihren Fund mit finsteren Mienen auf. Zwei der Büttel machten sich sofort auf den Weg zu Gudruns Haus, während der Büttel Christian sich genau erklären ließ, was sie vorgefunden hatten. Als sie endlich gehen durften, brachten sie den Kater zu sich nach Hause, wo sie ihn mit etwas Hühnchen und einer Schüssel Milch versorgten. Beides verzehrte er gierig.

»Thea, ich hoffe, es ist dir recht, wenn ich den kleinen Kater in dein Zimmer bringe. Ehe er nicht zu Kräften gekommen ist, wäre er nur ein leichtes Opfer für unsere kampflustige Gräfin.«

»Natürlich, so habe ich wenigstens einen anständigen Fußwärmer.« Thea versuchte zu lächeln, denn alle im Haus waren über den grausigen Fund, den Anna und Claas gemacht hatten, schockiert, und es war recht still im Haus an diesem Nachmittag. Selbst die Gräfin zog es vor, neben der Feuerstelle zu schlafen statt wie gewöhnlich auf Annas Schoß.

Claas schlug vor, am nächsten Sonntag nach den Kumpanen vom Narbigen Georg zu suchen.

»Ja. Mir zittern noch immer die Knie, und auch du siehst sehr blass aus«, stellte Anna besorgt fest.

»Mir geht es gut, bin nur etwas müde.«

»Dann schlaf dich einmal gründlich aus, du hast es nötig, und ich werde dich nicht stören.«

»Das tust du nicht.« In seinen Augen lag Zärtlichkeit, und Anna wurde warm ums Herz.

Es klopfte, und Thea öffnete dem Büttel Simon die Tür.

»Simon.« Claas erhob sich und gab ihm die Hand.

»Ich kannte sie …«, begann Simon mit ernster Miene und setzte sich auf einen Hocker ans Feuer. »… war ein nettes, aber liederliches Weib. Das hat sie jetzt von ihrer Sündhaftigkeit.«

Anna empfand die Worte als sehr hart. Wollte Simon damit andeuten, dass Gudrun den Tod verdient hatte? »Weiß man schon, woran sie gestorben ist?«

»Wohl mit einem Kerzenleuchter erschlagen. Der Mörder muss von Sinnen gewesen sein.«

»Es ist schrecklich, was für Sachen in der letzten Zeit in Bremen passieren.« In Annas Worten schwang ein Vorwurf mit, doch Simon schien es nicht zu bemerken.

»Schlimmer als in manch einem Sommer. Wenigstens kann Narben-Georg nichts mehr anstellen.«

»Aber auch nichts mehr verraten.« Claas setzte sich.

»Warum hat eigentlich niemand Meldung gemacht, nachdem du verfolgt worden bist?«, fragte Simon.

»Hochwürden Heinrich Frey wollte doch jemanden schicken!«, protestierte Anna.

»Es gab aber keine Meldung. Erst Claas hat es mir abends erzählt. Dann sollte ich dem Priester mal einen Besuch abstatten.«

»Das kann ich auch«, sagte Anna.

»Tu das. Doch weswegen ich hier bin: Was wolltet ihr eigentlich von der toten Magd?«

»Sie wurde von irgendwem bezahlt, Informationen preiszugeben, und wir wollten herausfinden, von wem.«

»Da wart ihr leider zu spät. Sie muss schon einige Tage tot sein.«

»Wenigstens handelt ihr bei Gudrun schneller als bei meinem Vater«, sagte Anna verbittert.

»Du tust mir unrecht. Ich wollte gleich, als ich davon erfuhr, zu euch, aber Rudolfus meinte, wir wüssten alles Nötige und könnten uns den weiten Weg ersparen.«

»Verzeih mir, Simon, es war nicht so gemeint.«

»Geht dieser Rudolfus immer so vor?«, wollte Claas wissen.

»Na ja, das liegt wohl an seinem Alter. Außerdem weiß er wirklich viel und hat schon manch einen eingekerkert. Doch in der letzten Zeit lässt er nach. Liegt bestimmt an seiner Galle.«

Die Worte beruhigten Anna keineswegs, aber sie ließ das Thema auf sich beruhen.

15

Auf der anderen Seite des Schranks, der ihre Betten voneinander trennte, hörte Anna am gleichmäßigen Atmen, dass Claas bereits schlief. Sie selbst konnte ihre Augen nicht schließen, ohne dass immer wieder die tote Gudrun vor ihr auftauchte. Müde sah Anna zu, wie der Mond langsam seine Bahn über den Himmel zog. Hin und wieder streiften ihn ein paar Wolken, aber ansonsten war die Nacht sternenklar. Ein Gebet würde sicher helfen, um ihre Sinne zu beruhigen.

»Heilige Anna, halte schützend deine Hand über dieses Haus. … Mit unserer Suche nach dem Mörder stehen wir wieder wie am Anfang da. Die Kaisergegner sind endgültig aus dem Spiel. Sie heißen seine Entscheidung willkommen. … Gudrun ist tot und kann uns nicht mehr sagen, wer der geheimnisvolle Mann ist, der sie bezahlte. … Der Narbige Georg ist ebenfalls tot, vermutlich ermordet, und bisher haben wir keine Nachricht von Wegener, wer die Männer an der Seite des Narbigen waren. Vermutlich kommt Wegener wegen der Belagerung nicht in die Stadt. … Wie Simon uns sagte, hat niemand Meldung über die Verfolgung gemacht, obwohl Heinrich jemanden zum Wachhaus schicken wollte. Dann ist doch jemand in der Kirche, der dies verhindert hat! Ich muss unbedingt mit Heinrich darüber reden und sorge mich, dass er nun auch in Gefahr schwebt.«

Ein kleiner Schreck durchfuhr Anna bei dem Gedanken, und sie hoffte, so bald wie möglich zu ihm gehen zu können. Plötzlich musste sie husten, und damit Claas davon nicht aufwachte, hielt sie sich ihre Decke vor den Mund. Nachdem das Kratzen in ihrem Hals nachgelassen hatte, setzte sie ihr Gebet fort:

»Wir selbst werden gut von Hemeling und seinen Männern beschützt. … Claas arbeitet unermüdlich von früh bis spät. Ach, ich wünschte, er hätte keine Schuld am Tod von Vater. Er fehlt uns so sehr!«

Eine weitere Wolke schob sich vor den Mond, und die Schatten in ihrem Zimmer wurden schwächer. Anna kuschelte sich tiefer in ihre Decke.

»Mutter ist hier trotz allem wieder etwas aufgeblüht. Das neue Haus gefällt ihr gut. Ich selbst wäre aber lieber wieder in unserem Heim, denn die Stadt ist so eng und miefig. … Ich brauche deine Hilfe mehr denn je und hoffe, dass du meine Schritte lenken wirst. Amen.«

Eine Weile hing Anna noch ihren Gedanken nach, dann fiel sie endlich in einen traumlosen Schlaf.

Am nächsten Morgen ließ man Anna länger schlafen, sodass sie sich mit dem Frühstück beeilen musste.

Kurz nachdem die Männer an die Arbeit gegangen waren, bekamen sie bereits Besuch vom Ratsherrn Hemeling. Er begutachtete ihr Vorankommen und schien dieses Mal zufriedener zu sein als beim letzten Besuch.

»Ich bin froh zu sehen, dass ich mich nicht falsch entschieden habe, als ich euch die Arbeit überließ. Die fertigen Teile sehen prächtig aus.«

Claas erklärte nicht ohne Stolz: »Wir können schon bald mit dem Wappen beginnen. Diese Aufgabe wird Anna übernehmen. Ihre zierlichen Hände eignen sich gut für die filigranen Lettern.«

Hemelings Miene wurde ernst. »Da gibt es leider ein Problem. Die Urkunde ist verschwunden.«

»Wie meint Ihr das?«, fragte Anna verwundert.

»Sie wurde höchstwahrscheinlich bei dem Einbruch gestohlen.«

Anna erschrak. Ohne Urkunde konnte Bremen der Kirche gegenüber nicht belegen, dass der Kaiser sie schützen würde und ein Befürworter des Roland war. »Das sind schlechte Nachrichten. Ihr könnt doch sicher eine neue besorgen?«

Hemeling schüttelte bedauernd den Kopf. »Nein. Der Kaiser ist unterwegs und schlägt sich mit den Holsteinern herum. Ich habe alles versucht, doch ohne Erfolg. Mehrere Kuriere sind auf dem Weg, doch ich bezweifele, dass sie ihn finden und rechtzeitig zurück sind. Holstein ist groß.« Er seufzte. »Wenn nur die Büttel nicht so unfähig wären. Aber es nützt nichts, wir müssen einfach die alte wiederfinden, koste es, was es wolle.«

»Was sollen wir auf das Wappen bringen, wenn nicht die Kunde von unserer Unabhängigkeit?« Anna hoffte, dass Hemeling noch etwas in Reserve hatte.

»Ich weiß es ehrlich gesagt noch nicht und bin im Moment ratlos. Dennoch möchte ich, dass ihr mit der Arbeit fortfahrt wie geplant.«

»Das werden wir«, versicherte sie, doch ein ungutes Gefühl blieb.

***

Anna schlüpfte wieder in ihr blaues Sonntagskleid, das sie bereits am Morgen zur Kirche angehabt hatte. Sie flocht die Haare zu einem Zopf, den sie geübt unter der Haube verschwinden ließ. Nachdem sie die Schuhe gebunden hatte, ging sie ans Fenster und sah auf die wenig belebte Gasse hinunter.

Wie schon öfter in letzter Zeit wurde ihr schwindelig, und sie musste sich am Stuhl festhalten. Der Anflug verging jedoch ebenso schnell, wie er gekommen war. Erleichtert atmete sie auf und sah mit verschränkten Armen wieder hinaus.

Heute war es so weit, sie hatten ihre Audienz beim Erzbischof. War es falsch, was sie vorhatte? Sie wusste, dass sie Claas liebte, und wenn er sie auch nicht mit der Bademagd betrogen hatte, so war es dennoch sehr wahrscheinlich, dass Gudrun auch ihm Informationen entlockt und weiterverkauft hatte. Es blieb dabei: Sie konnte nicht mit einem Mann verheiratet sein, der eine Teilschuld am Tod ihres Vaters trug.

Mit einem Paket unter dem Arm eilte ein junges Mädchen die Gasse hinunter. Dabei musste sie der Gräfin ausweichen, die, von Hundegebell gejagt, zwischen zwei Häusern hervorschoss und auf die andere Straßenseite preschte. Das Mädchen drohte mit der Faust, rief etwas hinter der Katze her und verschwand dann aus Annas Sicht. Für die Gräfin war die Stadt ebenfalls eine Umstellung. Es gab viele andere Katzen, gegen die sie sich hier behaupten musste, zudem noch eine Menge Hunde und Menschen, die ihr nicht alle zugetan waren.

Anna seufzte, und ihre Gedanken wanderten wieder zur bevorstehenden Audienz zurück.

Was würde das Leben nach der Aufhebung dieser Ehe für sie bereithalten? Heiraten würde sie nie mehr können, doch auch ohne Ehemann gab es Möglichkeiten, sich einen Platz in der Welt zu schaffen. Falls sie das Geld für die Figur bekämen, konnten sie ihrem Onkel beweisen, dass es auch ohne eine Ehe gehen würde. Vielleicht würden sie dann einige Handwerker einstellen und kleine Aufträge von der Zunft erhalten. Wenn das nicht möglich war, gab es auch noch die Zünfte der Näherinnen und Zuckerbäckerinnen, die immer nach arbeitswilligen Frauen suchten. Der letzte Ausweg würde der Beginenhof sein, in dem unverheiratete oder verwitwete Frauen miteinander lebten und arbeiteten. Darüber hinaus bliebe ihr nur noch, in ein Kloster gehen, doch dieser Gedanke behagte ihr am wenigsten.

Die Glocke vom Dom schlug zur Hora Sexta. Es wurde Zeit, dass sie sich auf den Weg zum Erzbischof machten.

Als sie von einem älteren Kleriker in den großen Raum geführt wurden, saß seine Exzellenz, der Erzbischof, auf einem gewaltigen Stuhl. Anna hatte ihn schon einige Male in der Kirche gesehen und ihn als imposante Erscheinung in Erinnerung. Heute wirkte er blass, eingesunken, und er hatte viel von seiner Fülle verloren. Sie wusste bereits, dass er krank war, doch so dramatisch hatte sie es sich nicht vorgestellt. Neben ihm stand Heinrich und nickte Anna und Claas zu. Der Kleriker, der sie ins Zimmer geführt hatte, stellte sie dem Erzbischof vor und zog sich dann diskret zurück.

»Nun, ich hörte, dass ihr eine Annullierung eurer Ehe wünscht, ist das richtig? Das ist ein sehr ungewöhnliches Ansinnen. Nur in ganz schwerwiegenden Fällen wird die Kirche dem zustimmen. Seid euch dessen bewusst. Meistens treten die Eheleute nicht zusammen vor mich und sie sind nicht selten uneins. Doch euer Ansinnen hat mich neugierig gemacht. Wie schwer dieser Schritt ist, sollte euch bewusst sein.«

»Ja, Euer Exzellenz«, sagte Anna, und Claas nickte zustimmend.

»Dann unterbreitet mir jetzt eure Gründe dafür.«

Claas ließ Anna den Vortritt, nickte ihr zu, und sie begann. »Wir lieben uns nicht, und es war ein Fehler, dass wir diese Ehe eingegangen sind.« Sie holte tief Luft. »Claas tat es, um meine Mutter und mir nach Vaters Tod beizustehen, da meiner Mutter sonst der Schuldturm gedroht hätte. Doch es war ein Fehler. Ich will ihn nicht an uns binden.«

»Das ist ehrenhaft von deinem Mann und spricht nicht gegen

eine Vermählung. Du solltest dankbar sein. Ich habe schon von viel niedrigeren Gründen für ein Bündnis gehört.« Er machte eine Pause und atmete schwer rasselnd. »Wenn diese Ehe annulliert wird, muss deine Mutter dann nicht mehr in den Turm?«

»Es gibt eine andere Lösung.«

»Was sagst du dazu, Claas?«

Die Augen des Erzbischofs ruhten auf dem Angesprochenen, und Annas Herz begann zu klopfen, als er nicht sofort antwortete. Sie warf ihm einen vorwurfsvollen Blick zu. Im nächsten Moment musste sie sich anlehnen, denn zum wiederholten Mal überkam sie der Schwindel, zu dem sich jetzt auch Übelkeit gesellte. Für eine Sekunde schloss sie die Augen und unterdrückte das Verlangen, sich zu übergeben. Dann war es wieder vorbei und sie atmete tief durch. Sicher war es die Aufregung.

»Ja, es ist so, wie sie sagt, zumindest beinahe.«

»Das genügt mir ganz und gar nicht.« Ein weises Lächeln huschte über die Züge des kranken Mannes.

»Ich trage die Schuld am Tod ihres Vaters.«

»Was hast du getan, dass diese Schuld auf dir lastet? Ich hörte, der Steinmetz sei bei einem Überfall ums Leben gekommen.«

»Das ist richtig. Ich habe mich betrunken und das Siegel des Vertrauens gebrochen, und dabei hatten die Mörder wohl ihre Ohren aufgestellt.«

Heinrichs Augenbrauen schnellten in die Höhe. Schuldbewusst senkte Claas den Kopf, und Anna konnte sehen, wie sehr diese Geschichte an ihm nagte. Mitleid beschlich sie, aber sie wehrte sich gegen dieses Gefühl, schließlich war es die Wahrheit. Nun musste sie wenigstens die Geschichte mit der Bademagd nicht vor dem Erzbischof preisgeben, denn die Sache mit ihrem Vater wog sicher schwerer.

Heinrichs Mundwinkel zuckten verächtlich, aber er schwieg.

»Das ist natürlich eine schwerwiegende Angelegenheit. Wurde eure Ehe vollzogen?«, fragte der Erzbischof.

»Nein«, antwortete Claas ruhig.

»Dann werde ich über eure Bitte nachdenken und lasse euch wissen, wie ich mich entschieden habe. Gott sei mit euch.«

Heinrich verbeugte sich und begleitete die beiden aus dem Raum. »Seine Exzellenz ist noch sehr geschwächt.«

»Hochwürden, was fehlt seiner Exzellenz denn?«, fragte Anna, erschüttert über den Zustand des Erzbischofs.

»Das weiß niemand so genau. Schädliche Körpersäfte, sagt unser Medicus.«

»Es tut mir sehr leid um ihn, und ich werde ihn in meine Gebete mit einschließen«, versprach Anna.

»Wie lange wird es dauern, bis er sich entschieden hat, Hochwürden?«, fragte Claas.

»Das kann ich schwer voraussagen, aber ich hoffe für euch beide, dass er bald zu einem Urteil kommt.«

Anna zögerte kurz. »Hochwürden, können wir uns noch einen Moment ungestört unterhalten?«

»Wenn ihr es wünscht, können wir in meine Schreibkammer gehen.«

»Wenn ich im Wege bin, kann ich draußen auf dich warten.«

Der Unterton in Claas' Worten entging Anna nicht. »Nein. Komm bitte mit.« Sie wollte, dass er dabei war, damit er sah, dass seine Anschuldigungen gegen sie und Heinrich unbegründet waren.

In der Schreibkammer zündete der Priester einige Kerzen an, und sie setzten sich. »Was kann ich für euch tun?«

»Ich glaube, dass Ihr in Gefahr seid, Hochwürden«, begann Anna flüsternd.

Heinrich stutzte. »Ich? Aber wie kommst du denn darauf?«

»Nun, Ihr habt doch an dem Tag, als ich verfolgt wurde, jemanden zum Wachhaus geschickt.«

Er nickte.

»Diese Person ist nie dort angekommen. Die Büttel haben keine Meldung darüber erhalten, was passiert ist.«

»Oh.« Heinrich machte ein erstauntes Gesicht. »Ich schickte einen jungen Novizen, der mir versicherte, den Bütteln Bescheid gegeben zu haben. Ich lasse ihn sogleich zu mir rufen und befrage ihn.« Heinrich erhob sich, doch Anna hielt ihn am Arm zurück.

»Tut das lieber nicht und hört mich weiter an. Ich glaube nicht, dass dieser Novize dafür verantwortlich ist. Ich nehme an, dass jemand anders in der Kirche dahintersteckt. Er muss es auch sein, der den Überfall auf meinen Vater und Claas verschuldet hat und seine Arbeit zerstören wollte.«

»Anna, was du da sagst, ist eine schlimme Behauptung. Ich hoffe, du weißt, wer es ist, und hast Beweise dafür?«

Anna schüttelte den Kopf. »Nein, die habe ich nicht. Und wer es ist, kann ich noch nicht sagen.«

Sie legte kurz ihre Hand auf die von Claas. »Bitte verzeih, was ich jetzt tue.«

Er war verwirrt und legte seine Stirn in Falten.

»Ich muss es Heinrich sagen, denn er schwebt in ebenso großer Gefahr wie wir.«

Claas schien nicht zu verstehen, was sie meinte, und schwieg, nicht ohne ihr noch einen eindringlichen Blick zuzuwerfen.

Anna verstand, wandte sich aber trotzdem wieder an Heinrich. Es musste sein. »Wie Ihr wisst, wurden Claas und mein Vater überfallen und ein Teil ihrer Arbeit zerstört. Einer der Männer, die bei dem Überfall dabei waren, war der Narbige Georg, der mich in Bremen verfolgt und den man tot aus der Weser gefischt hat. Und dann ist da noch die Bademagd, die von einem Mann für Informationen über die Ratsherren bezahlt wurde. Auch die Magd ist mittlerweile tot, grausam ermordet. Alles spricht dafür, dass jemand in der Kirche nicht will, dass dieser Auftrag fertiggestellt wird.«

Anna, die sich vorgebeugt hatte, um nicht zu laut zu sprechen, lehnte sich zurück und sah, wie es in Heinrich arbeitete.

»Ich vermag nicht zu glauben, was du da erzählst. Um welche Arbeit handelt es sich denn genau?«

»Einen steinernen Roland, der uns Unabhängigkeit von dieser Kirche zusichert.«

Claas sprang auf. »Weib, was tust du?!«

»Wir können ihm vertrauen«, beruhigte sie ihn, doch seine Miene verriet ihr, dass er anders dachte.

»Das könnt ihr.« Heinrich sah Claas gütig an, doch dieser erwiderte den Blick feindselig.

»Angenommen, diese Ungeheuerlichkeit wäre wahr, was können wir jetzt tun?«, fragte Heinrich.

»Herausfinden, wer zusammen mit dem Narbigen meinen Vater umgebracht hat. Diese Männer könnten uns vielleicht mehr verraten, uns sagen, wer der Anführer ist.«

Claas setzte sich widerwillig und sichtlich verärgert wieder hin.

Heinrich stand auf, verschränkte die Hände hinter dem Rücken und begann, auf und ab zu gehen. Offenbar dachte er angestrengt nach. Anna folgte ihm mit den Augen, und ihr Blick wanderte seine Robe hinunter auf seine Schuhe. Er trug heute feine Lederstiefel und nicht die einfachen wie gewöhnlich. Er drehte sich wieder zu ihnen herum.

»Wenn ihr die Männer finden könntet, wäre das gut, doch wer sagt, dass sie nicht auch schon vergiftet in der Weser treiben?«

Anna fuhr ein eisiger Schreck durch die Glieder, es war, als greife eine eiskalte Hand nach ihrem Herzen. Plötzlich wusste sie, dass es ein Fehler gewesen war herzukommen. Die Erkenntnis traf sie wie ein Schlag. Heilige Jungfrau, steh mir bei!, schickte sie ein Stoßgebet zum Himmel. Sie hatte dem Mörder ihres Vaters in die Hände gespielt.

»Solange sie nicht gefunden wurden, haben wir Hoffnung.« Claas sah Heinrich fest an, während Anna sich in die Lehne des Stuhls krallte, der unter ihr wankte wie ein störrisches Pferd. Sie musste gegen die Übelkeit und den Schwindel ankämpfen, der sie zu überwältigen drohte. Heinrich durfte nicht merken, was gerade in ihr vorging.

»Falls sie noch am Leben sind, wo wollt ihr nach ihnen suchen?«

»In der Stadt«, antwortete Claas.

»Die Stadt ist groß. Habt ihr vielleicht schon eine Spur?«

Abrupt stand Anna auf. »Wir … müssen … gehen …« Das Atmen fiel ihr schwer. Sie konnte sich nicht auf den Beinen halten und fiel zurück in den Stuhl.

»Anna, was ist mit dir?« Besorgt beugte Claas sich über sie, und auch Heinrich war mit einem Satz bei ihr.

»Schon heute Morgen zur Messe ging es ihr nicht gut. Ich glaube, es war alles zu viel in letzter Zeit. Es ist besser, wenn ich sie sofort nach Hause bringe«, hörte sie Claas sagen.

Heinrich goss einen Becher Wasser ein und hielt ihn ihr an den Mund. »Trink das«, befahl er sanft.

Anna nahm einige Schlucke, und plötzlich formte sich das Wort »Gift« in ihren Gedanken. Dann wurde ihr schwarz vor Augen.

16

Hohes Fieber ließ Anna die nächsten Tage nur verschwommen wahrnehmen. Mal sah sie Mechthild, und es roch nach Kräutern, dann war Thea über ihr, die versuchte, ihr eine Brühe einzuflößen. Doch bei jeder Nahrungsaufnahme rebellierte Annas Magen heftig. Ihre Mutter war da und streichelte ihr unermüdlich die Hand oder betete. Claas saß an ihrem Bett und tupfte ihr die Stirn ab oder rieb ihre Handgelenke mit einer Tinktur ein. Am Rande nahm sie wahr, wie schlimm er aussah, aber sie blieb nie lange genug wach, um mit ihm zu sprechen.

In ihren Träumen tauchte ihr Vater auf, der sie ermahnte, bei ihrem Mann zu bleiben. Sie sah Gudrun in der Kirche, die ihr drohte, sie solle die Finger von ihrem Priester lassen. Heinrichs Gesicht tauchte vor ihr auf.

Nach sieben Tagen wurden die Momente, in denen sie wach war, immer länger. Anna ahnte, dass sie nach der letzten Begegnung mit Heinrich in noch größerer Gefahr waren als zuvor, doch sie war nicht in der Lage, etwas dagegen zu tun. Sie versuchte, über alles nachzudenken. War Heinrich wirklich der Mörder ihres Vaters? Hatte er versucht, die Statue und damit ihre Familie zu zerstören? Was trieb ihn dazu an? Niemand hatte ihm etwas getan. Sie kannte ihn so viele Jahre. Gut, sie hatte ihn als junges Mädchen abgewiesen, aber konnte das der Grund sein?

Nach weiteren drei Tagen verlangte Mechthild, dass sie aufstand, damit ihr geschwächter Körper wieder zu Kräften kam. Anfangs fiel es Anna schwer, doch mit jedem Schritt, den sie tat, ging es besser. Seit sie nicht mehr im Fieber lag, hatte sie Claas nicht mehr gesehen. Er schlief seit ihrer Krankheit in der Kammer seiner Brüder und war am Tage arbeiten oder fort.

Jetzt saß Anna mit ihrer Mutter in der Küche und beobachtete sie beim Kochen. »Es tut gut, nicht mehr im Bett liegen zu müssen. Weiß Mechthild, was dieses Fieber verursacht hat?«

»Sie sagte, du hattest eine Lungenentzündung.«

»Mir war ein paarmal schwindelig, meinst du, das hing damit zusammen?«

»Ja, und du bist immer noch sehr schwach.«

»Lass mir nur ein paar Tage, und ich bin wieder die Alte. Bei deinem guten Essen sollte das nicht lang dauern.« Sie zwinkerte, und ihre Mutter lächelte, wurde aber sofort wieder ernst.

»Claas hat beinahe rund um die Uhr an deinem Bett gewacht. Hat keinen Handschlag mehr an der Figur getan, nur hin und wieder seinen Brüdern und Hemelings Männern Anweisungen gegeben.«

Also war es kein Fiebertraum gewesen, er war wirklich da, als es ihr schlecht ging. Sie wusste nun, dass es ein Fehler war, die Aufhebung ihrer Ehe zu verlangen.

»Ich weiß, Mutter. Ich werde so schnell wie möglich mit ihm sprechen, und wenn er noch will, gehen wir zum Erzbischof und machen unser Ersuchen rückgängig.« Sie hoffte, dass diese Entscheidung auch ihre Mutter versöhnen würde, doch sie reagierte anders, als Anna erwartet hatte.

»Deine Einsicht kommt zu spät. Aber am besten, ich schicke dir Claas, er wollte sowieso mit dir reden.« Damit verließ sie das Zimmer.

Ungeduldig wartete Anna und überlegte, was »zu spät« bedeuten konnte. Wollte Claas sie jetzt nicht mehr, hatte sie zu lange an dem Vorhaben festgehalten, nicht sein Weib zu sein? Hatte sie selbst ihn so sehr abgeschreckt? Oder würde er gar fortgehen, weil er genug hatte? Anna mochte nicht weiter daran denken.

Kurz darauf betrat ein staubiger Claas die Küche.

»Schön, dass es dir besser geht.«

»Ich danke dir dafür, was du für mich getan hast. Mutter sagte, dass du mit mir reden wolltest.« Annas Herz schlug heftig, und sie versuchte, ihre Finger unter Kontrolle zu bekommen, die unentwegt mit dem Zipfel der bestickten Tischdecke spielten.

Claas holte etwas aus dem Schrank, setzte sich und schob ihr ein Dokument hin. Anna nahm an, dass es die Urkunde vom Kaiser sei, und faltete es in freudiger Erwartung auseinander. Sie begann zu lesen und erkannte, dass es ein Schreiben des Erzbischofs war, das besagte, dass sie nun keine Eheleute mehr waren. Schneller als erwartet hatte er der Annullierung zugestimmt. Achtlos ließ sie es auf den Tisch fallen.

»Dann gilt es jetzt.« Sie konnte die Enttäuschung in ihrer Stimme nicht verbergen und sah, dass es Claas verwirrte.

»Ich dachte, es ist das, was du wolltest.«

Sie konnte keine Bitterkeit aus seinen Worten heraushören, obwohl sie es erwartet hatte, er klang einfach nur traurig. Am liebsten hätte Anna ihn in den Arm genommen, doch es war ihr unmöglich, denn schließlich war es ihre Schuld.

»Wann ist die Urkunde gekommen, und wer hat sie gebracht?«

»Als du vier Tage im Fieber lagst, kam dieser Heinrich und gab sie ab. Er hat sich nach dir erkundigt und war sehr erschüttert, als er von deiner Krankheit hörte. Täglich schickt er seitdem einen Novizen, der ihm berichten soll, wie es dir geht.«

Heinrich war hier gewesen. Eine Gänsehaut lief über ihren Rücken, und sie zog fröstelnd den Umhang enger. Claas entging es nicht. »Vielleicht solltest du noch etwas ruhen, immerhin warst du sehr krank.«

»Nein, das ist es nicht.« Sie machte eine kurze Pause. »Ich glaube, ich weiß nun, wer hinter allem steckt.« Betrübt blickte sie auf ihre Finger.

»Was?« Erstaunt beugte Claas sich vor. »Wer ist es, sprich.«

»Kein Geringerer als Heinrich.«

»Der?«, entfuhr es Claas, und er riss ungläubig seine Augen auf. »Wie kommst du darauf?«

»Wie du weißt, hatte ich die Feinde des Kaisers im Verdacht, doch Wegener bekam heraus, dass sie die Veränderung durch den Roland willkommen heißen.«

Claas nickte.

»Außerdem dachte ich an Friedrichs, doch nach allem, was wir jetzt wissen, wird er es nicht gewesen sein. Bleibt noch die Kirche. Sicher entsinnst du dich an deine Beobachtung in der Taverne, als ein Priester dem Büttel Rudolfus Gold gab?«

»Natürlich.«

»Dieser Priester trug feine Lederstiefel, oder?«

»Ja.«

»Heinrich auch! Bei den anderen Treffen ist es mir entweder nicht aufgefallen, oder er hatte sie nicht an. Letzte Woche jedoch trug er welche.«

»Hm. Das beweist aber nichts. Viele Menschen tragen derartige Stiefel.«

»Das ist ja auch nicht alles. An dem Tag, als der Narbige mich verfolgt hatte, war ich in der Kirche, um zu beten. Plötzlich sagte eine Frau zu mir, dass ich meine Finger von *ihrem Priester* lassen solle. Diese Frau war Gudrun.«

Claas goss ihnen Wein ein und leerte seinen Becher in einem Zug. »Was hatte Gudrun mit …« Er stockte. Bei seiner Erkenntnis ließ er die Schultern hängen. »Aber natürlich! Der Mann, der sie für die Informationen bezahlte, war Heinrich, und sie muss dich mit ihm gesehen haben!«

»Das denke ich auch. Als ich das erste Mal in Heinrichs Schreibkammer war, dachte ich bei mir, er müsse ein sehr wichtiger Kirchenmann sein, denn auf seinem Tisch lag ein Dokument mit dem Siegel des Kaisers.«

»Die gestohlene Urkunde aus dem Rathaus«, platzte Claas heraus.

Anna nickte. »Leider konnte ich nicht sehen, was darauf geschrieben stand, aber es wäre immerhin möglich.« Sie nahm ebenfalls einen Schluck, ehe sie weitersprach. »Nun kommt das Eigentliche. Mechthild erzählte mir von ihrer Vermutung, dass der Narbige vergiftet wurde.«

»Und?«

»Aber sie hat es den Bütteln nicht gesagt, weil sie nicht sicher war. Sie wollte zuvor noch ein paar Untersuchungen durchführen. Erinnerst du dich an den Besuch beim Erzbischof, als ich dummes Weib Heinrich alles haarklein erzählt habe?«

Behutsam streichelte Claas Annas Schulter. »Ich war dabei und konnte nicht glauben, was du tatest.«

»Ich weiß.« Sie seufzte. »Heinrich sagte: ›Möglich, dass die Kumpane vom Narbigen auch schon vergiftet in der Weser treiben.‹ Keiner außer uns und vielleicht Mechthilds Familie weiß etwas von Gift.«

»Außer … er ist der Mörder«, ergänzte Claas, und ein leiser Pfiff kam über seine Lippen.

»Genau.«

»Mein Gott!« Claas stand auf. »All das ergibt einen Sinn. Wir sollten zum Wachhaus gehen und dort sagen, was wir wissen.«

Energisch schüttelte Anna den Kopf. »Nein. Ich hatte die letzten Tage Zeit zum Nachdenken. Wir haben keine Beweise. Gudrun und Georg sind tot und können nichts mehr bezeugen. Und weißt du, welche Büttel Heinrich sonst noch bezahlt? Was mit Leuten geschieht, die gegen eine hohe Person falsches Zeugnis ablegen, ist dir sicher bekannt. Er wird bestimmt alle Spuren, die zu ihm führen, beseitigt haben.«

»Aber wir können auch nicht einfach abwarten. Wie du siehst, schreckt er selbst vor Mord nicht zurück. Wer sagt uns, dass er es nicht noch einmal versucht?«

»Er weiß nicht, dass ich ihn durchschaut habe. Wir müssen nachdenken, ehe wir etwas Falsches tun.«

»Und Hemeling?«

»Der wird uns im Moment auch nicht weiterhelfen können. Nach wie vor müssen wir die Kumpane vom Narbigen finden, falls sie noch am Leben sind. Und wir brauchen das Schriftstück aus Heinrichs Schreibkammer.«

»Aber nachdem du Heinrich alles erzählt hast, wird er die übrigen Männer sicher schon längst aus dem Weg geräumt haben«, gab Claas zu bedenken.

»Ja, ich weiß, aber etwas anderes haben wir im Moment nicht.«

Obwohl Anna sofort mit der Suche nach den Männern beginnen wollte, hatte Claas sie sanft, aber bestimmt gezwungen zu warten, bis sie vollkommen genesen wäre. Auch Mechthild, die noch zweimal nach ihr sah, predigte, dass man mit einer Lungenentzündung nicht leichtfertig umgehen sollte.

»Hast du zuvor eigentlich nichts gespürt, Husten, Fieber oder Unwohlsein?«

»Nein, na ja, das heißt, ich hatte einen leichten Husten, nur an dem Sonntag waren diese Schwindelanfälle sehr schlimm.«

Ungläubig starrte Mechthild sie an. »Dann hat dein Körper es entweder geschickt vor dir geheim gehalten, oder du hast es nicht beachtet. Wie dem auch sei, wenigstens geht es dir jetzt wieder gut.«

»Dank dir und der Familie.«

Mechthild lächelte und winkte ab. »Ich hatte schon schlimmere Fälle. Du hast Glück gehabt, im Gegensatz zu unserem Erzbischof, dem es sehr schlecht gehen soll.«

»Ich habe ihn gesehen, und er wirkte um Jahre gealtert. Weißt du, was mit ihm los ist?«

»Nein, ich hörte nur von einer mysteriösen Krankheit und dem Ungleichgewicht seiner Körpersäfte. Die haben in der Kirche eigene Heiler, da wird man mich nicht um Rat fragen. Kannst du mir beschreiben, was dir an ihm aufgefallen ist?«

»Ich will es versuchen.« Anna rief sich jenen Sonntag ins Gedächtnis zurück. »Er war sehr blass und abgemagert, auch sein Atem ging röchelnd. An mehr kann ich mich nicht erinnern.«

»Hast du etwas gerochen?«

Anna schüttelte den Kopf. »Nur Weihrauch, und das nicht zu knapp.«

»Ich werde darüber nachdenken. Jetzt muss ich mich auf den Weg machen, und du hältst dich bitte an meine Anweisungen, wenn du kein immerwährendes Lungenleiden wünschst.«

»Ich werde versuchen, mich zu schonen«, versprach Anna, als sie Mechthild zur Tür begleitete.

Eine ganze Woche durfte sie nichts machen, außer am Feuer sitzen, vielleicht etwas sticken und den Tag Tag sein lassen, während alle um sie herum irgendetwas Sinnvolles taten.

Draußen war der Schnee mittlerweile geschmolzen, und die ersten Frühlingsboten zeigten sich in Form von Schneeglöckchen, welche neugierig ihre grünen Blätter aus der Erde streckten. Langsam wurden die Tage wieder länger, und immer öfter zeigte sich die Sonne. Anna konnte Schwärme von Zugvögeln beobachten, die nach dem Winter zurückkehrten. Als sie abends aus dem Fenster sah, hörte sie eine Singdrossel ihr erstes Lied trillern. Nun wusste sie, dass der Frühling nicht mehr fern war.

Der Kater von Gudrun, den alle den Grafen nannten, hatte sich sehr herausgemacht und mit ihrer Gräfin angefreundet. Die beiden spielten oft miteinander oder lagen zusammengerollt in einem der Betten und schliefen. Anna befürchtete, dass sie irgendwann von einer Schar kleiner Komtessen umgeben sein würden.

Abends saß Anna öfter mit Claas zusammen. Sie spielten Schach und beratschlagten dabei, wie sie Heinrich überführen und an das Dokument herankommen könnten. Doch so sehr sie auch grübelten, eine Lösung wollte sich einfach nicht finden lassen. Heinrich ließen sie durch den Novizen ausrichten, dass Anna die Krankheit noch nicht auskuriert hätte.

Mit der Arbeit am Roland kamen sie ein gutes Stück voran. Wenn sie das Tempo beibehielten, würden sie sogar vor der Zeit fertig werden, doch dazu musste das Dokument des Kaisers wieder auftauchen. Das Wappen war bereits geformt und wartete auf die Buchstaben, die Anna hauen sollte.

Als sie glaubte, vor Langeweile zu vergehen, nahm sie sich einen Bogen Pergament, etwas Kohle und begann, eine Zeichnung von einem Augenschutz zu machen. Dazu sollten Kettenglieder aneinandergereiht werden, welche zwar Steinsplitter abhielten, jedoch das Sehen nicht zu sehr behinderten. Zur Befestigung sollte ein Reif um den Kopf dienen. Nach zwei Tagen war sie fertig, und sie zeigte Claas die Zeichnung.

»Schau, so hatte ich es mir vorgestellt.« Sie reichte ihm das Pergament.

Claas betrachtete die Zeichnung eingehend. »Das sieht wirklich sehr gut aus. Wenn ich darf, werde ich den Schmied fragen, ob er einen solchen Schutz anfertigen kann.«

Anna kam wieder zu Kräften, und ihre Kleider schlotterten nicht mehr wie ein Sack an ihrem Körper. Als zu erkennen war, dass sie ihr Sonntagskleid wieder einigermaßen ausfüllte, wurde ihr erlaubt, sich wieder dem Tagewerk hinzugeben. An diesem Abend teilte Claas ihr mit, dass er am Sonntag mit ihr nach den Männern suchen wollte.

Endlich tat sich etwas, und sie konnte es kaum erwarten. Bis zu dem Tag kümmerte sie sich gemeinsam mit Thea und ihrer Mutter um das Essen, putzte, machte wieder die Wäsche und half sogar hier und da an der Statue mit. Sie kratzte feine Linien, gab dem Gesicht des Roland immer mehr Tiefe. Seine Mundwinkel zeigten bald ein leichtes Lächeln, und auch aus den Haaren arbeitete Anna noch kleinere Locken heraus, was mit den groben Werkzeugen schwer möglich gewesen war.

»Das ist noch besser, als ich es mir vorgestellt habe«, sagte Hemeling anerkennend, als er wieder einmal bei ihnen hereinschaute. »Ich hoffe nur, dass nicht alles umsonst ist.«

Mit sorgenvollen Gesichtern hörten Claas und Anna die Worte des Ratsherrn.

»Gibt es denn wirklich keine Möglichkeit, jemanden zum Kaiser zu senden, um eine neue Urkunde zu holen? Manche Boten sollen doch recht schnell unterwegs sein.« Anna hoffte, dass ihre Bezahlung trotzdem erfolgen würde, sagte aber nichts von ihren Bedenken.

»Wie stünde Bremen vor dem Kaiser da? Wenn wir nicht einmal in der Lage sind, auf eine kleine Urkunde achtzugeben, wird er seine Zusage bestimmt noch einmal überdenken. Nein.« Hemeling schüttelte energisch den Kopf, wobei seine Locken wild hin und her hüpften. »Ich lasse mir schon etwas einfallen. Macht ihr nur weiter wie bisher.«

»Was ist mit der Bezahlung, wenn die Urkunde verschwunden bleibt?« Claas sprach aus, wovor Anna sich gefürchtet hatte, und Hemeling errötete. Es war das zweite Mal, dass Anna ihn verlegen sah.

»Ich hoffe inständig, dass der Rat mir dann die Gelder nicht verwehrt.«

Claas schnaufte verächtlich. »Ich befürchte, dass genau das geschehen wird.«

»Sorgt euch nicht, ich werde alles regeln. Notfalls sogar mit dem Schwert.«

»Was nützt uns ein toter Ratsherr? Aber wir wollen den Teufel nicht an die Wand malen.«

Anna hoffte, dass es nie so weit kommen musste.

Der Messe konnte Anna an diesem Sonntag nur schwer folgen, da sie in Gedanken immer wieder ihr Vorhaben durchging, nach den Männern zu suchen.

Als sie aus dem Dom traten, stand Heinrich am Fuß der Treppe und lächelte sie erwartungsvoll an. Wenn er keinen Verdacht schöpfen sollte, musste sie so tun, als wäre alles beim Alten. Widerwillig lächelte sie zurück.

»Ich war sehr in Sorge um dich und freue mich, dich endlich genesen zu sehen, liebe Anna.«

»Habt Dank, Hochwürden. Mir geht es wieder gut. Auch für die Urkunde vom Erzbischof danke ich Euch.« Sie machte einen Knicks.

Claas sah besorgt zu ihnen herüber, doch er hielt sich zurück, als Anna ihm unauffällig ein Zeichen gab. Er ging daraufhin zu Thea und ihrer Mutter, ließ sie aber keine Sekunde aus den Augen.

»Ich hoffe, deine Mutter hat nichts dagegen, wenn ich dich ein kleines Stück entführe?«

»Ich frage sie. Warte bitte kurz.« Damit ging Anna zu Magda Olde.

»Heinrich möchte, dass ich ihn ein kleines Stück begleite. Wir bleiben aber in Sichtweite, also sorgt euch nicht.« Die letzten Worte waren für Claas bestimmt, und er verstand.

Ihre ahnungslose Mutter nickte dem Priester freundlich zu. »Geh nur, mein Kind. Wir werden hier auf dich warten.«

Heinrich bot ihr galant wie immer seinen Arm an. Anna ergriff ihn, auch wenn sie dabei jetzt eine Gänsehaut bekam.

»Was wirst du tun?«, fragte er.

»Das wird sich zeigen. Ich will versuchen, einige Handwerker einzustellen, und erhoffe mir Aufträge von der Zunft«, berichtete sie wahrheitsgemäß.

»Sehr geschäftstüchtig. Vielleicht kann ich dir durch die Kirche behilflich sein. Aber meine Frage zielte eher auf dein Vorankommen als Frau ab.«

Sie wusste genau, was er meinte, gab sich aber unwissend. »Wie meinst du das?«

»Na ja, ein Weib sollte nicht zu lange ohne männlichen Schutz leben. Zu schnell gerät sie dann in Verruf.«

Das waren schon die Worte ihres Onkels gewesen, und sie stöhnte innerlich. »Darüber habe ich mir bislang noch keine Gedanken gemacht, denn wir müssen vorerst meine Mutter vor dem Schuldturm bewahren. Alles andere kommt später.« Sie rang sich ein Lächeln ab und wechselte das Thema, um weiteren Fragen aus dem Weg zu gehen. »Ach übrigens, konntest du schon mit dem Novizen sprechen, welchen du zum Wachhaus geschickt hattest?«

»Nein, der wurde nach Verden gesandt. Wir müssen uns gedulden, bis ich ihn dort treffen kann.«

»Begib dich nicht in Gefahr, Heinrich«, flüsterte Anna und spielte die Fürsorgliche. Sie hoffte, dass sie mit diesen Worten sein Vertrauen weiter stärken konnte.

»Ich werde auf mich achten, aber du musst mir das Gleiche versprechen.« Tief sah er ihr in die Augen, und Anna hätte am liebsten zugeschlagen, stattdessen aber gab sie sich verlegen.

»Mein Herz beginnt zu glühen, wenn ich dich sehe«, säuselte er.

»Heinrich, du schmeichelst mir.«

»Das war meine Absicht.«

»Genug für heute. Mutter besteht darauf, dass ich ihr beim Zubereiten der Mahlzeit zur Hand gehe.«

»Dann eile und lass sie nicht warten. Ich werde mich bei dir melden.«

»Ich freue mich.« Noch einmal überwand Anna sich zu einem Lächeln, dann ging sie zu ihren Leuten zurück. Claas hatte sie die ganze Zeit beobachtet, und sie spürte, dass es ihm nicht anders erging als ihr selbst. Doch um weder ihre Mutter noch Thea zu beunruhigen, schwiegen sie, bis sie allein waren.

»Er verdient nichts anderes als den Tod.« Wütend spuckte Claas auf den Boden. Sie hatten noch gemeinsam mit den anderen gegessen und dann einen Spaziergang vorgeschoben, um sich unbemerkt auf die Suche machen zu können. Sie gingen gerade die Oberstraße in Richtung Schlachte hinauf, als die unterdrückte Wut aus Claas herausplatzte.

»Ich weiß. Aber wir dürfen uns nicht verraten.« Beruhigend strich Anna ihm über die Schulter.

»Das Schlimme ist, dass wir uns gut mit ihm stellen müssen, sonst schöpft er noch Verdacht«, fauchte Claas noch immer aufgebracht.

»Tun wir es, bis wir eine Lösung haben. Aber zunächst kümmern wir uns um die Kumpane vom Narbigen. Wenn wir die finden, haben wir vielleicht jemanden, der seine finsteren Absichten bezeugen kann.«

Eine gute Stunde fragten sie im Viertel der Färber, Gerber und Schlachter herum, wo Anna den Männern begegnet war. Dann endlich sagte ihnen ein altes Weib, dass sie einen Mann immer wieder mit dem Narbigen gesehen hätte. Sie zeigte ihnen, wo er wohnte.

Die kleine Holzhütte schmiegte sich an das größte der vielen Schlachthäuser, aus dessen Inneren verschiedene Tierlaute zu hören waren. Claas klopfte an die Tür, und kurz darauf öffnete ein älterer Mann.

»Ja?«, sagte er und musterte die beiden erstaunt.

Seine weiten Hosen schlotterten ihm um die Beine und strotzten vor Dreck, ebenso wie er selbst. Anna versuchte, nur durch den Mund zu atmen, da er einen furchtbaren Geruch verbreitete.

»Sei gegrüßt, guter Mann. Kanntest du vielleicht den Narbigen Georg?«, fragte Claas freundlich.

»Mit seinen Machenschaften hatte ich nie etwas zu tun, auch wenn ich arm bin. Ich war stets ehrlich, mein Herr.«

»Darum geht es nicht. Wir wollen nur wissen, mit wem er zu tun hatte.«

»So was kümmert mich nicht.«

Anna hielt ihm einen Groschen hin. »Nehmt und kauft euch etwas Feines zu essen.«

Der Alte nahm das Geld, ließ es in seiner Tasche verschwinden und verbeugte sich. Jetzt wurde er gesprächiger. »Der war oft mit dem langen Herbort und seinem Bruder Kurt zusammen. Doch beide habe ich seit Wochen nicht gesehen, wenn ihr das fragen wollt.«

»Wo wohnen die zwei?«

»Drüben am Hafen bei ihrer Schwester, aber das Häuschen steht seit einiger Zeit leer. Die alte Brunhilde erzählte, als die Kunde umging, dass man Georg tot gefunden hat, sind sie eines Morgens mit Sack und Pack weg.«

»Und war Georg noch mit anderen zusammen?«

Der Alte zog seine Mundwinkel nach unten und schüttelte sein Haupt. »Hier und da hat er sich mit diesem und jenem abgegeben, aber am meisten trank er mit den Brüdern Kurt und Herbort. Vor allem, als er zu einem kleinen Vermögen gekommen war, schwirrten sie dauernd um ihn herum.«

»Hab Dank für die Auskunft und noch einen gesegneten Sonntag.«

»Ebenso.«

Auch weiteres Herumfragen brachte nichts Neues zutage, und als sie müde wurden, beschlossen Anna und Claas, nach Hause zurückzukehren.

»Wie geht es nun weiter?«, fragte Claas.

»Ich weiß es nicht«, sagte Anna enttäuscht. »Ich hoffe, dass uns etwas einfällt.«

***

Zwei Wochen später stand Heinrich persönlich auf der Kanzel, von wo aus er von der schweren Krankheit des Erzbischofs berichtete. Die Gemeinde war über die Neuigkeit erschüttert, und ein Raunen ging durch die Reihen der Gläubigen.

»Es liegt in Gottes Hand, ob er sich von dieser Krankheit wieder erholen wird. Lasset uns für ihn beten.«

Im Anschluss an den Gottesdienst wartete der Priester vor der Kirche auf Anna. Sie gab Claas ein Zeichen, auf sie zu warten, und gesellte sich zu Heinrich.

»Meine liebe Anna. Du siehst heute noch schöner aus als sonst und erblühst wie eine Frühlingsblume.«

»Danke für deine schönen Worte. Jedoch betrübt mich die Kunde von der Krankheit des Erzbischofs sehr. Ich dachte, er wäre auf dem Weg der Besserung. Wenn Bremen auch noch die geistliche Führung fehlt, während Hoya uns belagert, was wird dann aus dieser Stadt?«

»Noch leidet Bremen keine große Not, aber sollten sich unsere schlimmsten Befürchtungen bewahrheiten, wird es schnell einen Nachfolger geben. Mich.«

»Dich?«, platzte es ungläubig aus ihr heraus.

»Ja. Kannst du dir mich als Bischof vorstellen?« Er lachte fröhlich.

Anna ließ sich nicht anmerken, wie sehr sie ihn verabscheute. Sich zu brüsten, während sein Onkel mit dem Tode rang, war unfassbar. »Nun, die Robe würde dir sicher gut zu Gesicht stehen. Doch noch sollten wir hoffen, oder ist sein baldiges Ableben schon Gewissheit?«

»Ich fürchte, ja.« Er seufzte laut. »Darum muss ich jetzt auch für eine Weile verreisen und werde erst nach Ostern wieder in der Stadt sein. Und ausgerechnet zur Ostermesse sind wir auf jede Hand angewiesen, aber die Situation erfordert es.«

»Oh.«

»Ich weiß, dass dich das trifft, doch muss ich einige Dinge mit dem Bistum Verden regeln, solange mein geliebter Onkel noch unter den Lebenden weilt.«

Er glaubte tatsächlich, dass Anna ihn vermissen würde. Seine Einfalt kannte keine Grenzen. Sie durfte sich jedoch nichts anmerken lassen. »Wann wirst du fahren?«

»Bereits an diesem Freitag.«

Aber natürlich, das war es! Anna musste sich zusammenreißen, um nicht vor Heinrich laut zu jubilieren. Ohne es zu merken, hatte er ihr soeben Tür und Tor geöffnet, und sie konnte es kaum abwarten, Claas davon zu erzählen.

»Dann freue ich mich auf deine Rückkehr und wünsche dir eine gute Reise. Doch nun wird es Zeit, meine Mutter wartet sicher voller Ungeduld, damit ich ihr zur Hand gehe.«

»Anna, warte. Du weißt doch, was du mir bedeutest?« Er zog ihre Hand an seine Lippen, doch geschickt entzog sie sich ihm.

»Aber Heinrich«, tadelte sie ihn leise und eilte von ihm gefolgt in Richtung Markt.

Als Anna am Abend mit Claas an der warmen Feuerstelle saß, kamen Erinnerungen an das letzte Mal in ihr hoch, als sie so beisammen gewesen waren, und sie spürte eine heiße Welle der Verlegenheit.

Den ganzen Tag über hatte sie sich zurückhalten müssen, um nichts zu verraten. Sie war beinahe fröhlich durchs Haus gegangen, und ihre Laune war so gut wie lange nicht mehr. Thea hatte gefragt, was mit ihr los sei, doch sie hatte geschwiegen und das baldige Ende des Winters als Grund vorgeschoben. Auch Claas sah sie immer wieder verwundert an, bis sie ihm flüsterte, dass es eine Lösung für ihre Probleme gebe, die sie ihm abends erzählen wollte, wenn alle schliefen.

Sie hatten ihre Partie Schach vom letzten Mal noch nicht zu Ende gespielt. Claas schenkte ihnen Wein ein und wartete geduldig, dass sie erzählte. Zuvor schlug sie triumphierend seinen Läufer, welcher ihren König bedrohte. Claas nahm es mit einem Lächeln hin.

»Wie du sicher weißt, verteilt die Kirche am Ostersonntag Speisen an die Ärmsten der Stadt.«

Er nickte stumm, nahm einen Schluck Wein, und sein Blick heftete sich wieder auf das Schachbrett.

»Dabei werden immer helfende Hände gebraucht. Ich dachte mir, ich melde uns dort an.« Genüsslich biss Anna in eine Rosinenwecke und wartete auf seine Reaktion.

Stirnrunzelnd hatte Claas zugehört. »Und dann sagen wir Heinrich freundlich guten Tag und bitten ihn, die Urkunde herauszugeben, oder wie stellst du dir das vor?«

»Er wird nicht da sein.«

Nun stutzte Claas, und Anna kicherte albern.

»Wo ist er denn?«

»Im Bistum Verden. Bei dieser Gelegenheit brauchen wir uns nur noch in seine Schreibkammer zu schleichen und das Dokument zu suchen.«

»Anna, Anna.« Er schüttelte anerkennend den Kopf. »Dein Plan ist wirklich gut, aber ich hoffe, er ist besser als dein Spiel.« Er schob seine Dame drei Felder vor und grinste. »Schachmatt.«

17

Zum Segen für die Stadt hatte der Rat sich kurz vor Ostern mit dem Grafen von Hoya geeinigt. Er erklärte sich damit einverstanden, dass nur wenige seiner Bauern zu ihm zurückkehrten. Die anderen wollten im Schutz Bremens ein neues Leben beginnen. Pro Bauer, der nicht zu ihm zurückkehrte, wurde ihm eine großzügige Summe aus dem Stadtsäckel zugesagt. Der Graf von Hoya hob die Belagerung auf, sodass die umliegenden Bauern und reisenden Händler wieder ihre Waren auf den Markt und die Jäger wieder Wild bringen konnten.

Seit dem Karfreitag hatten Magda Olde, Thea und Anna Pasteten, Brote sowie einen großen Topf mit Milchbrei gemacht, die sie heute unter den Armen verteilten. Vor und in der Kirche sowie im Brautzimmer waren kleine Stände aufgebaut, die voller Spinat, Kohl, Rüben und Wintergemüse waren. Viele Bürger, denen es nicht so schlecht ging, halfen, wo sie nur konnten. Auch die Gattin Hemelings und andere Ratsfrauen, die Bäckerin und selbst die blinde Theresa mit ihrem Maronenstand leisteten ihren Beistand. Nonnen und Kleriker verteilten Brot und Wein oder kümmerten sich um Kranke.

Mechthild war mit allerlei Kräutern und Tinkturen gekommen und versorgte kleinere oder größere Leiden der Menschen. Anna hörte sie mit einem Priester sprechen, der ihr widerwillig den schlechten Zustand des Erzbischofs beschrieb. Ihr den Leibarzt für ein Gespräch zu schicken, verweigerte er jedoch zum Unmut der Kräuterfrau.

»Anna, ich weiß nicht, was ich davon halten soll.« In einer ruhigen Minute nahm Mechthild sie beiseite. »Du entsinnst dich doch noch an den Toten aus der Weser, den ich mir ansehen sollte?«

»Den Narbigen Georg.«

»Genau. Ich bin recht sicher, dass er vergiftet wurde, und habe es den Bütteln mitgeteilt.«

»Wann hast du es denen gesagt?«

»Vor zwei Tagen. Ich musste ja dazu in mein Haus, um einige Kräuter auszuprobieren, bis ich den Geruch fand, nach dem der

Narbige gerochen hat, und das konnte ich erst, als die Belagerung vorbei war.«

»Oh, dann wohnst du nicht mehr bei deinem Bruder?«

»Nein, bewahre. Du kannst dir nicht vorstellen, wie viel Krach und Radau vier halbwüchsige Knaben machen, wenn der Vater nicht da ist.« Sie stöhnte, und Anna lachte bei der Vorstellung.

»Aber zurück zum Eigentlichen. Deine Erzählung über die Leiden des Erzbischofs hat mich neugierig gemacht. Immerhin weiß ich eine Menge über Krankheiten, und das hat mich angespornt.« Sie machte eine Pause.

Anna war gespannt. »Erzähl«, bettelte sie.

»Nachdem offen bekannt gemacht wurde, wie schlimm es um ihn steht, bot ich meine Hilfe an, die jedoch von diesen Dogmatikern abgelehnt wurde. Also habe ich mir auf dem Markt einen jungen Novizen namens Otto geschnappt und ihm für die eine oder andere Leckerei einen Handel angeboten. Das Gute ist, dass sie in der Kirche auf vieles verzichten müssen und für einen Honigkuchen so ziemlich alles tun würden.«

Claas trat an die beiden Frauen heran und warf Anna einen vielsagenden Blick zu. Bald war es Zeit, dass sie ihren Plan in die Tat umsetzten und sich langsam davonstahlen, um in Heinrichs Schreibkammer zu gelangen.

»Und was habt ihr hier zu tuscheln?«, fragte er grinsend.

»Nichts für Männerohren«, entgegnete Mechthild freundlich, worauf er sich gespielt schmollend zurückzog.

»Und welchen Handel hast du dem Jungen angeboten?«, flüsterte Anna, und Mechthild fuhr ebenso leise fort: »Er sollte zwei Zuckerstangen erhalten, wenn er mir die Pisse des Erzbischofs bringt.«

»Iiih.« Anna machte eine krause Nase. »Und hat er sie dir gebracht?«

»Was denkst du denn. Damit ich aber sicher sein konnte, drohte ich Otto, dass ich sofort erkennen würde, wenn es nicht die Pisse des Erzbischofs wäre. Nachdem ich sie hatte, machte ich einige Untersuchungen. Ich bin gestern damit fertig geworden. Jetzt kommt das Eigentliche: Ihm wird dasselbe Gift verabreicht, an dem der Narbige Georg starb. Nur in einer viel kleineren Menge. In der Art, wie er es zu sich nimmt, und wenn er dies regelmäßig tut, wird er nicht augenblicklich sterben. Er wird langsam immer schwächer werden und schließlich qualvoll aus dem Leben scheiden.«

»Das ist ja furchtbar. Und schließt du daraus, dass der Gleiche, der den Narbigen getötet hat, dafür verantwortlich ist?«

Mechthild sagte nichts, aber sie nickte.

Es passte alles zusammen. Heinrich wäre der Nachfolger des Erzbischofs. Die Kirche wollte Bremen halten und weiterhin ein Mitspracherecht am Geschehen in der Stadt haben. Heinrich sorgte also jetzt schon für sein kommendes Amt vor, wenn er die Statue des Roland vernichten ließ.

»Kann der Erzbischof gerettet werden?«

»Wenn er sofort nichts mehr von dem Gift erhält und es mit entsprechenden Mitteln aus seinem Körper gespült wird, wäre es möglich.«

»Du musst ihn warnen«, sagte Anna.

»Verrate mir, wem von den Kirchenmännern können wir vertrauen?«

Anna zuckte mit den Schultern.

»Siehst du, deswegen habe ich bisher geschwiegen, aber es ist nicht richtig.«

»Und nun?«

»Das weiß ich nicht.« Mechthild warf den umherlaufenden Priestern einen verärgerten Blick zu. »Diese Narren lassen mich ja nicht zum Erzbischof.«

»Und was ist mit dem, der dich vorhin über den Zustand des Erzbischofs informiert hat?«

»Hat es ebenfalls verweigert.«

Angestrengt dachte Anna nach. Den Weg in seine Gemächer kannte sie. Leider wurde die Tür von zwei Rittern bewacht, doch in ihrem Kopf formte sich ein Plan. »Siehst du irgendeine Möglichkeit, an eine Robe heranzukommen?«

»Was für eine Robe meinst du?«

»Die der Priester.«

»Du hast doch nicht vor, dich als Mann zu verkleiden?«

»Nein, ich nicht.« Anna lachte leise.

Mechthilds Miene hellte sich auf. »Ah, ich verstehe. Lass mir ein paar Augenblicke.« Damit eilte sie davon und gesellte sich zu einer älteren Frau, die Anna als eins der Waschweiber erkannte. Die beiden wechselten einige Worte und gingen dann gemeinsam aus der Kirche.

»Und was hattet ihr so Geheimnisvolles zu besprechen, dass es nicht für meine Ohren gedacht war?« Claas reichte ihr ein Stück Pastete, von der mittlerweile mehr als die Hälfte weg war.

»Danke. Wenn wir mit unserer Angelegenheit fertig sind, solltest du vielleicht dem Erzbischof einen Besuch abstatten. Irgendjemand muss ihn warnen, dass Heinrich ihn vergiftet.«

Claas verschluckte sich beinahe. »Er tut was?«

»Nicht so laut.« Sie legte ihren Zeigefinger vor den Mund.

»Ich weiß nicht, wie du dir das vorstellst«, flüsterte er jetzt.

»Später.«

Mechthild kam mit einem Bündel zurück und reichte es Anna. »Hier. Frisch gewaschen. Verliert es bitte nicht, ich möchte nicht, dass die arme Hilda unseretwegen Ärger bekommt.«

»Du bist ein Wunder an Einfällen, Mechthild.«

»Das höre ich gern, doch nun muss ich gehen und mich wieder um die Kranken kümmern. Ich glaube, heute will dieser Strom nicht enden. Noch ein Wort: Bei allem, was ihr tut, seid bitte vorsichtig. Ich möchte nicht, dass ihr irgendwann ohne Kopf dasteht.« Sie warf den beiden noch einen eindringlichen Blick zu, dann war sie weg.

Anna sah sich in der Kirche um. »Das Treiben hat wieder zugenommen. Ich glaube, es wäre jetzt eine gute Gelegenheit, dir eine stille Ecke zu suchen und die Priesterrobe anzuziehen. So gelangen wir weniger auffällig in Heinrichs Kammer.«

»Teufelsweib.« Claas lächelte anerkennend und ging mit dem Bündel hinaus. Anna half noch eine Weile ihrer Mutter und sagte dann, dass sie noch etwas zu erledigen habe.

»Geh nur, die paar Pasteten, die noch da sind, können wir auch allein verteilen.«

Gespannt wartete Anna am Eingangsportal und sah sich jeden Priester oder Novizen an, der an ihr vorbeiging, bis Claas unsicher vor ihr auftauchte. Die Robe saß etwas zu weit an ihm, aber er hatte sie mit der Kordel so weit wie möglich zusammengezogen.

»Muss ein dicker Priester sein. Ich glaube, wir würden beide hineinpassen.« Er lächelte gequält.

»Lieber nicht. Doch nun komm, du musst vorgehen, und ich folge dir sittsam.«

Tatsächlich kamen sie ohne Probleme an die unverschlossene Tür von Heinrichs Schreibkammer, warfen einen kurzen Blick den Gang hinunter und schlichen hinein. Drinnen streifte Claas sich die Kapuze vom Kopf und holte tief Luft. »Nicht auszudenken, was geschehen wird, wenn sie uns erwischen.«

»Mal nicht den Teufel an die Wand«, befahl Anna leise und zündete ein Talglicht an, da es schon recht düster war. »Je eher wir die Urkunde haben, desto schneller sind wir hier wieder raus. Und bete, dass wir sie finden und es die richtige ist.« Mit einem mulmigen Gefühl sah sie sich um.

»Das tue ich unentwegt.« Claas machte sich daran, das Regal abzusuchen, während Anna den Tisch, auf dem sie das Schriftstück gesehen hatte, in Augenschein nahm. Es war kein einfaches Unterfangen, da hier im Zimmer haufenweise Folianten, Pergamente, Schriftrollen und Briefe lagen.

Beinahe eine Viertelstunde durchwühlten sie alles, und Anna hielt gerade einen dicken Folianten in der Hand, aus dem zahlreiche Dokumente herausschauten. »Hier könnte sie dabei sein«, sagte sie, und sofort war Claas neben ihr.

Vorsichtig blätterten sie Seite um Seite um, zogen ein loses Blatt nach dem anderen heraus. Sie waren etwa bei der Hälfte angekommen, und ihre Hoffnung schwand langsam, da hörten sie jemanden an der Tür.

Hastig blies Anna die Kerze aus und tauchte das Zimmer in Dunkelheit. Die Tür ging auf. Der Mann blieb sofort stehen, als er bemerkte, dass er nicht allein war.

Anna erschrak. Im hereinfallenden Licht erkannte sie Heinrich. Der Foliant entglitt ihren Händen und fiel mit einem lauten Knall zu Boden. Claas machte einen Schritt nach vorn und stellte sich schützend vor sie.

»Was macht ihr hier?«, zischte Heinrich.

»Lass uns einfach gehen«, antwortete Claas ruhig, aber mit drohendem Unterton.

»Das käme euch wohl gelegen.« Mit dem Fuß verpasste er der Tür einen Tritt, worauf sie schwer ins Schloss fiel.

Dunkelheit umgab sie erneut, und Anna nahm nur noch zwei

Schatten wahr, die aufeinander zustürzten. Claas und Heinrich rangen miteinander.

»Gib den Weg frei«, drohte Claas, doch der Priester lachte höhnisch. Es gab ein dumpfes Geräusch. Bücher fielen zu Boden, ein Stuhl wurde umgestoßen, kippte vor ihre Füße. Sie drängte sich an die Wand, versuchte, mehr zu hören als zu sehen. Die Schatten der beiden Männer schlugen wild aufeinander ein, gingen zu Boden, kämpften dort weiter.

Plötzlich wurde Anna von den Beinen gerissen und schlug mit dem Kopf an. Sie verlor das Bewusstsein.

Als Anna wieder zu sich kam, lehnte sie an der Wand. Ihre Hände und Füße waren zusammengebunden, und das raue Seil kratzte auf ihrer Haut. In ihrem Mund steckte ein trockenes Tuch. Eine Kerze erleuchtete jetzt wieder spärlich den Raum. Blinzelnd sah sie sich um und entdeckte einen Mann regungslos in einer Blutlache. Claas! Ihr erstickter Schrei kam wegen des Knebels nicht über ihre Lippen. War er tot? Tränen schossen ihr in die Augen und nahmen ihr die Sicht. Claas! Alles in ihr schrie seinen Namen.

Heinrich, der gerade ein Bündel packte und ihr den Rücken zugedreht hatte, wandte sich nun um. »Ihr habt sicher hiernach gesucht.« Er wedelte mit der Urkunde des Kaisers vor ihrer Nase herum. »Aber ehe sie noch Schaden anrichten kann, sieh her.«

Vor ihren Augen hielt er das Dokument über die Kerze, und sofort ging es in Flammen auf. Noch einen kurzen Moment hielt Heinrich es an einer Ecke fest, dann fiel es zu Boden und verbrannte, bis nur noch ein verkohlter Rest übrig war. In Heinrichs Augen trat ein triumphierender Ausdruck.

Anna rannen die Tränen über die Wange und verfingen sich in ihrem Knebel. Ihr war die Urkunde egal, ihr Blick hing an dem leblosen Claas. Sie war es, die ihn gedrängt hatte, hier einzubrechen. Und nun war er tot. Verwehrt hatte sie sich ihm und gefordert, ihre Ehe aufzulösen, obwohl sie ihn liebte, über alles liebte. Das wusste sie jetzt, doch es war zu spät.

»Gräme dich nicht, weil ich dich fesseln musste. Schau …« Er deutete auf Claas. »Ich habe dich von ihm befreit, darüber solltest du froh sein. Wie seid ihr mir eigentlich auf die Spur gekommen?«

Anna schwieg und starrte ihn nur hasserfüllt an.

»Ich verstehe.« Er neigte den Kopf zur Seite, und seine Augen wurden zu schmalen Schlitzen. »Weiß noch jemand davon?«

Fieberhaft überlegte sie. Konnte eine Lüge die Rettung sein? Sie nickte.

Auf Heinrichs Gesicht spiegelte sich Enttäuschung wieder. »Dann müssen wir fort. Ich werde dich mitnehmen, Anna. Auf dass wir beide ein gemeinsames Leben beginnen können.« Er strich ihr sanft über die Wange. »Wir werden fern von Bremen als Mann und Frau leben. Es wird dir an nichts mangeln. Ich werde für dich sorgen, und du wirst mir ein treues Eheweib sein und vielleicht sogar unsere Kinder großziehen.«

Anna sah Heinrich mit weit aufgerissenen Augen an. Dieser Mann war dem Wahnsinn verfallen! Sie trat mit den Füßen wild um sich.

»Verhalte dich ruhig. Wir wollen doch beide nicht, dass deiner Mutter etwas passiert, oder?«

Seine Worte ließen sie erstarren. Sie wusste, dass er jedes davon ernst meinte.

»Oder möchtest du sie selbst aus der Weser fischen?«

Sie hatte das Gefühl, als greife eine eisige Hand nach ihrem Herzen. Langsam schüttelte sie den Kopf.

»So ist es recht. Wir wissen doch, dass wir füreinander geschaffen sind, das waren wir schon immer. Ich hatte zwar geplant, als Erzbischof über das Bistum zu herrschen, aber ein Leben mit dir tausche ich dafür gern ein.«

Er beugte sich zu ihr hinunter, nahm ihr Gesicht zwischen seine Hände und gab ihr einen Kuss auf die Stirn. Anna versuchte, ihren Kopf wegzudrehen, aber es gelang ihr nicht. Der Geruch nach Schweiß kroch in ihre Nase, und ihr Magen zog sich zusammen.

»Wir werden noch in dieser Stunde die Stadt verlassen.« Er zog die Tracht einer Nonne aus seinem Bündel. »Hier haben wir jetzt nichts mehr zu schaffen. Dies wirst du anziehen.« Damit legte er ihr das Gewand vor die Füße. »Ich werde dir dabei helfen.«

Er zog sie auf die Beine. »Und bitte sei nicht dumm«, flüsterte er ihr ins Ohr und band ihre Hände los. Mit geübten Handgriffen half er ihr in die Tracht und band ihre Hände anschließend wieder zusammen.

Anna heftete ihre Augen auf Claas, hoffte, erkennen zu können, ob seine Brust sich hob und senkte, aber da war nichts. Er lag bewegungslos da. Heinrich schob sie zur Tür, löschte das Licht, und einen Moment später verließen sie das Zimmer.

***

Sie stiegen in die Katakomben des Doms hinab, die tief unterhalb Bremens verliefen. Es war dunkel und feucht, und der Geruch nach Moder und Fäulnis raubte Anna den Atem. Überall huschten kleine schwarze Schatten entlang, meistens jedoch auf der Flucht vor ihrer Fackel. Ratten! Wasser lief in kleinen Rinnsalen aus den Wänden, formte sich am Boden zu Pfützen, und jeder Schritt hallte von den Mauern wider. Die Gänge waren verzweigt, doch Heinrich fand sicher den Weg. Nach einiger Zeit erreichten sie einen kleinen Schacht, der sie ins Freie führte. Anna stellte erstaunt fest, dass sie weit außerhalb der Stadtmauer waren.

»Dieser Tunnel wurde angelegt, damit der Erzbischof gefahrlos fliehen kann, wenn Bremen Gefahr droht«, erklärte Heinrich, als er ihr erstauntes Gesicht bemerkte. Anna sah sich um. In der Ferne brannten die Fackeln des jetzt geschlossenen Bischofstors, und sie konnte sogar die schwachen Umrisse der Wachen ausmachen, die auf Patrouille waren. Sehnsüchtig blickte sie hinüber, doch geknebelt und gefesselt war eine Flucht unmöglich.

»Es wird ein weiter Weg. Besser, wir bleiben nicht zu lange hier.« Mit den Worten griff Heinrich ihren Arm und führte sie durch die hereinbrechende Nacht.

Stundenlang wanderten sie über Felder und Wiesen und durchquerten Wälder. Ihr Weg führte sie immer weiter von zu Hause weg in Richtung Küste. Immerzu musste Anna an Claas denken, der für sie sein Leben gelassen hatte. Viele Stunden ihres Weges hatte sie leise um ihn geweint und unzählige Tränen vergossen, Tränen, für die sie jetzt keine Kraft mehr hatte. Der Strom war versiegt. Eine tiefe Leere machte sich in ihr breit, und ein anderes Gefühl gesellte sich dazu. Unbändiger Hass!

Bald würde der neue Tag beginnen, der erste Silberstreifen zeigte sich bereits am Horizont.

Die Kälte, die sie anfangs zittern ließ, spürte sie seit Stunden nicht mehr, dafür standen jetzt kleine Schweißperlen auf ihrer Stirn. Ihr mühsamer Weg verlief fernab der Wege, ohne dass sie durch eine Siedlung kamen. Anna hatte das Gefühl, sie wären im Augenblick die einzigen Menschen auf der Welt.

Die Wümme überquerten sie sogar schwimmend, da die nächste Brücke zu weit entfernt war, wie Heinrich behauptete. Er half Anna aus dem Gewand und brachte dieses trocken über seinem Kopf ans andere Ufer. Das Wasser war kalt, und Anna begann, mit den Zähnen zu klappern. Sie war froh, wieder in die wärmende Tracht hineinschlüpfen zu können, doch ihr Unterkleid klebte klatschnass am Leib. Mit jeder Stunde wurden ihre Füße schwerer und wollten irgendwann nicht mehr gehorchen, sie strauchelte immer öfter. Endlich hielt Heinrich an.

»Ich sehe, du bist erschöpft. Bitte verzeih, dass ich dich so quäle, aber je weiter wir kommen, desto besser, denn sie würden uns nicht verstehen. Lass uns hier rasten.«

In den letzten Stunden hatte Anna immer deutlicher bemerkt, dass Heinrich allen Ernstes zu glauben schien, sie würde bei ihm bleiben. Dabei hoffte sie nur auf eine Gelegenheit, ihm zu entkommen.

Mechthild hatte ihr einmal erzählt, einem Verrückten solle man nicht widersprechen, da er sonst sehr gefährlich werden könne. Und gefährlich war Heinrich, das hatte er ausreichend bewiesen.

Das wärmende Feuer tat Anna gut. Nachdem Heinrich sich umgesehen hatte, löste er ihren Knebel.

»Ich hätte es schon früher getan, aber du gibst mir sicher recht, dass wir nichts riskieren durften.«

Annas Mund war taub, und sie bewegte ihren Kiefer unter Schmerzen hin und her. Fürsorglich reichte Heinrich ihr einen Wasserschlauch, aus dem er selbst schon getrunken hatte – es war also unwahrscheinlich, dass er Gift enthielt. Durstig trank sie, und langsam kam das Gefühl in ihren Mund zurück.

»Wohin wirst du uns bringen?« Die Frage brannte ihr schon die ganze Zeit auf der Seele.

»Wir gehen nach Helgoland. Dort wird es sich gut leben lassen.«

»Helgoland?«, fragte sie verwundert. »Dort sollen doch die Vitalienbrüder ihr Versteck haben.«

»Die scheren uns nicht. Im Gegenteil, niemand wird uns auf der

Insel fragen, wer wir sind oder woher wir kommen. Es gibt dort kein Gesetz, wie du es aus Bremen kennst. Das Gesetz machen die Menschen dort selbst. Bremen wird uns dort nicht vermuten.« Heinrich kramte in seinem Bündel.

»Wirst du mich dort anketten wie einen gemeinen Dieb? Und wovon willst du uns ernähren? Oder hast du vor, ein Pirat zu werden?« Der Gedanke war so absurd, dass Anna es sich verkneifen musste, ihn auszulachen. Unter gestandenen Männern würde er nie auch nur den Hauch einer Chance haben, sich zu behaupten.

»Gott bewahre, nein. Dich anzuketten liegt mir fern. Außer …«, er legte den Kopf schief und musterte sie, »… du gibst mir einen Grund dafür. Ich habe genug Gold bei mir. Die Kirchen sind reich, weißt du. Wenn es eines Tages aufgebraucht ist, kann ich mich als Schreiber verdingen. Ich spreche und schreibe mehrere Sprachen, das ist durchaus ein Vorzug. Die meisten Menschen, die dort leben, können nicht schreiben. Du musst dich also um nichts sorgen, außer um mich, deinen Ehemann, und unsere Kinder.«

Nun lachte Anna hysterisch los. Sie legte alle Verachtung, die sie aufbringen konnte, in ihre nächsten Worte: »*Dich* werde ich nie heiraten.«

»Das musst du auch nicht. Die Menschen dort halten uns sicher für Eheleute, und die Wahrheit wird nie ans Licht kommen. Es würde sie auch nicht kümmern, diese Leute sind einfältig. Also sorge dich nicht, mein Liebchen.«

Er holte etwas Brot und Käse aus der Tasche hervor, teilte es und gab ihr je eine Hälfte.

»Ich habe keinen Hunger.« Mit Bestimmtheit schob sie seine Hand beiseite.

»Aber du musst etwas essen, oder möchtest du, dass ich dich füttere?« Erneut reichte er ihr die Mahlzeit, und Anna riss sie ihm angewidert aus der Hand. Lustlos nagte sie an beidem herum, bis sie vor Müdigkeit kaum noch die Augen offenhalten konnte und in einen unruhigen Schlaf fiel.

Als die Sonne schon hoch am Himmel stand, brachen sie ihr Lager ab und setzen den beschwerlichen Weg fort. Die Auenlandschaft wurde immer unwegsamer. Kalte Pfützen und Flüsse schlängelten sich um unzählige Graserhebungen. Als Anna erneut stürzte und sich mit den wieder gefesselten Händen nicht abfangen konnte, schlug sie sich das Knie auf.

Nun sah Heinrich ein, dass die Handfessel sie nur behinderte. »Ich nehme sie dir ab, aber bitte, sei vernünftig.« Mahnend blickte er Anna in die Augen.

»Wie könnte ich etwas anderes tun.«

»Du gehst doch freiwillig mit mir?« Er sah sie durchdringend an.

»Was glaubst du?«

»Ich werde mit Rudolfus in Kontakt bleiben und ihm Nachrichten senden. Solange er von mir hört, dass alles in Ordnung ist, wird er sich ruhig verhalten. Also bedenke es gut, ehe du etwas machst, was dir später leidtun wird.«

Das war keine leere Drohung! Der Büttel würde also von Heinrich weiterhin bezahlt werden. Wie weit war er eingeweiht? Was würde er ihrer Mutter antun, wenn Heinrich sich nicht mehr meldete? Sie wollte es sich nicht vorstellen. Für Anna war die Erkenntnis ein weiterer Knebel, der sie an Heinrich band. Einen Fluchtversuch konnte sie jetzt nur noch wagen, wenn sie sicher sein konnte, rechtzeitig in Bremen anzukommen, um Schlimmes zu verhindern.

Sie schluckte mühsam. »Natürlich gehe ich freiwillig mit«, log sie.

»Ich sehe, wir verstehen uns gut.« Ein Lächeln huschte über sein Gesicht. Sie konnte seinen Anblick nicht mehr ertragen.

»Ist es noch sehr weit bis zur Küste?«

»Ich denke, morgen früh sind wir da.« Er löste die Fessel, und Anna spürte das Blut zurück in ihre tauben Hände fließen. Dann schlang er das Seil um ihre linke Hand, das Ende nahm er in die seine.

Wieder wanderten sie stundenlang. Der Himmel hatte sich zugezogen, und es regnete, als ein breiter Fluss ihnen den Weg versperrte.

Heinrich seufzte. »Wir werden erneut schwimmen müssen.«

In der Ferne sah Anna eine kleine Brücke, über die ein Wagen holperte, und deutete in die Richtung. »Gehen wir doch einfach da hinüber.«

Er sah sich um und schüttelte den Kopf. »Nein.« Er blieb standhaft bei seinem Vorhaben, niemandem zu begegnen, und erneut mussten sie in das eiskalte Wasser.

Jedes Mal, wenn sie in der Ferne Häuser sahen, machten sie einen großen Bogen, auch Straßen und Wege, die ihre Route kreuzten, wurden sorgsam umgangen. Anna bekam an diesem Tag keinen Menschen mehr zu Gesicht. Als sie abends nach einem Rastplatz Ausschau hielten, spürte sie, wie ihr das Atmen immer schwerer fiel und jeder Zug von einem stechenden Schmerz begleitet wurde. Jetzt nur nicht krank werden. Sie betete still zur Jungfrau Maria, und es war eins der innigsten Gebete, die sie je gesprochen hatte.

An der Weser fanden sie eine gute Stelle für ein Lager. Nachdem er ein Feuer entzündet hatte, zog Heinrich ein Messer aus dem Bündel und schnitt wieder etwas Brot und Käse für sie ab. Anna aß und beobachtete, wie er das Messer zusammen mit dem Brot neben sich legte. Einen Moment lang schoss ihr der Gedanke durch den Kopf, es zu nehmen und zuzustechen, doch sie wusste, dass er ihr körperlich überlegen war, und so verwarf sie diesen Gedanken.

»Heinrich, darf ich dich etwas fragen?«

»Alles was du willst, mein Liebchen.«

»Warum wolltest du die Figur zerstören lassen?«

Seine Miene verfinsterte sich. »Bremen will sich klammheimlich unserer kirchlichen Führung entziehen. Als zukünftiger Erzbischof konnte ich das nicht zulassen. Das Bistum bringt eine Menge Münzen ein.« Er reichte ihr den Wasserschlauch.

»Um deinen Vater tut es mir wirklich leid. Der Narbige und seine Mannen sollten niemanden töten. Ein Armbruch hätte genügt, damit sie nicht rechtzeitig fertig werden. Leider habe ich zu spät von dieser Urkunde erfahren. Dann wäre der Überfall nicht nötig gewesen. Der Rat kann so viele Figuren zur Schau stellen, wie er will, ohne das Dokument des Kaisers sind sie wertlos.«

»Woher wusstest du von der Statue?«

»Von Gudrun und Rudolfus.«

»Dann arbeitet dieser Büttel also schon länger für dich?«

Heinrich lachte erneut. »Ja. Der würde für ein paar Groschen seine eigene Frau verraten.«

Das passte zu dem Bild, das sie von Rudolfus gewonnen hatte. »Und woher wusste er von der Statue?«

»Du stellst sehr viele Fragen, mein Kind.«

»Ich wüsste nur gern, wie alles zusammenpasst. Kannst du das nicht verstehen?«

»Doch.« Sanft strich er ihr über den Kopf. »Rudolfus hat für mich die Ratsherren belauscht.«

Anna nutzte seine Stimmung aus. »Und was ist mit Gudrun und Georg geschehen?«

»Weibliche Neugierde.« Heinrich lachte. »Aber gut, ich will es dir erzählen. Georg hat die Badehure für mich beseitigt. Sie begann, Scherereien zu machen. Kein Mensch wird um sie trauern, und ich habe die Welt von einer schamlosen Sünderin befreit. Georg wurde unvorsichtig und raffgierig. Er hätte dir nicht nachstellen sollen.«

»Aber wenn wir zwei wie Mann und Frau leben, ohne verheiratet zu sein, ist es dann nicht auch Sünde?«

Heinrich stierte gedankenverloren ins Feuer, sagte aber nichts, und so hielt sie es für besser, nicht weiter nachzuhaken.

Stattdessen fiel ihr Blick auf das Messer, das neben ihm lag. Wenn sie es nur an sich nehmen könnte, dann hatte sie vielleicht eine Chance.

Sie deutete auf die Weser. »Ich muss die Wunde an meinem Knie abspülen.«

Heinrich kehrte offenbar in die Gegenwart zurück. »Mach das. Ich werde dich begleiten, nicht, dass du noch ins Wasser fällst.« Er lächelte schief, doch seine Augen waren wachsam. Zu ihrer Enttäuschung griff er sich das Messer, steckte es sorgfältig ein und erhob sich. Auch Anna stand auf und ging vor ihm ans Flussufer.

»Drehst du dich bitte um?« Sie schenkte ihm ein liebliches Lächeln, doch innerlich tobte der Hass. Heinrich errötete und drehte ihr den Rücken zu.

Nachdem sie sich gewaschen hatte, bedeckte Heinrich sie mit einer kleinen Decke. »Du solltest etwas schlafen.«

Sie war wirklich todmüde, doch was würde er tun? »Und wirst du dann wie ein Tier über mich herfallen?«

»Müsste ich dazu warten, bis du schläfst?«

Sie schüttelte langsam den Kopf. Wenn er sie schänden oder töten wollte, hätte er es tatsächlich schon längst tun können.

»Ich werde nichts tun, was du nicht willst«, versicherte er.

In diesem Moment glaubte sie ihm, und kaum dass sie ihre Augen geschlossen hatte, schlief sie erschöpft ein.

Claas hatte in ihren Träumen traurige Augen und rief dauernd ihren Namen. Sie wollte antworten, doch ihr Kopf war unter Wasser und kein Laut drang über ihre Lippen. Er suchte vergeblich nach ihr und schlug verzweifelt mit dem Hammer auf den Roland ein, bis dieser zu bluten begann. Weinend wachte Anna auf.

Heinrich hatte alles zerstört, ihre Liebe und damit ihr Leben. Dieser Mann saß ihr abgewandt am Feuer und bemerkte nicht, dass sie wach war. Anna ließ ihren Tränen freien Lauf. Unendliche Traurigkeit, ein Gefühl, das sie stundenlang unterdrückt hatte, brach aus ihr heraus. Innerhalb weniger Monate hatte sie zwei ihrer liebsten Menschen durch Heinrichs Schuld verloren. Sie hasste ihn mit einer Heftigkeit, dass es wehtat, und sie hasste sich selbst dafür, dass sie so unfähig war, etwas gegen ihn zu unternehmen.

»Heilige Anna. Halte deine Hand schützend über meine Mutter. Gib auf sie acht, sie hat nun niemanden mehr.«

Anna weinte bei dem Gedanken, und es kam die Sorge hinzu, dass ihre Mutter vielleicht wieder krank werden könnte.

»Um mich musst du dich nicht mehr kümmern, denn ich sehe keine Hoffnung mehr. Wenn sich eine Gelegenheit bietet, werde ich Heinrich töten. Bitte verzeih mir, aber ich kann nicht anders. Sollte ich je wieder nach Hause kommen, werde ich sofort in die Kirche gehen und Buße tun. Amen.«

Eine Weile starrte sie in den Himmel, sah, wie die Wolkenschichten unterschiedlich schnell vorüberzogen. Hin und wieder wurden sie dünner, und der Schein des Halbmonds drang silbrig durch die Wolkendecke. Anna drehte sich so, dass ihr Rücken die Wärme des Feuers abbekam. Der Schmerz beim Atmen hatte nachgelassen, und sie spürte auch keinen Schwindel oder Hustenreiz. Krank wäre sie für Heinrich sicher eine Belastung, derer er sich schnell entledigen würde. Sie musste einfach kämpfen, für sich und für ihre Mutter und vor allem, damit sie Heinrich eines Tages zur Strecke bringen konnte.

18

Als Claas nach dem Kampf mit hämmernden Kopfschmerzen zu sich gekommen war, war er allein.

Überall war Blut gewesen. Heinrich musste ihm irgendetwas auf den Kopf geschlagen haben, denn dort hatte er eine tiefe Wunde. Vergeblich suchte er nach Anna, rief ihren Namen, doch sie war verschwunden, ebenso wie Heinrich. Claas schleppte sich auf den Gang hinaus und schrie um Hilfe, worauf einige Geistliche zusammenliefen. In knappen Worten berichtete er von dem Geschehen.

Er war zu den Heilern von St. Petri gebracht worden, die seine Wunde nähten. Ihnen erzählte Claas ausführlich, was geschehen war, dass der Erzbischof nicht an einer Krankheit litt, sondern von Heinrich vergiftet wurde und die Kräuterfrau es herausgefunden hatte. Nach anfänglichem Misstrauen glaubten die Geistlichen ihm schließlich. Sie schickten nach Mechthild, damit diese berichten konnte, welches Gift dem Erzbischof verabreicht wurde. Darauf beratschlagten sie gemeinsam mit der Kräuterfrau, was zu tun sei.

Schon zwei Tage später kam der Erzbischof selbst an Claas' Lager, um ihm zu danken. Er versicherte Claas, dass sie bereits alles taten, um Anna und Heinrich zu finden. Er fragte nach den Zusammenhängen der ganzen Geschehnisse, und Claas gab preis, was er wusste. Nur die Tatsache, dass sie an einem Roland bauten, verschwieg er weiterhin.

Annas Mutter hatte von zwei Nonnen erfahren, was geschehen war. Weinend war sie zusammengebrochen und wurde seither von einigen Beginen betreut. Als sie Claas heute besuchte, weinten und beteten sie gemeinsam.

»Die Kirche weiß nichts von dem Roland, habt keine Sorge«, sagte Claas verbittert zum Ratsherrn.

»Ich danke dir im Namen der Stadt, dass du nichts verraten hast, aber meine Sorge gilt im Moment deiner Anna. Ich bin sicher, dass wir sie finden werden.«

»Ich muss sie selbst suchen!« Mit diesen Worten versuchte Claas, sich aus dem Bett zu erheben, doch wieder zuckte der Schmerz der frischen Wunde durch seinen Kopf.

Hemeling drückte ihn sanft nach unten. »In deinem Zustand wirst du ihr nichts nützen. Mach es nicht noch schlimmer. Dreißig Mann sind auf der Suche nach den beiden. Gib ihnen etwas Zeit.«

»Wenn ihr damit die Büttel meint, dann werden sie in der nächsten Schenke sitzen und sich die Hucke vollsaufen.«

»Womit du sicher recht hast, aber ich habe Soldaten geschickt und der Erzbischof seine Kriegsknechte. Hab ein wenig Vertrauen.« Als Hemeling sicher sein konnte, dass Claas liegen blieb, setzte er sich wieder auf den Stuhl, der vor dem Bett stand.

»Ich danke dir für dein Schweigen gegenüber der Kirche. Du hast sehr viel Blut verloren, aber bei der guten Pflege hier bist du bald wieder auf den Beinen. Wenn wir sie bis dahin nicht haben, kannst du selbst suchen.«

Er sah ihn aufmunternd an, doch Claas konnte seine Zuversicht nicht teilen. Nach wie vor fehlte jede Spur von Anna und dem Priester. »Wenn er sie nicht schon getötet hat.«

Er konnte sich nicht vorstellen, dass Heinrich eine so wichtige Zeugin seiner Schandtaten am Leben lassen würde. Er hatte all die anderen auch aus dem Weg geräumt, warum sollte er sie verschonen? Es wäre ein Leichtes gewesen, sich ihrer gleich in der Schreibkammer zu entledigen. Das Seltsame war, dass es bisher keine Spur von ihr gab, also musste Heinrich sie mitgenommen haben. An diesen Gedanken klammerte er sich, seit er hier lag.

»Nun gib die Hoffnung nicht auf, Claas. Du musst gesund werden, denn wenn wir sie gefunden haben, wird sie dich brauchen. Und wir brauchen dich auch.«

»Ja, um diesen verfluchten Roland fertig zu machen. Aber das werde ich. Ich habe es ihr versprochen.« Er drehte den Kopf zur Seite. Hemeling sollte nicht sehen, dass Tränen in seine Augen getreten waren.

»Ich sehe später noch einmal nach dir.« Damit ging Hemeling und schloss leise die Tür.

Einerseits war Claas dankbar, allein zu sein, andererseits kamen die Ängste um Anna mit voller Wucht zurück. Bilder entstanden in seinem Kopf, und in einem sah er sie leblos im Wasser der Weser treiben. Ein anderes zeigte sie bestialisch erschlagen auf einem

Bett liegen. Er vergrub das Gesicht in seinen Händen und weinte. Er liebte dieses Weib so sehr, dass es schmerzte, und er konnte nichts anderes tun, als hier zu liegen und zu warten, bis man sie fand.

***

In der Nähe der Küste drang Anna bereits der Geruch nach Meer, Salz und Fisch in die Nase, und je weiter sie vorankamen, desto intensiver wurde er. Bald sahen sie in der Ferne die kleinen Katen von Wulsdorf. Rauch kräuselte sich in den Himmel.

»Sei am besten still, wenn wir das Dorf betreten. Und versuche nicht, den Leuten ein Zeichen zu geben. Du weißt doch, was sonst geschehen wird?«

Sie wusste genau, was er meinte. »Hab keine Sorge.«

Davon beruhigt, löste er das Seil von ihrem Handgelenk, und sie gingen in das kleine Fischerdorf. Schnell fanden sie einen Laden, in dem Heinrich die Tracht der einfachen Leute erstand. Nun brauchten sie eine Möglichkeit, sich umzuziehen, und fanden diese nach kurzer Suche in einer winkeligen Gasse. Sie legten die geistlichen Gewänder ab, und Heinrich verstaute alles in seinem Bündel. Äußerlich würden sie sich von den Fischern im Ort nun kaum unterscheiden.

Anerkennend betrachtete Heinrich Anna. Es war ihr unangenehm, denn sie hatte das Gefühl, er würde in ihre Seele schauen. »Alles was du trägst, kleidet dich genauso gut wie ein Sonntagskleid. Ich hoffe, es ist dir nicht unangenehm, diese Sachen zu tragen.«

»Mir ist es egal.«

Ein bedauernder Ausdruck trat auf sein Gesicht. »Das legt sich. Doch nun lass uns sehen, ob eins der Schiffe uns in unsere neue Heimat bringt.«

Zu Annas Enttäuschung lag tatsächlich ein Kraier vor Anker, welcher von Helgoland stammte. Zwei Männer trugen Kisten und Körbe an Bord.

»Warte hier.« Damit ging Heinrich zum Kapitän und wechselte einige Worte mit ihm. Als er zurückkam, sah er zufrieden aus. »Heute ist unser Glückstag. Kapitän Flathmann nimmt uns mit auf die Insel und legt gleich ab.«

Stumm hing Anna ihren Gedanken nach. Bald würde sie auf einer Insel die Gefangene eines Wahnsinnigen sein. Noch immer konnte sie versuchen wegzulaufen, um irgendwie nach Bremen zu gelangen, aber was dann? Sollte sie sich mit ihrer Mutter verstecken oder fortziehen? Wären sie je sicher vor ihm? Wahrscheinlicher war es, dass er sogar vor ihr die Stadt erreichte, immerhin war sie vollkommen mittellos. Nein, sie musste vorerst bleiben und auf eine bessere Gelegenheit warten.

Der Kraier war zwar von den Fischabfällen befreit, aber der bleibende Gestank kaum aushaltbar. »Hockt euch do inne Ecke.« Kapitän Flathmann deutete ans Ende des Schiffs.

Nachdem sie es sich so bequem wie möglich gemacht hatten, legte das Schiff ab. Mit jeder Minute wurde das Festland kleiner – und damit auch ihr Zuhause. Es war stürmisch, und zu allem Übel fing es auf halbem Weg zu regnen an. Anna glaubte, die Fahrt würde nie ein Ende nehmen.

Zusammengekauert harrten sie zwischen den Kisten aus, bis nach vielen Stunden vor ihnen der schroffe Fels von Helgoland auftauchte. Hoch ragte die Insel aus dem Wasser, und das Mondlicht tauchte das Gestein in fahles Grau. Es erinnerte Anna an Bilder, die bei den Predigten der Priester in ihrem Kopf entstanden, wenn diese von der ewigen Verdammnis sprachen. Als sie schließlich an Land gingen, glaubte sie, dass die Insel unter ihren Füßen schaukelte, und hielt sich krampfhaft an einem Pfeiler fest.

»Datt gait vorbei«, lachte der seegeprüfte Kapitän, als er ihre unsicheren Schritte sah.

Heinrich schien die Fahrt nichts ausgemacht zu haben, er bewegte sich sicher wie immer. »Guter Mann, wisst Ihr, wo wir eine Bleibe finden können?«, fragte er.

»Aye. Geht mal zu Sven und seiner Britta, die haben noch wat Leerstehendes. Die wohnen dort.« Er deutete auf das fünfte in einer Reihe von Fischerhäuschen, die dicht zusammenstanden, als wollten sie gemeinsam den Wellen trotzen. »Sacht einen Gruß vom alten Jani.«

»Wir haben Glück, und ich glaube, dass unser Handeln von Gott gesegnet ist«, frohlockte Heinrich.

Anna presste die Lippen fest aufeinander. Er konnte doch nicht wirklich glauben, was er da sagte.

»Komm, meine Liebe.« Er reichte ihr die Hand.

»Es wird gehen.« Sie ignorierte sein Angebot und erntete dafür seinen mahnenden Blick.

Beim Näherkommen sahen sie, dass die Häuser teilweise von Bränden geschwärzt, Balken verkohlt und manche Dächer nur notdürftig repariert waren. Die Spuren der Schlacht mit der Hanse waren noch sichtbar. Zu sehen, wo Klaus Störtebeker sich einst aufgehalten hatte, brachte die Erinnerungen an seine Geschichten hoch.

Anna hatte die Aufregung vor drei Jahren in Bremen miterlebt, als der Kapitän der Bremer Kogge heimkehrte. Zuvor hatten mehrere Schiffe der Hanse gegen die Helgoländer, die den Vitalienbrüdern Unterschlupf gewährten, gekämpft. Schließlich hatte die Hanse den Sieg über die Kaperfahrer errungen und Klaus Störtebeker und seine Männer gefangen genommen. Die Bremer Kogge dagegen hatte zunächst ein anderes Versteck der Vitalienbrüder am Jadebusen aufs Korn genommen und dort allein eine Schlacht geschlagen. Als sie dann bei Helgoland eintraf, wurden die Vitalienbrüder gerade auf eines der Hanseschiffe gebracht, und man warf den Bremern vor, sich vor dem Kampf gedrückt zu haben. Anna war von den Geschichten um Klaus Störtebeker immer fasziniert und bedauerte es, dass er später in Hamburg hingerichtet worden war.

Nach wenigen Schritten erreichten Heinrich und Anna das angegebene Haus, und Heinrich klopfte. Ein Mann von vielleicht Ende zwanzig mit dunklem Schopf öffnete und musterte sie.

»Jo, was gib's?«

»Mein Name ist Pit, und das ist mein Weib Frieda. Ich soll Grüße von Kapitän Jani ausrichten. Er meinte, du hättest wohl einen Platz zum Leben für uns.«

Anna sah Heinrich mit großen Augen an.

»So, Pit und Frieda. Und woher kommt ihr denn?«

»Aus Hannover.«

»So, und was hat euch auf unsere Insel verschlagen?«

»Meine Frau braucht ein anderes Klima, und ich hielt einen Ort, an dem niemand nach dem Woher und Wohin fragt, für willkommen. Wenn du verstehst, was ich meine.« Damit reichte Heinrich ihm ein Goldstück.

Ungeniert biss Sven darauf herum, drehte es spielerisch zwischen den Fingern und steckte es dann in seine Tasche. »Britta, beweg deinen Arsch her und bring die beiden zu Ennos Haus.«

Eine bildschöne blonde Frau, die ebenfalls Ende zwanzig sein mochte, tauchte neben Sven auf. Sie bedeckte ihre Brüste halbherzig mit einem Laken.

Anna starrte sie mit offenem Mund an, während Heinrich verlegen zur Seite sah. Die Frau hatte stechende blaue Augen, war rundherum wohlgeformt.

»Wer sind die?«

»Würd meinen, es sind Neuankömmlinge. Komm, sei brav und zeig ihnen das Haus.« Damit gab er ihr einen Klaps auf ihr Gesäß.

Heinrich fing sich schneller als Anna, die ihre Augen nicht von Britta abwenden konnte. »Mein Name ist Pit, und das ist meine Frau Frieda.«

»Na, dann wartet eben, ich zieh mir was über.« Damit verschwand sie im Inneren der Hütte.

Sven lehnte lässig in der Tür und schien sich an ihren erstaunten Gesichtern zu weiden. »Wie lange wollt ihr bleiben?«

»Wir wollen uns hier niederlassen.«

»Meinst, dass unsere Insel das Richtige für euch is?«

»Das wird sich zeigen.«

»Kannste denn was?«

»Ich bin Schreiber.«

Sven prustete los. »So siehste auch aus.«

Heinrichs freundliche Miene wich langsam einer verärgerten.

»Was hast angestellt, nen altes Weib beklaut?«

Anna freute sich innerlich daran, wie Sven mit Heinrich umsprang.

»Nein, nichts dergleichen. Und du stellst viele Fragen.«

Sven überging die Spitze einfach. »'n hübsches Weib haste aber.« Anerkennend musterte Sven sie noch einmal von oben bis unten. Anna hatte das Gefühl, nackt vor ihm zu stehen, und ihre Wangen begannen zu glühen.

»Danke.« Heinrich lächelte zwar, doch seine Augen blieben kalt.

»Ey!« Britta trug nun ein dunkles Kleid und einen schwarzen Wollumhang über den Schultern, als sie aus dem Haus trat.

»Ja, ja.« Sven zog sie vor ihren Augen zu sich heran und gab ihr einen Kuss. »Bist doch meine Beste.«

»Das will ich hoffen.« Langsam löste sich Britta von ihm und wandte sich an Anna und Heinrich. »Kommt.«

Sie gingen fast bis ans Ende der Häuserreihe, wo Britta stehen blieb. »Das ist es.«

Das Haus, auf das sie deutete, war fast wie ihres, nur in einem noch schlechteren Zustand. Die Tür hing schief in den Angeln, der Dachbalken war rußgeschwärzt, die Fensterläden waren eingeschlagen oder nicht mehr vorhanden. Durch die kaputte Tür konnte man auch einen Blick ins Innere erhaschen, ohne hineingehen zu müssen.

Aber auch drinnen sah es wüst aus. Kaputte Möbelstücke lagen herum, und es starrte vor Dreck.

»Das?« Heinrichs Entsetzen war nicht gespielt.

»Joa. Was anderes findeste hier nicht, höchstens im Stall von Fokko.«

Heinrichs Hände öffneten und schlossen sich unentwegt, und sein Kiefer mahlte. Britta beobachtete ihn grinsend und zog eine Augenbraue nach oben. Anna war gespannt, was geschehen würde, und gab sich unbeteiligt.

»Nun, schön, dann nehmen wir es. Gibt es wenigstens jemanden im Dorf, der uns beim Herrichten hilft?«

»Gegen Bezahlung sicher. Ich kann dir die Heike schicken. Die is 'n bisschen dumm, kann aber gut mit anpacken.«

»Dann schick sie bitte her. So können wir hier nicht leben.«

Britta kicherte und nickte. »Klar.« Damit eilte sie davon.

Heinrich wartete mit finsterer Miene, bis sie außer Hörweite war, ehe er sprach: »Es tut mir leid, Anna. Das habe ich mir anders vorgestellt, aber wir werden das Beste daraus machen. Morgen besorg ich einen Handwerker, der Tür und Fenster repariert. Komm.«

Er ging voran, entfernte dabei die dicken Spinnweben in der Tür, und Anna folgte ihm hinein.

Es sah aus, als hätte die ganze Schlacht in diesem Haus getobt. Zerschlagenes Geschirr, abgebrochene Stuhlbeine, eine aufgerissene Federdecke.

»Ich glaube trotz allem, dass wir hier sehr glücklich werden.« Sanft strich er ihr über die Wange.

Anna drehte sich angewidert von ihm weg und hob die Stücke eines zerschlagenen Kumps auf.

»Glücklich mit dir? Das erwartest du wirklich?«

»Ja, und deine Mutter auch.« In seinem Blick lag ein bedrohliches Funkeln.

»Hier gibt es viel zu tun, wenn du bleiben willst«, sagte sie.

»Wenn *wir* hier bleiben wollen. Aber recht hast du.«

Sie begannen, die erhaltenen Möbel wieder aufzustellen oder zurechtzurücken, und brachten die unbrauchbaren Sachen nach draußen. Schon kam ein junges Mädchen angerannt. Es trug ein einfaches braunes Wollkleid und hatte rote Zöpfe, die beim Laufen hüpften.

»Taaag«, sagte sie. »Britta schickt mich.«

»Du bist also die Heike. Willst du uns helfen, hier etwas Ordnung herzustellen?«

»Jaaa.«

Anna lächelte das Mädchen freundlich an. »Heike, wir haben keine Talglichter, weißt du, woher wir welche bekommen können?«

»Jaaa. Britta macht welche.«

Anna warf Heinrich einen fragenden Blick zu.

»Geh nur und nimm ein paar Münzen mit. Vielleicht kann sie dir auch etwas zu essen verkaufen«, sagte er.

Heinrich drückte ihr zwanzig Pfennig in die Hand und nickte, wobei sie in seinen Augen eine Warnung zu lesen glaubte.

Es war das erste Mal, dass Anna von ihm unbeobachtet war, seit er sie aus Bremen verschleppt hatte. Als sie auf das Haus von Britta zuging, überlegte sie wegzulaufen. Doch wohin sollte sie gehen? Dies war eine Insel, und jetzt am Abend würde mit Sicherheit kein Schiff mehr fahren. Wenn Heinrich ihr jetzt bereits vertraute, würde sich bestimmt eine bessere Gelegenheit bieten; sie musste nur warten.

Kurz darauf klopfte sie, und Britta selbst öffnete.

»Verzeih bitte die erneute Störung, aber wir brauchen Talglichter und etwas zu essen. Kannst du uns ein paar Kleinigkeiten verkaufen?«

Britta lächelte sie offen an, und Anna empfand Sympathie für diese Frau. »Du kannst ja doch sprechen, ich dachte, du wärst stumm.

Mit Talglichtern kann ich dich totschmeißen, wenn es sein müsste, und was das Essen angeht …« Sie runzelte die Stirn. »Aber komm herein.«

Unsicher sah Anna zum Haus zurück, in dem Heinrich und Heike aufräumten. Niemand war zu sehen, darum trat sie ein. Sven war nicht da. Anna musste lächeln. Vermutlich verbreitete er die Kunde von den Neuankömmlingen.

Das Häuschen bestand aus zwei Räumen. Im vorderen Zimmer standen ein zerwühltes Bett, zwei große Truhen, ein Schrank und ein Tisch. Als Sitzgelegenheit dienten strohgefüllte Säcke.

»Scheinst aber mächtig Angst vor deinem Kerl zu haben, ne?«

»Nein, nicht direkt Angst, aber er kann sehr aufbrausend sein.«

»Er muss ja was Gewaltiges angestellt haben, wenn es euch hierher verschlägt.« Sie begann, in einer Holzkiste zu wühlen.

Anna war überrascht, wie aufmerksam Britta die Menschen wahrnahm. Auch wenn sie es gern wollte, sie durfte nichts verraten. »Nein, so schlimm ist es gar nicht.« Außer Mord und Entführung, dachte sie im Geiste den Satz zu Ende.

»Keiner kommt freiwillig nach Helgoland, wenn er nicht hier geboren ist.«

»Bist du hier geboren?«

»Nein. Ich bin Sven gefolgt.« Britta lachte laut, als sie Annas erstauntes Gesicht sah. »Na egal. Wenn mal was ist, wenn du Scherereien mit deinem Kerl hast, sag es mir oder Sven.«

»Ich danke dir.« Leise Hoffnung keimte in Anna auf, hier eventuell eine Verbündete gefunden zu haben.

»So, ich denke, die werden für den Anfang reichen. Kannst aber jederzeit mehr bekommen. Musst nur sagen.« Sie drückte Anna sechs große Talglichter in die Hand. »Und nun was zu essen. Komm mit.«

Anna folgte ihr in den hinteren Teil des Häuschens, den eine offene Feuerstelle dominierte.

Einige Töpfe waren an Bändern unter der Decke befestigt, und ein Holzblock, auf dem ein ausgenommener Fisch lag, stand in der Mitte.

Britta zog einen Vorhang zurück, hinter dem sich prall gefüllte Regalbretter mit Lebensmitteln befanden. Sie begann, Brot, Milch, Mehl, Fisch, schrumpelige Äpfel, zwei Töpfe Kompott und etwas mehr zusammenzupacken. Dann hielt sie kurz inne. »Trinkst du Bier?«

»Ja, wenn es welches gibt.«

Daraufhin zog sie noch einen Krug vom Regal. »Das wird reichen. Morgen könnt ihr bei Heikes Mutter etwas kaufen. Sie wohnt im ersten Haus, vorne am Anleger. Aber lasst euch nicht über den Tisch ziehen, is 'ne geldgierige alte Krähe.« Sie lachte.

»Ich danke dir vielmals, das ist mehr als genug, und ich fürchte, das Geld wird nicht reichen.« Anna reichte ihr die zwanzig Pfennig.

»Lass mal stecken.«

»Aber es sind viele Lebensmittel, Britta.«

»Davon hama genug, wie de siehst.« In der Tat hatten die beiden mehr zu essen als manch ein Bremer. Selbst ihre Speisekammer zu Hause war nicht immer so gut gefüllt.

»Vielen Dank. Dann gehe ich jetzt.«

»Verlauf dich aber nich.« Britta zwinkerte und schloss hinter ihr die Tür.

Noch nie hatte Anna eine Frau wie sie kennengelernt. Sie war beinahe wie ein Mann, so selbstsicher, mutig und offen, auch wenn sie ganz und gar nicht wie einer aussah.

»Ich wollte schon nach dir suchen.« Mit diesen Worten und einer finsteren Miene empfing Heinrich sie. Sie war nicht einmal zehn Minuten weg gewesen – offenbar war es für ihn zu lange. Heike richtete gerade die Betten in den Butzen her.

»Ich musste warten, bis Britta alles zusammengestellt hatte.«

»Und worüber habt ihr geredet?«

»Über das hier.« Wütend entlud sie ihre vollen Arme auf den Tisch.

Heike schüttelte eine Decke aus und sah verstohlen zu ihnen herüber. Heinrich bemerkte es und fuhr flüsternd fort:

»Ich hätte dich nicht gehen lassen sollen.«

»Bin ich etwa weggelaufen?« Langsam stieg Wut in ihr hoch, die sie nur mühevoll im Zaum halten konnte.

»Du kannst nirgendwo hin! Hast ihrem Mann schöne Augen gemacht?«

»Der war nicht mal da! Und nun beruhig dich.«

Doch Heinrichs Augen sprühten vor Zorn. Wütend trat er gegen einen kaputten Schemel und verließ das Haus. Heike zuckte zusammen, machte aber unbeirrt weiter. Anna begann, ihr mit einem entschuldigenden Lächeln beim Aufräumen zur Hand zu gehen, als sie ein Messer entdeckte, welches am Boden lag. Es hatte eine verrostete Klinge, aber sie nahm es schnell und versteckte es in der Tasche ihres Umhangs.

19

Zwei der ausgesandten Kriegsknechte kehrten nach fünf Tagen von ihrer Suche zurück. Umgehend erstatteten sie dem Erzbischof, der Claas hinzuholte, Bericht. Ein Bauer hatte von Weitem einen Priester und eine Nonne gesehen, die am Tag nach Annas Verschwinden bei Burg den Fluss Lesum überquert hatten. Er hatte sich gewundert, dass sie nicht die nahe gelegene Brücke benutzt hatten und stattdessen durch das kalte Wasser geschwommen waren.

Claas, der wieder auf den Beinen war, sah sich den Ort Burg auf der großen Karte an, welche auf dem Tisch ausgebreitet lag. Mit dem Finger fuhr er die Strecke nach, die Anna und Heinrich dorthin zurückgelegt haben mussten. »Dann waren sie auf dem Weg zur Küste«, schloss er.

»Würde ich auch annehmen. Wichtig ist erst mal, dass sie lebt. Aber die Küste ist lang. Wo genau sind sie hingegangen?« Als Hemeling von der Neuigkeit gehört hatte, war er mit einer großen Landkarte bei Claas im Krankenzimmer von St. Petri erschienen.

»Ich weiß es nicht, aber ich werde sie finden, und je eher ich mich auf den Weg mache, desto größer sind meine Aussichten.« Claas fuhr mit dem Finger weiter die Karte entlang. »Wenn Heinrich sich ein wenig auskennt, dann sind sie nach Wulsdorf gegangen. Da gibt es einen Hafen.«

»Damit könntest du recht haben, aber bedenke, von dort fahren Schiffe in alle Richtungen. Ich möchte dich nicht entmutigen, aber sie könnten jetzt sonst wo sein.«

»Auch das weiß ich, doch wenn ich nichts tue, werde ich ihr auch nicht helfen können, und vielleicht habe ich ja Glück.«

»Gegen diese Entschlossenheit vermag ich nichts zu sagen. Und ich verstehe dich. Wäre es meine Frau, ich würde hier auch nicht länger herumsitzen und warten.«

»Der Medicus meinte, dass die Wunde gut verheilt ist. Ich werde morgen früh aufbrechen.«

»Ich stell dir eine Kutsche und ein paar Männer zur Verfügung. Somit bist du schneller und hast Hilfe, falls du sie brauchst.«

Claas nickte. »Danke.«

»Ich habe übrigens jemanden mitgebracht, der mich in den letzten Tagen mehrfach bedrängte, euch zu helfen.«

Claas sah auf. »So, wen denn?«

»Warte.« Hemeling ging zur Tür und winkte jemanden herein. Als Friedrichs im Zimmer erschien, verschlug es Claas für einen Moment die Sprache. Mit allen anderen hätte er gerechnet, aber nicht mit ihm.

»Claas.« Mit schnellen Schritten war der große Mann bei ihm und schüttelte seine Hand. Sein Lächeln war offen und ehrlich, und Claas erwiderte den Handschlag.

»Ich hörte, was euch widerfahren ist, und habe unseren Ratsherren lange bedrängt, euch helfen zu dürfen. Das heißt, wenn ihr meine Hilfe wollt. Ich bin nie so gut gewesen wie Jacob, das wisst ihr, aber hier und da stelle ich mich geschickt an.«

»Das kommt wirklich gelegen, doch weiß ich nicht, wie wir dich entlohnen sollen.«

Hemeling winkte ab. »Eurer Familie ist wegen der Figur so viel Leid geschehen, dass es selbstverständlich ist, dass ich ihn entlohne.«

Das war wirklich gerissen vom Ratsherren. So war die Arbeit gesichert, falls Claas nicht zurückkehren würde. Aber es war gut so, dann konnte er in Ruhe nach Anna suchen, und die Statue würde ebenfalls weiter bearbeitet. Friedrichs kannte sich aus.

Als Magda Olde von Claas' Vorhaben erfuhr, war sie erfreut, dass es ihm gut genug ging, um Anna zu suchen. Magdas Schwester war da und kümmerte sich um sie, auch Thea umsorgte die gebeutelte Frau.

Claas und seine Brüder erklärten Friedrichs, was an der Statue als Nächstes zu tun war, und dieser versprach, sein Bestes zu geben. Als Friedrichs ihn auf den Sockel ansprach, sagte Claas, dass er den selbst machen wolle.

Dann packte er seine Sachen.

***

Heute war Annas zwanzigster Geburtstag. Sie hatte nie damit gerechnet, ihn fernab ihrer Familie und bei einem Wahnsinnigen zu verbringen.

Bereits seit einer Woche lebte sie mit Heinrich in dem kleinen Haus auf Helgoland. Seit er sie am ersten Abend allein zu Britta geschickt hatte, ließ er sie nirgendwo mehr hingehen. All ihre Versprechen, nicht wegzulaufen, nützten nichts. Abends, wenn sie sich schlafen legten, wurde sie von ihm gefesselt. Auch wenn er ihre Bleibe verließ, fesselte und knebelte er sie im Bett ihrer Butze. Während er fort war, hatte Britta zweimal an die Tür geklopft und leise nach Anna gerufen, doch sie konnte sich nicht bemerkbar machen.

Heinrich war früh an diesem Morgen fortgegangen und noch nicht zurückgekehrt. Die Glocke der kleinen Kapelle auf den Klippen läutete zur Hora Tertia, und langsam fragte sie sich, wo er sein mochte. Ihre Handgelenke waren bereits vom dauernden Fesseln wund gescheuert und schmerzten von dem strammen Seil. Sie versuchte, eine entspanntere Haltung einzunehmen. Viel Platz hatte sie nicht, und es dauerte eine Weile, bis sie eine sitzende Position erreicht hatte. Mit den Ellenbogen schob sie ihren Umhang zurecht und legte ihren Kopf darauf. Doch nun wurde sie von einem Sonnenstrahl geblendet, der durch den Schlitz der Fensterläden fiel. Sie schloss die Augen und stellte sich vor, auf ihrer Wiese an der Weser zu liegen und mit Claas Schach zu spielen. Aber das Wohlbefinden, das sie dort immer gefühlt hatte, wollte sich hier nicht einstellen.

Anna hörte Schritte. Die Tür wurde aufgesperrt, und Heinrich trat ein. »Verzeih, dass ich mich verspätet habe, doch da waren Männer von einem Handelsschiff, die meinten, ein richtiger Helgoländer müsse bereits am Morgen einen Selbstgebrannten vertragen.«

Anna war überrascht, wie schnell er sich in das einfache, wenn nicht gar sündige Leben ohne die Kirche einfand. Denn die Messe hatte er hier noch nicht besucht.

Er beugte sich über sie, und seine Alkoholfahne schlug ihr entgegen. Angewidert drehte sie den Kopf zu Seite.

»Ekelst du dich so sehr vor mir?« Seine Lippen wurden zu einem schmalen Strich, und er setzte sich auf die Bettkante. »Komm, lass mich die Fesseln lösen.«

Langsam drehte sie sich wieder zu ihm um, und er nahm ihr auch den Knebel aus dem Mund. Seine glasigen Augen suchten die ihren. Er musste dem Alkohol sehr zugesprochen haben, denn selbst im Sitzen wankte er leicht.

»Anna«, hauchte er, und seine Lippen näherten sich ihr.

»Wage es nicht«, fauchte sie, und er erstarrte.

»Wagen?« Er lachte. »Du solltest nett zu mir sein. Immerhin habe ich soeben eine Botschaft an Rudolfus geschickt und ihm versichert, dass alles in Ordnung ist. Damit wird er deiner Mutter vorerst nichts zuleide tun.«

Erschrocken sah sie ihn an, und er schien sich daran zu weiden. Sie hasste ihn dafür. Seine Nähe war für sie unerträglich, und so rückte sie demonstrativ an die Wand.

»Verwehre dich mir nicht.« Er kroch auf ihr Bett und zog sie am Arm zu sich her.

»Lass mich, Heinrich, oder willst du, dass wir zu Sündern werden?« Sie hoffte, mit ihren Worten den letzten Funken Anstand zu erreichen, den er vielleicht noch besaß; immerhin war er ein Priester.

»Sind wir das nicht schon längst? Kannst du dir nicht vorstellen, welch lüsterne Gedanken du in mir weckst?«

»Das war nie meine Absicht.«

Er berührte sie fordernd an der Schulter, riss dann mit einem Ruck ihr Kleid auf. Gierig starrte er auf ihre nackten Brüste und leckte sich die Lippen.

Anna war bemüht, sich zu bedecken, und hielt sich ihren Umhang vor die Blöße. Sein Gesicht zeigte Enttäuschung. »Bitte nicht, Heinrich«, flehte sie wimmernd.

Er kam noch näher. Sein Mund streifte ihre Wange. Dann umfasste er ihre Handgelenke mit einer Kraft, dass sie glaubte, sie würden brechen. Brutal warf er sich auf sie.

»Anna, sei endlich die Meine«, gierte er und presste seinen Unterleib gegen den ihren.

»Niemals!« Sie spürte seine widerwärtige Erregung an ihren zusammengepressten Schenkeln. Verzweifelt schlug sie nach ihm und wand sich unter seinem Griff, doch er war zu stark. Mit einem Handstreich spreizte er ihre Beine auseinander, drängte sich mit seinem Bein dazwischen. Anna schrie, bäumte sich auf, und dann stach sie ihm den Finger ins Auge. Für einen Moment ließ seine Zudringlichkeit nach, und sie konnte ihr Bein unter seinen Körper bekommen. Bewusst trat sie zu. Sie traf seine empfindsame Stelle, die unter der Kraft ihres Knies nachgab. Heinrich heulte auf und rollte mit schmerzverzerrter Miene vom Bett. Die Hände vergrub er zwischen seinen Beinen, und sein Gesicht lief rot an. Anna schnappte sich ihren Umhang, sprang über ihn hinweg und rannte zur Tür.

Nach Luft schnappend rief er ihr nach: »Bleib stehen!«

Draußen sah Anna sich hektisch um. Sollte sie zu Britta laufen und ihr alles erzählen? Würde sie ihr glauben?

Annas Blick fiel auf den kleinen Hafen. Seeleute beluden ein Handelsschiff, indem sie Säcke und Kisten über den Steg schleppten. Etwas rumpelte hinter ihr in der Hütte. Zu gefährlich. Sie nahm den entgegengesetzten Weg und rannte, so schnell sie konnte, ohne zurückzusehen. Im Laufen zog sie ihren Umhang über und suchte in der Tasche nach dem Geld. Viel war es nicht, doch vielleicht würde es sie von der Insel fortbringen. Sie ertastete zwei Münzen. Die zwanzig Pfennig waren noch da. Und sie fühlte noch etwas Kaltes, Raues: das Messer.

Der sandige Untergrund der Dünen machte das Vorankommen schwer, doch sie stolperte weiter und weiter. Einige Basstölpel begleiteten sie mit lautem Geschrei, beinahe als würden sie lachen. Dann endete ihre Flucht abrupt. Überall um sie herum waren jetzt die großen Vögel, die empört mit den Flügeln schlugen. Anna stand am Rand einer steilen Klippe, sah hinunter, suchte nach einem Weg, aber hier war kein Weiterkommen möglich. Sie musste zurück.

Als sie sich umdrehte, erstarrte sie. Heinrich war bereits ganz nah. Der Sand und das Geschnatter der Vögel hatten die Geräusche seiner Schritte verschluckt. Sein Gesicht war von Hass gezeichnet. Beschwichtigend hob Anna die Hände, doch mit einem Sprung stürzte er sich auf sie. Gefährlich nahe an den Klippen gingen sie beide zu Boden. Zielsicher umschlossen seine Hände ihre Kehle, er drückte zu. Erneut überkam sie eine Welle der Panik.

»Das … hättest du … nicht tun dürfen.« In ihren Ohren klang seine Stimme verzerrt. Die Sonne blendete, Tränen schossen ihr in die Augen. Sein Gesicht verschwamm langsam. Bald würde ihr die Luft ausgehen, doch Anna wehrte sich mit aller Kraft. Vergeblich, sein Griff war fest und unnachgiebig. Sie röchelte, konnte nicht mehr atmen. Das Rauschen der Brandung wurde lauter, übertönte sogar das Geschrei der Vögel, die sie zu verspotten schienen.

Plötzlich wurde sie innerlich ganz ruhig. Ob sie gleich Claas und ihren Vater wiedersehen würde? Heinrichs Lippen bewegten sich, aber sie hörte seine Worte nicht.

Messer! Der Gedanke zuckte durch ihren Kopf.

Ging die Sonne gerade unter? Es wurde so dunkel.

In deiner Tasche!

Mit letzter Kraft fuhr ihre zitternde Hand in den Umhang, umschloss die Waffe. Sie zog sie heraus und stach zu. Zuerst spürte sie einen Widerstand, doch durch die Wucht ihres Stoßes durchbrach ihn die Klinge und drang in Heinrichs Seite ein. Sofort lösten sich seine Hände.

Anna hustete, versuchte zu atmen. Langsam, ganz langsam floss etwas Luft in ihre Lungen. Aber sie brauchte mehr. Heinrichs Gewicht wich von ihrem Körper. Sie hustete, drehte sich auf die Seite und keuchte. Das Rauschen nahm ab, und es wurde auch wieder hell.

Sie sah zu Heinrich, der nur einen Schritt von ihr entfernt torkelnd auf die Beine kam. Blut lief aus der Wunde, in der das Messer steckte. Auch Anna gelang es, sich aufzurappeln. Heinrich taumelte gefährlich nah an den Klippenrand und starrte sie fassungslos an, dann wieder auf seinen Leib. Mit schmerzverzerrtem Gesicht packte er das Messer und zog es heraus.

Ihr Herz begann wieder zu rasen. Noch ehe sie wusste, was sie tat, sprang sie vor und stieß ihn mit voller Wucht. Heinrich schwankte, ruderte mit den Armen, doch vergeblich. Langsam, ganz langsam kippte er nach hinten. Anna meinte, es würde eine Ewigkeit vergehen, bis er schließlich über den Klippenrand stürzte und verschwand. Sie machte einen Schritt und sah entsetzt hinunter, es war tief, und sie sah ihn fallen. Hastig machte sie einen Schritt zurück, sie wollte nicht zusehen. Und die Vögel kreischten. War es Begeisterung?

Anna sackte weinend zusammen, zitterte am ganzen Körper.

Als sie wieder einen klaren Gedanken fassen konnte, stand sie auf und sah erneut in die Tiefe. Noch immer konnte sie nicht glauben, was geschehen war. Unten tobten die Wellen, aber von Heinrich war nichts mehr zu sehen. Soeben hatte sie einen Menschen getötet, konnte noch fühlen, wie das Messer in seinen Körper eingedrungen war. Sie sah immer noch seine weit aufgerissenen Augen, die sie fassungslos angesehen hatten. Und nun war er tot.

Anna begann zu beten: »Heilige Anna, bitte hilf mir, ich habe eine große Sünde begangen und einen Menschen getötet. Ja, ich wollte ihn töten, seit ich wusste, was er getan hat, doch so habe ich es mir nicht vorgestellt. Es fühlt sich grauenvoll an. Was soll ich nur tun?«

Sie bezweifelte, dass ihre Schutzpatronin ihr vergeben konnte.

Was aber würden die Menschen mit ihr machen? Sie hängen oder köpfen? Gab es hier auf der Insel vielleicht noch schrecklichere Strafen? Ausweiden? Strecken, bis sie starb? Wann würde den Insulanern auffallen, dass Heinrich verschwunden war? Nach einem Tag oder zwei? Und wenn sie sich versteckte, wie lange konnte sie unentdeckt bleiben? Die Insel war klein, sicher kannten die Bewohner jeden Winkel und würden sie rasch aufstöbern.

Mutter! Nein, sie musste nach Bremen, ehe dem Büttel Rudolfus auffiel, dass von Heinrich keine Nachricht mehr kam. Er hatte erst heute eine geschickt, das gab ihr wenigstens etwas Zeit. Aber wie sollte sie nach Hause kommen? Heinrich hatte sein Geld immer am Gürtel getragen, und der war mit ihm gesunken. Sie besaß nur die zwanzig Pfennig in ihrer Tasche.

Mit zitternden Beinen erhob sie sich und ging zurück. Im Hafen lag noch immer das Handelsschiff. Konnte sie sich dort verstecken? Sie hatte keine Ahnung, wann oder wohin es auslaufen würde. Aber es war vielleicht eine Möglichkeit, von hier fortzukommen.

***

Für eine Aprilnacht war es verhältnismäßig warm. Der Wind wehte kräftiger als in Bremen, doch Anna war nicht kalt. Sie kauerte seit zwei Stunden unter dem Anleger und wartete auf eine Gelegenheit, sich auf das Schiff zu schleichen. Vom Deck hörte sie Schritte zeitweise umherwandern, dann wieder eine Weile verharren, um wieder von Neuem die Runde zu machen. Es musste eine Wache sein, und offenbar nahm sie ihre Pflicht ernst.

In unregelmäßigen Abständen waren betrunkene Seeleute zurück an Bord gekommen, hatten kurz mit dem Posten gesprochen und waren dann unter Deck verschwunden. Aus einem dieser Gespräche hatte Anna zu ihrer Freude heraushören können, dass dieses Schiff am nächsten Tag Wulsdorf ansteuern würde, ehe es auf die See hinausfuhr. Trotz allen Leids schien sie wenigstens hier etwas Glück zu haben. Wenn sie nur unbemerkt an Bord kommen würde.

Der Mond war ein gutes Stück gewandert, und sie hatte schon eine Zeit lang keine Schritte mehr gehört. Entweder war die Wache eingenickt oder verrichtete ihren Dienst jetzt im Sitzen. Auch auf der Insel war alles ruhig, und die Fackeln erloschen. Anna konnte von hier aus das Haus sehen, in dem sie die letzten Tage verbracht hatten, und sie schauderte. Bei der Kerzenzieherin war ein paarmal jemand ein- und ausgegangen, vermutlich Sven, aber ansonsten war es um die beiden Häuser still gewesen. Offenbar hatte noch niemand ihr Verschwinden bemerkt. Sie hätte sich gern von Britta verabschiedet, aber es ging nicht. Anna wartete noch einige Minuten, ehe sie sich leise aus ihrem Versteck wagte.

Der Mond schien heute heller als sonst, zumindest kam es ihr so vor. Man würde sie schon von Weitem sehen können. Aber was hatte sie noch zu verlieren? Ihre Schuhe hatte sie bereits ausgezogen, ehe sie hierhergeschlichen war. Barfüßig ging sie so leise wie möglich auf das Schiff zu, blieb nach ein paar Schritten stehen und horchte. Außer dem Plätschern der Wellen und dem Säuseln des Windes war alles still. Ihr Herz klopfte vor Angst bis zum Hals, aber sie hatte keine Wahl.

Wieder ein paar Schritte. Noch immer war alles ruhig. Annas Hoffnung, dass die Wache eingeschlafen war, wuchs. Sie hatte beinahe das Deck erreicht, als sie plötzlich ein Geräusch hörte. Es war leise, aber regelmäßig. Ein Schnarchen? Geduckt ging sie an Deck und blickte in die Richtung, aus der es zu kommen schien. Tatsächlich, der Seemann lehnte an einem Mast. Aufgestützt auf einen langen Speer, war sein Kopf auf die Brust gesunken. Er schlief. Innerlich jubelnd sah Anna sich um.

Auf der einen Seite führte eine Leiter unter Deck. Vermutlich hielt sich dort die Mannschaft auf. Darüber war das Ruder. Dicht beim schlafenden Seemann gab es eine offene Luke. Vielleicht der Raum für die Ladung? Sie hatte gesehen, wie die Männer Kisten an Bord brachten, aber nicht, wohin. Ganz leise, immer ein Auge und ein Ohr auf den Schlafenden gerichtet, schlich sie zur Luke, beugte sich vorsichtig über den Rand und sah hinunter. Eine Leiter führte ins Dunkle. Da erregte eine leichte Bewegung ihre Aufmerksamkeit. Die Waffe, auf die sich der Seemann stützte, begann zu verrutschen. Sicher würde er gleich aufwachen. Sie musste handeln.

Schnell ließ sie sich über den Rand der Luke gleiten und kletterte die Leiter hinunter. Es waren nur wenige Sprossen, aber Anna konnte nichts sehen, und es stank nach Fisch. Von oben hörte sie ein Scheppern, dann einen Fluch. Anna machte mit ausgestreckten Armen ein paar Schritte und stieß mit dem Fuß gegen eine Kiste. Beinahe hätte sie aufgeschrien, konnte sich aber gerade noch in den Arm beißen. Ihr großer Zeh schmerzte schrecklich. Mit den Händen tastete sie die Größe der Kiste ab, merkte, dass daneben eine weitere und noch eine stand. Dann tat sich eine kleine Lücke auf. Anna quetschte sich hindurch und kauerte sich hinter eine der Kisten. Der Geruch nach Fisch und Brackwasser war hier noch intensiver, aber es störte sie nicht, solange dieses Schiff sie nur von hier wegbrachte. Das Huschen und Trippeln von kleinen Füßen machte ihr bewusst, dass sie nicht allein war. Sorgsam zog sie ihr Kleid über die Füße und hoffte, dass die Ratten sie in Ruhe lassen würden.

Gleichmäßig plätscherten die Wellen und schlugen immer wieder gegen die Bordwand. Seicht schaukelte das Schiff im Wind, und langsam beruhigte sich Annas Herzschlag. Oben begann der Seemann wieder seine Runde, aber sie war an Bord.

***

»Claas, ein Handelsschiff von Helgoland legt gerade an.« Martin hatte ihn vor drei Stunden dabei abgelöst, ankommende Schiffe zu beobachten.

»Gut, ich rede mit dem Kapitän.« Damit erhob sich Claas und verließ die kleine Taverne. Die Sonne war bereits untergegangen, aber am Anleger brannten große Fackeln, um Schiffen das Einfahren bei Dunkelheit zu erleichtern. Das neue wurde gerade vertäut.

Als sie aus Bremen hier angekommen waren, war Claas' Hoffnung groß gewesen, denn eine Nonne und ein Priester hatten Kleidung in diesem Dorf gekauft. Danach verlor sich allerdings ihre Spur. Niemand konnte ihnen sagen, wohin sie gegangen waren.

Seit wenigen Tagen war Claas nun in Wulsdorf, passte jedes Schiff ab und befragte die Kapitäne und die Mannschaften nach der Frau und dem Mann. Er war sicher, dass sie ein Schiff genommen hatten, um von hier fortzukommen. So ging er auch jetzt zielstrebig zum Anleger und wartete, bis man die Planke heruntergelassen hatte.

»Ist euer Kapitän zu sprechen?«, fragte er einen der Seemänner, die zu ihm hinuntersahen.

»Aye, komm hoch.«

Claas nickte und betrat das Schiff. Der Kapitän hatte weißes Haar und wachsame, freundliche Augen.

»Tag. Mein Name ist Claas Zellheyer. Ich habe ein paar Fragen.«

»Immer frei voner Leber weg, min Jung.«

»Ich suche eine Frau, die vor gut einer Woche Wulsdorf mit dem Schiff verlassen hat. Es war ein Mann bei ihr. Kann sogar sein, dass sie wie ein Priester und eine …«

»Claas! Claas!«

Alle Anwesenden rissen ihre Köpfe herum und blickten in die Richtung, aus der die Rufe kamen. In diesem Moment kletterte Anna aus der Ladeluke.

»Anna!« Claas riss überrascht die Augen auf und sprang ihr entgegen. Sie fielen sich in die Arme.

»Ein blinder Passagier, noch dazu 'n Weib! Und das auf meinem Schiff, heiliger Kalfatermann!«, hörten sie den Kapitän schimpfen.

»Wo kommt die denn her?«, fragte eine verwunderte Stimme.

»Keine Ahnung. Muss sich unter Deck versteckt haben«, antwortete eine andere, nicht weniger überrascht.

Claas war all das egal. Er hatte Anna wieder. Sie war schmutzig, barfuß und zitterte in seinen Armen. Sie weinte und lachte gleichzeitig. Wie zwei Ertrinkende klammerten sie sich aneinander.

Voller Sorge fragte Anna: »Meine Mutter?«

»Es geht ihr gut. Wo ist Heinrich?«

Anna sah ihn nicht an, sondern schüttelte stumm den Kopf. Tränen rannen über ihre schmutzigen Wangen. Zärtlich strich er ihr über das zerzauste Haar und küsste sie. Er wollte diesen Moment nicht zerstören, und eigentlich war ihm egal, wo der Priester abgeblieben war.

»Ich will hören, wie das Weib an Bord gekommen is!«, polterte der Kapitän im Hintergrund.

»Können wir das später klären? Sie ist erschöpft, das könnt ihr doch sehen«, sagte Claas nicht ohne Vorwurf.

»Von Helgoland«, antwortete Anna jedoch leise.

Claas warf Martin, der ihm gefolgt war, einen Blick zu, und dieser verstand.

»Klärt es mit uns, Herr Kapitän, wenn es eine Geldfrage ist«, sagte Martin.

»Na ja, dann macht, dass ihr von meinem Schiff kommt.« Gutmütig grinsend machte der Kapitän eine scheuchende Handbewegung.

»Komm, wir gehen.« Damit führte Claas Anna von Bord.

Claas am Leben zu sehen, seine Stimme zu hören, seinen warmen Körper zu spüren, war für Anna das größte Wunder von allen. Nie wieder wollte sie ihn loslassen.

Als das Schiff in den kleinen Hafen eingelaufen war und die Seeleute es vertäut hatten, war sie nahe daran gewesen zu verzweifeln. Jeden Moment musste sie damit rechnen, entdeckt zu werden. Als sie sich auf dem Schiff versteckte, hatte sie sich keine Gedanken gemacht, wie sie wieder hinunterkommen sollte. Und dann geschah das Unvorstellbare. Sie hörte die Stimme von Claas, der nach ihr suchte und mit dem Kapitän sprach!

Erst hatte Anna gedacht, sie würde träumen. Doch sie konnte sich nicht irren.

Mutig rief sie seinen Namen, kroch aus ihrem Versteck hervor und kletterte die Leiter nach oben. Und wirklich, da stand er, gesund und munter – und nicht tot, wie sie angenommen hatte. Müde sah er aus, ja, aber er war am Leben, und er hatte sie nicht aufgegeben. Sie fielen sich in die Arme, küssten sich, und sie vergaß in dieser Sekunde alles, was ihr widerfahren war.

»Ich liebe dich«, flüsterte sie, als sie in einer kleinen Hafentaverne saßen. In seinen Augen lag so viel Zärtlichkeit, dass es ihr den Atem nahm.

»Und ich liebe dich und will dich nie mehr verlieren.«

Er nahm ihr Gesicht in seine Hände und küsste sie immer und immer wieder. Irgendwann rang sie lachend nach Atem.

»Vor einigen Stunden hätte ich geschworen, dich nie wieder zu sehen.«

»Nun ist alles gut.«

Als sie schließlich in der Kutsche nach Bremen saßen, erzählte Anna Claas, was seit ihrer Entführung geschehen war. Sie berichtete, wie sie sich gefühlt hatte, als sie annahm, er wäre tot. Welche finsteren Gedanken sie gegen Heinrich gehegt hatte, bis hin zu dem Augenblick, als dieser in die See stürzte und sie sich auf das Schiff geschlichen hatte. In Claas' Augen las sie abwechselnd Schrecken, Hass, Wut, Traurigkeit und am Ende eine Genugtuung. Wieder küsste er sie, und Anna glaubte, die Welt um sie herum würde sich auflösen.

Dann berichtete Claas, wie es ihm ergangen war. Er versicherte ihr, dass es ihrer Mutter gut ging, sie sei zwar traurig und verzweifelt, aber wohlauf. Dass man sich um sie kümmere und Tante Eva gekommen war, um ihr beizustehen.

»Ich habe einen Menschen getötet, Claas.« Trotz allen Glücks, das sie in diesem Moment empfand, lag ihre Tat wie Blei auf ihrem Herzen.

»Nein, Anna, du hast dein Leben verteidigt, sonst wärst *du* jetzt tot. Heinrich war ein schlechter Mensch und ein kaltblütiger Mörder. Er hat es verdient.«

Claas' Worte waren tröstlich, doch der Zweifel blieb.

Während der restlichen Fahrt schlief sie eng an ihn gekuschelt, und erst kurz vor Bremen weckte er sie sanft. Sie konnte es kaum fassen, dass er am Leben war, doch dann erinnerte sie sich an die Urkunde des Bischofs. Sie waren keine Eheleute mehr.

»Dass wir nicht mehr verheiratet sind, ist nur meine Schuld.« Sie sah ihn traurig an.

»Das ist mir egal, du wirst immer meine Frau sein, mit oder ohne Segen!«

»Claas!«

Er lachte, und seine Augen strahlten. »Ich meine es ernst.«

Sie passierten das Bischofstor, das vom letzten Licht der Sonne beschienen wurde, und Anna hatte das Gefühl, nach Hause zu kommen, auch wenn sie lieber außerhalb der Stadtmauern lebte.

»Und Friedrichs hilft uns, obwohl ich ihn verdächtigt habe?«

»Davon weiß er ja nichts«, beruhigte er sie.

»Ich werde mich dennoch bei ihm entschuldigen.«

Die Kutsche rumpelte jetzt durch die Sögestraße.

»Claas, was wird nun aus der Arbeit, aus den Schulden, nachdem die Urkunde endgültig verloren ist?«

»Ich bin sicher, dass Hemeling alles regelt. Er klang zuversichtlich und will sogar Friedrichs entlohnen.«

»Das klingt zu schön. Aber Rudolfus ist noch auf freiem Fuß. Er wird weiterhin eine Gefahr für uns sein, oder?«

Besorgt sah Claas sie an und nickte. »Am besten, ich schicke sofort jemanden zu Hemeling.«

Damit gab er dem Kutscher das Zeichen anzuhalten, stieg aus, sprach mit den Männern, und einer von ihnen machte sich auf den Weg zum Ratsherrn.

20

»Anna, mein Kind! Ich dachte, ich würde vor Sorge um dich sterben.« Weinend und gleichzeitig lachend nahm Magda Olde ihre Tochter in die Arme.

Anna erwiderte die Umarmung, so fest sie konnte. Sie hatte eine Zeit lang nicht mehr daran geglaubt, ihre Mutter wiederzusehen. Als Anna keine Luft mehr bekam und ihr Kleid ganz nass geweint war, lösten sie sich atemlos voneinander.

»Was hat man dir angetan? Du siehst blass aus, und wie dünn du geworden bist!«

»Mir geht es gut. Er hat mir nichts antun können und wird es auch nie wieder.«

Ihre Mutter zuckte leicht zusammen. »Wie meinst du das?«

»Ich erzähle später alles. Jetzt bin ich nur froh, dich wohlauf zu sehen. Meine Mama.« Damit gab sie ihrer Mutter einen Kuss auf die verweinte Wange.

»Und ich dich.« Nun lachte Magda Olde wieder. »Die beiden Katzen haben die ganzen Nächte auf deinem Bett geschlafen. Ich glaube, sie haben dich auch sehr vermisst.«

Wie zur Bestätigung schlich die Gräfin ihr um die Beine. Anna nahm sie kurz auf den Arm, streichelte die schnurrende Katze, und einen Augenblick später waren alle um sie herum. Thea weinte in ihre Schürze. Tante Eva lächelte glücklich und küsste sie, Claas' Brüder drückten ihre Hände, und auch Klaus und Bertram freuten sich über ihre Rückkehr.

»Du bist ein Teufelskerl.« Stephan boxte seinem Bruder gegen die Schulter. »Musst uns erzählen, wo du sie gefunden hast.«

»Sie hat eher mich gefunden, aber davon später«, zwinkerte Claas.

Nachdem sich der Ansturm etwas gelegt hatte, versprach ihre Mutter, dass sie sogleich Annas Leibspeisen kochen würden. Bei dem Gedanken an Mutters Hühnchen lief Anna das Wasser im Munde zusammen.

»Ich habe der heiligen Anna versprochen, in die Kirche zu gehen, wenn ich wieder in Bremen bin.«

Claas nickte. »Dann werde ich dich hinbringen. Doch zuvor

möchte ich dir noch etwas geben.« Er zog etwas hinter seinem Rücken hervor, das sie sehr an den kleinen Gegenstand erinnerte, den Wegener ihm beim Umzug gegeben hatte. »Eigentlich solltest du es zu deinem Namenstag bekommen, aber ich will nicht länger warten.«

Anna wickelte es aus, und hervor kam eine handgeschnitzte Taube, die so echt aussah, dass man meinen konnte, sie wäre lebendig.

»Oh, Claas.« Anna war entzückt von der Figur, die aus poliertem Holz bestand. Sie würde einen besonderen Platz in ihrer Kammer bekommen.

»Ich dachte mir, dass dir so etwas gefällt.«

Verliebt sah sie ihn an. Alles schien gut zu werden, und sie konnte ihr Glück kaum fassen.

Bevor sie aufbrachen, zeigte Franziskus ihnen noch, wie weit sie mit dem Roland gekommen waren, und berichtete, was für eine gute Hilfe Friedrichs war. Er kam immer um die Mittagsstunde und blieb meistens bis zum Abend.

Nach diesem Bericht machten sich Anna und Claas auf den Weg zur Kirche.

Langsam betrat Anna den St.-Petri-Dom. Während sie den langen Gang entlangschritt, überfielen sie die Erinnerungen an ihren letzten Besuch hier. Sie zündete eine Kerze an und kniete sich vor die Statue der Heiligen Jungfrau. Aus tiefster Seele flehte Anna, dass die heilige Anna ihr beistehen und bei Gott um Gnade für sie bitten möge. Betete um Vergebung für ihren Starrsinn, der dazu geführt hatte, dass sie nicht mehr Claas' Eheweib war. Am Schluss betete sie auch für die Seele von Heinrich, damit Gott auch ihm vergebe.

Als Anna aufstand, glaubte sie einen Moment, das Gesicht der Figur leuchten zu sehen. Ungläubig schüttelte sie ihren Kopf und blinzelte. Als sie die Augen wieder öffnete, war das Leuchten verschwunden. Sie seufzte laut, bekreuzigte sich und machte kehrt. Vermutlich hatte sie sich getäuscht. Ein Stück von ihr entfernt stand ein Priester. Er hielt die Hände gefaltet vor seinen Bauch. Heinrich! Anna zuckte zusammen. Erst als er mit einem gütigen Lächeln auf sie zukam, erkannte sie ihn.

»Priester Arens.« Sie atmete erleichtert aus.

»Ich wollte dich in deinem Gebet nicht stören. Ich hatte etwas in der Stadt zu erledigen, als ich eben Claas traf, der mir sagte, dass du beichten möchtest, und so habe ich auf dich gewartet.«

»Ja, das will ich.«

Er führte sie zum Beichtstuhl, zog den Vorhang zu, und Anna beichtete, was sie mit Heinrich erlebt hatte und wie sie ihn tötete.

»Du hast die Welt von einem schlimmen Übel befreit. Dennoch hast du Schuld auf dich geladen und wirst zehn Ave Maria beten und die nächsten fünf Jahre an Ostern helfen, die Armen zu speisen. Damit hast du genug Buße getan.«

»Das ist alles, für einen Mord?« Anna war vollkommen verwirrt, traute ihren Ohren nicht.

»Mord ist etwas anderes. Du hast um dein Leben gekämpft. Ihn allein trifft die Schuld. Schuldig hast du dich nur gemacht, weil du in die Räume der Kirche eingebrochen bist.«

»Aber ich habe mir jeden Tag ausgemalt, wie ich ihn töten könnte.«

»In deiner Lage hätte jeder solche Gedanken gehabt.« Arens zog den Vorhang zurück. »Und nun möchte ich dich um Verzeihung bitten.«

»Ihr *mich*?«

Er nickte. »Ja. Dir und deiner Familie ist durch einen der Unseren so viel Leid zugefügt worden.«

»Aber Ihr könnt nichts dafür.«

»Das sehe ich anders. Ich habe dir damals nicht glauben wollen, hielt dich für dumm und töricht. Nach alldem ist es für mich ein Wunder, dass du deinen Glauben nicht verloren hast. Als Buße möchte ich dir die auferlegte Strafe abnehmen und an deiner Stelle die Armen speisen. Die zehn Ave Maria wirst du allerdings selbst beten müssen.« Sein Lächeln war wieder da, und Anna erwiderte es von Herzen.

»Ich berichte dem Erzbischof, dass du wieder zurück bist. Sicher will er sich bei euch noch bedanken. Schließlich habt ihr ihm das Leben gerettet. Aber erhol dich erst einmal, es hat keine Eile.«

»Natürlich. Wie geht es ihm?«

»Dank eurer und der Hilfe einer …«, er räusperte sich grinsend, »… gewissen Kräuterfrau geht es ihm so gut wie schon lange nicht mehr.«

»Das freut mich. Richtet ihm bitte aus, dass ich ihn bald aufsuchen werde.«

Anna spürte eine tiefe Erleichterung, als sie die Kirche verließ.

***

Simon war nicht wohl in seiner Haut, als er an die Tür von Rudolfus' Haus klopfte. Seinen Kollegen Christian und Konrad schien es ebenso zu gehen, ihre Mienen verrieten es. Sie kannten Rudolfus, seit sie in den Dienst der Stadtbüttel getreten waren. Zwar war es nicht immer einfach, mit ihm zu arbeiten, aber sie kamen gut mit ihm aus, wenn seine Leiden ihn nicht plagten. Die Vorwürfe, aufgrund derer sie ihn nun festnehmen sollten, wogen schwer. Lange hatte Simon schon einen Verdacht gehegt, doch sich nicht getraut, ihn laut auszusprechen. Jetzt hatte er sich bewahrheitet.

»Ist wohl nicht da.« Christian war im Begriff, sich umzudrehen, als sie Schritte hörten.

»Wohl doch«, sagte Konrad und straffte sich.

Die Tür wurde aufgemacht, und Rudolfus blickte ihnen verschlafen entgegen. Als er sie erkannte, wurden seine Augen groß. »Was gibt's?«, schnauzte er dennoch und wollte die Tür wieder ein wenig zumachen, doch Simon stellte sofort seinen Fuß dazwischen.

»Mach bitte kein Aufheben und zieh dich an. Wir sollen dich zur Wache bringen.«

Rudolfus' Augen wurden zu schmalen Schlitzen. »Wieso?«, zischte er.

»Das wird Hemeling dir selbst sagen.«

»Dann wartet eben, und nimm deinen Fuß aus meiner Tür.«

Simon tat nichts dergleichen. »Nein, Rudolfus. Wir kommen mit hinein, damit wir dich sehen können und du nicht auf dumme Gedanken kommst.«

Rudolfus sackte spürbar in sich zusammen, als er Simons Entschlossenheit gewahr wurde. »Nach all den Jahren?«, fragte er kleinlaut.

»Nach all den Jahren.« Simon nickte unbeirrt.

Konrad schielte verlegen auf den Boden, und Christian grinste leicht. »Nun beeil dich«, sagte er.

»Und ich kann nichts machen, damit ihr mich nicht gesehen habt?«

Alle drei schüttelten entschieden den Kopf, worauf Rudolfus sich anzog und tatsächlich ohne Probleme zum Wachhaus bringen ließ.

***

Anna und Claas waren eben zu Hause angekommen, als ein atemloser, aber strahlender Ratsherr vor der Tür stand. Er beglückwünschte Anna überschwänglich zu ihrer Rückkehr und Claas zu seiner erfolgreichen Suche.

»Rudolfus sitzt bereits im Kerker und wird dort eine lange Zeit verweilen. Er streitet ab, dass er mehr mit dem Priester zu tun hatte, als ihm Informationen zu geben.«

Erleichtert vernahm Anna die Worte Hemelings. Vermutlich hatte Heinrich sie die ganze Zeit angelogen, aber das war jetzt egal. Nun konnte ihnen nichts mehr geschehen.

»Ich danke Euch. Das ist eine gute Nachricht.«

Als sich die Aufregung schließlich ein wenig gelegt hatte und sie auch Hemeling erzählt hatten, was auf Helgoland geschehen war, zog der Ratsherr die beiden auf die Seite.

»Wir werden dich nicht dafür zur Verantwortung ziehen, was mit Heinrich geschehen ist.« Er blickte Anna freundlich an. Unendliche Erleichterung machte sich in ihr breit.

»Habt Dank, Herr Hemeling.«

»Nachdem diese Angelegenheit geklärt ist, muss ich euch noch etwas berichten. Dank eures Hinweises habe ich in Heinrichs Zimmer etwas gefunden und konnte es unbemerkt an mich nehmen. Was glaubt ihr wohl, was es war?« Ein verschmitztes Lächeln umspielte seinen Mund.

Anna und Claas sahen sich fragend an, und ehe einer von ihnen etwas sagen konnte, fuhr Hemeling mit stolzgeschwellter Brust fort: »Genau, es ist die *Urkunde* des Kaisers. Der falsche Priester hatte wohl geglaubt, sie gut genug versteckt zu haben, aber ich habe sie dennoch gefunden.« Damit zog er ein Dokument aus der Tasche und reichte es Anna, die wortlos den Text las.

Sie betrachtete das Blatt, auf dem unten das Siegel des Kaisers prangte. Sie hatte noch keine Gelegenheit gefunden, Hemeling davon zu erzählen, wie Heinrich die Urkunde verbrannt hatte. Vor ihren Augen war sie Opfer der Flammen geworden. Ungläubig starrte sie Hemeling an.

»Ja, sicher, ohne euch wäre es nicht möglich gewesen, sie zu finden, aber nun haben wir sie ja wieder.« Anerkennend klopfte er Claas auf die Schulter und verbeugte sich galant vor Anna. Sie reichte Claas, noch immer sprachlos, die Urkunde, und auch er las den Text.

Claas gab das Dokument breit grinsend an Hemeling zurück und brach schließlich in schallendes Gelächter aus. Anna warf er einen verschwörerischen Blick zu, und sie verstand langsam. Jetzt konnte auch sie sich nicht mehr zurückhalten.

Hemeling wirkte einen Moment etwas verwirrt, doch dann stimmte er in ihr Lachen ein, bis die Tränen rollten und ihre Bäuche wehtaten.

»Ratsherr Hemeling, Ihr seid ein schlauer Fuchs«, sagte Claas atemlos.

»In der Tat.« Anna holte tief Luft. »Ihr würdet einen guten Bürgermeister abgeben.«

Hemeling sah verlegen von einem zum anderen. »Meint ihr?«

Beide nickten.

»Nun, mein Dank ist euch gewiss, aber vorerst müssen wir die Statue fertigbekommen. Mit der Urkunde steht dem nichts mehr im Wege.«

Als Hemeling fort war, meinte Claas: »Ich glaube es immer noch nicht, was er da getan hat.«

Anna schüttelte den Kopf. »Meinst du, er kommt damit durch?«

Claas zuckte mit den Schultern. »Wer weiß. Aber sie sah doch sehr echt aus.«

»Das stimmt.« Anna musste erneut lachen. »Und der Kaiser wird Bremen bestimmt keinen Besuch abstatten, um es zu kontrollieren.«

Plötzlich wurde Claas ernst. »Anna, ich möchte mein Leben mit dir verbringen.«

»Oh, Claas, ich liebe dich.«

»Würdest du mich noch einmal heiraten?«

»Ja«, hauchte sie gerührt. »Aber ich glaube nicht, dass es gehen wird. Nicht nach der Annullierung.« Enttäuscht ließ sie die Schultern hängen.

»Wenn es nicht geht, bleiben wir auch ohne den Segen zusammen.«

»Wie sieht unsere gemeinsame Zukunft aus? Können wir in Schande miteinander leben? Wie wird Mutter reagieren?«

Das erste Mal, seit er sie am Hafen gefunden hatte, sah Claas nicht mehr so glücklich drein, und es versetzte ihr einen Stich.

»Wir könnten von hier weggehen, wenn die Statue fertig ist. Würdest du das tun?«

»Claas, ich würde mit dir überall hingehen, aber was soll aus meiner Mutter werden? Mitnehmen können wir sie nicht, und sie würde es nicht dulden, wenn wir in Sünde zusammenleben.«

»Ich weiß. Aber ohne dich will ich nicht mehr leben.« Claas nahm ihre Hand und küsste sie. »Ich würde dich lieben, selbst wenn du mich zum Teufel jagst.«

»Das werde ich niemals tun«, versprach sie. »Ich werde jetzt mit Mutter sprechen.«

»Soll ich dabei sein?«

»Nein, es ist besser, wenn ich es allein mache.«

Der Geruch nach allerlei Gemüse und gebratenem Huhn empfing sie, als Anna in Richtung Küche ging. Schon an der Tür hörte sie die Stimmen ihrer Mutter, ihrer Tante und Theas, die das Lied vom hohen Norden sangen, und Anna wurde warm ums Herz. Wie sehr hatte sie all das in der letzten Woche vermisst.

Die drei Frauen winkten sie fröhlich zu sich, als sie eintrat, und Thea goss ihr sofort Wein ein. »Ist so schön, dich wieder da zu haben.« Damit reichte sie ihr den Becher.

»Es geht mir auch so.« Anna wollte mit ihrer Angelegenheit warten, bis sie allein mit ihrer Mutter war. Auch wollte sie die gute Stimmung der Frauen nicht zerstören.

»Wie geht es Onkel Ludwig und meinen Basen?«, wandte sie sich an ihre Tante.

»Dein Onkel ist gnaddelig wie eh und je, aber wohlauf. Und deine Basen helfen ihm, solange ich hier bin.«

»Das freut mich.« Anna setzte sich und nahm einen Schluck Wein. Thea schien zu ahnen, dass sie etwas mit ihrer Mutter zu bereden hatte.

»Ich bringe den Männern ein Bier. Hab ich heute auf dem Markt ergattern können. Sie werden durstig sein.« Damit griff sie sich den schweren Krug.

»Ich helfe dir.« Ihre Tante nahm sich ein paar Becher, und gemeinsam verließen die beiden Frauen die Küche. Magda Olde summte noch immer, gab einige Wurzeln in den kochenden Topf und rührte kräftig um.

»Was hast du auf dem Herzen, mein Engel?« Damit setzte sie sich zu Anna und goss sich ebenfalls etwas Wein ein.

»Lest ihr aus mir wie aus einem offenen Folianten?«

»Manchmal schon.« Magda zwinkerte ihrer Tochter zu.

»Also gut.« Anna holte tief Luft. »Ich liebe Claas, und er liebt mich.«

»Das weiß ich doch.« Ein sanftes Lächeln lag in den Augen ihrer Mutter.

»Es war ein Fehler, die Ehe annullieren zu lassen.«

»Das wusste ich gleich.«

»Weiß Tante Eva eigentlich etwas?« Wenn ja, würde Onkel Ludwig davon erfahren und mit Bestimmtheit darauf drängen, dass ihre Mutter doch noch den alten Markus heiraten sollte.

»Nein.«

»Gut.« Anna war erleichtert.

»Ehe du weitersprichst, höre mich an.« Die Mutter legte ihre Hand auf die von Anna. »Während du …«, sie schluckte, »… weg warst, haben sich zwei sehr nette Frauen von den Beginen um mich gekümmert. Die alte Hilda war nie verheiratet, und Margarete hat vor sechs Jahren ihren Mann verloren. Ihr Sohn ist bei der Handelsflotte der Hanse. Ich habe in dieser Woche viel von den Beginen erfahren. Es sind gute Frauen und keine männerlosen Sünderinnen, wie viele gern behaupten. Ich habe mir vorgenommen, eine von ihnen zu werden. Natürlich erst, wenn hier alles geregelt ist.«

Anna traute ihren Ohren nicht. »Und was wird aus mir und dem Gut?«

»Das Gut kannst du sicher mit Claas' Hilfe bewirtschaften.«

»Aber Mutter …«

»Sch …« Ihre Mutter legte ihr den Zeigefinger auf den Mund. »Mach dir um mich keine Sorgen. Ich glaube, dass ich dort einen neuen Sinn für mein Leben finden werde. Nimm es mir nicht übel.«

Unter Tränen lächelte Anna. »Wie könnte ich?«

Als sie gemeinsam aßen, wurden erst Anna und dann Claas aufgefordert zu erzählen, was in der letzten Woche geschehen war. Sie mussten unheimlich aufpassen, nicht alles kundzutun, um ihre Mutter und die Tante nicht zu schockieren. Aber auch die etwas harmlosere Geschichte sorgte für gespannte und auch mitfühlende Gesichter.

Nach dem guten Essen, von dem Anna viel zu viel genommen hatte, glaubte sie, platzen zu müssen. Thea entführte sie in die von Kerzen erleuchtete Badestube, welche verheißungsvoll nach Lavendel duftete, mit frischem Stroh ausgelegt war und in der ein Zuber vor sich hindampfte. »Ich glaube, das kannst du jetzt gut vertragen.« Ihre Magd lächelte sie wissend an und half ihr aus den Sachen.

Anna schluckte mühsam. »Das hast du schön gemacht.«

»Ich dachte, etwas Ruhe würde dir guttun. Soll ich bleiben und dir den Kopf massieren?«

»Nein, danke. Mir reicht es, wenn ich etwas vor mich hinschlummern kann.«

Thea nickte. »Ruf mich, wenn du mich brauchst.«

Anna genoss die Ruhe und hoffte, sich von allen bösen Erinnerungen reinwaschen zu können. Sie lehnte den Kopf an die Kante und schloss die Augen. Kleine Schweißperlen bildeten sich auf ihrer Stirn, liefen an der Seite hinunter und tropften kühl auf ihre Schulter. Plötzlich sah sie die Hand von Heinrich nach ihr greifen. Erschrocken riss sie die Augen auf. Würde sie diese Momente je vergessen können? Sie hoffte es und beruhigte sich mit dem Gedanken, dass die Erinnerungen noch zu frisch waren. Sie brauchte Zeit.

21

Die Tage zogen ins Land, wurden zu Wochen, und dann nahte der Sommer. Die Vormittage verbrachte Anna mit Thea und ihrer Mutter in der Küche oder beim Nähen. An den Nachmittagen meißelte sie Buchstaben um Buchstaben in das Wappen. Unermüdlich arbeiteten sie an der Statue, die nun beinahe fertig war.

In der Werkstatt hatte sich Claas inzwischen einen Bereich abgetrennt. Was er dort machte, verbarg er vor den anderen. Man hörte nur ein stetes Hämmern. Jeder im Haus war neugierig, doch alle akzeptierten seinen Wunsch, nicht nachzusehen, was es war.

Ihre Mutter schien nach wie vor fest entschlossen, zu den Beginen zu gehen. Bereits jetzt war sie an manchen Vormittagen dort und half den Frauen bei ihren Arbeiten.

Immer wenn niemand in der Nähe war, küssten sich Anna und Claas heiß und innig, und es schmerzte sie, dass sie sich so in Acht nehmen mussten. Sie befanden sich in einer verzwickten Lage. Ihre Mutter durfte nicht sehen, wenn sie sich küssten, und die anderen wunderten sich, dass sie nicht wie ein Paar lebten. Der Erzbischof war im Bistum Verden, und man wusste nicht, wann er zurückkommen würde. Sicher hatte er einiges auszubügeln, was Heinrich bei seinem letzten Besuch dort für sich geregelt hatte.

Der Mai war bald vorüber, und die Hitze an diesem Sonntag unerträglich. Sie waren froh, nicht arbeiten zu müssen, und nach einer kalten Apfelsuppe entschlossen sie sich, zum Schwimmen an die Weser zu gehen. Sie packten einen Korb mit Hühnerkeulen, Brot, Bier und einfachem Wein und genossen den Tag am Strand. Möwen kreisten über ihnen, begierig, etwas Nahrhaftes zu erhaschen. Eine Dohle wurde von ihrem Jungvogel um Futter bedrängt, und die Grillen summten im Gras.

Claas stieg aus dem Wasser, und Annas Herz schlug schneller, als er seinen nassen Körper abtrocknete. Kleine Wassertropfen funkelten auf seiner Haut. Ihm entging ihr Blick nicht, und er schenkte ihr ein verliebtes Lächeln. Von Mal zu Mal waren ihre Innigkeiten heftiger geworden, und sie fieberten beide danach, wieder nach Hause auf ihr Gut zu ziehen, um endlich zusammen sein zu können. Zum Abkühlen ging auch Anna kurz in das flache Wasser. Thea gesellte sich dazu und wurde von Bertram nass gespritzt. Sie schalt ihn dafür, allerdings fehlte ihren Worten die Ernsthaftigkeit.

Ausgelassen machten sie sich am späten Nachmittag schließlich auf den Heimweg.

Als Anna an diesem Abend im Bett lag, konnte sie nicht schlafen. Die Gräfin maunzte immerzu, und der Graf jagte sie durchs Haus. Seufzend zog Anna sich etwas über und ließ die beiden nach draußen. Sollten sie sich dort austoben. Auf dem Rückweg schlich sie in die Küche, um sich etwas zu trinken zu holen.

»Kannst du auch nicht schlafen?« Claas' Stimme ließ sie herumfahren. Er lehnte mit einem Becher in der Hand am offenen Fenster.

»Nein. Die Katzen haben sich unentwegt gekabbelt.«

»Wir haben noch eine Partie Schach offen. Wenn du magst, kann ich das Spiel holen.«

Das Spiel hatten sie vor Monaten zuletzt gespielt. Hin und wieder war eine der Figuren von den Katzen vom Brett geworfen worden.

»Würden wir damit nicht die anderen wecken? Außerdem weiß ich nicht, ob alle Figuren noch am richtigen Platz sind. Die Gräfin und der Graf …« Entschuldigend zuckte sie mit den Schultern.

»Dann müssen wir wohl eine neue anfangen.« Er lächelte und ließ damit die Schmetterlinge in ihrem Bauch tanzen.

Wie zwei Diebe schlichen sie in Annas Zimmer. Leise nahm Claas das Schachbrett und stellte es auf den Boden. Dann warf er eine Decke davor, und als Anna sich gesetzt hatte, legte er ihr eine weitere um die Schultern.

»Machst du mir darunter etwas Platz?«

Zur Antwort rutschte sie ein Stück zur Seite.

Ihr Herz klopfte laut. So ungestört waren sie seit Wochen nicht mehr gewesen. Zwar war Anna einige Male versucht gewesen, zu ihm zu schleichen, aber da er mit seinen Brüdern noch immer das Zimmer teilte, hatte sie es unterlassen.

Als er sich neben sie setzte, spürte sie die Wärme seiner Haut an ihrem Bein. Mit zitternden Fingern begann sie, die Figuren wieder in ihre Ausgangspositionen zu stellen.

»Übrigens ist dein Augenschutz fertig, und ich zeigte ihn in der

Zunft. Die Männer dort waren schier begeistert und haben den Schmied angehalten, ihnen ebenfalls einen zu machen«, sagte Claas.

»Das freut mich. Kann ich ihn einmal ausprobieren?«

»Es ist dein Werk. Natürlich kannst du. Ich habe ihn dieser Tage bereits getragen und fand ihn sehr gut.«

»Fängst du an? Ich tat es beim letzten Mal.« Sie lächelte ihn verlegen an und wurde sofort von seinen Augen angesogen, sodass sie ihren Blick nicht mehr von ihm lassen konnte.

Ganz langsam kam er ihrem Gesicht näher, und ein verschmitztes Lächeln umspielte seinen Mund. Als er sich zu ihr herunterbeugte, fiel eine Strähne in sein Gesicht. Anna schob sie sanft wieder an die Seite. Dann lag sein Mund auf ihrem, und eine Flamme entzündete sich in ihrem Bauch. Zärtlich streichelten seine Hände ihr Gesicht, glitten über ihre Schultern, zu ihrem Rücken. Annas Finger spielten unsicher mit seinen Haaren. Sie berührte seine Brust und spürte deutlich die Wölbungen seiner Muskeln, die leicht angespannt waren.

Claas' Atem ging schneller. Seine Hände streichelten fordernder. Sie glitten hinab zu ihrem Bauchnabel. Als sie zusammenzuckte, wieder aufwärts zu ihren kleinen Brüsten. Sanft strich er darüber, spielte mit ihren Knospen, was ein angenehmes Kribbeln verursachte. Wie eine Schlange züngelte aufwallende Hitze durch ihren Körper. Anna fuhr mit ihren Fingernägeln über seinen Rücken, und ein leises Stöhnen drang aus seinem Mund.

»Anna«, hauchte er und wanderte mit seinem Mund zu ihrem Hals, biss vorsichtig in ihren Nacken.

Eine warme Woge durchströmte sie und berauschte ihre Sinne. Schachfiguren fielen um, rollten umher, als er Anna langsam in eine liegende Position gleiten ließ. Als er sich über sie beugte, lag in seinen Augen ein wildes Verlangen, das auch ihres steigerte.

»Wirst du es nicht bereuen?« Seine Stimme klang zittrig und rau.

»Nur, wenn ich dich jetzt fortschicke«, hauchte sie.

***

Es war einer der heißesten Sommer, die Anna je erlebt hatte. Wochenlang hielt die Hitze an. Hier und da erkrankten die Leute, die von verdorbenem Wasser getrunken hatten. Viele Brunnen waren beinahe leer, weil es einfach nicht regnen wollte. Ihrer war auch nur noch zu einem Viertel gefüllt.

Am Tage fiel es ihnen schwer, sich auf die Arbeit zu konzentrieren, und in der Nacht fanden sie keinen Schlaf, weil es nicht abkühlte. Selbst die Talglichter im Haus wurden weich und verloren ihre Form. Zusätzlich zu der Last der Hitze fühlte Anna sich seit einiger Zeit unwohl. Ihr war oft übel und sie mochte nichts essen. Manchmal musste sie sich sogar übergeben. Ihre Brüste schmerzten, und von Zeit zu Zeit zog es unangenehm in ihrem Unterleib. Sie fürchtete, ebenfalls erkrankt zu sein, und sagte niemandem etwas davon. Ein weiterer schlimmer Verdacht hatte sich in ihrem Kopf eingenistet, aber sie wagte nicht, den Gedanken zu Ende zu denken.

Gerade meißelte sie an den letzten Worten des Wappens. Mit dem feinen Werkzeug formte sie ein »d«, als sich wieder diese Übelkeit einstellte. Vielleicht lag es daran, dass sie am Morgen nicht viel gegessen hatte. Am liebsten hätte sie jetzt die Arbeit sein gelassen und sich schlafen gelegt, aber sie wollte nicht, dass jemand bemerkte, wie es ihr ging. Außerdem, je eher sie mit den Buchstaben fertig wurde, desto eher konnte sie sich ausruhen.

In drei Wochen sollte die Figur auf dem Markt aufgebaut werden, und bis auf ein paar Feinarbeiten waren sie mit allem fertig geworden. Hemeling zeigte sich bei seinen Besuchen mehr als zufrieden und versprach, neben der ausgemachten Summe noch etwas draufzulegen. Die Aussichten waren für alle erfreulich. Von dem Geld könnten sie auch Stephan und Franziskus, die mittlerweile wieder nach Hause gefahren waren, etwas zukommen lassen.

Die Übelkeit ließ nach, und Anna nahm ihre Arbeit wieder auf.

»Ich bringe dir etwas Kompott aus Äpfeln und Birnen. Das magst du doch so gern.« Thea kam mit zwei kleinen Kümpen aus dem Wohnhaus und lächelte. »Für Claas habe ich auch einen. Ich nehme an, er ist wieder in seinem Versteck?«

»Ja.«

Gleichmäßig hörten sie das Schlagen des Klöppels aus der hinteren Ecke.

»Claas!«, rief Thea, und das Geräusch verstummte.

»Danke.« Anna nahm ihr das Kompott ab, doch der Geruch ließ ihren Magen rebellieren, und im gleichen Moment überkam sie ein heftiger Würgereiz. Das Kump entglitt ihren Fingern und ging scheppernd zu Boden.

»Anna!« Thea sah sie erschrocken an.

Anna stürzte in die Ecke und erbrach sich. »Kind, was ist mit dir?«, fragte die Magd besorgt, doch Anna winkte nur ab. Als es vorbei war und sie sich wieder aufrichtete, wurde es Anna für einen Moment schwarz vor Augen, und sie ruderte mit den Armen, doch schon fingen sie die starken Hände von Claas auf.

»Bist du krank?« Stützend nahm er sie in den Arm und führte sie zu der kleinen Bank aus Baumstämmen, die in einer Ecke stand.

Thea stellte ihr Mitbringsel ab und betrachtete Anna bekümmert. »Du bist ja weiß wie eine Wand!«

»Sorgt euch nicht. Mir war nur übel.«

»Na, na. Da stimmt doch was nicht«, beharrte Thea.

Mit ernster Miene brachte Claas ihr eine Kelle Wasser. »Ich lasse sofort nach Mechthild schicken.«

»Ein guter Einfall. Mach es bitte gleich«, sagte Thea und setzte sich neben sie. Anna wollte protestieren, hatte jedoch keine Kraft dazu.

»Bleib bei ihr, ich bin sofort zurück.« Damit verschwand er.

»Es ist nichts, glaub mir«, versicherte Anna.

»*Nichts* sieht anders aus. Ich habe dich schon einige Male gesehen, wie du dich übergeben hast. Nimm mir meine Offenheit bitte nicht übel, aber wenn du nicht krank bist, so glaube ich eher, du erwartest ein Kind.«

Da war es heraus! Thea sprach aus, was sie selbst befürchtete. Seit drei Monaten blutete sie nicht mehr, und wenn sie den Erzählungen, welche die Frauen von sich gaben, Glauben schenken durfte, dann hatte Thea recht. Zwar wäre es ein Kind der Liebe, ja, aber sie waren nicht mehr vermählt. Es wäre ein Bastard, und auch sie wäre gebrandmarkt. Würde Claas auch dann zu ihr stehen?

»Thea!«, sagte Anna entsetzt.

»Ich weiß, was ich sehe. Und ich war selbst eine Mutter.«

Anna ergriff Theas Hand. »Bitte sag niemandem etwas!« Beschwörend sah sie die Magd an. »Niemandem!«

Thea legte den Kopf schief, und ein trauriger Ausdruck trat auf ihr Gesicht. »Also gut.«

»Ich danke dir. Mutter würde es sonst das Herz brechen.« Tränen der Verzweiflung rannen ihre Wangen hinunter.

»Du wirst es aber nicht lange verbergen können. Schon bald wird sich dein Leib wölben. Was willst du dann machen?«

»Zuerst muss diese Figur fertig werden, dann sehe ich weiter.«

Thea nickte. »Vielleicht hat Mechthild einen Rat.«

Mechthild stellte ihr ein Fläschchen auf den Tisch. »Nimm das gegen die Übelkeit. Die Schwindelanfälle kamen von deinem Rücken, die haben wir aus der Welt. Bei deinem Kind kann ich dir nicht helfen.«

»Das musst du auch nicht.« Anna stierte auf ihre Bettdecke.

»Ich verstehe nur nicht, warum es niemand wissen soll.«

»Ich kann es dir nicht sagen.«

»Anna, du machst mir Sorgen.«

»Bitte vertrau mir einfach.«

Mechthild seufzte. »Wie du meinst. Ein paar Tage strenge Bettruhe und reichlich von diesem Kräuterwasser. Das sollte dir wieder auf die Beine helfen.«

»Wie lange?«

»Zwei Wochen.« Die Kräuterfrau machte eine kurze Pause, doch ehe Anna protestieren konnte, lenkte sie ein. »Ich weiß um deine Arbeit. Eine Woche solltest du auf jeden Fall ruhen.«

Erleichtert atmete Anna aus. Eine Woche war machbar, sie hatte nur noch fünf Buchstaben vor sich. »Und du wirst es bestimmt niemandem sagen?«

Etwas Trauriges lag in Mechthilds Augen. »Es ist dein Leben und das Leben deines ungeborenen Kindes.«

»Auch Mutter und Claas nicht?«

»Wenn es dein Wunsch ist, werde ich schweigen.«

»Ja, das ist es.« Anna nahm Mechthilds Hände in ihre. »Ich bitte dich darum.«

»Achte nur gut auf dich, dann wird dein Kind gesund zur Welt kommen.«

»Was wirst du sagen, was mir fehlt?«

»Eine schwere Magenverstimmung. Daran leiden im Moment viele.«

»Danke.« Anna hoffte nur, dass auch Thea es glauben würde.

***

Anna wurde in dieser Woche umsorgt und verwöhnt. Einzig Thea schien nicht von ihrer Krankheit überzeugt zu sein. Anna spürte, dass sie von der Magd genau in Augenschein genommen wurde, doch was immer sie auch dachte, sie verlor darüber kein weiteres Wort. Mit schlechtem Gewissen hatte Anna die Fürsorge hingenommen und sich mehrmals gefragt, ob sie ihrem ungeborenen Kind einen Gefallen tat, wenn sie es zur Welt bringen würde. Es würde als Bastard geboren, geschmäht und verachtet. Wie würde ihre Mutter reagieren, wenn man sehen konnte, wie es wirklich um sie stand?

»Wenn es dir gut genug geht, kannst du dann ein paar Äpfel schneiden, während wir weg sind?«, fragte ihre Mutter vorsichtig, als sie fertig für die Kirche an Annas Bett stand.

»Natürlich geht es mir gut genug dafür, aber ich würde gern mitgehen.«

»Nein, Mechthild sagte, du musst noch zwei Tage ruhen, und das solltest du auch tun. Du kannst auch nach deiner Genesung zur Messe gehen.« Ihre Mutter strich Anna über das Haar. »Wirst du dich nicht allein fühlen, wenn wir weg sind?«

»Nein. Der Graf und die Gräfin werden mir Gesellschaft leisten. Außerdem ist Bertram da.«

Anna kraulte ihrer Katzendame den Bauch, die es schnurrend dankte. Träge lag sie auf ihrer Decke, streckte sich genüsslich und gähnte. Sie war fett und faul geworden, und man musste täglich damit rechnen, dass ihre Jungen zur Welt kamen. Würde sie ebenso fett und faul werden? Anna schob den Gedanken fort.

»Dann gehen wir jetzt. Mach nicht zu viel. Ein paar Äpfel schneiden und dann wieder ins Bett.« Der mahnende Zeigefinger war erhoben.

»Ja, Mutter.« Anna lächelte. »In ein paar Tagen kann ich wieder arbeiten, da wird mir ein Gang in die Küche sicher nicht schaden.«

»Solange du deinen Magen schonst und keine Leckereien in dich hineinstopfst.« Damit verließ Magda Olde das Zimmer.

Sobald Anna die Eingangstür hörte, schwang sie sich aus dem Bett und lugte aus dem Fenster zur Gasse. Ihre Mutter, Thea, Claas und Klaus gingen gut gekleidet in Richtung St. Petri davon. Bis auf Bertram waren nun alle fort. Sicher war er in seiner Kammer und würde nicht mitbekommen, wenn sie sich ein Stückchen von dem Hasen gönnte, den Thea gemacht hatte. Seit Tagen hatte sie sich nur von Hühnerbrühe und etwas Obst ernährt.

Barfuß und auf spitzen Zehen schlich sie die Treppe hinunter. Im Innenhof blieb sie erstaunt stehen. Das Wappen, an dem sie noch zu arbeiten hatte, hing an Seilen befestigt und mit dem Flaschenzug verbunden in der Luft. Genau vor der Brust des Roland hatten die Männer es platziert. Ohne die Seile hätte man angenommen, dass es dort bereits befestigt war.

Wie schön die Figur doch geworden war. Ein leiser Seufzer kam über Annas Lippen. Mit ein klein wenig Stolz betrachtete sie das Werk, an dem so viel Schweiß und Blut klebte. Der Kopf war ebenfalls vertäut und hing über der Brust. Unterhalb fehlten die Beine und der Sockel. Letzterer war für alle verborgen in einer Ecke des Hofs untergebracht, und bisher wusste nur Claas, wie er aussah. Alle waren gespannt, was er dort so geheimnisvoll schuf.

Sie riss sich von dem Anblick los und ging in die Küche. Schon beim Eintreten roch sie den würzigen Braten. Anna schloss die Augen und atmete tief ein. Lächelnd überlegte sie sich, dem Duft blind zu folgen, um zu dem Leckerbissen zu gelangen. Mit weit ausgestreckten Armen machte sie einen Schritt, drehte schnüffelnd den Kopf hin und her und tat einen weiteren Schritt in die Richtung, in der sie ihn wähnte. Ihr Lächeln vertiefte sich, denn der Duft wurde intensiver. Sie war auf der richtigen Fährte. Wieder ein Schritt.

»Aua!« Mit dem Fuß war sie gegen etwas Hartes gestoßen. Enttäuscht öffnete sie die Augen. Ein Schemel stand im Weg und war schuld an ihrem schmerzenden Zeh. »Pest und Pickel!« Sie bückte sich und rieb die pochende Stelle. Es war der gleiche Zeh, den sie sich damals auf dem Schiff gestoßen hatte, und für einen Moment kehrte die Erinnerung an das Geschehen zurück. Energisch verscheuchte sie die düsteren Gedanken.

Auf dem Tisch stand der abgedeckte Braten, verborgen unter einem Tuch. Anna lupfte es, und eine braune Kruste kam zum Vorschein. Von der Brust brach sie ein Stück ab und überlegte, es gleich hier zu essen, doch ein Geräusch ließ sie herumfahren. Der kleine Graf kam herein und strich ihr maunzend um die Beine. Sie hatte vergessen, die Tür zu schließen. Beherzt nahm Anna ihn auf den Arm und setzte ihn in die Diele. In der Küche duldete ihre Mutter keine der Katzen, solange etwas Essbares offen herumstand.

»Wenn du mir gleich nach oben folgst, werde ich dir vielleicht ein Stückchen abgeben.« Damit holte sie ihr Essen und schloss die Tür sorgsam. Besser, sie machte, dass sie wieder auf ihr Zimmer kam, ehe Bertram sie entdeckte.

Nachdem sie auf dem Bett sitzend das Stück Braten vertilgt hatte, leckte sich Anna genüsslich die Finger ab. Sie durfte nur nicht vergessen, den Teller mit hinunterzunehmen, er würde sie sonst verraten. Der Graf und die Gräfin putzten sich vor ihrem Bett. Auch ihnen schien das Mahl geschmeckt zu haben. Anna streichelte die beiden und stand auf. Es wurde Zeit, die Äpfel zu schälen. Plötzlich hörte sie ein dumpfes Geräusch von unten. War es Bertram oder waren die anderen bereits aus der Kirche zurück? Was sollte sie nur mit dem Teller machen! Mutter würde sicher böse werden, wenn sie ihn hier entdeckte.

Vorsichtig schlich sie auf den Flur und lauschte. Die Geräusche waren schleifend und kamen aus dem Innenhof. Sie stellte den Teller auf die kleine Kommode und schlich die Treppe hinunter. Kaum vorstellbar, dass Bertram am Tag des Herrn arbeitete. Das konnte nur Claas sein. Unter ihren Füßen knarrte eine Stufe, und das Geräusch aus dem Innenhof verstummte. Sie ärgerte sich, denn nun war er gewarnt und konnte so tun, als würde er nicht arbeiten.

Als Anna auf den Hof kam, sah sie sofort, dass die Brust des Roland ein wenig anders stand als ein paar Minuten zuvor. Nun schwebte das Wappen beinahe im Freien, und die Brust war ein Stück davon entfernt.

»Claas?«, rief sie. »Du kannst ruhig herauskommen. Ich habe dich längst gehört.« Vermutlich war er in seinem Verschlag. Sollte sie hineinsehen? Nein. Versprochen war versprochen.

»Nun komm schon heraus, sonst muss ich nachsehen und entdecke dein Geheimnis!«

Eine Hand packte Anna von hinten, und eine andere verschloss ihr den Mund.

»Es ist Sonntagmorgen, und du gehst nicht in die Kirche? Was für ein sündiges Mädchen du doch bist.«

Anna gefror das Blut in den Adern. Das war Heinrichs Stimme! Aber er war tot! Panisch begann sie sich zu winden, doch sein Griff verstärkte sich.

»Das wird dir nichts nützen. Diesmal nicht!« Mit brutaler Gewalt zerrte Heinrich sie von den Beinen und schleifte sie in eine Ecke. Dabei löste sich für einen Moment die Hand vor ihrem Mund.

»Bertram!«, schrie Anna.

Hart traf sie Heinrichs Faust im Gesicht, und sie schlug mit dem Kopf gegen den Keil vom Flaschenzug, der das Seil des Wappens hielt. Sterne tanzten vor ihren Augen. Er schlang ihr ein Tuch um den Mund und knebelte sie. Anschließend fesselte er ihr die Hände.

»Noch einmal entkommst du mir nicht.«

Sie sah ihn mit weit aufgerissenen Augen an. Er war abgemagert, hatte tiefe Ringe unter den Augen und war in Lumpen gehüllt. Mit seinem langen zotteligen Bart im Gesicht hätte sie ihn auf offener Straße sicher nicht wiedererkannt. Hatte Bertram sie gehört? Wo war er? In der Hoffnung, dass er oben auftauchte, sah sie zur Treppe, doch diese blieb leer.

Heinrich folgte ihrem Blick und lachte. »Auf den brauchst du nicht zu warten.« Damit deutete er auf die Küche, setzte sich vor ihr auf einen Steinblock und betrachtete sie.

»Hast wohl gedacht, ich wäre tot, was? Und beinahe hättest du es auch geschafft.« Er zog einen Trinkbeutel aus der Tasche und nahm einem kräftigen Schluck. »Guter Selbstgebrannter von der Insel.« Er hielt ihn kurz hoch. »Ich würde dir ja etwas anbieten, aber du siehst sicher ein, dass es nicht geht.« Er schob den Beutel zurück in seine Tasche. »Ist mein Letzter, aber ich brauche es nicht mehr, wenn ich hiermit …«, er deutete auf die Figur des Roland, »… und mit dir fertig bin.«

Anna schlug das Herz bis zum Hals – er wollte den Roland immer noch vernichten. Dann war all ihre Arbeit umsonst gewesen. All der Kampf. Ihr Vater wäre umsonst gestorben, und ihre Mutter würde vielleicht doch noch im Schuldturm landen. Das durfte nicht geschehen!

»Ich bin gekommen, weil ich dich ebenso leiden sehen will, wie ich es deinetwegen tat.« Er machte eine kurze Pause, dann fuhr er fort: »Du hättest alles haben können, aber du hast es vorgezogen, ohne mich zu leben. Dabei hätte ich alles für dich getan. Hasst du mich so sehr, dass du mich töten wolltest?« Er legte den Kopf schief und wartete auf Antwort.

»Hm hm …« Hektisch schüttelte sie den Kopf.

Grinsend stand Heinrich auf, doch augenblicklich spiegelte sich der Hass in seiner Miene wider. »Wusste ich es doch.« Erneut schlug er ihr ins Gesicht. Annas Kopf flog herum und schlug wieder gegen den Keil. Ihre Wange brannte, und ihr Kopf schmerzte. Tränen schossen ihr in die Augen.

»Du sollst nicht lügen. So steht es schon in der Heiligen Schrift geschrieben. Und Strafe muss sein.« Seelenruhig setzte er sich wieder. »Willst du wissen, wie es mir ergangen ist?«

In der Hoffnung, Zeit schinden zu können, bis die anderen aus der Kirche zurückkamen, nickte Anna zaghaft.

»Dann will ich es dir erzählen. Nachdem du mich über die Klippen gestoßen hast, fiel ich in die See, die mich von der Insel forttrug. Ich hatte schmerzende Rippen und eine klaffende Wunde, und ich glaubte, keine Luft zu bekommen. Irgendwie schaffte ich es, mich auf dem Wasser treiben zu lassen, bis ein Fischerboot zu sehen war. Ich rief um Hilfe, und die gottesfürchtigen Männer nahmen mich auf. Sie brachten mich zurück auf die Insel, und dann verlor ich das Bewusstsein. Wochenlang lag ich im Fieber, das die entzündete Wunde hervorgerufen hatte. Die Frau des Fischers versorgte mich mit Kräutern. Als es mir etwas besser ging, schickte ich sie zu unserem Haus, aber von dir fehlte jede Spur. Niemand hatte dich mehr gesehen.«

Heinrich zog den Trinkbeutel hervor und nahm einen Schluck. »Vor einer Woche kam ich zurück. Ich kroch in der Hütte vom Narbigen unter und habe euch beobachtet. Tag für Tag bin ich durch diese Gasse geschlichen. Ich habe nur auf den Sonntag gewartet, denn gottesfürchtige Menschen gehen am Tag des Herrn in die Kirche. Dass du nun hier bist, habe ich nicht gewusst, aber es erspart mir eine Menge Arbeit.«

Heinrich erhob sich und zeigte auf den Kopf der Figur. »Damit werde ich anfangen.«

Nur wenige Augenblicke, dann wäre hier alles zerstört, dessen war Anna sicher. Und sie selbst vermutlich tot. Wenn sie doch nur Zeit gewinnen könnte.

»Mhmhmh!« Sie zerrte an ihren Fesseln. Tränen rannen ihr die Wangen hinunter.

»Sch …« Er legte den Zeigefinger vor seinen Mund. »Sei still, sonst bringe ich dich zum Schweigen«, drohte er. Seine Augen blitzten, und sie zweifelte nicht an seinen Worten. Er ging zum Flaschenzug, an dem der Kopf hing, und begann, an der Halterung zu hantieren.

Hektisch dachte sie nach. Was konnte sie nur tun? Sie sah sich um.

Die Keile! Direkt neben ihr waren die Seile für das Wappen vertäut, unter dem Heinrich in diesem Moment stand. Vorsichtig drehte sie sich, bemüht, kein Geräusch zu machen. Er war vertieft, hatte bereits eins der Seile gelöst. Der feine Sand unter ihrem Körper knirschte, als sie noch ein Stück näher heranrückte. Endlich hatte sie die richtige Position und hob die Beine an.

Heinrich musste es gehört haben, denn nun sah er zu ihr herüber. »Was machst du da?«

Anna trat mit beiden Füßen so fest sie konnte gegen die Keile. Sie wurden aus dem Balken gerissen, flogen davon. Heinrichs Augen weiteten sich. Ehe er reagieren konnte, schnellte das daran befestigte Seil in die Höhe. Er starrte nach oben. Das steinerne Wappen sauste mit einem lauten Krachen auf ihn herunter. Eine dicke Staubwolke erfüllte den gesamten Innenhof. Anna hielt die Luft an und drehte den Kopf weg. Stille senkte sich über den Raum, nur hier und da rieselten kleine Steinsplitter zu Boden. Vorsichtig atmete sie.

»Was'n hier los?«, fragte eine besorgte Männerstimme.

Anna sah zur Tür. Claas' Freund Karl kam auf sie zugerannt. Mit zwei Sätzen war er bei ihr und löste den Knebel.

»Anna! Geht's dir gut?« Er betrachtete sie ernst, während er ihr die Fesseln abnahm.

Anna nickte, sie war noch immer wie betäubt. »Mir geht es gut.«

Karl deutete auf das Wappen, unter dem ein regungsloser Fuß herauslugte. »Wer ist das denn?«

»Das ist jetzt nicht mehr wichtig.« Sie rieb sich die schmerzenden Handgelenke, ging zum Flaschenzug, der den Kopf hielt, und zurrte das lose Seil wieder fest.

»Kannst du bitte nachsehen, was mit Bertram ist.« Anna zeigte zur Küche. »Er kam nicht, als ich um Hilfe gerufen habe.«

Karl nickte und wies auf den Toten. »War der allein oder sind noch mehr da?«

»Allein.«

»Dann warte eben.«

Er betrat vorsichtig die Küche, dann verschwand er aus ihrer Sicht. Ob er Claas schon gesprochen hatte? Sie musste Karl fragen, was in jener Nacht geschehen war, als die beiden im »Spitzen Giebel« zusammen getrunken hatten.

Seltsam, dass ihr dieses Anliegen jetzt so wichtig war. Vor ihren Füßen lag ein Toter, und um ein Haar hätte es sie selbst erwischt.

Die Glocke von St. Petri begann zu schlagen.

»Es geht ihm gut.« Karl kam wieder heraus. »Ihm is nur noch 'n büschen tüdelig. Hat wohl 'nen Schlach aufe Börne bekommen.«

Erleichtert fasste Anna sich ans Herz. »Gott sei Dank.«

»Nu erzählst aber, was hier los ist.«

»Später, Karl. Zuvor muss ich etwas von dir wissen.« Sie atmete tief ein. »Im letzten Herbst, ehe du weggefahren bist, warst du mit Claas in einer Schenke.«

»Jo. Wir ham meine Fahrt begossen.« Unbekümmert zuckte er mit den Schultern.

»Ich weiß.« Anna versuchte, ein Lächeln zustande zu bringen. »Kannst du dich erinnern, ob Claas von seiner Arbeit erzählt hat?«

Er schien einen Moment nachzudenken, dann nickte er. »Er hat gesagt, dass er nach einem Auftrag, an dem er mit deinem Vadder gearbeitet hat, den Meistertitel haben sollte. Danach wollte er um dich werben, denn er sei hoffnungslos verliebt in dich. Hoffe, ich verrat grad nich zu viel.«

Ruhig hörte Anna zu und lächelte. »Nein, sei unbesorgt. Aber sonst hat er nichts gesagt? Kein Wort von dem, woran sie gearbeitet haben?«

»Nee. Hab aber auch nich nachgefragt.«

»Oh, Karl, ich danke dir.«

Er kratzte sich verlegen am Kopf. »Da nich für.«

»Wenn du so gut sein würdest und den anderen Bescheid gibst? Sie sind in der Kirche. Anschließend berichte ich, was hier geschehen ist. Und sag ihnen bitte, dass es mir gut geht.«

»Eidewei. Heute is ja Sonntach. Die Körche hab ich ganz vergessen.«

»Und das war gut so.« Sie lächelte.

»Stimmt.« Seine Miene hellte sich auf. »Sonst würdste immer

noch verschnürt inne Ecke liegen. Aber ich red und red. Ich renn mal eben umzu und hol die annern.«

»Und ich sehe nach Bertram.«

Karl nickte und verschwand.

Anna ging nachdenklich in die Küche. Der tote Heinrich war nicht mehr wichtig. All die Monate hatte sie Claas Unrecht getan und er sich auch. Nun hatte sie Gewissheit, dass er keine Schuld trug. Eigentlich hatte sie es längst gewusst, aber ein nagender Zweifel war geblieben. Würde sie es je wieder gutmachen können? Sie hoffte es.

22

Einige Stunden später schafften Büttel die Leiche aus dem Haus. Thea und Klaus beseitigten die Blutspuren, und alle waren froh, dass Anna nichts geschehen und Heinrich nun endgültig keine Gefahr mehr war.

Am nächsten Tag fanden sich einige Leute bei ihnen ein – Hemeling, dem von Simon die Sache unterbreitet worden war, und Mechthild, welche noch einmal nach Bertram und Anna sah. Anna fehlte nichts außer einem geschwollenen Auge.

»Eine dicke Beule, die in ein paar Tagen verschwunden sein wird.« Mechthild tupfte Bertram die gleiche Tinktur auf den Kopf, die sie zuvor schon Anna verabreicht hatte, und er zuckte leicht zusammen.

»Das brennt!«, schimpfte er, wenn auch sehr verhalten.

»Das muss es auch, sonst bekommst du noch eine Entzündung.«

»Ich weiß nicht, was weniger schmerzhaft ist.«

Mechthild lachte. »Nimm dir ein Beispiel an unserer Anna, sie hat nicht gejammert.«

Bertram brummte, sagte aber nichts mehr.

Kratzende und schabende Geräusche drangen von draußen herein. Claas und Klaus waren damit beschäftigt, das Wappen wieder an seinen Platz zu stellen.

»Wir werden den Roland farbig anstreichen«, verkündete Hemeling, sich die Hände reibend, als er die Küche betrat.

»Farbig?«, fragte Anna verwundert und stellte ihm einen Hocker hin.

»Ja. Wir färben die Rüstung blau. Er bekommt einen vergoldeten Saum, und der Mantel wird rot. Dann sieht er aus wie ein Ritter. Und auf den Mantel malen wir noch einige Worte.« Er setzte sich und schien verzückt von seiner Idee.

»Das ist wirklich ein großartiger Einfall. Somit sieht man auch den schrecklichen Blutfleck nicht mehr«, bemerkte Anna.

»Eben drum.« Hemeling zwinkerte, und sie musste unwillkürlich wieder an die gefälschte Urkunde denken.

»Claas sagte, dass die Reparatur schnell erledigt ist.«

»Sicher wird der Roland damit sehr edel aussehen, und jede Stadt wird uns darum beneiden«, sagte Mechthild und packte ihre Sachen zusammen.

»Das wollen wir hoffen. Gute Mechthild, Ihr kommt doch hoffentlich auch zur Feier?« Hemeling lächelte die Kräuterfrau an.

»Seit ich seine Exzellenz versorge, bin ich gefragter als je zuvor. Aber ja, ich denke, wir werden kommen.«

»Wir?«, fragte Anna etwas verwundert. »Meinst du den Erzbischof?« Sie konnte sich nicht vorstellen, dass er den Roland gutheißen würde.

»Aber nein.«

Zärtlich legte sie einen Arm auf Bertrams Schulter, und dieser verkündete grinsend: »Hab um ihre Hand angehalten.«

»Oh, das ist ja wunderbar.« Anna schlang die Arme um Mechthild. »Ich gratuliere von ganzem Herzen und wünsche euch alles Glück der Erde.«

»Danke, liebe Anna.«

»Du alter Halunke. Hast mir nichts davon gesagt. Aber dennoch, alles erdenklich Gute zu eurer Vermählung.« Hemeling schüttelte Bertrams Hand.

»Bin nur noch nicht dazu gekommen«, sagte Bertram leicht verlegen.

Klaus kam mit Claas herein.

Anna sah ihn lächelnd an. »Kein stinkender Quark?«

»Kein Quark«, bestätigte Claas zwinkernd.

Sie lachten und ignorierten die verwirrten Blicke der anderen. Dann wurde den beiden Männern ebenfalls die Neuigkeit von der Hochzeit unterbreitet.

»Wann soll denn die Vermählung sein?«, wollte Claas wissen.

»In zwei Wochen, am Zehnten des Erntemonats«, antwortete der Bräutigam.

»Dann kommen wir ja aus dem Feiern gar nicht mehr heraus«, lachte Hemeling. »Das war doch bestimmt dein Ansinnen, oder?« Er boxte Bertram freundschaftlich gegen die Schulter.

»Nein, aber der Erzbischof ist erst am Neunten des Erntemonats wieder aus Verden zurück«, wandte Mechthild ein.

»Dann können wir auch endlich zu ihm gehen«, sagte Anna zu Claas, und dieser nickte. Sie hatte schon ein schlechtes Gewissen gehabt, immerhin hatten sie seit Langem zu ihm gewollt, es aber einige Tage vor sich hergeschoben. Als sie dann später in der Kirche vorgesprochen hatten, war er bereits für eine längere Zeit verreist.

An diesem Abend hatte Anna endlich wieder einmal die Gelegenheit, mit Claas allein zu sprechen. Die anderen waren bereits schlafen gegangen, und nun saß er bei ihr in der Küche und sah zu, wie sie aufräumte.

»Gar nicht müde?«, wollte er wissen.

Anna stellte den Topf in die Ecke und trocknete sich die Hände ab. »Nein. Ich habe Angst, meine Augen zu schließen und das Gesicht von Heinrich zu sehen.« Ihre Hand zitterte, als sie sich noch etwas Wein einschenkte.

Claas nickte grimmig. »Der wird dir nichts mehr tun.« Er schlug sich mit der Faust in die Hand. »Wäre ich nur hiergeblieben.«

»Nein!«, sagte Anna erschrocken. »Dann wärst du jetzt vielleicht tot.«

Er zog eine Augenbraue nach oben. »Traust du mir so wenig zu?«

Sie schüttelte den Kopf. »Heinrich war gemein und gerissen. Er hätte dich nicht zu einem ehrlichen Kampf herausgefordert, sondern auf eine Gelegenheit gewartet, dir ein Messer in den Rücken zu stoßen.« In ihren Augen schwammen Tränen, und Claas beruhigte sich. Er streckte seine Hand aus und streichelte liebevoll ihre Wange. Verlegen senkte sie den Blick.

»Claas …« Sie sah ihm in die Augen. »Ich muss dich um Verzeihung bitten.«

»Warum?«

»Karl hat mir berichtet, was an dem Abend in der Schenke gewesen ist.«

»Ich weiß, er erzählte es mir. Und dich trifft keine Schuld, Anna. Ich war es, der gezweifelt hat und der diesen Zweifel mit dir teilte. Hätte ich geschwiegen, wäre es vielleicht besser gewesen. Aber mir wäre es wie ein Verrat vorgekommen.« Er stand auf und nahm sie in den Arm.

Anna sah nach unten. »Ich habe unsere Ehe zerstört.«

»Gott wird wissen, dass wir beide Mann und Frau sind, und ich werde dich nie verlassen.«

Sie schlang ihre Arme um seinen Hals und kraulte seinen Nacken. »Und wenn ich ein Kind bekomme, wirst du dann bei mir bleiben?«

»Ein Kind von dir wäre das größte Geschenk.« Seine Lachfältchen vertieften sich.

»Aber es wäre ein Bastard.«

»Ich würde dem Kind alles über mein Handwerk beibringen, und es wird damit gut durchs Leben kommen.«

»Pest und Pickel!«

»Anna!« Claas lachte.

»Warum denken Männer immer, dass sie als Erstes einen Sohn bekommen? Was tun wir, wenn es eine Tochter wird?« Sie hob den Kopf, und ihre Augen funkelten frech.

»Anna?« Sein Unterkiefer klappte herunter, und sie nickte langsam.

»Heißt das …?«

Anna nickte erneut.

»Ich liebe dich!«

»Und ich liebe dich.«

***

Die Hochzeit von Mechthild und Bertram war einfach, aber wunderschön. Mechthilds Bruder und Hemeling kamen für die Kosten auf, Thea, Magda Olde und Anna backten Kuchen und kochten einige Leckereien. Selbst vom Erzbischof kam ein großer Korb mit Wildbraten, exotischen Früchten, Gewürzen und Kräutern. Speziell für Mechthild legte er ein Säckchen mit Samen und einen Brief bei, in dem er ihr viel Vergnügen beim Erforschen der Kräuter wünschte.

Annas morgendliche Übelkeit hatte nachgelassen, und sie tanzte ausschließlich mit Claas. Sie schwebte fast wie auf Wolken. Ihre Mutter missbilligte zwar Annas für alle sichtbaren Sinneswandel, doch stand sie ihr zu, dass es ihr Leben sei und sie erwachsen genug sei, um zu wissen, was sie tat.

Nach zwei Tagen verabschiedeten sich Anna und Claas von dem Fest, da sie noch am Roland zu arbeiten hatten. Dessen Einweihung war nicht mehr fern, und es warteten noch zu viele Dinge auf sie, die erledigt werden wollten. In dieser Nacht gebar die Gräfin fünf niedliche Jungen. Zwei Weibchen und drei Männchen. Sie war eine stolze und fürsorgliche Katzenmutter und duldete nicht einmal den Grafen in der Nähe ihrer Kinder.

Am nächsten Morgen brachen Anna und Claas zu ihrem Termin bei seiner Exzellenz, dem Erzbischof, auf. Als sie in seine Räume geführt wurden, war Anna überrascht, wie gut erholt er aussah. Er hatte an Gewicht zugenommen, und seine Haut war rosig.

»Anna und Claas.« Der Erzbischof stand auf und reichte ihnen seine Hand mit dem Bischofsring, den sie küssen durften. »Endlich kann ich euch meinen Dank aussprechen. Ohne euch wäre ich nicht mehr am Leben.«

»Auch dafür hat dieser Heinrich seine gerechte Strafe erhalten.« Claas küsste den Ring.

»Ich bin erfreut, dass es Eurer Exzellenz wieder besser geht.« Anna lächelte, was der alte Mann herzlich erwiderte.

»Wie kann ich gutmachen, was er euch angetan hat? Ich glaube, ich weiß es.«

»Das müsst Ihr nicht.« Anna war beschämt.

»Wenn es noch immer euer Wunsch ist, dass ich eure Ehe annulliere, dann werde ich es tun.«

Claas und Anna sahen sich sprachlos an.

»Wie meint Ihr das?«, fragte sie.

»Das war doch euer Anliegen. Oder habt ihr euch anders entschieden? Ich wäre darüber mehr als erfreut.«

»Aber Eure Exzellenz hat doch der Annullierung längst zugestimmt.«

»Wie?«

»Heinrich überbrachte uns dieses Dokument von Euch, das es besagt.« Damit reichte sie das Schriftstück an ihn.

Der Blick des Erzbischofs verfinsterte sich, als er die Zeilen las. »Ich habe damals abgelehnt, denn ich glaubte, dass ich durchaus sehen konnte, wie zugetan ihr einander seid. Genau solch eine Botschaft sollte er euch überbringen. Dieses Schreiben habe ich nie aufgesetzt oder unterschrieben.«

»Dann sind wir nicht …« Aus Angst, sich zu irren, wagte Anna nicht, den Gedanken laut auszusprechen.

»Aber das hieße ja …« Auch Claas war überrascht.

»Dass ihr noch immer vor Gott verheiratet seid. Nie habe ich einen Brief an euch geschrieben.«

»Verzeiht, Eure Exzellenz.« Mit diesen Worten drehte Anna sich zu Claas, und er nahm sie freudestrahlend in die Arme.

Als sie nach Hause kamen, fand Anna eine gute Gelegenheit, ihrer Mutter und Thea zu berichten, dass sie noch mit Claas verheiratet war und auch vorhatte, es bis an ihr Lebensende zu bleiben. Die beiden Frauen waren darüber ebenso glücklich wie Anna selbst.

»Da ist noch etwas.« Verlegen senkte sie den Kopf. Schließlich hatten sie das Kind gezeugt, als sie glaubten, eben nicht Mann und Frau zu sein.

Anna hob den Kopf und sah ihrer Mutter fest in die Augen. »Du wirst bald Großmutter Olde sein.«

»Ich wusste es«, lachte Thea.

Ihre Mutter schien einen kurzen Moment verwirrt über die Nachricht. Sie runzelte die Stirn, dann schüttelte sie lachend den Kopf. »Dann werde ich nicht bei den Beginen wohnen, was nicht heißen soll, dass ich mich ihnen nicht anschließen werde. Aber ich glaube, ihr könnt mich dann noch eine Weile ertragen, und ich kann mich um mein Enkelkind kümmern.«

Das Glück hatte an diesem Tag wieder Einzug in ihre Familie gehalten.

***

Um den Roland aufzubauen, brauchten sie eine Woche. Man hatte einen übergroßen Kasten aus Holz gebaut, der die Arbeiten vor den Blicken der neugierigen Menschen schützen sollte. Eine Schar Wachmänner und Soldaten bewachten den Marktplatz rund um die Uhr. Im Inneren stapelten und kitteten die Männer die fertigen Teile der Figur aufeinander.

Schließlich war es so weit, der Tag war gekommen. In ihrer Kammer schob Anna ihre Haare sorgfältig unter die Haube, strich das Kleid noch einmal glatt und machte sich auf den Weg nach unten. Ihr Blick fiel auf den leeren Innenhof, den Thea inzwischen geputzt und vom Staub befreit hatte. Ihre Sachen waren größtenteils verpackt und warteten darauf, verladen zu werden. Endlich würden sie wieder in ihrem Haus wohnen. Anna war froh, der engen Stadt zu entkommen; auch wenn es durchaus Vorteile hatte, hier zu leben, so fühlte sie sich draußen, fernab der Mauern, am wohlsten.

»Kommst du?« Claas reichte ihr die Hand, und sie gingen zu den anderen, die vor dem Haus warteten, damit sie gemeinsam zum Markt fahren konnten.

Der ganze Platz war gefüllt mit Menschen. Reiche und arme Leute standen dicht beisammen und feierten ausgelassen, auch wenn sie noch nicht wussten, was der Anlass war. Mit lautem Jubel brachen die Soldaten den Holzkasten auseinander, und der gewaltige Roland kam zum Vorschein. Anna bekam eine Gänsehaut, als sie ihn endlich in voller Größe vor sich sah.

Hemeling las feierlich die Worte vor, die auf der Urkunde und dem Wappen standen: »vryheit do ik ju openbar / d' karl vnd mçnich vorst vorwar / desser stede ghegheuen hat / des danket god' is mî radt«*

Dann trug er die Worte vor, die auf dem Mantel des Roland standen: *»Eenem jeden dat sine.«*

Die Menschen jubelten lautstark, applaudierten und schwangen bunte Tücher. Hüte flogen in die Luft, die Fanfaren wurden geblasen, und Musikanten spielten auf.

Alles was Rang und Namen hatte, war gekommen, um dieses für Bremen große Ereignis zu erleben. Nur die Priester, Novizen und der Erzbischof blieben dem Fest fern, und die Türen von St. Petri waren an diesem Tag verschlossen. Vorwitzig hatte Hemeling den Roland vor dem Rathaus aufbauen lassen, mit dem Blick in Richtung Ostertor. Für die Kirche war es kein guter Tag, aber sie würde sich davon erholen, dessen war sich Anna sicher.

Ihr Blick heftete sich auf den Sockel der Statue, den sie heute das erste Mal zu sehen bekam. Anfangs konnte sie nichts Besonderes daran feststellen und fragte sich, warum Claas so viel Zeit damit zugebracht hatte, ihn allein zu bearbeiten. Doch dann sah sie es: Zu Füßen des Roland war etwas eingemeißelt.

* Freiheit tu ich euch kund / die Karl und mancher Fürst fürwahr / dieser Stätte gegeben hat / das danket Gott, ist mein Rat!

Anna stieg die beiden Stufen hinauf, um es besser erkennen zu können, und schlug sich die Hand vor den Mund. Ganz deutlich sah sie das Gesicht ihres Vaters in dem Stein.

Verwundert drehte sie sich zu Claas um. Er beobachtete sie zärtlich und nickte stumm. Seine Augen glänzten. Auch Anna weinte, ging zu ihm und ergriff liebevoll seine Hand.

Epilog

I

Im frühen neunzehnten Jahrhundert hatte Napoleon Bonaparte auch Bremen besetzt.

Als er im Jahr 1814 seine Zelte in der Hansestadt abbrach, wollte er als Andenken an diese Zeit den inzwischen grau bemalten Roland mitnehmen. Er sollte den Louvre in Paris zieren. Beherzte Bremer, quasi eine der ersten Bürgerinitiativen, konnten Napoleon von seinem Plan abbringen, indem sie ihm einredeten, wie minderwertig diese Figur doch sei. Den Louvre müssten viel größere Werke zieren als diese unscheinbare Figur. Davon überzeugt, ließ Napoleon die Statue da, wo sie hingehört: in Bremen. Und dort steht der Roland noch heute und ziert den Marktplatz. Stolz blickt er in Richtung Ostertor und wird von den Bremern geliebt und geehrt.

II

Um die Figur, die zu Füßen des Roland eingemeißelt ist, ranken sich viele Gerüchte. Bis heute ist nicht sicher belegt, wen sie genau darstellen soll. Einerseits nimmt man an, dass es der Krüppel ist, der für die Bremer den Bürgerpark umrundete, andererseits glaubt man, dass es sich um Klaus Störtebeker handelt. Bewiesen ist beides bis heute nicht. Oder ist es doch Jacob Olde?

ENDE

Nachwort

Einigen wird sicher aufgefallen sein, dass in meiner Geschichte Gebäude vorkommen, die im Jahr 1404 noch nicht in Gänze existiert haben. Der aufmerksame Leser möge mir die künstlerische Freiheit gestatten, dass ich um ein paar Jahre geschummelt habe, doch fand ich einige Bauwerke Bremens zu schön und musste sie einfach in meinen Roman einbauen.

Historische Daten:
Der Bremer Roland wurde 1404 errichtet. Lange Zeit nahm man an, dass er in Richtung Dom blickt, doch inzwischen glaubt man, er schaut zum Ostertor.
Das alte Bremer Rathaus, wie ich es im Bau befindlich erwähne, wurde zwischen 1405 und 1410 erbaut.
Der Bremer Ratskeller wurde 1405 fertiggestellt.

Danksagung

Eine Danksagung zu schreiben erscheint mir nicht einfach, zu groß ist meine Angst, jemanden zu vergessen. Dennoch wage ich einen Versuch:

Ich möchte mich herzlich bei Jörg bedanken, der mir Stunde um Stunde sein Ohr und sein Wissen geliehen hat.

Bei Dirk Meynecke, weil er nicht aufgehört hat, an mich zu glauben.

Bei Britta, die mich auf manches aufmerksam gemacht hat.

Bei Anja, die mir immer wieder Mut machte.

Bei Heike, für ihre Begeisterung.

Bei Maria, mit ihren wunderbar fleißigen Pingelchen.

Bei Melanie, für ihre Ideen und Ratschläge.

Bei Jan-Hendrik, für sein seemännisches Fachwissen.

Bei meiner Mutter und meinem Sohn, weil sie für mich da sind.

Bei meinem Mann, für seine Liebe und weil er an mich glaubt und mich angespornt hat. Ich liebe dich.

Beim wundervollen Emons Verlag und seinen Mitarbeitern, welche dieses Buch ermöglichen.

Und natürlich bei Ihnen, liebe Leser, dass Sie sich für mein Buch entschieden haben. Ich hoffe, Sie hatten Freude daran.